Sir Arthur C. Clarke (1917-2008) est l'un des plus grands écrivains de science-fiction de l'histoire avec **H.G. Wells** et **Isaac Asimov**. Il a livré d'innombrables classiques et des chefs-d'œuvre tels que le célèbre *2001 : l'odyssée de l'espace* ou encore le cycle de *Rama*. Son œuvre visionnaire et humaniste a influencé d'autres grands auteurs comme **Stephen Baxter**. Né en 1957, ce dernier est l'un des chefs de file de la SF contemporaine, avec plus de trente romans à succès, dont *Voyage* et *Les Vaisseaux du temps*.

Arthur C. Clarke & Stephen Baxter

L'Œil du Temps

L'Odyssée du Temps – Livre 1

Traduit de l'anglais (Grande-Bretagne) par Luc Carissimo

Bragelonne

Milady est un label des éditions Bragelonne

Cet ouvrage a été originellement publié en France par Bragelonne

Titre original : *Time's Eye*
Copyright © 2004, 2005 by Arthur C. Clarke and Stephen Baxter
Publié avec l'accord des auteurs,
c/o BAROR INTERNATIONAL, INC.,
Armonk, New York, U.S.A.

© Bragelonne 2010, pour la présente traduction

ISBN : 978-2-8112-1441-8

Bragelonne – Milady
60-62, rue d'Hauteville – 75010 Paris

E-mail : info@milady.fr
Site Internet : www.milady.fr

Note des auteurs

Cet ouvrage et la série qu'il inaugure ne se situent pas avant ni après le cycle de *L'Odyssée de l'espace,* mais à angle droit de ce dernier : ni *sequel* ni *prequel,* il s'agit d'un « *orthoquel* » qui développe des prémisses similaires dans une autre direction.

La citation de Rudyard Kipling, « Villes, trônes et empires », extraite de *Puck of Pook's Hill* (1906), apparaît avec l'aimable autorisation d'AP Watt Ltd. pour le *National Trust for Places of Historical Interest or Natural Beauty.*

Villes, trônes et empires
Durent, pour l'œil du Temps,
À peine plus longtemps
Que corolles éphémères.
Mais comme de nouvelles floraisons
Font des hommes l'admiration,
Du sein de la terre malmenée
Ressurgissent d'autres Cités.

Rudyard Kipling[1]

1. Rudyard Kipling, *Puck of Pook's Hill*, 1906.

PREMIÈRE PARTIE

DISCONTINUITÉ

1

FURETEUSE

Pendant trente millions d'années, la planète s'était asséchée et refroidie au point que, dans le nord, ses continents se retrouvaient pris dans une gangue de glace. La ceinture de forêts presque ininterrompue qui recouvrait jadis l'Afrique et l'Eurasie de la côte atlantique à l'Extrême-Orient s'était émiettée en poches de plus en plus réduites. Les créatures qui habitaient autrefois cet océan de verdure avaient été contraintes de s'adapter ou de partir.

L'espèce à laquelle appartenait Fureteuse avait fait les deux.

Son enfant accroché à sa poitrine, Fureteuse était tapie dans l'ombre à l'orée d'un lambeau de forêt. Ses yeux profondément enfoncés sous ses arcades sourcilières scrutaient, par-delà les bois, la plaine baignée de lumière et de chaleur. C'était un lieu d'une terrible simplicité où la mort frappait sans prévenir. Mais c'était aussi un endroit riche de possibilités. Ce serait un jour la région située aux confins du Pakistan et de l'Afghanistan, qui recevrait de ses colonisateurs britanniques le nom de province de la Frontière du Nord-Ouest.

Non loin de la lisière effilochée de la forêt, une carcasse d'antilope gisait sur le sol. L'animal n'était pas mort depuis longtemps – un sang poisseux suintait encore de ses blessures –, mais les lions étaient repartis, rassasiés, et les charognards de la savane, hyènes et vautours, n'avaient pas encore détecté sa présence.

Fureteuse se releva, déployant ses jambes, et jeta un coup d'œil à la ronde.

Fureteuse était une guenon. Elle avait le corps couvert d'une épaisse toison noire et mesurait un peu plus de un mètre. Sa peau était souple et Fureteuse avait très peu de graisse. Ses mâchoires s'avançaient en museau et ses membres trahissaient un passé arboricole : elle avait de longs bras et des jambes courtes. En fait, elle ressemblait beaucoup à un chimpanzé, mais la séparation entre son espèce et ce cousin des forêts profondes remontait déjà à près de trois millions d'années. La station debout lui était confortable, c'était une vraie bipède, ses hanches et son bassin étaient plus proches de l'humain que du chimpanzé.

Ceux de son espèce étaient des charognards… pas particulièrement efficaces, qui plus est. Mais ils possédaient des avantages que ne partageait aucun autre animal au monde. À l'abri de sa forêt immuable, un chimpanzé n'aurait jamais confectionné un outil aussi complexe que la hache rudimentaire mais soigneusement taillée que Fureteuse tenait à la main. Et elle avait dans l'œil une étincelle comme on n'en voyait chez nul autre singe.

Ne percevant pas de danger imminent, elle s'avança hardiment au soleil, son enfant accroché à sa poitrine. L'un après l'autre, timidement, debout ou à quatre pattes, le reste de la troupe la suivit.

Le bébé poussa un cri et entortilla vigoureusement ses doigts dans la fourrure de sa mère. Les compagnons de Fureteuse n'avaient pas de noms – leur langage n'était guère plus évolué que le chant des oiseaux – mais, depuis sa naissance, cette enfant, la deuxième de Fureteuse, s'agrippait avec une force exceptionnelle à sa mère et, quand celle-ci pensait à sa fille, elle se représentait mentalement l'équivalent de « Tortilleuse ».

Gênée par l'enfant, Fureteuse fut parmi les dernières à atteindre le cadavre de l'antilope et les autres avaient commencé à attaquer avec leurs pierres taillées les cartilages et la peau reliant les membres de l'animal à son corps. Cette opération permettait de récupérer rapidement la viande : il leur serait ensuite possible de traîner en vitesse les cuissots dans la sécurité relative de la forêt où ils pourraient s'en repaître à loisir. Fureteuse se joignit de bon cœur à la tâche, malgré l'ardeur du soleil, particulièrement pénible à supporter. Il s'écoulerait encore un million d'années avant que les lointains descendants de Fureteuse, beaucoup plus humains d'aspect, puissent rester en plein soleil, grâce à leur organisme capable de transpirer et d'emmagasiner de l'humidité dans ses réserves graisseuses, telle une combinaison spatiale conçue pour survivre dans la savane.

Le recul de la forêt avait été une catastrophe pour les singes qui y vivaient. Le point culminant de l'évolution de cette grande famille animale remontait déjà à un lointain passé. Mais certains s'étaient adaptés. L'espèce à laquelle appartenait Fureteuse était toujours tributaire de l'ombre de la forêt, elle se réfugiait toujours la nuit dans des nids aménagés dans les arbres, mais durant la journée elle faisait de rapides incursions en terrain découvert pour profiter de semblables occasions de récupérer des charognes. C'était un mode de vie dangereux, mais c'était mieux que de mourir de faim. Plus la forêt se fragmentait, plus son périmètre s'étendait et plus l'espace vital de ceux qui vivaient sur ses franges s'accroissait. Et tandis qu'ils menaient une existence périlleuse entre deux mondes, les scalpels aveugles de la différenciation et de la sélection façonnaient ces singes aux abois.

Il y eut soudain un concert de jappements, la course rapide de pattes sur le sol. Les hyènes avaient fini par sentir l'odeur du sang et accouraient dans un grand nuage de poussière.

Les primates n'avaient débité que trois des membres de l'antilope. Mais ils n'avaient pas le temps de continuer. Serrant sa petite contre sa poitrine, Fureteuse s'élança avec le reste de sa troupe vers la sombre fraîcheur de la forêt ancestrale.

Cette nuit-là, alors que Fureteuse dormait dans son haut nid de branches entrecroisées, quelque chose la réveilla. Pelotonnée contre sa mère, Tortilleuse ronflait doucement.

Il y avait quelque chose dans l'air, un léger parfum parvenait aux narines de Fureteuse, présageant un changement.

En tant que créature entièrement dépendante de l'écosystème au sein duquel elle vivait, elle était très sensible à la moindre des altérations de celui-ci. C'était plus qu'une simple sensibilité animale : en scrutant les étoiles avec ses yeux encore adaptés aux espaces confinés de la forêt, elle sentit s'éveiller une vague curiosité.

S'il lui avait fallu un nom, elle aurait pu s'appeler « Fureteuse ».

C'était cette étincelle de curiosité, obscur ancêtre de l'esprit de découverte, qui avait guidé son espèce si loin de l'Afrique. Plus le froid se faisait mordant, plus les derniers lambeaux de forêt se réduisaient et disparaissaient.

Pour survivre, les singes vivant sur leurs lisières devaient affronter les dangers des espaces dégagés pour gagner un nouveau bouquet d'arbres dans l'espoir de trouver la sécurité d'un nouveau refuge. Ceux qui n'y laissaient pas leur vie accomplissaient rarement plus d'un tel voyage, véritable odyssée de moins de un kilomètre, au cours de leur existence. Mais certains survivaient, et prospéraient ; et certains de leurs enfants poussaient plus loin.

Ainsi, au fil de milliers de générations, les singes des franges de la forêt s'étaient lentement répandus hors d'Afrique, arrivant jusqu'en Asie centrale ou franchissant l'isthme de Gibraltar pour gagner l'Espagne, préfigurant les migrations plus délibérées du futur. Mais ils étaient encore dispersés et laissaient peu de traces ; les paléontologues humains ne soupçonneraient jamais que ces singes avaient atteint un endroit si éloigné de l'Afrique, au nord-ouest de l'Inde, ni qu'ils étaient allés encore plus loin.

Et là, pendant que Fureteuse scrutait les cieux, une étoile solitaire, assez brillante pour projeter une ombre, traversa son champ de vision, lente et régulière, aussi déterminée qu'un félin. En Fureteuse, l'étonnement le disputa à la crainte. Elle leva la main, mais l'étoile errante était hors de portée.

À cette heure de la nuit, l'Inde était plongée dans l'ombre. Mais là où le soleil éclairait la surface de la planète en rotation, Fureteuse aurait pu voir un miroitement – de petites vagues colorées, marron, bleu et vert, tremblotant par endroits comme de minuscules portes qui s'ouvrent. L'onde de subtils changements se propageait autour de la Terre tel un second terminateur.

Le monde frissonna autour de Fureteuse et celle-ci serra plus fort son enfant.

Au matin, la troupe était agitée. Ce jour-là, l'air était plus frais, plus vif, et chargé d'un parfum qu'un humain aurait qualifié d'électrique. La lumière était étrange, vive bien que délavée. Même en cet endroit, dans les profondeurs de la forêt, un souffle de vent faisait bruire les feuilles des arbres. Quelque chose était différent, quelque chose avait changé, et les animaux en étaient perturbés.

Hardiment, Fureteuse s'avança face à la brise. Babillant, Tortilleuse la suivit à quatre pattes.

Fureteuse parvint à l'orée de la forêt. Sur la plaine qu'éclairait déjà la lumière matinale, rien ne bougeait. Fureteuse regarda à la ronde, sentant une légère étincelle de perplexité s'éveiller dans son esprit. Ce dernier, adapté à la forêt, n'avait guère l'habitude d'analyser les paysages, mais il lui semblait que le terrain était *différent*. Sans aucun doute, la veille il y avait plus de vert ; et il y avait eu là-bas des bouts de forêt au pied des collines, et il coulait de l'eau au fond de cette ravine aride. Mais il lui était difficile d'en être sûre. Ses souvenirs, toujours un peu confus, s'effaçaient déjà.

Elle vit alors un objet dans les airs.

Ce n'était pas un oiseau, car il ne bougeait pas, ne volait pas, et ce n'était pas un nuage, car il était solide, rond et parfaitement délimité. Et il brillait, presque autant que le soleil lui-même.

Intriguée, Fureteuse quitta l'ombre de la forêt et s'avança à découvert.

Elle marcha de long en large sous la chose pour l'examiner. Celle-ci était à peu près grosse comme la tête de Fureteuse et ruisselait de lumière… ou plutôt la lumière du soleil miroitait dessus, comme elle l'aurait fait à la surface d'un ruisseau. La chose n'avait pas d'odeur. On aurait cru un fruit suspendu à une branche, seulement il n'y avait pas d'arbre. Quatre millions d'années d'adaptation au champ gravitationnel immuable de la Terre avaient instillé en Fureteuse la conviction que rien d'aussi petit et solide ne pouvait flotter en l'air sans support : c'était une nouveauté, et donc une chose à redouter. Mais elle ne lui tomba pas dessus ni ne l'attaqua.

Fureteuse se hissa sur la pointe des pieds pour examiner la sphère et vit deux yeux qui lui rendaient son regard.

Elle poussa un grognement et tomba accroupie. Mais la sphère flottante n'eut pas de réaction et, quand Fureteuse leva de nouveau les yeux, elle comprit. La sphère lui renvoyait son reflet, mais déformé ; ces yeux étaient les siens, tout comme elle les avait déjà vus à la surface d'une eau calme. De tous les animaux de la Terre, seule son espèce aurait pu se reconnaître dans un tel reflet, car elle seule avait une véritable conscience de son identité. Mais il lui semblait, vaguement, qu'en renvoyant une telle image, la sphère flottante la regardait de la même façon qu'elle-même l'avait regardée, comme s'il s'agissait d'un Œil énorme.

Elle allongea le bras, mais même sur la pointe des pieds, avec ses longs bras de singe arboricole, elle ne put l'atteindre. Avec plus de temps, elle aurait peut-être eu l'idée de trouver quelque chose, rocher ou tas de branches, sur quoi monter pour se rapprocher de la sphère.

Mais Tortilleuse se mit alors à hurler.

Fureteuse tomba à quatre pattes et se mit à courir avant même de s'en rendre compte. Quand elle vit ce qui arrivait à son enfant, elle fut terrifiée.

Deux créatures se tenaient au-dessus de Tortilleuse. Elles ressemblaient à des singes, mais elles étaient plus grandes et se tenaient debout. Leur poitrine était d'un rouge éclatant, comme si leur corps avait été trempé dans du sang, et leur visage était plat et dépourvu de poils. Et elles avaient capturé Tortilleuse. Elles avaient laissé tomber quelque chose, comme des lianes ou des plantes grimpantes, sur l'enfant. Tortilleuse se débattait, braillait et mordait, mais les deux grandes créatures maintenaient sans peine les lianes qui l'emprisonnaient.

Fureteuse bondit, hurlant, montrant les dents.

Un des êtres à la poitrine rouge la vit. Il écarquilla les yeux de surprise, puis brandit un bâton qu'il fit tournoyer en l'air. Quelque chose d'incroyablement dur la frappa à la tempe. Fureteuse pesait assez lourd et elle allait assez vite pour venir percuter dans son élan la créature, qu'elle fit tomber. Mais elle était groggy et avait un goût de sang dans la bouche.

À l'est, une couche de nuages noirs tourbillonnants apparut au-dessus de l'horizon. Il y eut un lointain roulement de tonnerre et un éclair jaillit.

2

Le *LITTLE BIRD*

Au moment de la Discontinuité, Bisesa Dutt était dans les airs.

De sa place au fond du cockpit de l'hélicoptère, la visibilité était réduite – ce qui était paradoxal, car le but de sa mission était justement d'observer le sol. Mais quand le *Little Bird* prit de la hauteur, son champ de vision s'élargit et elle put voir les rangées de hangars préfabriqués alignés avec une rigueur toute militaire. Cette base des Nations unies existait depuis déjà une trentaine d'années, ses bâtiments « provisoires » avaient acquis une noblesse un peu miteuse et les pistes de terre battue qui s'en éloignaient à travers la plaine avaient tout de véritables routes.

Quand l'hélicoptère s'éleva encore, la base se réduisit à un barbouillage de blanc de chaux et de filets de camouflage perdu sur la paume immense du pays. La région était désolée, avec par endroits une tache gris-vert là où s'efforçaient de survivre un bouquet d'arbres ou quelques touffes d'herbe racornie. Mais, dans le lointain, des montagnes se pressaient au-dessus de l'horizon, couronnées de blanc, majestueuses.

Le *Little Bird* fit une embardée et Bisesa fut projetée contre la paroi.

Casey Othic, le pilote, tira sur le manche et l'appareil retrouva bientôt son assiette, se rapprochant du sol rocailleux. Casey se retourna avec un large sourire.

— Désolé. La météo n'avait pas prévu ce genre de rafales. Mais qu'est-ce qu'elles peuvent y connaître, ces grosses têtes ? Ça va bien, derrière ? demanda-t-il d'une voix qui résonnait terriblement fort dans le casque de Bisesa.

— Je me sens comme sur la banquette arrière d'une Corvette, répondit-elle.

Le sourire de Casey s'élargit, découvrant des dents parfaites.

— Pas la peine de crier, je t'entends très bien par la radio, dit-il en tapotant son casque. La ra-dio. Vous connaissez ça, dans l'armée britannique ?

Sur le siège voisin de Casey, le copilote, Abdikadir Omar, lança un coup d'œil en direction de l'Américain et secoua la tête d'un air affligé.

Le *Little Bird* était un appareil d'observation à verrière dérivé d'un hélicoptère d'attaque en service depuis la fin du XXᵉ siècle. En cette année 2037, moins agitée, ce *Little Bird* était affecté à des tâches plus pacifiques : observation, recherche et missions de secours. La bulle de son habitacle avait été agrandie pour accueillir un équipage de trois personnes, les deux pilotes à l'avant et Bisesa tassée sur la banquette arrière.

Casey pilotait son antique appareil avec nonchalance, d'une seule main. Solide et trapu, il portait le grade d'adjudant-chef et avait été détaché auprès de l'O.N.U. par les forces aérospatiales des États-Unis. Son casque bleu ciel des Nations unies était orné d'une animation holographique qui n'avait rien de réglementaire : un drapeau américain flottant au vent. L'épaisse visière de son

CDP, ou «collimateur de pilotage», qui lui couvrait la plus grande partie du visage au-dessus du nez, était noire aux yeux de Bisesa, de sorte qu'elle ne voyait que la mâchoire carrée du pilote.

— Malgré ta stupide visière, je vois bien que tu me reluques, dit-elle d'un ton sec.

Abdikadir, un beau Pachtoun, se tourna vers elle avec un large sourire :

— À force de passer du temps avec des pithécanthropes comme Casey, on finit par s'habituer.

— Je suis un parfait gentleman, répliqua Casey, qui se pencha pour lire le badge de Bisesa. «Bisesa Dutt». C'est un nom pakistanais ?

— Indien.

— C'est donc d'Inde que tu viens ? Mais ton accent est… quoi, australien ?

Elle réprima un soupir : les Américains ne reconnaissaient jamais les accents régionaux.

— Je viens de Manchester, en Angleterre. Je suis une Britannique de troisième génération.

— Bienvenue à bord, lady Dutt, dit Casey en imitant la voix de Cary Grant.

Abdikadir lui donna une bourrade.

— Bon sang, tu n'en loupes pas une, tu alignes les pires clichés. Bisesa, c'est ta première mission ?

— La deuxième.

— Ça fait une dizaine de fois que je vole avec cet abruti et il fait ça à tous les coups, quelle que soit la personne à l'arrière. Ne le laisse pas t'embêter.

— Il ne m'embête pas, répondit-elle d'un ton uni. Il fait ça pour tromper l'ennui.

Casey éclata d'un rire gras :

—C'est plutôt monotone par ici, à la base Clavius. Mais tu devrais te sentir comme chez toi, là-bas dans les zones tribales, lady Dutt. On va voir si on peut te trouver quelques têtes crépues à dégommer au fusil à éléphants.

Abdikadir adressa un sourire à Bisesa.

—Que peut-on attendre d'autre d'un culturiste chrétien ?

—Ça te va bien de dire ça, espèce de moudjahid au nez crochu, répliqua Casey.

Devant l'air inquiet de Bisesa, Abdikadir s'empressa de dire :

—Ne t'en fais pas. Je suis vraiment un moudjahid, ou je l'ai été, et lui c'est vraiment un culturiste. En fait, nous sommes les meilleurs amis du monde. Nous sommes tous les deux œcumènes, mais ne le répète à personne…

Ils furent soudain pris dans une turbulence. C'était comme si l'hélico venait de descendre de plusieurs mètres dans un trou d'air. Les pilotes se turent, concentrés sur leurs instruments.

De même grade que Casey, Abdikadir, citoyen afghan, était un Pachtoun, originaire de la région. Bisesa en était venue à le connaître relativement bien, alors qu'elle était en poste depuis peu de temps. Il avait un large visage ouvert, un nez imposant que l'on pouvait qualifier d'aquilin et un mince collier de barbe. Ses yeux étaient d'un bleu surprenant et ses cheveux blond vénitien. Il disait les avoir hérités des armées d'Alexandre le Grand, qui étaient autrefois passées par là. Doux, aimable et cultivé, il acceptait sa place dans la hiérarchie locale officieuse : étant un des rares Pachtouns à travailler pour l'O.N.U., sa collaboration était appréciée, mais en tant qu'Afghan il devait s'effacer devant les Américains et passait plus de temps à copiloter

qu'à piloter. Les soldats britanniques l'avaient surnommé
« Ginger », le « Rouquin ».

Le voyage, qui n'avait rien de confortable, se poursuivit.
Le *Little Bird* prenait de l'âge : la cabine empestait l'huile
de moteur et le liquide hydraulique, les surfaces métalliques
étaient couvertes d'éraflures et les déchirures du capitonnage
rudimentaire de la banquette de Bisesa étaient rafistolées avec
du ruban adhésif. Et le bruit du rotor, juste au-dessus de sa
tête, était assourdissant, malgré le généreux rembourrage de
son casque. Mais il fallait bien se dire qu'il en avait toujours
été ainsi, les gouvernements dépensaient moins pour la paix
que pour la guerre.

En entendant approcher l'hélicoptère, Moallim fit ce
qu'il avait à faire.

La plupart des villageois adultes coururent s'assurer que
leurs caches d'armes et de haschisch étaient bien dissimulées,
mais les intentions de Moallim étaient autres. Il prit son
barda et s'élança vers le trou qu'il s'était aménagé quelques
semaines plus tôt en prévision d'un tel jour.

En une poignée de secondes, il s'y retrouva à plat ventre,
le lance-roquettes sur l'épaule. Il avait creusé pendant des
heures avant d'arriver assez profond pour se mettre à l'abri
des gaz brûlants éjectés à l'arrière du tube tout en bénéficiant
de l'élévation nécessaire au tir. Mais, une fois dans le trou
et recouvert d'un peu de terre et de végétation, il était
vraiment bien caché. L'arme était une antiquité, un vestige
de l'invasion russe des années 1980, mais, bien entretenue et
nettoyée, elle fonctionnait encore et était toujours mortelle.
Si l'hélico passait assez près, il réussirait certainement.

Moallim avait quinze ans.

Il en avait à peine quatre quand il avait vu pour la première fois des hélicoptères occidentaux. Ceux-ci étaient arrivés de nuit, toute une escadrille. Ils volaient très bas, noirs sur fond noir, tels des corbeaux en furie. Leur vacarme vous vrillait les oreilles et le vent qu'ils produisaient menaçait de vous jeter à terre en déchirant vos vêtements. Les échoppes du marché avaient été balayées, les vaches et les chèvres s'étaient enfuies, terrifiées, et les maisons avaient vu s'envoler les tôles de leur toit. Moallim avait entendu dire, sans en être directement témoin, qu'un bébé arraché aux bras de sa mère s'était élevé en tourbillonnant dans les airs pour ne plus jamais redescendre.

Puis les tirs avaient commencé.

Plus tard, d'autres hélicoptères étaient arrivés et avaient largué des tracts censés expliquer le « but » du raid : on avait constaté une recrudescence de la contrebande d'armes dans la région, on soupçonnait que des cargaisons d'uranium avaient transité par le village, et ainsi de suite. « Indispensable », cette frappe avait été « chirurgicale » et appliquée avec « la plus grande retenue ». Les tracts avaient été déchirés et utilisés en guise de papier hygiénique. Tout le monde détestait les hélicoptères et leur arrogance. À quatre ans, Moallim ne connaissait pas de mots pour décrire ce qu'il ressentait.

Et il avait continué à venir des hélicoptères. Les plus récents étaient ceux de l'O.N.U., censés être là pour faire respecter la paix, mais tout le monde savait que c'était la paix de quelqu'un d'autre et que ces appareils de « surveillance » étaient bardés d'armes.

Il n'existait qu'une solution à ces problèmes, avait-on expliqué à Moallim.

Les anciens lui avaient appris à se servir d'un lance-roquettes. Il était toujours difficile d'atteindre une cible mouvante. On avait donc remplacé les détonateurs par des minuteries, de façon à faire exploser les projectiles en plein vol. Du moment qu'on tirait assez près, il n'était pas nécessaire de faire mouche pour abattre un appareil aérien… surtout un hélico, à plus forte raison si on visait le rotor de queue, son élément le plus vulnérable.

Les lance-roquettes étaient gros, encombrants et aisément repérables. Ils étaient délicats à manier, lourds, il n'était pas facile de viser avec… et si on vous voyait en train d'en manipuler un en terrain découvert ou sur un toit, vous étiez mort. Alors il fallait se cacher et laisser l'hélicoptère venir à vous. S'il passait par là, son équipage, entraîné à éviter les constructions par crainte d'un piège éventuel, ne verrait rien de plus qu'un bout de tuyau pointant hors du sol. Il supposerait qu'il s'agissait simplement d'une canalisation éventrée, vestige d'un des nombreux programmes « humanitaires » imposés depuis des lustres à la région. Comme il survolait un terrain dégagé, il se croirait en sécurité. Moallim sourit.

Au-dessus de Bisesa, le ciel paraissait bizarre. D'épais nuages noirs surgis de nulle part se rassemblaient en une bande compacte qui formait une barre sur l'horizon, masquant les montagnes. Le ciel lui-même était comme délavé.

Discrètement, Bisesa extirpa son portable d'une poche de sa combinaison de vol. Le tenant niché au creux de sa main, elle chuchota dans le micro :

— Je ne crois pas que la météo avait prévu des formations orageuses.

— Moi non plus, répondit son portable, qui fit défiler sur son petit écran, à la recherche des derniers bulletins météo, les centaines de chaînes qui arrosaient, invisibles, cette partie de la Terre.

On était le 8 juin 2037. C'était du moins ce que pensait Bisesa. L'hélicoptère poursuivit son chemin.

3

Mauvais œil

Josh White comprit qu'il devait se passer quelque chose d'inhabituel quand il se sentit brutalement tiré du sommeil : une main rude sur son épaule, un flot de paroles excité, un visage penché sur lui.

— Josh… réveille-toi ! Tu ne vas pas le croire… c'est vraiment quelque chose… si ce n'est pas un coup des Russes, je veux bien manger tes bandes molletières…

C'était Ruddy, bien sûr. Le jeune journaliste n'avait pas de veste et sa chemise était déboutonnée ; il venait manifestement lui-même de tomber du lit. Mais son large visage, dominé par un grand front, était emperlé de sueur, et ses yeux, minuscules derrière ses lunettes en cul-de-bouteille, brillaient d'excitation.

Clignant des paupières, Josh s'assit dans son lit. Le soleil se déversait dans la pièce par la fenêtre ouverte. C'était la fin de l'après-midi : il faisait la sieste depuis une heure.

— Qu'est-ce qu'il peut y avoir d'assez important pour que tu me prives de mon repos, Binoclard ? Surtout après la nuit dernière… Laisse-moi d'abord faire un brin de toilette !

Ruddy s'écarta.

— D'accord. Mais pas plus de dix minutes. Si tu rates ça, Josh, tu le regretteras le restant de ta vie. Dix minutes !

Et il sortit en coup de vent.

Josh, se résignant à l'inévitable, s'extirpa du lit et traversa la chambre dans un état second.

Comme Ruddy, Josh était journaliste, envoyé spécial du *Boston Globe*, chargé de fournir des reportages sur le vif de la province de la Frontière du Nord-Ouest, cette région reculée de l'Empire britannique – reculée, oui, mais sans doute cruciale pour l'avenir de l'Europe et, par conséquent, d'un intérêt certain jusque dans le Massachusetts. La chambre n'était guère plus qu'un réduit exigu du fort de Jamroud et il devait la partager avec Ruddy, grâce à qui elle était encombrée de vêtements, de malles à moitié vides, de livres, de journaux et d'un petit bureau pliant sur lequel Ruddy rédigeait ses dépêches pour la *Civil and Military Gazette and Pioneer*, le journal de Lahore qui l'employait. Malgré tout, Josh savait qu'il avait de la chance d'avoir ne serait-ce qu'une chambre : la grande majorité des soldats en poste à Jamroud, Européens aussi bien qu'Indiens, dormaient sous une tente.

À la différence des soldats, Josh était tout à fait en droit de faire la sieste s'il en éprouvait le besoin. Mais il pouvait maintenant entendre qu'il se passait bien quelque chose d'inhabituel : cris, bruits de pas précipités. Pas une opération militaire, assurément, ni une nouvelle attaque de rebelles pachtouns, sinon il aurait déjà entendu des coups de feu. Quoi, alors ?

Josh trouva une cuvette d'eau propre et chaude, avec son nécessaire de rasage à côté. Il se lava la figure et le cou, examinant son visage ensommeillé dans le morceau de miroir fixé au mur. Ses traits étaient quelconques, avec un nez qu'il considérait comme retroussé, et cet après-midi ses poches sous les yeux ne l'avantageaient en rien. À vrai dire, il n'avait pas eu trop mal à la tête ce matin-là, mais c'était dû au fait que, pour survivre aux longues soirées du mess, il avait appris à s'en tenir à la bière. Pour sa part, Ruddy avait cédé à son occasionnel penchant pour l'opium – mais les heures passées à téter son narguilé paraissaient n'avoir laissé aucune trace sur son jeune organisme de dix-neuf ans. Josh, qui à l'âge de vingt-trois ans se faisait l'effet d'un ancien combattant, l'enviait.

L'eau de son rasage avait été discrètement apportée par Noor Ali, le boy de Ruddy. En bon Bostonien, Josh trouvait choquante une telle servilité : quand Ruddy cuvait ses pires excès de boisson, Noor Ali était censé le raser au lit, même endormi ! Et les coups de fouet que Ruddy estimait nécessaire de lui administrer de temps en temps étaient durs à avaler. Mais Ruddy était un « Anglo-Indien », né à Bombay. Il était dans son pays, dut se rappeler Josh ; lui-même était là pour rapporter ce qu'il voyait, pas pour juger. Et de toute façon, reconnut-il avec un sentiment de culpabilité, il était bien agréable de trouver à son réveil de l'eau chaude et une tasse de thé brûlant.

Il se sécha et s'habilla rapidement. Puis il jeta un dernier coup d'œil dans le miroir et passa les doigts dans sa tignasse noire indisciplinée. Il hésita, puis glissa son revolver dans sa ceinture avant de se diriger vers la porte.

C'était l'après-midi du 24 mars 1885. Du moins Josh le croyait-il encore.

Une grande excitation régnait dans le fort. Dans la cour plongée dans l'ombre, des soldats couraient vers la porte. Josh se joignit à leur joyeuse cohue.

Une bonne partie des Britanniques stationnés à Jamroud appartenaient au 72e régiment de Highlanders et, si certains portaient des culottes bouffantes indigènes, d'autres étaient vêtus de vestes kaki et de pantalons d'uniforme rouges. Mais les visages blancs étaient rares : les Sikhs et les Gurkhas étaient trois fois plus nombreux que les Britanniques. Quoi qu'il en soit, cet après-midi, Européens et cipayes mélangés se bousculaient et jouaient des coudes pour sortir du fort. Ces hommes, stationnés depuis des mois loin de leur famille dans ce lieu désolé, auraient donné n'importe quoi pour la moindre nouveauté venue rompre la monotonie. Sur le chemin de la porte, Josh aperçut le capitaine Grove, commandant du fort, qui traversait la cour, l'air préoccupé.

En sortant dans la lumière du soleil déclinant, à l'extérieur du fort, Josh fut passagèrement aveuglé. L'air frais et sec le fit frissonner. Le ciel était bleu pâle et sans nuages, mais Josh vit à l'ouest, au-dessus de l'horizon, une bande ténébreuse, comme une nuée orageuse. De telles intempéries étaient inhabituelles à cette époque de l'année.

C'était la Frontière du Nord-Ouest, l'endroit où les Indes se fondaient dans l'Asie. Pour les Britanniques, ce grand couloir qui courait du nord-est au sud-ouest, entre les chaînes de montagnes au nord et l'Indus au sud, était la limite naturelle de leur dominion indien… mais c'était aussi une écorchure à vif dans leur flanc et la sécurité de la possession la plus précieuse de l'Empire dépendait de la stabilité de la Frontière. Et le fort de Jamroud était planté en son milieu.

Celui-ci était un vaste ensemble aux épaisses murailles de pierre flanquées à chaque coin de robustes tours de guet. Hors les murs, des tentes coniques étaient alignées avec une rigueur toute militaire. À l'origine, Jamroud avait été édifié par les Sikhs, qui avaient longtemps gouverné la région et mené leurs propres guerres contre les Afghans, mais il était désormais aux mains des Britanniques.

Ce jour-là, ce n'était pas la destinée des empires que chacun avait en tête. Les soldats convergeaient vers l'esplanade de terre battue qui servait de place d'armes, en direction d'un point situé à une centaine de mètres des portes du fort. Là, Josh aperçut, flottant en l'air, une boule qui évoquait l'enseigne d'un prêteur sur gages. Elle brillait au soleil d'un vif éclat argenté. Un attroupement d'une cinquantaine de soldats, d'ordonnances et de civils diversement accoutrés s'était rassemblé sous la mystérieuse sphère.

Au milieu, bien sûr, se tenait Ruddy. Il était en train de prendre la direction des opérations, marchant de long en large sous la boule en suspension, la scrutant à travers ses grosses lunettes et se grattant le menton comme s'il était aussi savant que Newton. Ruddy était petit, pas plus d'un mètre soixante-dix, et assez trapu, voire un peu grassouillet. Il avait un visage large, une moustache fournie et, au-dessus de ses sourcils en broussaille, un large front plat qu'un début de calvitie faisait paraître d'autant plus grand. Débordant d'énergie… oui, se dit Josh avec une affection teintée d'exaspération, c'était ce qui décrivait le mieux Ruddy. Avec son maintien raide, quoique vigoureux, celui-ci donnait plus l'impression d'avoir trente-neuf ans que dix-neuf. Il avait une vilaine tache rouge sur la joue, sa « plaie de Lahore », qu'il pensait due à une morsure de fourmi et qui résistait à tous les traitements.

Les soldats se moquaient parfois de lui à cause de sa suffisance et de son air pompeux… les combattants avaient de toute façon une piètre opinion des civils. Mais, en même temps, ils l'aimaient bien ; dans ses dépêches pour la *Gazette*, comme dans ses histoires de chambrée, il prêtait à ces « Tommies » si loin de chez eux une âpre éloquence dont ils savaient manquer.

Josh se fraya un chemin dans la foule jusqu'à lui.

— Je ne vois pas ce que cet engin flottant a de si étrange… un tour de magie, peut-être ?

Ruddy poussa un grognement.

— Plus vraisemblablement une ruse du tsar. Un nouveau modèle d'héliographe, peut-être.

Ils furent rejoints par Cecil De Morgan, le mandataire.

— Si c'est *jadoo*, j'aimerais connaître le secret de cette magie. Toi, là…, dit-il en s'approchant d'un des cipayes, prête-moi ta batte de cricket.

Il la prit et, la brandissant, la fit passer sous la boule flottante, puis tout autour.

— Vous voyez ? Il est impossible qu'il y ait quelque chose pour le soutenir, pas de fil invisible ni de tige de verre, aussi contournée soit-elle.

— *Asli nahim ! Fareib !* s'exclamèrent les cipayes, alarmés.

— Ils disent que c'est un œil, un mauvais œil, chuchota Ruddy. Il nous faudrait peut-être un *nuzzoo-watto* pour détourner son regard maléfique.

Josh posa une main sur l'épaule de Ruddy.

— Mon ami, tu es plus imprégné des Indes que tu es disposé à l'avouer. C'est probablement un ballon rempli d'air chaud. Rien de plus extraordinaire.

Mais l'attention de Ruddy fut attirée par un lieutenant à l'air préoccupé qui se frayait un passage dans la foule, manifestement à la recherche de quelqu'un. Ruddy se hâta d'aller lui parler.

— Un ballon, avez-vous dit ? demanda De Morgan à Josh. Comment se fait-il donc qu'il reste immobile malgré le vent ? Et… voyez ça !

Il fit tourner la batte de cricket comme une hache au-dessus de sa tête et en frappa la sphère volante. Il y eut un bruit fracassant et, à la grande surprise de Josh, la batte rebondit simplement sur la sphère, qui demeura aussi immobile que si elle avait été scellée dans le roc. De Morgan montra la batte et Josh vit que celle-ci s'était fendue.

— Je m'en suis fait mal aux doigts ! Dites-moi donc, monsieur, avez-vous jamais vu une telle chose ?

— Non, reconnut Josh. Mais s'il y a un moyen d'en tirer profit, Morgan, je vous fais confiance pour le trouver.

— *De* Morgan, Joshua.

De Morgan gagnait grassement sa vie en approvisionnant Jamroud et d'autres forts de la région. Âgé d'une trentaine d'années, c'était un homme de haute taille assez suiffeux. Même ici, à des kilomètres de la ville la plus proche, il portait un costume neuf en toile d'une délicate teinte vert olive, une cravate bleu ciel et un casque colonial d'un blanc de neige. C'était le genre d'homme qu'attiraient les franges de la civilisation où il y avait de gros bénéfices à engranger et un certain laisser-aller dans l'application de la loi. Les officiers le considéraient, lui et ses semblables, avec un mépris non dissimulé, mais il entretenait sa popularité auprès des hommes de troupe en leur fournissant bière et tabac, ou même des prostituées à l'occasion, et de temps en temps un sac de haschisch pour les officiers… ainsi que pour Ruddy.

Malgré le petit numéro de De Morgan, le spectacle semblait terminé. Comme la sphère ne bougeait pas plus qu'elle tournait, ni ne s'ouvrait ou tirait des balles, l'assistance parut se lasser. En outre, certains frissonnaient en cet après-midi inhabituellement froid pour la saison, d'autant que le vent du nord continuait à souffler. Quelques-uns repartirent vers le fort et l'attroupement commença à se disperser.

Mais des cris s'élevèrent alors en bordure du groupe : il devait s'être encore passé quelque chose d'inusité. De Morgan, la langue pendante, partit en courant aux nouvelles, flairant une bonne affaire.

Ruddy tira Josh par l'épaule.

— Ça suffit avec ces tours de magie, dit-il. Nous devrions rentrer. Nous allons bientôt avoir beaucoup de travail, je le crains !

— Que veux-tu dire ?

— Je viens d'avoir une conversation avec Brown, qui a parlé à Townshend, qui a entendu Harley dire…

Le capitaine Harley était le chargé d'affaires délégué par l'agence de Khyber, la branche de l'administration provinciale responsable des relations diplomatiques avec les chefs des tribus pachtouns et afghanes. Ce n'était pas la première fois que Josh enviait les relations chez les jeunes officiers de Jamroud qu'avait Ruddy.

— Bref, nos communications sont coupées, conclut Ruddy.

Josh fronça les sourcils.

— Que veux-tu dire… ? Le fil du télégraphe a encore été sectionné ?

Quand la liaison avec Peshawar était rompue, il était difficile de faire passer des articles. Dans sa lointaine Boston, le rédacteur en chef de Josh voyait d'un mauvais œil les retards dus aux envois en ville par coursier à cheval.

Mais Ruddy répondit :

— Pas uniquement. Les héliographes aussi. Nous n'avons pas vu le moindre éclat de lumière en provenance des stations du nord et de l'ouest depuis l'aube. Selon Brown, le capitaine Grove va envoyer des patrouilles. Ce qui est arrivé a dû être coordonné à grande échelle.

Les héliographes étaient des appareils de signalisation portatifs rudimentaires, de simples miroirs sur des trépieds pliants. Une série de postes de transmissions héliographiques avait été mise en place dans les collines entre Jamroud et la passe de Khyber, ainsi que de l'autre côté, vers Peshawar. C'était donc pour ça que le capitaine Grove avait l'air si préoccupé, tout à l'heure dans le fort.

— Sur le terrain, une centaine de gorges britanniques ont peut-être été tranchées durant la nuit par ces sauvages de Pachtouns ou par les assassins de l'émir… ou, pis encore, par ceux qui les manipulent : les Russes en personne ! ajouta Ruddy.

Mais, alors même qu'il décrivait ces sinistres possibilités, les yeux de Ruddy brillaient d'excitation, derrière les verres épais de ses lunettes.

— Tu te réjouis du déclenchement d'une guerre comme seul un civil en est capable, dit Josh.

— Le moment venu, je ferai mon devoir, répliqua Ruddy sur la défensive. Mais en attendant, les mots sont mes seules armes… comme ils le sont pour toi, Joshua, alors ne viens pas me faire la morale.

Mais il retrouva vite sa bonne humeur naturelle.

— C'est excitant, hein ? Tu ne peux pas le nier. Au moins il se passe quelque chose ! Allez, mettons-nous au travail !

Sur ce, il tourna les talons et partit en courant vers le fort.

Josh s'apprêtait à le suivre. Il crut entendre comme le battement d'ailes d'un grand oiseau. Il se retourna. Mais la direction du vent changea et le bruit étrange disparut.

Quelques soldats jouaient encore avec l'Œil. Un homme monté sur les épaules d'un autre s'accrocha des deux mains à la sphère et y resta suspendu de tout son poids. Puis, riant, il se laissa tomber à terre.

De retour dans leur chambre, Ruddy se dirigea droit à son bureau, attira à lui une pile de papier, ouvrit le couvercle d'un encrier et se mit à écrire.

Josh le regarda.

—Que vas-tu raconter ?

—Je le saurai dans un instant.

Il ne s'arrêtait pas d'écrire pour parler. Une cigarette turque aux lèvres comme à son habitude, il travaillait sans souci de propreté, projetant des gouttelettes d'encre autour de lui. Josh avait appris à mettre ses affaires à l'abri. Mais il ne pouvait s'empêcher d'admirer la facilité de Ruddy.

Vidé de toute énergie, Josh s'allongea sur son lit, les mains croisées derrière la nuque. Contrairement à Ruddy, il lui fallait mettre ses idées en ordre avant de pouvoir écrire un mot.

La région était d'une importance stratégique capitale pour les Britanniques, comme elle l'avait été pour les conquérants qui les avaient précédés. Au nord-ouest s'étendait l'Afghanistan, centré sur l'Hindou Kouch, par les passes duquel avaient jadis déferlé les armées d'Alexandre le Grand comme les hordes de Gengis Khan et de Tamerlan, toutes attirées vers le sud par les mystères et les richesses des Indes. Jamroud même occupait une position clé sur le chemin de la passe de Khyber, entre Kaboul et Peshawar.

Mais la province elle-même était plus qu'un simple couloir pour la soldatesque étrangère. Il y vivait une population qui considérait ce pays comme sien : les Pachtouns, une race de farouches guerriers, fiers et rusés. Ceux-ci – que Ruddy appelait des « Pathans » – étaient des musulmans dévots et soumis à leur code de l'honneur, le *pakhtunwali*. Ils étaient divisés en tribus et en clans, mais ce morcellement même leur donnait une flexibilité qui faisait leur force. Peu importait la gravité d'une défaite subie par l'une ou l'autre de leurs tribus, il en surgissait toujours davantage des montagnes, avec leurs vieilles pétoires à long canon, les *jezails*. Josh en avait rencontré quelques-uns, prisonniers des Britanniques. C'étaient les gens les plus étranges qu'il avait jamais vus. Les soldats britanniques leur témoignaient néanmoins un certain respect empreint de prudence. Des Highlanders disaient même que le *pakhtunwali* n'était pas tellement différent de leur propre code de l'honneur.

Au cours des siècles, bien des envahisseurs s'étaient cassé les dents sur la Frontière, qu'un administrateur impérial avait qualifiée de « haie épineuse non taillée ». L'autorité du puissant Empire britannique ne s'y étendait guère au-delà des routes ; ailleurs, seules régnaient les lois de la tribu et du fusil.

La région était redevenue l'arène d'intrigues internationales. Une nouvelle fois, un empire cupide tournait vers les Indes des yeux avides : cette fois, c'était la Russie tsariste. Les intérêts de la Grande-Bretagne étaient parfaitement clairs. Il ne fallait à aucun prix laisser la Russie, ou la Perse que cette dernière soutenait, prendre pied en Afghanistan. À cette fin, les Britanniques faisaient depuis des lustres tout pour que l'Afghanistan soit gouverné par un émir bien disposé à leur égard… à défaut, ils se préparaient à lui livrer bataille. La confrontation larvée semblait près d'atteindre un point critique. Le mois passé, les Russes avaient régulièrement progressé à travers le Turkestan et approchaient maintenant de Pendjeh, la dernière oasis avant la frontière afghane, obscure halte de caravanes devenue soudain le centre de l'attention mondiale.

Josh trouvait assez consternant ce jeu d'échecs international. Par une simple logique géographique, la région était un endroit où de grands empires entraient en collision et, malgré tout le panache des Pachtouns, ces forces formidables écrasaient les populations qui avaient l'infortune d'y être nées. Il se demandait parfois s'il en serait toujours ainsi, si cette malheureuse contrée était à jamais destinée à être le théâtre de guerres… et pour quels inimaginables trésors les gens s'y affrontaient.

— Ou un jour, peut-être, avait-il une fois dit à Ruddy, les hommes renonceront à la guerre comme, en grandissant, un enfant oublie les jouets de sa nurserie.

Ruddy avait grogné dans sa moustache.

— Peuh ! Pour quoi faire… jouer au cricket toute la journée ? Josh, les hommes iront toujours à la guerre, parce que ce seront toujours des hommes et que la guerre sera toujours *distrayante*.

Josh était un naïf, un Américain à la vision étriquée, loin de chez lui, qui avait besoin de « sortir de l'enfance », avait ajouté Ruddy du haut de ses dix-neuf ans.

En moins d'une demi-heure, Ruddy eut fini d'ébaucher son article. Il se laissa aller contre son dossier, contemplant par la fenêtre les lueurs du couchant, son regard de myope braqué sur des visions que Josh ne pouvait partager.

— Ruddy… si la situation dégénère… penses-tu qu'on nous renverra à Peshawar ?

Ruddy poussa un grognement.

— J'espère bien que non ! C'est pour ça que nous sommes ici. Réfléchis ! dit-il, et il se mit à lire ce qu'il venait d'écrire : « Loin là-bas, par-delà l'Hindou Kouch, ils font mouvement… dans leurs vareuses vertes ou grises, au pas cadencé sous l'aigle à deux têtes du tsar. Bientôt ils dévaleront la passe de Khyber. Mais au sud se masseront d'autres colonnes. Venus de Dublin et de Delhi, de Calcutta et de Colchester, réunis par une discipline et par un but communs, des hommes prêts à donner leur vie pour la veuve de Windsor… » Les joueurs attendent sur les marches du vestiaire, les arbitres sont prêts, les bâtonnets posés sur les piquets. Et nous, ici, nous sommes sur la ligne de touche ! Qu'est-ce que tu en dis… hein, Josh ?

— Tu peux être vraiment énervant, parfois, Ruddy.

Mais avant que ce dernier ait pu répliquer, Cecil De Morgan fit irruption dans la chambre. Le mandataire était cramoisi, haletant, les vêtements couverts de poussière.

— Vous devriez venir, vous autres… venez donc voir ce qu'ils ont trouvé !

Avec un soupir, Josh se leva de son lit. N'y aurait-il jamais de fin aux bizarreries de cette journée ?

C'est un chimpanzé, pensa-t-il tout d'abord. Un chimpanzé, pris dans un genre de filet, qui gisait immobile sur le sol. Près de lui, un petit paquet renfermait un autre animal, peut-être un bébé. Les animaux prisonniers avaient été ramenés au camp accrochés à de longs bâtons passés dans les mailles des filets. Deux cipayes étaient en train de déballer le plus gros des deux.

De Morgan était là, virevoltant, comme pour délimiter une concession minière.

— Ils les ont capturés au nord – deux soldats en patrouille – à moins de deux kilomètres.

— Ce n'est jamais qu'un chimpanzé, dit Josh.

— Je n'ai jamais entendu parler de chimpanzés dans cette partie du monde, objecta Ruddy en se tripotant la moustache. Y a-t-il un zoo, à Kaboul ?

— Il ne vient pas d'un zoo, haleta De Morgan. Et ce n'est pas un chimpanzé. Doucement, les enfants…

Les cipayes avaient dégagé leur prisonnier de son filet. La fourrure de l'animal était poisseuse de sang. Il était roulé en boule, les jambes ramenées contre la poitrine et la tête cachée entre ses longs bras repliés. Les hommes avaient à la main des bâtons qu'ils brandissaient comme des massues et Josh vit des meurtrissures sur le dos de l'animal.

Ce dernier parut se rendre compte qu'il n'était plus prisonnier du filet. Il baissa les bras et, soudain, d'un mouvement fluide, roula sur le côté et s'accroupit, les phalanges doucement posées sur le sol. Méfiants, les hommes reculèrent et l'animal les regarda fixement.

— Grands dieux, c'est une femelle, s'exclama Ruddy.

De Morgan fit signe à un cipaye.

— Fais-la se lever.

À contrecœur, le cipaye, un solide gaillard, s'avança. Il tendit son bâton à bout de bras et poussa le bas du dos de la créature. Celle-ci gronda et montra de larges dents. Mais le cipaye insista. Finalement, avec grâce – et une certaine dignité, estima Josh –, la créature déplia ses jambes et se mit *debout*.

Josh entendit Ruddy hoqueter de surprise.

Elle avait un corps de chimpanzé, cela ne faisait pas de doute, avec des mamelles flasques, des parties génitales gonflées et des fesses roses. Ses membres aussi avaient des proportions simiesques, mais elle se tenait droit sur de longues jambes qui, visiblement, s'articulaient sur son bassin comme celles d'un être humain.

— Mon Dieu, s'exclama Ruddy. C'est une caricature de femme… une monstruosité !

— Ce n'est pas une monstruosité, dit Josh. Elle est moitié singe, moitié humaine ; j'ai lu que certains naturalistes envisageaient l'existence de telles créatures intermédiaires entre nous et les animaux.

— Vous voyez ? dit De Morgan en les regardant alternativement d'un air cupide et calculateur. Avez-vous jamais vu une telle chose ?

Il entreprit de faire le tour de la créature.

— Attention, *sahib*, dit avec un accent prononcé le robuste cipaye. Elle ne mesure qu'un mètre vingt, mais elle sait griffer et donner des coups de pied, je vous assure.

— Pas un singe, une femme-singe… Il faut la ramener à Peshawar, puis à Bombay et en Angleterre. Imaginez un peu la sensation dans les zoos ! Ou peut-être même dans les salles de théâtre… On n'a jamais rien vu de tel, même en Afrique ! Quelle sensation !

Le plus petit des deux animaux, encore pris dans le filet, parut s'éveiller. Il s'agita et marmonna faiblement. La femelle réagit aussitôt, comme si elle ne s'était pas rendu compte jusque-là de sa présence. Elle bondit vers lui, les bras tendus.

Aussitôt, les cipayes la rouèrent de coups. Elle fit volte-face et se débattit, mais elle se retrouva clouée à terre.

Ruddy se jeta dans la mêlée, les sourcils en bataille.

— Pour l'amour du ciel, ne la frappez pas comme ça! Ne voyez-vous pas? C'est une *mère*. Et regardez-la dans les yeux… regardez! Son expression ne vous hantera-t-elle pas à jamais?

Mais la femme-singe continuait à se débattre, les cipayes à la rouer de coups et De Morgan à hurler, craignant de voir son trésor s'échapper… ou, pire, se faire tuer.

Josh fut le premier à entendre le crépitement. Il se tourna vers l'est pour voir les nuages de poussière soulevés dans les airs.

— Ça recommence… J'ai déjà entendu ça…

Ruddy, accaparé par le déferlement de violence en cours, marmonna:

— Qu'est-ce qu'il y a encore?

4

BAZOOKA

Casey cria :
— Nous arrivons sur zone. Je vais descendre en rase-mottes.

L'hélico tomba comme un ascenseur express. Malgré son entraînement, Bisesa sentit son estomac se retourner.

Ils passaient maintenant près d'un village. Des arbres, des toits de tôle rouillée, des tas de pneus défilèrent à vive allure dans son champ de vision. L'hélico s'inclina et se mit à tourner dans le sens inverse des aiguilles d'une montre pour décrire un large cercle de reconnaissance. Mais, vu la façon dont elle était tassée sur sa petite banquette, Bisesa ne voyait plus rien d'autre que le ciel. *Et c'est moi l'observatrice*, se dit-elle. Elle poussa un soupir et vérifia le petit panneau de contrôle fixé près d'elle sur la paroi. Logés dans une nacelle suspendue sous le ventre de l'hélico, les détecteurs – caméras, compteurs Geiger, capteurs thermiques, radars et même « renifleurs » chimicosensibles – étaient braqués sur le sol.

Le *Little Bird* était imbriqué dans l'infrastructure de communication mondiale d'une armée moderne. Quelque part au-dessus de la tête de Bisesa se trouvait un gros hélicoptère C2 – pour « commandement et contrôle » –, mais ce n'était que la partie émergée d'une énorme pyramide inversée de technologie, depuis les drones de surveillance de haute altitude et les avions de reconnaissance jusqu'aux satellites radar et photographiques, dont tous les sens électroniques convergeaient vers cette région. Les données recueillies par Bisesa étaient analysées en temps réel par les systèmes intelligents embarqués du *Little Bird* et des engins naviguant à plus haute altitude, ainsi que par le centre de contrôle des opérations de la base. La moindre anomalie lui était aussitôt signalée pour confirmation par l'intermédiaire d'une liaison permanente distincte de celle qui reliait les pilotes au commandement aérien.

Tout cela était très sophistiqué, mais, comme le pilotage de l'hélicoptère lui-même, la partie recueil de données de la mission était largement automatisée. Une fois la manœuvre enclenchée, tout retomba vite dans la routine et les pilotes retournèrent à leurs plaisanteries éculées.

Bisesa savait ce qu'ils ressentaient. Elle avait reçu une formation de TCC, technicienne de contrôle de combat, en tant que coordinatrice des communications sol-air en période de conflit. Sa mission théorique était de se faire parachuter dans les zones dangereuses pour diriger du sol les frappes aériennes et les tirs de missiles. Elle n'avait encore jamais eu l'occasion de mettre à l'épreuve ses compétences. Celles-ci la rendaient idéale pour ce genre de mission de reconnaissance, mais elle ne pouvait oublier que ce n'était pas ce pour quoi elle avait été formée.

Elle n'était attachée à cette base avancée d'observation et de maintien de la paix de l'O.N.U. que depuis une semaine, mais le temps lui avait paru bien plus long. Les troupes étaient logées dans des hangars d'aviation réaménagés. Hautes de plafond, dépourvues de toute décoration, puant en permanence l'huile de moteur et le kérosène, trop chaudes la journée et trop froides la nuit, ces boîtes de plastique et de tôle ondulée sans âme avaient quelque chose d'écrasant. Pas étonnant que ses occupants aient surnommé cette base « Clavius », d'après le nom du grand avant-poste international de la Lune.

Les soldats étaient astreints à des exercices physiques quotidiens et à des tours de garde, d'entretien du matériel et autres corvées de routine. Mais ce n'était pas suffisant pour occuper leurs journées ou satisfaire leurs besoins. Dans leurs hangars aux échos sonores, ils jouaient au ping-pong ou au volley-ball, et certains groupes organisaient d'interminables parties de poker et de gin-rummy. Et, bien que les deux sexes soient répartis à peu près à égalité, l'endroit était un bouillonnement d'énergie sexuelle. Certains semblaient engagés dans une compétition pour savoir qui atteindrait l'orgasme dans la position la plus inhabituelle ou la plus acrobatique... par exemple suspendu à un harnais de parachute.

Dans une telle atmosphère, il ne fallait pas s'étonner que des hommes comme Casey Othic deviennent un peu cinglés.

Pour sa part, Bisesa se tenait à l'écart de la mêlée. Elle se débarrassait assez facilement des individus du genre de Casey... même à son époque, l'armée britannique n'avait rien d'un havre de bienséance et de parité. Elle avait même découragé les avances discrètes d'Abdikadir. Après tout, elle avait une fille de huit ans, Myra, à des milliers de kilomètres de là, une enfant calme, sérieuse, aimante, qu'elle avait laissée à la garde d'une cousine dans son appartement londonien. Bisesa ne comptait pas sur le jeu ni sur les exploits sexuels pour préserver sa santé mentale ; elle avait Myra pour ça.

De toute façon, l'importance de sa mission était une motivation suffisante.

En cette année 2037, comme depuis des siècles, la région frontalière du Pakistan et de l'Afghanistan était une poudrière. En premier lieu, c'était un point de convergence de la confrontation millénaire entre islam et chrétienté. Au grand soulagement de tous, en dehors des agitateurs et des fanatiques de tous bords, le « choc des civilisations » ne s'était jamais concrétisé. Toutefois, dans une telle région – où des troupes appartenant principalement à des nations chrétiennes maintenaient l'ordre dans une zone en majorité musulmane –, il se trouvait toujours quelque exalté prêt à appeler à la croisade ou au djihad.

Il y avait aussi des tensions mortelles. Le contentieux entre l'Inde et le Pakistan n'avait pas été apaisé par la guerre de 2020 qui avait conduit au bombardement nucléaire de Lahore, même si les belligérants et leurs soutiens internationaux avaient fait machine arrière avant d'en arriver à de plus amples destructions. Et pour ajouter à toute cette confusion, il y avait les passions, les aspirations et les difficultés des populations locales : les fiers Pachtouns qui, bien qu'admis dans le concert des nations civilisées, s'accrochaient à leurs traditions et étaient toujours prêts à défendre leur terre jusqu'à la dernière goutte de sang.

En plus des antiques rivalités, il y avait maintenant le pétrole, qui ne cessait d'attirer le monde entier vers cet endroit explosif. Malgré les prodigieuses possibilités à long terme offertes par la fusion froide, la plus prometteuse des nouvelles technologies, il n'était toujours pas prouvé que leur mise en œuvre à l'échelle industrielle soit réalisable… et on continuait à brûler les réserves mondiales d'hydrocarbures aussi vite qu'on arrivait à les extraire du sous-sol. Si bien que, là où l'Empire britannique et la Russie tsariste s'étaient jadis affrontés pour la maîtrise des richesses de l'Inde, les États-Unis, la Chine, l'Alliance africaine et l'Union européenne, tous vitalement dépendants des réserves pétrolières d'Asie centrale, étaient désormais bloqués dans un face-à-face tendu.

La force de maintien de la paix de l'O.N.U. remplissait une mission de surveillance et de police. On disait que cette région était la plus étroitement contrôlée de la Terre. Il s'agissait d'un régime imparfait à la main lourde qui créait autant de problèmes qu'il en résolvait. Mais il fonctionnait plus ou moins, depuis des dizaines d'années. C'était peut-être ce que de simples humains – et les complexes bricolages politiques, imparfaits mais durables, de l'O.N.U. – pouvaient faire de mieux.

Tout le monde, à Clavius, savait l'importance de ce travail. Mais, pour un jeune soldat, il existe peu de choses plus ennuyeuses que le maintien de la paix.

Ils furent soudain ballottés en tous sens. Bisesa sentit son pouls s'accélérer : cette mission n'allait peut-être pas être de pure routine, tout compte fait.

Tandis que l'hélico continuait à tourner en rond malgré les turbulences, Casey et Abdikadir s'activaient, parlant tous deux en même temps. Abdikadir essayait de contacter la base :

— Alpha Quatre Trois, ici Primo Cinq Un, terminé. Alpha Quatre Trois…

Casey poussait des jurons, marmonnant qu'il avait perdu la liaison avec le satellite de positionnement, et Bisesa supposa qu'il était passé en pilotage manuel pour traverser cette zone de turbulences inattendue.

— Aïe, dit plaintivement le portable de Bisesa.

Elle le tint devant ses yeux.

— Qu'est-ce qui ne va pas ?

— J'ai perdu le signal, répondit l'appareil, dont l'écran affichait différents diagnostics. Ça ne m'était jamais arrivé. Je me sens… bizarre.

Abdikadir se tourna vers Bisesa :

— Nos communications sont en rade, elles aussi. Nous avons perdu la liaison avec le centre de commandement.

Bisesa vérifia en hâte ses propres cadrans. Que ce soit en émission ou en réception, elle n'arrivait plus à joindre son centre de contrôle.

— On dirait que nous avons aussi perdu le contact avec le renseignement.

— Les réseaux militaire et civil sont donc H.S. tous les deux, dit Abdikadir.

— C'est dû à quoi, à votre avis… un orage ?

Casey poussa un grognement :

— Pas si on en croit les prédictions de ces abrutis de la météo. De toute façon, j'ai déjà volé dans des orages et aucun n'a jamais eu ce genre d'effet.

— Alors, de quoi peut-il s'agir ?

Pendant quelques secondes, ils gardèrent le silence. Après tout, ils étaient tout juste à quelques centaines de kilomètres de l'endroit où une arme nucléaire avait transformé une ville en désert vitrifié. Leurs communications mortes, des vents soufflant de nulle part : il était difficile de ne pas imaginer le pire.

— Il faut au minimum envisager qu'il s'agit d'un brouillage, dit Abdikadir.

— *Ouille*, insista le portable.

Bisesa le serra contre elle, inquiète. Elle l'avait depuis qu'elle était toute jeune : c'était un modèle standard de l'O.N.U., distribué gratuitement pour leurs douze ans aux enfants de tous les pays dans un des efforts les plus méritoires de cette poussiéreuse institution pour unifier la planète par le biais des communications. Presque tout le monde s'empressait de jeter ces gadgets ringards mais, sensible à l'intention qui avait présidé à leur distribution, Bisesa avait toujours gardé le sien. Elle ne pouvait s'empêcher de le considérer comme un ami.

— Détends-toi, lui dit-elle. Ma mère m'a expliqué que quand elle était jeune les téléphones perdaient tout le temps le réseau.

— Ça te va bien de dire ça, répliqua son portable. C'est moi qui ai été lobotomisé.

Abdikadir fit la grimace :

— Comment peux-tu supporter ça ? Je débranche toujours les circuits intelligents. C'est trop énervant.

Bisesa haussa les épaules.

— Je sais. Mais on perd la moitié des fonctions de diagnostic.

— Et on perd un ami pour la vie, ajouta son portable.

Abdikadir renifla d'un air méprisant.

— Voilà qui va me faire pleurer. Les portables sont comme les mères catholiques… d'éminents spécialistes de la culpabilité.

L'hélico fut de nouveau secoué. Il vira et se mit à voler en ligne droite au-dessus du sol dénudé, s'éloignant du village.

— Je reprends de l'altitude, cria Casey. L'appareil est trop difficile à tenir, si près du sol.

Abdikadir arbora un sourire triomphant.

—Content de savoir que nous avons dépassé les limites de tes compétences, Casey.

—Tu sais où tu peux te mettre tes sarcasmes, bougonna Casey. Le vent vient d'un peu tous les côtés. Et regarde les fluctuations de notre vitesse par rapport au sol… *eh, qu'est-ce que c'est que ça ?*

Il désigna un point à terre.

Bisesa se pencha en avant pour scruter le sol. L'air déplacé par les rotors éparpillait des branchages, révélant ce qui se trouvait dessous. Elle distingua une silhouette humaine dans un trou, avec quelque chose à la main… un long tube noir… *une arme.*

Ils crièrent tous en même temps.

Puis le soleil s'obscurcit, comme des phares qui passent en codes, détournant l'attention de Bisesa.

L'hélico avait arrêté de tourner et se dirigeait droit vers lui, sa verrière légèrement inclinée, la queue levée. Moallim sourit et raffermit sa prise sur son bazooka. Mais son cœur battait à tout rompre, la transpiration rendait ses doigts glissants et la poussière chassée par le vent l'obligeait à cligner des yeux. Ce serait la première action d'éclat de sa vie. S'il abattait l'hélico, il deviendrait sur-le-champ un héros et tout le monde l'applaudirait, les guerriers, sa mère. Et même une certaine fille… Il ne devait pas penser à ça pour le moment, car il lui fallait encore agir.

Mais il voyait maintenant des *gens*, dans l'affreux habitacle en forme de bulle de l'hélicoptère. Sa prise de conscience fut brutale. Était-il vraiment sur le point de supprimer des vies humaines, comme on écrase de la vermine ?

L'hélico passa au-dessus de sa position et le souffle puissant de ses rotors dispersa son mince abri. Moallim n'avait plus le choix, il ne fallait pas hésiter, sous peine d'être tué avant d'avoir accompli son devoir.

Riant, il lança sa roquette.

— Attention, un bazooka ! hurla Abdikadir.

Casey tira sur le manche à balai. Bisesa vit un éclair et une traînée de fumée qui filait vers eux dans les airs.

Il y eut une forte secousse, comme si l'hélicoptère était passé en plein ciel sur un ralentisseur invisible. Dans la cabine, le bruit se fit soudain assourdissant et le vent s'engouffra par une déchirure de la coque.

— Merde, s'écria Casey. On a perdu un bout du rotor anticouple.

En se retournant, Bisesa vit un enchevêtrement de métal et une fine brume d'huile s'échappant d'une durite sectionnée. Le rotor principal était toujours opérationnel et l'hélico continuait à voler. Mais en un quart de seconde, la situation avait basculé : assaillie par le vent et par le bruit, Bisesa se sentait atrocement vulnérable.

— Tout reste dans des limites admissibles, à part la pression d'huile, dit Casey. Et nous avons perdu un morceau de notre boîte de transmission, là-derrière.

— Nous pouvons voler un moment sans huile, dit Abdikadir.

— C'est ce que prétend le manuel. Mais il va falloir faire demi-tour si nous voulons rentrer à la base.

Casey manœuvra son manche à balai, comme pour tester la tolérance de son appareil endommagé ; le *Little Bird* fut agité de trépidations.

— Dites-moi ce qui se passe, murmura Bisesa.

— C'était un lance-roquettes, dit Abdikadir. Allons, Bisesa, tu as assisté aux briefings. La chasse aux Américains est ouverte tous les jours, par ici.

— Je ne parle pas du lance-roquettes. Je parle de ça.

Elle montrait du doigt l'ouest, où un soleil rouge était en train de se coucher.

— Ce n'est que le soleil, dit Casey, qui trouvait manifestement difficile de se concentrer sur quoi que ce soit d'extérieur à l'habitacle. *Oh!*

Quand ils avaient décollé, à peine une demi-heure plus tôt, le soleil était haut dans le ciel. À présent…

— Dites-moi que j'ai dormi pendant six heures, dit Casey. Dites-moi que je rêve.

— Je n'ai toujours pas de réseau, annonça le portable de Bisesa. Et j'ai peur.

Bisesa eut un rire amer.

— Tu es plus solide que moi, petite peste.

Elle ouvrit une fermeture à glissière de sa combinaison et enfouit son portable au fond d'une poche.

— C'est parti, dit Casey en amorçant son demi-tour.

Le moteur hurla.

La soudaine chaleur du tube lui grilla la peau et un nuage de fumée brûlante s'éleva en tourbillons autour de sa tête, le faisant suffoquer. Mais il entendit le sifflement de la roquette, puis, quand la grenade explosa, celui des éclats de métal qui fendaient les airs, et il se roula en boule, se protégeant le visage.

Quand il releva la tête, il vit que l'hélico s'éloignait du village, mais en traînant derrière lui un épais panache de fumée noire.

Moallim se releva et poussa un hurlement de triomphe tout en essuyant la terre de son visage et en brandissant le poing. Il se retourna pour regarder vers l'est, où se trouvait son village, car les gens devaient avoir vu sa roquette décoller et l'explosion toucher l'hélico. Ils allaient accourir pour le féliciter.

Mais personne ne venait, pas même sa mère. *Il ne voyait même plus le village*, qui n'aurait pas dû être à plus d'une centaine de mètres et dont, encore quelques instants plus tôt, on apercevait les toits de terre et les murs inclinés, avec les enfants et les chèvres qui couraient entre les maisons. Son village avait disparu, la plaine rocailleuse s'étendait jusqu'à l'horizon, comme s'il avait été proprement rasé de la surface de la terre. Moallim était seul, seul avec son trou dans le sol, son lance-roquettes brûlant et la grande colonne de fumée qui se dispersait lentement au-dessus de sa tête.

Seul sur cette plaine immense.

Quelque part, un animal rugit. C'était un grognement sourd, comme produit par un gigantesque mécanisme. Terrifié, Moallim replongea en gémissant dans son trou.

Le demi-tour était plus que pouvait en supporter le rotor endommagé. La carlingue vibra autour de Bisesa et les arbres de transmission privés de lubrifiant émirent une protestation déchirante.

Il ne doit pas y avoir plus d'une minute que la roquette a frappé, se dit-elle.

— Il faut nous poser, dit Abdikadir d'une voix angoissée.

— Bien sûr, répondit Casey. Où ça ? Abdi, là-dehors, même la plus gentille des grands-mères se trimballe avec un couteau grand comme ça pour te couper les couilles.

Bisesa pointa le doigt par-dessus leurs épaules :

— Qu'est-ce que c'est que ça ?

À un peu plus de deux kilomètres se dressait une bâtisse de pierre et de terre. Il était difficile de bien la distinguer dans l'éclat de ce soleil bizarre.

— On dirait une forteresse.

— Ce n'est pas une des nôtres, dit Abdikadir.

L'hélico survolait maintenant des gens… des gens qui s'éparpillaient en courant, vêtus pour certains de vestes rouge vif. Bisesa était assez près pour voir qu'ils étaient bouche bée de surprise.

— C'est toi la spécialiste du renseignement, lui lança Casey. Qui diable sont ces gens ?

— Je n'en ai pas la moindre idée, murmura-t-elle.

Il y eut une explosion assourdissante. Le *Little Bird* piqua du nez et se mit à tourner sur lui-même. Le rotor de queue s'était désintégré. Soulagée du poids de celui-ci, la carlingue avait basculé en avant et plus rien n'empêchait maintenant l'appareil de tourner autour de l'axe de son rotor principal. Casey eut beau peser de tout son poids sur le palonnier, le tournoiement continua – et s'accéléra – jusqu'à ce que Bisesa se retrouve plaquée contre la cloison de l'habitacle et que se mélangent le jaune de la terre et le bleu du ciel qui virevoltaient de l'autre côté de la verrière.

Quelque chose surgit au-dessus d'un monticule. Josh vit du métal tourbillonnant, des lames telles des épées qu'aurait maniées un derviche invisible. Au-dessous se trouvait une bulle de verre, et plus bas des espèces de tringles. C'était une machine… une mécanique voltigeante, cliquetante, d'un genre qu'il n'avait jamais vu et qui soulevait un nuage de poussière. Et elle *continuait à s'élever*, montant dans les airs jusqu'à ce que ses tringles inférieures se retrouvent à une petite dizaine de mètres au-dessus du sol. De sa queue jaillissait une fumée noire.

— Bon sang de bois ! s'exclama Ruddy. J'avais raison – les Russes – ces fichus Russes !…

La machine volante plongea soudain vers le sol.

— Allons-y ! s'écria Josh, courant déjà.

Luttant pour lever les bras malgré la force centrifuge, Casey et Abdikadir atteignirent les manettes coupe-circuit du moteur principal. Ils réussirent à arrêter le rotor et le mouvement de vrille de l'hélico ralentit brusquement. Mais, sans moyen de propulsion, l'appareil tomba comme une pierre.

Bisesa vit le sol se rapprocher à toute allure, tandis que grossissaient les détails les moins accueillants de la végétation rabougrie et des rochers qui projetaient de longues ombres à la lumière de ce soleil beaucoup trop bas. Elle se demanda quel lopin de cette terre rébarbative allait devenir sa tombe. Mais les pilotes tentèrent une ultime manœuvre. Au dernier instant, la bulle se redressa, recouvrant presque son aplomb. Bisesa savait combien c'était important : cela signifiait qu'ils s'en sortiraient peut-être.

La dernière chose qu'elle vit fut un homme qui accourait vers le *Little Bird* en perdition, pointant une sorte de fusil.

L'hélico s'écrasa.

5

SOYOUZ

Pour Kolya, la Discontinuité fut subtile. Elle débuta par une perte de signal, des visions incertaines, un échouage silencieux.

L'heure était arrivée pour la navette Soyouz de se détacher de la station spatiale. Les dernières poignées de main échangées, les doubles portes du sas avaient été fermées et, si le Soyouz était encore matériellement relié à la station, Kolya avait déjà quitté la cahute orbitale où il venait de passer trois mois de sa vie. Il ne lui restait plus que le court trajet de retour, une descente d'à peine quatre cents kilomètres à travers l'atmosphère jusqu'à la surface de la Terre où il retrouverait sa petite famille.

Le nom complet de Kolya était Nikolaï Konstantinovitch Krivalapov. Il était âgé de quarante et un ans et ce séjour à bord de la Station spatiale internationale était son quatrième.

Kolya, Mousa et Zabel, l'équipage de la navette, traversèrent le compartiment orbital du Soyouz en direction du module de descente. Ils étaient maladroits dans leurs encombrants scaphandres orange aux poches bourrées de souvenirs qu'ils comptaient soustraire à l'attention des équipes au sol. Le compartiment orbital, destiné à être largué et à brûler lors de son entrée dans l'atmosphère, était rempli de matériel de rebut de l'ISS, y compris des déchets médicaux et des sous-vêtements usagés. Zabel Jones, la seule Américaine de l'équipe, qui ouvrait la marche, se plaignit bruyamment avec son fort accent du sud des États-Unis :

— Bon sang, qu'est-ce qu'ils ont entassé là-dedans, ces Cosaques, leurs vieux slips sales ?

Mousa, le capitaine du Soyouz, échangea un coup d'œil excédé avec Kolya.

Le module de descente était une cabine exiguë presque entièrement occupée par leurs trois couchettes. Zabel avait suivi une initiation au pilotage de l'appareil, mais pour ce vol de retour sur Terre, elle était plus une passagère qu'autre chose. Elle fut donc la première à entrer dans la cabine, où elle se glissa sur la couchette de droite. Kolya la suivit et s'installa sur celle de gauche. Il devait jouer le rôle d'ingénieur de bord au cours de la descente, d'où son attribution de cette place. Le module était si petit que, pour parvenir au fond de la cabine, il effleura au passage les jambes de Zabel, qui le fusilla du regard.

Puis ce fut au tour de Mousa de descendre, tel un missile orange vif, son casque à la main. Sa corpulence naturelle était encore accentuée par l'épaisseur de son scaphandre. Les couchettes étaient si rapprochées que, une fois allongés tous les trois, leurs jambes étaient collées les unes aux autres et, en essayant maladroitement d'attacher son harnais, Mousa bouscula alternativement Zabel et Kolya.

La réaction de Zabel était prévisible :

— D'où sort cet engin, d'une fabrique de tracteurs ?

C'était l'instant qu'attendait Mousa.

— Zabel, j'ai dû supporter tes jérémiades pendant trois mois et, comme tu étais chef de mission, je ne pouvais rien y faire. Mais à bord de ce Soyouz, le commandant, c'est moi, Mousa Khiromanovitch Ivanov. Et, jusqu'à ce qu'on rouvre le sas et que l'équipe au sol nous extirpe de là, tu vas me faire le plaisir de… comment dit-on chez vous ? « Fermer ta grande gueule ».

Zabel devint livide. Mousa était un cosmonaute expérimenté de cinquante ans et avait lui-même servi comme commandant à bord de la station et avait même séjourné sur la Lune – mais pas comme commandant de la base internationale. Tous savaient que son engueulade avait été entendue par leurs collègues de la station et, pire, par les contrôleurs au sol.

— Tu me le paieras, Mousa, dit Zabel entre ses dents.

Celui-ci se contenta de sourire et lui tourna le dos.

Le module de descente était un vrai capharnaüm. Il renfermait les commandes principales de l'appareil ainsi que tout l'équipement nécessaire pour le retour sur Terre : parachutes, flotteurs de secours, matériel de survie, rations d'urgence. Ses parois, couvertes d'étiquettes caoutchoutées et de bandes Velcro, disparaissaient sous le matériel qu'ils rapportaient de la station, dont les échantillons de sang et de fèces du programme biomédical et des boutures prélevées par Kolya sur les plants de pois et les arbres fruitiers qu'il avait essayé de faire pousser. Cet entassement réduisait d'autant l'espace disponible pour les cosmonautes.

Mais au milieu de tout ce fatras, sur la gauche de Kolya, se trouvait un hublot par lequel le cosmonaute apercevait le noir de l'espace, un croissant de Terre d'un bleu lumineux, la coque et les entretoises criblées de micrométéorites de la station elle-même, éblouissante dans la lumière crue du soleil. Le Soyouz, encore amarré à l'ISS, était entraîné dans la rotation solennelle de cette dernière dont les ombres défilaient dans le champ visuel de Kolya.

De concert avec l'équipe au sol et les occupants de la station, Mousa procédait aux opérations de contrôle préalables à la séparation. Kolya n'avait pas grand-chose à faire : sa tâche la plus importante était de vérifier l'étanchéité de son scaphandre. C'était un vaisseau russe et, contrairement à la tradition américaine où tout reposait sur le pilote, la plupart des systèmes étaient automatisés. Zabel continuait à grommeler en cherchant à atteindre diverses commandes disséminées à travers le module dans toutes sortes de positions et sous tous les angles. Certaines étaient si difficiles à atteindre que les cosmonautes chevronnés avaient appris qu'il valait mieux les manœuvrer à l'aide d'une baguette de bois. Mais Kolya retirait une fierté perverse de la conception rustique, pour ne pas dire spartiate, du vaisseau.

Le Soyouz ressemblait à un poivrier verdâtre agrémenté de panneaux solaires plantés de part et d'autre de sa coque cylindrique. Vu par les hublots de la station, dans la lumière crue du soleil, il avait l'air d'un insecte disgracieux : à côté des nouveaux avions spatiaux américains, c'était effectivement une vieille relique mal fagotée. Mais c'était un appareil vénérable. Né à l'époque de la guerre froide et des missions Apollo, il avait été conçu pour aller sur la Lune. Dire que les Soyouz volaient depuis deux fois plus d'années qu'en avait Kolya ! Bien sûr, en 2037, les hommes étaient retournés sur la Lune… avec cette fois des Russes parmi eux. Mais les Soyouz n'avaient plus leur place lors de tels voyages : pour ces fidèles bêtes de somme, il ne restait que les allers et retours vers la vieille Station spatiale internationale délabrée, dont les rares objectifs scientifiques avaient depuis longtemps été supplantés par les projets lunaires et le prestige éclipsé par les missions martiennes… mais qui pourtant demeurait en orbite, soutenue par l'inertie et par l'orgueil politique.

Le moment était enfin venu de se séparer de la station. Kolya entendit quelques légers chocs et cliquètements, puis il sentit une imperceptible poussée et eut un petit pincement au cœur. En tant que vaisseau spatial autonome, ce jour-là le nom de code du Soyouz était « Stéréo » et Kolya se sentit quand même réconforté d'entendre Mousa appeler patiemment le sol :

« Stéréo Un, ici Stéréo Un… »

Il restait encore trois heures avant le moment prévu pour le début de la descente et l'équipage devait maintenant inspecter l'extérieur de la station. Mousa activa un programme sur l'ordinateur de bord et le Soyouz, par de brèves mises à feu de ses propulseurs, entama une série de sauts de puce autour de la station. Chaque poussée résonnait comme si quelqu'un avait asséné un coup de marteau sur la coque et Kolya pouvait voir les gaz d'échappement jaillir des petites tuyères comme autant de fontaines cristallines. La Terre et l'ISS décrivaient un lent ballet autour de lui. Mais il n'avait guère le temps d'admirer la vue : Zabel et lui, assis près des hublots, photographiaient manuellement la station, en complément des nacelles automatiques montées sur la coque du Soyouz. Avec les lourds gants de leurs scaphandres, c'était un travail délicat.

Chaque allumage des propulseurs éloignait un peu plus le Soyouz de la station. Le contact radio finit par se dégrader et, en guise d'adieu, l'équipage de l'ISS leur mit de la musique. Tandis que tourbillonnait la valse de Strauss, métallique au milieu des sifflements et des parasites, Kolya se laissa un peu plus emporter par la nostalgie. Il en était venu à aimer la station. Il avait appris à sentir la très discrète rotation de cette grande arche, ses vibrations quand elle réalignait ses panneaux solaires, les cliquetis et les claquements de son système de ventilation. Après un si long séjour à bord, il éprouvait des sentiments plus profonds pour elle que pour toute autre demeure où il avait vécu. Après tout, existait-il une autre demeure qui vous maintienne en vie, minute après minute ?

La musique s'interrompit.

Mousa fronça les sourcils.

« Stéréo Un, ici Stéréo Un. J'appelle le sol. Ici Stéréo Un… »

— Hé, Kolya, dit Zabel. Tu vois la station ? Elle devrait maintenant être revenue de mon côté.

— Non, répondit Kolya en regardant par son hublot.

Il n'y avait aucune trace de la station.

— Elle est peut-être passée dans l'ombre, dit Zabel.

— Je ne pense pas.

En fait, le Soyouz précédait la station dans l'ombre de la Terre.

— De toute façon, nous verrions ses lumières.

Il se sentait étrangement mal à l'aise.

— Vous allez vous taire, tous les deux ! s'exclama Mousa. Nous avons perdu la liaison avec le sol.

Il enfonça des boutons sur la console devant lui.

— J'ai procédé à toutes les vérifications et j'ai essayé les circuits de secours. *Stéréo Un, Stéréo Un…*

Zabel ferma les yeux.

— Dites-moi que votre bande de ploucs ne s'est pas une fois de plus emmêlé les pinceaux.

— La ferme ! dit Mousa d'un ton menaçant, avant de reprendre ses appels pendant que Zabel et Kolya écoutaient en silence.

La lente rotation du vaisseau offrait maintenant à Kolya une vue de l'immense disque de la Terre. Ils survolaient l'Inde en train de s'enfoncer dans le crépuscule : au nord du sous-continent, l'ombre des chaînes de montagnes s'allongeait. Mais il paraissait y avoir des changements à la surface de la Terre, des tavelures, comme le jeu des reflets du soleil sur le fond d'un lac aux eaux agitées.

6

Rencontre

Josh et Ruddy arrivèrent près de la machine abattue en même temps que le premier groupe de soldats. Les hommes de troupe avaient des fusils et, bouche bée, les yeux écarquillés, ils encerclèrent l'engin avec méfiance. Aucun d'eux n'avait jamais rien vu de tel.

À l'intérieur d'une grande cabine de verre soufflé se trouvaient trois personnes : deux hommes dans des fauteuils, à l'avant, et une femme à l'arrière. Tous trois regardaient, les mains haut levées, les soldats en armes qui les cernaient. Ils retirèrent avec des gestes prudents leurs casques bleu vif. La femme et un des hommes avaient l'air d'Indiens, mais l'autre homme était un Blanc. Josh le vit grimacer de douleur. Vu la brutalité avec laquelle la machine avait atterri – et compte tenu du fait qu'elle avait en premier lieu été assez légère pour voler dans les airs –, elle paraissait en remarquablement bon état. La grande coque de verre qui surmontait tout l'avant était étoilée par endroits, mais elle n'était pas cassée, et les lames fixées à leur moyeu rotatif étaient encore en place, ni tordues ni arrachées. L'assemblage de tubulures et de tuyaux de l'arrière, en revanche, n'était plus qu'un moignon. On entendait un sifflement, comme si un joint avait cédé, et un liquide à l'odeur âcre coulait goutte à

63

goutte sur le sol caillouteux. Cet oiseau mécanique n'était manifestement plus en état de voler.

Josh souffla à Ruddy :

— Je ne reconnais pas ces casques bleus. À quelle armée appartiennent-ils ? Russe ?

— Peut-être. Mais regarde, celui qui est blessé a un drapeau américain dessiné sur son casque !

Soudain, quelqu'un arma son fusil.

— Ne tirez pas ! Ne tirez pas…

C'était la femme. Elle s'était penchée en avant depuis sa banquette à l'arrière de la sphère pour essayer de protéger le pilote blessé.

Un soldat – Josh reconnut Batson, un gars de Newcastle, un des hommes du rang les plus pondérés – pointa son arme sur la tête de la femme.

— Vous parlez anglais ? demanda-t-il.

— Bien sûr, je suis anglaise.

Batson eut l'air interloqué, mais il dit, circonspect :

— Alors, dites à votre copain de garder ses mains bien en vue. *Jildi !*

— Obéis, Casey, conseilla la femme. Cette arme est peut-être une antiquité, mais elle est chargée.

Le pilote s'exécuta à contrecœur. Sa main gauche émergea de sous un panneau d'instruments, tenant une espèce d'appareil.

Batson s'avança.

— C'est une arme ? Donnez-la-moi !

Casey se tortilla sur son siège, grimaça, puis décida manifestement qu'il n'avait aucune chance de s'en tirer. Il tendit l'arme à Batson, crosse la première.

— Vous avez déjà vu un de ces trucs, dans votre trou à péquenauds ? C'est ce qu'on appelle une « seringue ». Un

MP-93, un pistolet mitrailleur calibre 9 millimètres, de fabrication allemande…

— Des Allemands, cracha Ruddy. Je le savais.

— Soyez prudent, ou vous allez vous faire sauter la tête.

L'accent de Casey était indubitablement américain, mais Josh le trouva vulgaire, comme si l'homme sortait des bas-fonds de New York, alors que celui de la femme paraissait britannique, mais avec une intonation étrangement monocorde.

De son siège, la femme se pencha sur Casey.

— Je crois que tu as la jambe cassée, dit-elle. Écrasée par ton fauteuil… À ta place, j'intenterais un procès au fabricant.

— Ton procès, tu peux te le mettre au cul, Ta Majesté, dit Casey, les dents serrées.

Puis la femme demanda :

— Est-ce que je peux sortir de là ?

Batson acquiesça. Il posa à terre le « pistolet mitrailleur », qui attira aussitôt tous les regards, étincelant, mystérieux, déroutant, puis il se redressa et fit signe à la femme. Batson faisait du bon travail, estima Josh : il tenait les trois intrus sous la menace de son arme et surveillait continuellement les soldats autour de lui pour s'assurer qu'ils couvraient tous les angles.

La femme eut du mal à s'extraire de sa place à l'arrière, mais elle réussit finalement à prendre pied sur le sol caillouteux. Le deuxième pilote, l'Indien, sortit aussi. Il avait le teint d'un cipaye, mais les yeux bleus et les cheveux d'un blond surprenant. Les trois occupants de la machine portaient des tenues si encombrantes qu'elles masquaient leur silhouette, leur donnant l'air inhumain, et ils avaient des accessoires en ferraille devant la figure.

— Je suppose que ç'aurait pu être pire, dit la femme. Je ne m'attendais pas à pouvoir sortir de cet accident sur mes deux jambes.

— On dirait que Casey n'a pas eu cette chance, fit remarquer l'autre homme. Ces engins sont pourtant prévus pour résister aux atterrissages les plus violents. Regarde… En s'écrasant, la nacelle des détecteurs a absorbé le plus gros du choc. En plus, les sièges des pilotes et ta banquette sont montés sur amortisseurs. Je suppose que la rotation a fait basculer le fauteuil de Casey sur la gauche et que c'est ce qui lui a coincé la jambe… il a joué de malchance…

— Ça suffit, vos parlottes, l'interrompit Batson. Qui est le chef ?

La femme jeta un coup d'œil aux deux autres et haussa les épaules.

— Je suis la plus gradée. Voici l'adjudant-chef Abdikadir Omar ; dans l'hélico, c'est l'adjudant-chef Casey Othic. Moi, je suis le lieutenant Bisesa Dutt, de l'armée britannique, détachée auprès des forces spéciales des Nations unies, en poste à…

Ruddy éclata de rire :

— Par Allah ! Lieutenant de l'armée britannique ! Une *babu*, en plus !

Bisesa se tourna vers lui, l'air furibond. À sa décharge, songea Josh, Ruddy rougit sous sa plaie de Lahore. *Babu* était un terme anglo-indien méprisant pour désigner les Indiens cultivés qui aspiraient à des postes à responsabilité dans l'administration du dominion.

— Il faut sortir Casey de là. Avez-vous des médecins ? demanda Bisesa.

Sa démonstration d'autorité était d'autant plus admirable qu'elle venait de survivre à un accident peu ordinaire et se trouvait sous la menace de plusieurs armes. Mais Josh percevait en elle une peur intense.

—McKnight, allez chercher le capitaine Grove, et au trot, dit Batson en se tournant vers un des soldats.

—À vos ordres.

Le soldat, petit et trapu, tourna les talons et partit en courant, pieds nus sur le terrain raboteux.

Ruddy donna une bourrade à Josh.

—Allez, Joshua, il faut nous en mêler. Madame, si vous voulez bien…, dit-il en s'avançant, permettez-nous de vous aider.

Bisesa examina Ruddy, son grand front couvert de poussière, ses épais sourcils, sa moustache conquérante. Elle était plus grande que lui et Josh trouva qu'elle toisait Ruddy d'un air méprisant… quoique avec une certaine perplexité, comme si celui-ci lui rappelait quelqu'un.

—Vous ? Vous viendriez en aide à une vulgaire *babu* ? demanda-t-elle.

Josh s'avança, arborant son sourire le plus charmeur.

—Il ne faut pas faire attention à Ruddy, madame. Ces expatriés ont leurs bizarreries et les soldats sont trop occupés à pointer leurs fusils sur vous. Venez, finissons-en, conclut-il, et il se dirigea vers l'« hélico » en remontant ses manches.

Abdikadir fit signe à Josh et à Ruddy :

—Aidez-moi à le soulever.

Aidé par Abdikadir qui soutenait Casey de l'autre côté, Ruddy releva le dos du pilote, pendant que Josh glissait précautionneusement les bras sous ses jambes. Un autre homme avait sorti de quelque part une couverture qu'il étala sur le sol. Abdikadir leur donna le signal :

—Un, deux, trois, *levez*.

Casey poussa un cri quand ils le soulevèrent de son fauteuil, puis un autre quand Josh cogna involontairement sa jambe blessée contre le montant de portière de l'«hélico». Mais en quelques secondes ils l'eurent sorti et posé sur la couverture, couché sur le côté.

Le souffle court, Josh examina Abdikadir. C'était un homme de haute taille aux yeux d'un bleu intense et dont l'uniforme accentuait la corpulence.

—Vous êtes indien?

—Afghan, répondit Abdikadir d'un ton égal.

La réaction de surprise de Josh ne lui échappa pas.

—Pachtoun, plus exactement. J'ai l'impression que vous n'en avez pas beaucoup comme moi, dans votre armée.

—Pas vraiment, dit Josh. Mais ce n'est pas mon armée.

Abdikadir n'en dit pas plus, mais Josh avait le sentiment qu'il savait, ou qu'il avait deviné plus de choses que quiconque concernant cette étrange situation.

Le soldat McKnight revint au pas de course, hors d'haleine. Il annonça à Bisesa et à Abdikadir :

—Le capitaine Grove veut vous voir tous les deux dans son bureau.

Batson acquiesça.

—En route.

—Non, grogna Casey sur sa couverture. Ne laissez pas l'appareil. Tu connais la procédure, Abdi. Efface sa foutue mémoire. Nous ne savons pas qui sont ces types…

—Ces *types*, dit Batson d'un ton menaçant, ont de gros fusils pointés sur vous. *Choop* et *chel*.

Bisesa et Abdikadir eurent l'air déconcertés par le mélange de fort accent de Newcastle et de bribes d'argot local de Batson, mais le sens de ses paroles était clair : « taisez-vous et avancez ».

— Je ne pense pas que nous ayons vraiment le choix, Casey, dit Bisesa.

— Et toi, mon gars, dit Batson à Casey, direction l'infirmerie.

Josh constata que Casey essayait de cacher l'inquiétude que lui inspirait cette perspective.

Bisesa se tourna pour partir avec McKnight et un petit groupe de soldats en armes.

— Nous viendrons te rechercher dès que nous le pourrons, Casey.

— Oui, lança Abdikadir. Ne les laisse rien te couper en attendant.

— Très drôle, pauvre con, bougonna Casey.

— Il semblerait que l'humour militaire soit universel, murmura Ruddy.

Josh et Ruddy voulurent emboîter le pas à Abdikadir et Bisesa, mais Batson les en empêcha, poliment mais fermement.

7

LE CAPITAINE GROVE

Abdikadir et Bisesa furent conduits dans le fort qu'ils avaient aperçu du haut des airs. Il s'agissait d'un quadrilatère enclos de solides murailles de pierre avec une tour de guet circulaire à chaque coin. C'était une base importante, de toute évidence bien entretenue.

— Je ne l'ai jamais vue sur aucune carte, dit Bisesa d'une voix tendue.

Abdikadir ne répondit rien.

Les murailles étaient gardées par des soldats en capote rouge ou en veste kaki. Certains portaient même des kilts. Ils paraissaient tous petits, maigres, et beaucoup avaient les dents cariées et des maladies de peau ; leur équipement était fatigué et rafistolé de toutes parts. Indigènes ou non, tous regardaient les nouveaux venus avec une curiosité manifeste… et, concernant Bisesa, une concupiscence non dissimulée.

— Il n'y a aucune femme, ici, chuchota Abdikadir. Ne te laisse pas intimider.

— Aucun risque.

Il lui était arrivé trop de choses aujourd'hui pour se laisser impressionner par quelques troupiers libidineux en kilt et casque colonial. Mais, à vrai dire, elle avait l'estomac noué : il n'est jamais bon pour une femme de se faire capturer.

Les lourdes portes, que franchissaient des chariots tirés par des mulets, étaient grandes ouvertes. D'autres mulets portaient sur leur dos ce qui ressemblait à une pièce d'artillerie démontée. Les animaux étaient menés par des soldats indiens… que Bisesa entendit appeler « cipayes » par les soldats blancs.

À l'intérieur du fort régnait une activité fiévreuse, bien qu'ordonnée. Mais, aux yeux de Bisesa, le plus remarquable était ce qui *manquait*, à savoir toute espèce de véhicule à moteur et d'antenne radio ou de parabole.

On les conduisit dans le grand bâtiment central où on les fit entrer dans une sorte d'antichambre. Là, McKnight ordonna abruptement :

— Déshabillez-vous.

Le sergent-major, expliqua-t-il, n'allait pas les admettre en la vénérable présence de son capitaine sans avoir procédé à une vérification minutieuse de ce qu'ils pouvaient dissimuler sous leurs encombrantes tenues de vol.

Bisesa se força à sourire.

— Je crois surtout que vous voulez lorgner mon cul.

Elle fut récompensée par l'air choqué de McKnight. Puis elle entreprit de peler ses différentes couches de vêtements, à commencer par ses bottes.

Sous sa combinaison de vol, elle portait un baudrier multipoches. Dans les poches en question, elle avait rangé une gourde d'eau, des cartes, une paire de lunettes de vision nocturne, quelques paquets de chewing-gum, une petite trousse de premiers secours en plastique, des rations de survie… et son portable, qui avait eu le bon sens de rester muet. Elle enfouit dans une poche extérieure son micro mains libres inutile. Puis elle ôta chemise et pantalon. On leur permit de s'arrêter quand ils se retrouvèrent tous deux en tee-shirt et caleçon.

Ils n'étaient pas armés, en dehors d'un poignard qu'Abdikadir portait sous son baudrier. Il le donna à McKnight avec une certaine réticence. McKnight prit les lunettes de vision nocturne et regarda à travers, visiblement perplexe. Les petits étuis de plastique faisant partie de leur équipement furent ouverts et fouillés.

Puis ils furent autorisés à se rhabiller et la plus grande partie de leur matériel leur fut rendue… mais pas le poignard ni, constata avec amusement Bisesa, ses chewing-gums.

Après cela, à son grand étonnement, le capitaine Grove, commandant du fort, les fit lanterner.

On les avait fait asseoir côte à côte dans son bureau sur un inconfortable banc de bois. Un unique soldat montait la garde à la porte, l'arme à la main. La pièce n'était pas dépourvue de confort, elle possédait même une certaine élégance. Les murs étaient blancs, le plancher de bois recouvert de nattes de jonc et sur un des murs était accroché ce qui semblait être un tapis du Cachemire. C'était manifestement le bureau d'un officier de carrière compétent. Sur la grande table de travail en bois s'alignaient des piles de papier, des chemises cartonnées et un porte-plume planté dans son encrier. Il y avait quelques touches personnelles, une balle de polo posée sur le bureau et une grande et antique horloge à balancier qui tictaquait mélancoliquement. Mais il n'y avait pas d'éclairage électrique : seules des lampes à pétrole prenaient la relève du jour déclinant qui entrait par l'unique petite fenêtre.

Bisesa se sentit obligée de chuchoter.

— On dirait un musée. Où sont les ordinateurs, les radios, les téléphones ? Il n'y a rien d'autre ici que du papier.

— Et pourtant, rien qu'avec du papier, ils dirigeaient un empire, répondit Abdikadir.

Bisesa le regarda avec de grands yeux :

— *Ils* ? Où penses-tu que nous soyons ?

— À Jamroud, dit-il sans hésitation. Une forteresse du XIXe siècle, construite par les Sikhs, occupée par les Britanniques.

— Tu l'as visitée ?

— J'en ai vu des photos. J'ai étudié l'histoire… c'est ma région, après tout. Mais tout ce que montrent les livres, c'est une ruine.

Bisesa fronça les sourcils, ne comprenant pas.

— Mais cette forteresse n'est pas en ruine.

— Leur équipement, chuchota Abdikadir. Tu n'as pas remarqué ? Des bandes molletières et des ceinturons à bandoulière. Et leurs armes… des Martini-Henry et des Snider à un coup à chargement par la culasse. *Très largement* démodés. Ce matériel n'est plus en usage dans l'armée britannique depuis le XIXe siècle, et même à cette époque elle est passée aux Lee Metford, aux Gatling et aux Maxim dès qu'ils ont été disponibles.

— Quand était-ce ?

Abdikadir haussa les épaules.

— Je ne sais pas exactement. Vers 1890, je crois.

— *1890* ?

— As-tu essayé ta radio d'urgence ?

Tous deux étaient équipés de balises de détresse cousues dans leur baudrier ainsi que d'émetteurs-récepteurs miniaturisés, par chance passés inaperçus lors de l'inspection de McKnight.

— Elle ne donne rien. Mon portable n'a toujours pas de réseau non plus. Pas plus que quand nous étions en vol.

Elle eut un frisson.

— Personne ne sait où nous sommes, ni où notre hélicoptère s'est écrasé. Ni même si nous sommes en vie.

Ce n'était pas seulement l'accident qui l'avait effrayée, elle le savait. C'était la sensation d'avoir *perdu le contact*… d'être coupée du monde aux chaleureuses interconnexions au sein duquel elle était immergée depuis le jour de sa naissance. Pour une citoyenne du XXIe siècle, c'était une déroutante sensation d'isolement.

La main d'Abdikadir se posa sur la sienne et elle lui fut reconnaissante de cette attention.

— Ils vont bientôt lancer les recherches, dit-il. L'épave du *Little Bird* est un sacré point de repère. Même s'il commence à faire nuit.

Elle avait oublié cette autre bizarrerie.

— Il est trop tôt pour faire nuit.

— Oui. Je ne sais pas ce qu'il en est pour toi, mais je sens comme un léger décalage horaire…

Le capitaine Grove fit irruption, suivi par une ordonnance, et Abdikadir et Bisesa se levèrent. C'était un officier à l'air soucieux, de petite taille et en léger surpoids, âgé d'une quarantaine d'années et vêtu d'un uniforme kaki. Bisesa remarqua la poussière couvrant ses bottes et ses bandes molletières : c'était un homme qui faisait passer son travail avant les apparences. Mais il arborait une énorme moustache de morse, la plus impressionnante pilosité faciale que Bisesa ait jamais vue en dehors d'un ring de catch.

Il vint se planter devant eux, mains sur les hanches, et les dévisagea.

— Batson m'a appris vos noms et ce que vous prétendez être vos grades.

Son élocution était précise, étrangement surannée, comme celle de l'officier britannique type dans un film sur la Seconde Guerre mondiale.

— Et je suis allé voir votre drôle de machine.

— Nous étions en mission de reconnaissance pacifique, dit Bisesa.

Grove haussa un sourcil grisonnant.

— J'ai vu vos armes. Drôle de « mission pacifique » !

Abdikadir haussa les épaules :

— Ce n'en est pas moins la vérité.

— Revenons à nos affaires, répliqua Grove. Je tiens tout d'abord à vous dire que nous soignons de notre mieux votre camarade.

— Merci, répondit sèchement Bisesa.

— À présent, qui êtes-vous et que venez-vous faire dans mon fort ?

Bisesa le regarda en plissant les yeux.

— Nous n'avons rien à vous dire de plus que nos nom, grade, numéro matricule…

Elle laissa sa phrase en suspens devant l'air ahuri de Grove.

— Je ne suis pas sûr que nos lois de la guerre s'appliquent ici, Bisesa, dit doucement Abdikadir. De plus, j'ai l'impression que cette situation est si inhabituelle qu'il vaudrait sans doute mieux pour tout le monde ne rien nous cacher.

Il défia du regard Grove, qui acquiesça sèchement, prit place à son bureau et leur fit négligemment signe de se rasseoir.

— Supposons, dit-il, que j'écarte provisoirement l'hypothèse la plus plausible, à savoir que vous êtes des espions de la Russie ou de ses alliés, envoyés pour je ne sais quelle mission de déstabilisation. Peut-être même êtes-vous à l'origine de l'interruption de nos communications… Comme je l'ai dit, écartons cela. Vous prétendez être en mission détachée pour l'armée britannique. Être ici pour maintenir la paix. Eh bien, moi aussi, je suppose. Expliquez-moi en quoi voltiger dans cette mécanique tourbillonnante vous y aide.

Il était brusque, mais visiblement indécis.

Bisesa prit une profonde inspiration. Elle esquissa brièvement la situation géopolitique : le face-à-face des grandes puissances à propos des réserves de pétrole de la région, la complexité des tensions locales. Grove paraissait suivre, même si la plus grande partie ne lui était pas familière, et à un moment il manifesta une grande surprise.

— La Russie, une *alliée*, dites-vous ?… Laissez-moi vous expliquer comment moi je vois la situation locale. Nous nous trouvons à un nœud de tension, d'accord… mais c'est entre la Grande-Bretagne et la Russie que règne cette tension. Mon travail, c'est de contribuer à la défense de la frontière de l'Empire, et ensuite à la sécurité du Raj. Tout ce que j'ai retenu de votre petit discours, c'est que vous avez des ennuis aussi avec les Pachtouns. Sans vouloir vous vexer, ajouta-t-il à l'intention d'Abdikadir.

Bisesa avait du mal à comprendre. Elle ne put que répéter ce qu'il venait de dire.

— Le *Raj* ? L'*Empire* ?

— Il semblerait, dit Grove, que nous soyons ici pour mener des guerres différentes, lieutenant Dutt.

— Capitaine Grove… vos communications vous ont-elles posé des problèmes, ces dernières heures ? demanda Abdikadir.

Grove marqua un temps, manifestement pour réfléchir à ce qu'il allait répondre.

— D'accord… oui. Nous avons perdu nos deux liaisons télégraphiques, et même le contact avec les stations d'héliographes. Nous n'en avons pas eu la moindre nouvelle depuis midi, environ, et nous ne savons toujours pas ce qui se passe. Et vous ?

Abdikadir soupira.

— Notre échelle temporelle est un peu différente. Nous avons perdu nos liaisons radio juste avant l'accident… il y a quelques heures.

— *Radio ?…* Enfin, peu importe, dit Grove avec un geste de la main. Nous avons donc eu des problèmes comparables, vous dans votre carrousel volant, moi dans ma forteresse. Et qu'est-ce qui a pu causer cela, à votre avis ?

— Une guerre ouverte, dit précipitamment Bisesa, qui ruminait cette idée depuis le crash : malgré la terreur que celui-ci lui avait causée et le choc qui avait suivi, elle n'avait pas pu se la sortir de la tête. Une impulsion électromagnétique…, ajouta-t-elle à l'intention d'Abdikadir. Quelle autre chose aurait pu interrompre les communications civiles et militaires, simultanément ? Les étranges lumières que nous avons vues dans le ciel… la météo, les brusques rafales…

— Mais nous n'avons pas vu de traînées de condensation, dit calmement Abdikadir. Maintenant que j'y pense, je n'en ai pas aperçu une seule depuis le crash.

— Encore une fois, dit Grove avec irritation, je n'ai pas le moindre début d'idée de ce dont vous parlez.

— Je veux dire que je crains qu'une guerre nucléaire ait éclaté, expliqua Bisesa. Et que ce soit pour ça que nous avons été coupés du monde. C'est déjà arrivé dans la région, après tout. Ça ne fait pas plus de dix-sept ans que Lahore a été détruite par les Indiens.

Grove la regarda avec de grands yeux :

— Détruite, dites-vous ?

Elle fronça les sourcils.

— Complètement. Vous devez le savoir.

Grove se leva, alla à la porte pour donner un ordre au planton qui s'y tenait. Au bout de quelques minutes, le jeune civil hyperactif nommé Ruddy franchit la porte, manifestement convoqué par Grove. L'autre civil, le jeune homme appelé Josh qui avait aidé Abdikadir à sortir Casey de l'hélicoptère, se glissa avec lui dans la pièce.

Grove haussa les sourcils.

— J'aurais dû m'attendre que vous l'accompagniez, monsieur White. Mais vous devez faire votre travail, je suppose. Vous ! dit-il en pointant un doigt péremptoire sur Ruddy. Quand êtes-vous allé à Lahore pour la dernière fois ?

Ruddy réfléchit un instant.

— Il y a trois... quatre semaines, je pense.

— Pouvez-vous décrire l'endroit tel que vous l'avez vu ?

Ruddy eut l'air déconcerté par cette requête, mais il s'exécuta :

— Une vieille cité fortifiée où vivent environ deux cent mille Pendjabis et quelques milliers de métis et d'Européens... beaucoup de monuments moghols... Depuis la grande mutinerie, c'est devenu un centre administratif tout autant qu'une base de départ pour les expéditions militaires destinées à contrecarrer la menace russe. Je ne sais pas trop ce que vous voulez que je vous dise, monsieur.

— Simplement ceci : Lahore a-t-elle été détruite ? A-t-elle été, en fait, dévastée il y a dix-sept ans ?

Ruddy éclata de rire.

— Voilà qui m'étonnerait. Mon père y travaillait. Il a fait construire une maison sur la route de Mozang!

— Pourquoi mentez-vous? lança Grove à Bisesa.

Bêtement, elle eut envie de pleurer. *Pourquoi refusez-vous de me croire?* Elle se tourna vers Abdikadir. Silencieux, il regardait le soleil couchant par la fenêtre.

— Abdi? Soutiens-moi.

— Tu n'as pas encore saisi le tableau, lui dit-il doucement.

— Quel tableau?

Il ferma les yeux.

— Je ne te le reproche pas. Moi-même, je ne tiens pas tant que ça à le voir.

Il se tourna vers le Britannique :

— Vous savez, capitaine, la chose la plus étrange qui soit arrivée aujourd'hui concerne le soleil.

Il lui décrivit le brusque déplacement de l'astre dans le ciel.

— À un moment, c'était midi, le suivant… la fin d'après-midi. Comme si la machinerie du temps s'était détraquée.

Il jeta un coup d'œil en direction de l'horloge de parquet : le cadran de celle-ci indiquait un peu moins de 19 heures. Il demanda à Grove :

— Est-elle à l'heure?

— Plus ou moins. Je la remonte tous les matins.

Abdikadir consulta sa montre-bracelet.

— Et pourtant je n'ai que 15 h 37… trois heures et demie de l'après-midi. Bisesa, tu es d'accord?

Elle vérifia.

— Oui.

Ruddy tiqua. Il s'approcha d'Abdikadir et lui prit le poignet.

— Je n'ai jamais vu une montre de ce genre. En tout cas, ce n'est pas une Waterbury! Elle n'a pas d'aiguilles, on ne voit que des chiffres. Ce n'est même pas un cadran. Et les chiffres se fondent les uns dans les autres!

— C'est une montre à quartz, dit calmement Abdikadir.

— Et qu'est-ce que c'est que ça? ajouta Ruddy, qui lut à haute voix : Huit six 2037…

— C'est la date, répondit Abdikadir.

Ruddy fronça les sourcils, cherchant à comprendre.

— Une date du XXIᵉ siècle?

— Oui.

Ruddy alla au bureau de Grove et farfouilla dans les papiers qui s'y trouvaient.

— Veuillez m'excuser, capitaine.

Même l'impressionnant capitaine Grove avait l'air perdu ; il eut un geste d'impuissance. Ruddy sortit un journal de sous la pile.

— Il est vieux de quelques jours, mais il fera l'affaire.

Il le brandit sous le nez de Bisesa et d'Abdikadir : c'était une mince feuille de chou intitulée *Civil and Military Gazette and Pioneer*.

— Vous voyez la date?

C'était une date de mars 1885. Il y eut un long et pesant silence. Grove dit brusquement :

— Vous savez, je pense que nous aurions tous besoin d'une bonne tasse de thé.

— Non!

L'autre jeune homme, Josh White, avait l'air très agité.

— Veuillez m'excuser, monsieur, mais tout s'éclaire… je crois… oh oui, ça cadre, tout s'explique!

— Calmez-vous, dit sèchement Grove. Qu'est-ce que vous bafouillez?

— La femme-singe, dit White. Oubliez votre tasse de thé… il faut leur montrer la femme-singe !

Donc, avec Bisesa et Abdikadir toujours sous la garde d'un soldat en armes, ils sortirent ensemble du fort.

Ils parvinrent à une sorte de campement à une centaine de mètres de la muraille. Là, une tente conique constituée d'un filet avait été dressée. Un groupe de soldats désœuvrés traînait autour, fumant des cigarettes à l'odeur méphitique. Maigres, crasseux, le bas de la nuque rasé, ils dévisagèrent Abdikadir et Bisesa avec leur mélange habituel de curiosité et de concupiscence.

Bisesa vit bouger quelque chose dans le filet… quelque chose de vivant, peut-être un animal… mais le soleil était bas sur l'horizon et il n'y avait pas beaucoup de lumière, les ombres étaient trop longues pour lui permettre de bien voir.

À la demande de White, quelqu'un retira le filet. Bisesa, qui s'était attendue à voir un poteau central, constata que le sommet de la tente était au contraire soutenu par une sphère argentée qui flottait apparemment sans aucun support dans les airs. Les indigènes n'avaient pas l'air d'accorder à celle-ci la moindre attention. Abdikadir s'avança, regarda en plissant les paupières son reflet à la surface de la sphère et passa la main dessous. Rien ne la soutenait.

— Tu sais, dit-il, n'importe quel autre jour, j'aurais trouvé ça tout à fait insolite.

Bisesa ne parvenait pas à détacher son regard de l'anomalie flottante où se reflétait son visage. *Voici la clé*, se dit-elle. L'idée s'était imposée d'elle-même à son esprit.

Josh lui toucha le bras.

— Bisesa, vous allez bien ?

Elle fut déroutée par son accent, qui évoquait à ses oreilles l'accent bostonien de JFK, mais le visage de Josh exprimait une réelle inquiétude. Elle eut un rire mécanique.

—Vu les circonstances, je pense que ça va très bien.

—Vous ratez le principal…

Il voulait parler des créatures sur le sol et elle essaya d'accommoder.

Tout d'abord, elle crut que c'étaient des chimpanzés, mais d'une constitution presque gracile. L'un d'eux était petit, le deuxième plus grand ; le grand tenait le petit dans ses bras. Sur un geste de Grove, deux soldats s'avancèrent et prirent le bébé, attrapèrent la mère par les chevilles et les poignets et l'étalèrent de tout son long sur le sol. La créature se débattait et montrait les dents.

Le «chimpanzé» était un bipède.

—Bon sang, murmura Bisesa. Tu penses que c'est une australopithèque ?

—Une parente de Lucy, oui, répondit Abdikadir sur le même ton. Mais les australopithèques ont disparu depuis… combien ? Un million d'années ?

—Il est possible qu'un groupe d'entre eux ait survécu dans une région reculée, dans ces montagnes, peut-être…

Il tourna vers elle un regard insondable.

—Tu n'y crois pas toi-même.

—Non.

—Vous voyez ? cria White, tout excité. Vous voyez la femme-singe ? Qu'est-ce, sinon un autre… *détraquement temporel* ?

Bisesa s'approcha pour regarder dans les yeux au regard obsédant de l'aînée des australopithèques. Celle-ci s'efforçait d'atteindre son petit.

— Je me demande ce qu'elle pense.

Abdikadir poussa un grognement.

— Sans doute : « C'est fou ce que le voisinage a pu changer. »

8

EN ORBITE

Après avoir appelé en vain pendant des heures, Mousa se rallongea sur sa couchette.

Les trois cosmonautes étaient étendus côte à côte, tels de gros cafards orange dans leur scaphandre. Pour une fois, l'exiguïté de la capsule Soyouz, la façon dont ils étaient serrés les uns contre les autres, était plus rassurante qu'étouffante.

— Je ne comprends pas, dit Mousa.

— Tu te répètes, ronchonna Zabel.

Il y eut un silence pesant. Depuis qu'ils avaient perdu le contact avec la Terre, entre eux l'atmosphère était explosive.

Après avoir partagé pendant trois mois un espace aussi confiné que la station, Kolya pensait en être venu à comprendre Zabel. Âgée de quarante ans, elle était issue d'une famille pauvre de La Nouvelle-Orléans à la généalogie complexe. Certains des Russes qui avaient travaillé avec elle admiraient la force de caractère qui l'avait conduite aussi loin – même à leur époque, dans le corps des cosmonautes de la N.A.S.A., être autre chose qu'un homme blanc d'origine anglo-saxonne était un sérieux handicap. D'autres, moins charitables, disaient en plaisantant que, quand elle était à bord, il fallait recalculer les manifestes de chargement en raison du poids de ses rancœurs accumulées. La plupart s'accordaient pour penser que si elle avait été russe, elle n'aurait jamais pu franchir l'étape des tests psychologiques exigés de tout cosmonaute avant qu'il soit déclaré apte au service dans l'espace.

En ce qui le concernait, durant leurs trois mois de séjour à bord de la station, Kolya s'était fort bien entendu avec elle, sans doute en raison de leurs tempéraments opposés. Il était officier dans l'armée de l'air et avait une femme et de jeunes enfants à Moscou. Pour lui, les vols spatiaux étaient une aventure, mais il n'était motivé que par la loyauté envers les siens et le devoir envers son pays, il se contentait de laisser sa carrière suivre son cours. Il avait senti chez Zabel une ambition dévorante qui ne connaîtrait sûrement pas de satisfaction tant qu'elle ne serait pas parvenue au sommet de sa profession : le commandement de la base Clavius ou peut-être même une place sur un vol pour Mars. Elle ne voyait sans doute pas en Kolya une menace pour son plan de carrière.

Mais il avait appris à se méfier d'elle. Et maintenant, dans cette situation angoissante, il s'attendait à la voir exploser.

Mousa claqua dans ses mains gantées, assumant son rôle de commandant.

— Je crois qu'il est évident que nous n'allons pas procéder tout de suite à la rentrée dans l'atmosphère. Il n'y a pas à s'inquiéter. Dans l'ancien temps, les vaisseaux soviétiques n'étaient en contact avec leurs contrôleurs au sol que durant vingt minutes par orbite d'une heure et demie, par conséquent les Soyouz ont été conçus pour fonctionner de manière autonome…

— La panne ne vient peut-être pas de chez nous, dit Zabel. Et si elle venait du sol ?

— Quelle panne pourrait bien affecter une chaîne complète de stations au sol ? s'esclaffa Mousa.

— Une guerre, dit Kolya.

— Ce genre de spéculation est stérile, répliqua Mousa. Quelle que soit la panne, le sol finira tôt ou tard par rétablir le contact et nous reprendrons notre plan de vol. Il suffit d'attendre. Pour le moment, nous avons du travail.

Il farfouilla sous son siège pour y trouver un exemplaire de la liste de contrôles en orbite.

Il avait raison, comprit Kolya : le petit vaisseau ne fonctionnerait pas tout seul et, s'il devait rester coincé pour une révolution de plus – ou deux, ou trois ? –, son équipage allait devoir l'aider. La pression du compartiment était-elle normale, le taux d'oxygène était-il correct ? Le vaisseau tournait-il comme il fallait sur lui-même en suivant la grande courbe de son orbite, de façon que ses panneaux solaires restent orientés en direction du soleil ? Il fallait veiller à tout cela.

Tous trois se retrouvèrent bientôt plongés dans une routine familière, et par là rassurante, de vérifications – comme si, tout compte fait, ils étaient maîtres de leur destin.

Mais le fait était que tout avait changé et qu'ils ne pouvaient l'ignorer.

Le Soyouz s'enfonçait de nouveau dans l'ombre de la planète. Kolya regarda par son hublot pour apercevoir la lueur orangée des villes, dans l'espoir de se rassurer. Mais partout régnait l'obscurité.

9

PARADOXE

Josh était intrigué par cette femme du futur… si c'était bien ce qu'elle était ! À défaut d'être belle, Bisesa avait des traits agréables et bien proportionnés, le nez busqué et la mâchoire carrée ; mais son regard était clair, sa chevelure soyeuse, quoique coupée court. Il y avait en elle une force, aussi bien morale que physique, qu'il n'avait jamais rencontrée chez une femme : confrontée à cette situation sans précédent, elle était sûre d'elle, bien qu'éprouvée par la fatigue.

La soirée se poursuivant, il se mit à la suivre partout comme un petit chien.

La journée avait été longue – la plus longue de sa vie, avait-elle dit, même si elle avait été amputée de plusieurs heures – et l'avis du capitaine Grove qu'il serait bon de permettre aux nouveaux venus de manger et de se reposer semblait sage. Mais ceux-ci avaient protesté qu'ils avaient du travail à faire avant de se reposer. Abdikadir voulait aller voir Casey, l'autre pilote. Et il voulait retourner à la machine qu'ils appelaient le « *Little Bird* ».

—Il faut effacer les banques de mémoire de l'équipement électronique, avait-il dit. Elles renferment des données sensibles, en particulier concernant l'avionique…

Josh était fasciné par ces histoires de machines intelligentes et il se représentait les airs pleins de fils télégraphiques invisibles transmettant en tous sens de mystérieux et importants messages.

Grove penchait pour accéder à la requête d'Abdikadir.

— Je ne vois pas en quoi cela pourrait nous nuire d'autoriser la destruction de ce que nous ne comprenons de toute façon pas, dit-il flegmatiquement. De plus… vous dites que c'est votre devoir, adjudant-chef, et je ne puis que m'incliner devant cet argument. Le temps et l'espace peuvent fondre comme du caramel mou, le devoir perdure.

De son côté, Bisesa voulait refaire à l'envers la route suivie par l'hélicoptère avant de s'écraser.

— Nous avons été abattus. Je crois que c'était juste après que nous avons remarqué la danse du soleil dans le ciel. Donc… vous voyez? Si nous avons franchi une sorte de… *barrière temporelle*, celui qui nous a tiré dessus doit aussi s'être retrouvé de ce côté…

Grove pensait qu'il valait mieux remettre cette expédition au lendemain, car il voyait tout autant que Josh la fatigue de Bisesa. Mais elle ne voulait pas cesser de s'agiter – pas encore –, comme si s'arrêter avait signifié baisser les bras devant cette situation exceptionnelle. Grove donna donc son accord. Le respect de Josh pour son jugement et pour sa compassion s'en accrut : Grove ne comprenait pas mieux que les autres ce qui se passait, mais il essayait visiblement de pourvoir aux besoins élémentaires des gens qui lui étaient, littéralement, tombés du ciel.

Un détachement fut constitué : Bisesa, avec Josh et Ruddy, qui avaient tous deux insisté pour l'accompagner, et une petite escouade sous le commandement du soldat

Batson, qui avait ce jour-là, semblait-il, suffisamment impressionné Grove pour obtenir une promotion.

Le temps de quitter la forteresse, la nuit tombait. Les soldats étaient munis de torches et de lampes à pétrole. Ils se dirigèrent droit vers l'est à partir du site du crash de l'hélico. Bisesa avait calculé que la distance ne devait pas excéder un kilomètre et demi.

Tandis que les lumières du fort s'amenuisaient dans leur dos, l'obscurité de la Frontière se referma sur eux, immense et solitaire, et Josh voyait toujours d'épais nuages noirs amoncelés de toutes parts sur l'horizon.

Il pressa le pas pour rattraper Bisesa.

— S'il est vrai…, dit-il.

— Oui ?

— Cette histoire de glissement dans le temps… Vous, et ces femmes-singes… Comment pensez-vous que cela puisse être arrivé ?

— Je n'en ai pas la moindre idée. Et je ne sais pas ce que je préfère, être naufragée du temps ou victime d'une guerre atomique. De toute façon, ajouta-t-elle brusquement, comment savez-vous si ce n'est pas *vous*, les naufragés ?

Josh frémit.

— Je n'y avais pas pensé. Vous savez, c'est tout juste si j'arrive à croire que j'ai cette conversation ! Si vous m'aviez dit ce matin qu'avant d'aller me coucher ce soir je verrais une machine volante assez puissante pour transporter des gens – et que ces gens affirmeraient, de façon tout à fait plausible, en plus, venir d'un siècle et demi dans le futur –, je vous aurais prise pour une folle !

— Mais si c'est vrai, insista Ruddy en les rejoignant au pas de course – jamais en grande forme physique, il haletait légèrement –, si c'est vrai, il y a tellement de choses que vous pourriez nous dire ! Car notre avenir est votre passé.

Elle secoua la tête.

— J'ai vu trop de films. N'avez-vous jamais entendu parler du principe de protection chronologique ?

Josh en fut aussi déconcerté que Ruddy.

— Je suppose que vous ne savez même pas ce qu'est un film, vous avez encore moins de chances d'avoir vu *Terminator*… Voyons, certaines personnes pensent que si vous retournez dans le passé pour modifier quelque chose, de sorte que le futur d'où vous venez ne puisse plus exister, vous risquez de déclencher une terrible catastrophe.

— Je ne comprends pas, avoua Josh.

— Supposez que je vous dise où vit mon arrière-arrière-arrière-grand-mère en ce moment, en 1885, puis que vous alliez la trouver et que vous l'assassiniez.

— Pourquoi ferais-je une telle chose ?

— Peu importe ! Si vous le faisiez, je ne serais jamais née… par conséquent je ne pourrais jamais venir vous parler de ma grand-mère… et vous ne la tueriez jamais. Dans ce cas…

— C'est un paradoxe logique, s'exclama Ruddy. Comme c'est intéressant ! Mais si nous promettons de ne pas faire de mal à votre aïeule, ne pouvez-vous *rien* nous dire sur nous ?

Josh se moqua de lui.

— Comment aurait-elle jamais pu entendre parler de *nous*, Ruddy ?

Ce dernier prit un air songeur.

— J'ai le sentiment qu'elle en a entendu parler, tu sais… de *moi*, en tout cas. Quand quelqu'un vous a reconnu, on s'en rend compte !

Mais Bisesa refusa d'en dire plus.

À mesure que s'estompaient les dernières lueurs du jour et que les étoiles reculaient dans l'infini au-dessus de leur petit groupe, celui-ci resserrait les rangs et les soldats, tenant haut leurs lanternes, baissaient la voix. *Nous nous enfonçons dans l'étrange*, songea Josh. Ce n'était plus simplement qu'ils ne pouvaient savoir qui rôdait là-dehors, ni où ils allaient. Ils ne pouvaient même pas être sûrs de *quand* ils allaient se retrouver… Il constata que tout le monde parut soulagé quand ils franchirent une colline basse et que le croissant de Lune montante projeta une lumière blafarde sur la plaine. Mais l'atmosphère était bizarre, turbulente, et la face de la Lune d'un curieux jaune orangé.

— C'est ici, dit soudain Bisesa.

Elle avait fait halte devant une excavation dans le sol. S'approchant, Josh vit que la terre était fraîche et humide, comme si elle avait été récemment retournée.

— C'est un trou-abri, dit Ruddy.

Il sauta dedans et ramassa un bout de tuyau, comme un morceau de canalisation, qu'il brandit.

— Et voilà donc l'arme redoutable qui vous a abattus en plein vol ?

— C'est le lance-roquettes, oui.

Elle scruta les ténèbres en direction de l'est.

— Il y avait un village, juste là. À une centaine de mètres, pas plus.

Les soldats levèrent leurs lanternes. Il n'y avait pas le moindre village en vue, rien que la plaine rocailleuse qui semblait s'étendre jusqu'à l'horizon.

— Il doit y avoir une frontière près d'ici, hasarda-t-elle. Une frontière dans le temps. Quelle idée bizarre. Que nous arrive-t-il ?…

Elle leva les yeux vers la Lune.

— Oh, Clavius a disparu.

Josh vint la rejoindre.

— Clavius ?

— La base Clavius, répondit-elle en pointant le doigt. Construite dans un grand cratère de l'hémisphère Sud.

Josh la regarda en ouvrant de grands yeux.

— Vous avez des villes *sur la Lune* ?

Elle sourit.

— Je n'appellerais pas ça une ville. Mais on devrait en voir la lumière, comme une étoile captive, la seule entre les branches du croissant. Elle a maintenant disparu. Ce n'est même pas *ma* Lune. Il y a une équipe sur Mars, et une deuxième est en route… ou elle l'était. Je me demande ce qu'elles sont devenues…

Une exclamation de dégoût s'éleva. Un des soldats, qui était allé creuser au fond du trou, en ressortait maintenant avec ce qui semblait être un morceau de viande, encore dégoulinant de sang et répandant une âcre puanteur.

— Un bras humain, dit Ruddy d'une voix blanche.

Il se détourna et vomit.

— On dirait l'œuvre d'un grand félin…, dit Josh. Il semblerait que celui qui vous a attaqués n'a pas survécu longtemps pour jouir de sa victoire.

— Je suppose qu'il était aussi désorienté que moi.

— Oui. Je m'excuse pour Ruddy. Il n'a pas l'estomac assez solide pour supporter de telles visions.

— Non. Et il ne l'aura jamais.

Josh la regarda : à la lueur de la Lune, son regard était inexpressif.

— Que voulez-vous dire ?

— Il a raison. Je sais qui il est. Vous êtes Rudyard Kipling, n'est-ce pas ? Ce fichu Rudyard Kipling. Mon Dieu, quelle journée.

Ruddy ne répondit pas. Il était plié en deux, toujours en train de vomir, le menton souillé de bile.

À cet instant, la terre trembla, assez fort pour soulever partout de petits nuages de poussière, telles d'invisibles traces de pas. Et la pluie se mit à tomber d'épais nuages noirs qui accouraient, voilant la face vide de la Lune.

DEUXIÈME PARTIE

NAUFRAGÉS DU TEMPS

10

Géométrie

Pour Bisesa, le premier matin fut le plus dur.

La décharge d'adrénaline consécutive au choc devait l'avoir aidée à tenir jusqu'au bout de la journée de ce qu'ils avaient baptisé « Discontinuité ». Mais cette nuit-là, dans la chambre qui leur avait été attribuée par Grove – un débarras converti à la hâte –, elle avait mal dormi sur son mince matelas de plumes. Au matin, après s'être réveillée à contrecœur et s'être aperçue qu'elle était *toujours là*, elle était retombée des sommets où l'avait propulsée l'adrénaline pour céder au désespoir. La deuxième nuit, sur l'insistance d'Abdi, anxieuse de trouver le sommeil, elle avait descellé sa trousse de survie, s'était mis des bouchons dans les oreilles et un masque noir sur les yeux, avait avalé un comprimé d'Halcion – que Casey surnommait *assommoir bleu* – et dormi dix heures d'affilée.

Mais les jours se succédaient et Bisesa, Abdikadir et Casey étaient toujours coincés dans le fort de Jamroud. Ils ne captaient rien sur aucune longueur d'ondes militaire, le portable de Bisesa continuait à se plaindre de son isolement, nulle équipe de secours n'accourait depuis la base des Nations unies en réponse à leurs balises qui bipaient patiemment... aucune évacuation sanitaire n'était en vue pour Casey. Et on n'apercevait pas la moindre petite traînée de condensation dans le ciel.

Bisesa passait la plus grande partie de son temps à souffrir de la séparation avec sa fille, Myra. Elle ne voulait même pas y songer, comme si ce seul fait aurait suffi à rendre effective son absence. Elle aurait voulu de toutes ses forces avoir quelque chose à faire… n'importe quoi pour éviter de penser.

Pendant ce temps, la vie continuait.

Après les premiers jours, quand il fut devenu évident que l'équipage du *Little Bird* n'avait pas d'intentions belliqueuses, la surveillance des soldats britanniques s'était un peu relâchée, même si Bisesa soupçonnait le capitaine Grove d'être trop prudent pour ne pas garder un œil sur eux. Ils n'étaient certes pas autorisés à s'approcher de la petite réserve de pistolets, fusées éclairantes et autres armes du xxie siècle récupérées dans l'épave du *Little Bird*. Mais elle pensait que le fait que Casey soit un Américain blanc et qu'elle et Abdi puissent être considérés comme appartenant à des « races alliées » avait sans doute aidé à les faire accepter par les Britanniques du xixe siècle. Si les occupants du *Little Bird* avaient été russes, allemands ou chinois – et il y avait beaucoup de soldats de ces nationalités à Clavius – ils auraient pu se trouver en butte à plus d'hostilité.

Mais, quand on y songeait, le simple fait de réfléchir à de tels problèmes de chocs culturels entre le xixe et le xxie siècle était stupéfiant. Tout, dans cette histoire, était surréel : elle avait l'impression de se déplacer dans une bulle. Et elle était en permanence étonnée de voir avec quelle facilité les autres acceptaient leur situation, la brutale réalité, apparemment indéniable, des glissements temporels, sur cent cinquante ans dans son cas, peut-être *un million d'années* ou davantage dans celui de la malheureuse australopithèque et de son bébé dans leur cage.

— Je ne pense pas que les Britanniques y comprennent quoi que ce soit, avait dit Abdikadir, et nous, peut-être le comprenons-nous trop bien. En 1895 – c'est-à-dire dans dix ans pour cette zone temporelle ! –, quand H.G. Wells a publié *La Machine à voyager dans le temps*, il lui a fallu consacrer vingt ou trente pages pour expliquer ce que faisait une telle machine. Non pas comment elle fonctionnait, mais simplement de quoi il s'agissait. Nous, nous avons subi un processus d'adaptation. Après un siècle de science-fiction, nous sommes parfaitement habitués, toi et moi, à l'idée de voyages dans le temps et nous pouvons en accepter immédiatement les implications… malgré l'étrangeté que nous ressentons à le vivre en personne.

— Mais il n'en est rien pour ces Britanniques de l'époque victorienne. Pour eux, une Ford T serait un véhicule d'un futurisme débridé.

— Bien sûr. Et je suppose que les glissements temporels et leurs implications dépassent tout simplement leur imagination… Mais si H.G. Wells était ici – a-t-il jamais visité les Indes ? –, aussi intelligent soit-il, son cerveau risquerait d'exploser en envisageant les conséquences de ce qui nous est arrivé…

Aucun de ces raisonnements ne semblait aider Bisesa. La vérité était peut-être qu'Abdikadir et les autres se sentaient tout aussi bizarres qu'elle, mais qu'ils réussissaient juste à mieux le cacher.

Ruddy, toutefois, comprenait son désarroi. Il lui confia qu'il lui arrivait parfois d'être victime d'hallucinations.

— Quand j'étais enfant, placé dans une horrible famille en Angleterre, je me suis mis une fois à donner des coups de poing à un arbre. Étrange comportement, je vous l'accorde, mais personne n'a compris que j'essayais de voir si c'était ma grand-mère ! Plus récemment, à Lahore, j'ai attrapé la fièvre, peut-être la malaria, et depuis mes « noirs démons » reviennent me visiter de temps à autre. Je sais donc ce que c'est que d'être tourmenté par l'irréalité.

Tout en parlant, il se pencha en avant, concentré, les yeux déformés par les épaisses lunettes que Josh appelait ses « culs-de-bouteille ».

— Mais pour moi vous êtes assez réelle. Je vais vous dire ce qu'il faut faire… travailler ! ajouta-t-il en exhibant ses doigts boudinés tachés d'encre noire. J'y consacre jusqu'à seize heures par jour. Le travail, c'est le meilleur rempart de la réalité…

Elle ressortit plus déboussolée qu'avant de cette séance de thérapie sur la nature de la réalité avec un Rudyard Kipling de dix-neuf ans.

Le temps passant et les deux groupes – les Britanniques de l'époque victorienne et l'équipage de Bisesa – restant privés de communications avec leurs mondes extérieurs respectifs, Grove commença à s'inquiéter sérieusement.

Il y avait à cela une raison très concrète : les réserves du fort ne dureraient pas éternellement. Mais Grove était aussi coupé du vaste appareil de l'administration impériale, dont Bisesa entrevit la complexité au cours d'une brève discussion avec Josh et Ruddy. Même du côté civil, il y avait des commissaires, entourés d'adjoints et de délégués, placés sous les ordres d'un lieutenant-gouverneur, lui-même sous l'autorité d'un vice-roi répondant devant un ministre qui, pour finir, dépendait de l'impératrice, la reine Victoria en personne, dans la lointaine Londres. Les Britanniques étaient censés se considérer comme éléments constitutifs d'une structure sociale unitaire – où que vous la serviez, vous étiez un soldat de la reine, une pièce de son empire universel. Pour Grove, en être isolé était aussi dérangeant que pour Bisesa d'être coupée des réseaux de télécommunications planétaires du XXIe siècle.

Grove avait donc entrepris d'envoyer des patrouilles de reconnaissance, constituées principalement de *sowars*, ces cavaliers indiens capables de couvrir rapidement des distances impressionnantes. Ils avaient atteint Peshawar, où auraient dû se trouver le cantonnement local de l'armée et le centre de commandement militaire... mais Peshawar avait disparu. Il n'y avait aucun signe de destruction, pas même la hideuse vitrification d'une explosion nucléaire que Bisesa avait entraîné les Britanniques à reconnaître. Il n'y avait que de la roche nue, une rivière, une végétation rabougrie et les traces de créatures qui pouvaient être des lions : c'était comme si Peshawar n'avait jamais existé. Les éclaireurs *sowars* envoyés à la recherche de Clavius, le camp de l'O.N.U. où était cantonnée Bisesa, revinrent avec une histoire similaire. Pas la moindre trace, ne serait-ce que de destruction.

Grove décida alors de pousser plus loin les explorations : en s'enfonçant au cœur de l'Inde le long de la vallée de l'Indus... et vers le nord.

Pendant ce temps, Casey, toujours pratiquement immobilisé, avait lui aussi relevé le défi de reprendre contact avec le monde extérieur. Avec l'aide d'une poignée de soldats du corps des transmissions que lui avait affectés Grove, il avait récupéré le matériel de communication de l'hélicoptère abattu pour improviser une station émettrice-réceptrice dans une petite pièce du fort. Mais, quel que soit le temps qu'il pouvait passer à crier dans le vide, il n'obtenait pas de réponse.

Abdikadir, de son côté, avait d'autres projets, qui concernaient l'étrange sphère flottante. Bisesa les enviait tous deux d'avoir si vite trouvé un travail utile pour s'occuper, comme s'ils s'étaient mieux adaptés qu'elle.

Le matin du quatrième jour, Bisesa sortit du fort pour trouver Abdikadir debout sur un tabouret, tenant en l'air un seau de fer-blanc cabossé. Casey et Cecil De Morgan, assis sur des pliants, le regardaient faire, le visage baigné par le soleil matinal. Casey fit signe à Bisesa.

— Hé, Bis ! Viens voir le spectacle.

De Morgan proposa aussitôt son siège à Bisesa, mais celle-ci s'assit par terre près de Casey. Elle n'aimait pas De Morgan et n'avait aucune envie de lui être redevable de la plus petite chose.

Le seau était rempli d'eau et devait donc être lourd. Abdikadir le cala néanmoins d'une main sur son épaule pour marquer le niveau de l'eau avec un crayon gras. Puis il abaissa le seau, révélant la sphère flottante, le Mauvais Œil, dégoulinant d'eau : Abdi s'assura qu'il récupérait bien la moindre goutte. La tente abritant les deux « femmes-singes » avait été déplacée de quelques dizaines de mètres, soutenue par un poteau central.

— Voilà déjà une demi-heure qu'il fait faire trempette à cette fichue sphère.

— Pourquoi, Abdi ?

— Je mesure son volume. Et je vérifie par souci de précision. On appelle ça la méthode scientifique. Merci de vos encouragements, murmura Abdikadir, puis il réimmergea la sphère.

— Je croyais que le médecin-capitaine t'avait demandé de ne pas quitter le lit, dit Bisesa à Casey.

Casey soupira bruyamment et étendit devant lui sa jambe emmaillotée de bandages.

— Foutaises! La fracture était nette et ils l'ont très bien réduite.

Mais sans anesthésie, avait entendu dire Bisesa.

— Et je n'aime pas rester assis les doigts dans le cul, conclut-il.

— Et vous, monsieur De Morgan, en quoi cela vous intéresse-t-il? demanda-t-elle.

Le mandataire écarta les mains.

— Je suis un homme d'affaires, madame. C'est la raison première de ma présence. Et je suis constamment à l'affût de nouveautés. Naturellement, je suis intrigué par votre machine volante accidentée! Je comprends que le capitaine Grove et vous vouliez la garder sous le boisseau. Mais *ceci*, cet orbe parfait en suspension, ne vous appartient pas plus qu'à Grove… et, dans les jours étranges que nous vivons, il reste plus étrange que tout, même si nous nous sommes rapidement habitués à lui! Il flotte là, sans rien de visible pour le soutenir. On peut le frapper aussi fort qu'on veut – même avec des balles de fusil… la chose a été tentée, malgré le risque de ricochets –, on ne peut en rien entamer sa surface parfaite, ni même le faire bouger d'un iota. Qui l'a fabriqué? Qu'est-ce qui le fait tenir en l'air? Qu'est-ce qu'il y a à l'intérieur?

— Et combien vaudrait-il? bougonna Casey.

— Je suis bien obligé d'y penser, répliqua De Morgan en riant sans complexe.

Josh avait parlé à Bisesa des origines de De Morgan. Ce dernier venait d'une famille d'aristocrates ruinés descendant d'un ancêtre qui s'était taillé un riche domaine aux dépens des royaumes saxons vaincus lors de l'invasion de l'Angleterre par Guillaume le Conquérant, plus de huit cents ans auparavant. Au cours des siècles suivants, une « combinaison de cupidité et de sottise qui transcende les générations », selon la désarmante formule de l'intéressé en personne, avait laissé sa famille sans le sou, mais non sans une sorte de mémoire atavique de la fortune et du pouvoir. Ruddy disait que, selon ce qu'il avait pu en voir, le Raj était infesté d'« aigrefins » dans le genre de De Morgan. En ce qui concernait Bisesa, elle ne voyait rien qui inspire la confiance dans la chevelure noire plaquée en arrière et le regard furtif de De Morgan.

Abdikadir descendit de son tabouret. Sombre, sérieux, concentré, il fit passer sa montre en mode calculatrice et entra les chiffres qu'il venait de relever.

— Alors, petit génie, l'interpella Casey d'un ton moqueur, dis-nous ce que tu as découvert.

Abdikadir s'installa par terre près de Bisesa.

— L'Œil résiste à nos investigations, mais il y a quand même des choses que l'on peut mesurer. Tout d'abord, il est entouré d'une anomalie magnétique. Je l'ai vérifié à l'aide d'une boussole de ma trousse de survie.

— Ma boussole à moi est détraquée depuis que nous avons touché le sol, grogna Casey.

Abdikadir secoua la tête.

— Il est vrai qu'on ne peut pas trouver le nord magnétique : il semble être arrivé quelque chose de bizarre au champ magnétique terrestre. Mais il n'y a rien qui cloche dans nos boussoles elles-mêmes. Autour de cette chose, dit-il en regardant l'Œil, les lignes de champ sont resserrées les unes contre les autres. Si on en faisait le diagramme, il ressemblerait à un nœud dans un bout de bois.

— Comment est-ce possible ?

— Je n'en ai pas la moindre idée.

Bisesa se pencha en avant.

— Quoi d'autre, Abdi ?

— Je me suis livré à un peu de géométrie élémentaire, répondit-il en lui adressant un large sourire. Plonger cette chose dans l'eau est le seul moyen auquel j'ai pu penser pour en mesurer le volume… voir de combien montait le niveau dans le seau.

— *Eurêka* ! s'écria moqueusement De Morgan. Monsieur, vous êtes l'Archimède de notre temps…

Abdikadir l'ignora.

— J'ai recommencé une dizaine de fois mes mesures, dans l'espoir de réduire la marge d'erreur, mais ce n'est toujours pas vraiment ça. Je n'arrive pas à trouver un moyen d'en calculer la surface. Mais je crois que mes mesures du rayon et de la circonférence sont assez justes. J'ai adapté un viseur laser de l'hélico…, expliqua-t-il en brandissant un appareil de mesure bricolé.

— Je ne pige pas, dit Casey. Ce n'est qu'une sphère. Si tu connais le rayon, tu peux calculer le reste à l'aide de quelques formules. L'aire de la surface est, voyons, quatre fois π par R au carré…

— On peut la calculer si on part du postulat que cette sphère est comme toutes les autres sphères que l'on connaît, dit doucement Abdi. Mais elle reste en suspension dans les airs comme rien que j'aie jamais vu. Je ne voulais pas formuler de simples hypothèses ; je voulais vérifier tout ce que je pouvais.

Bisesa acquiesça.

— Et tu as trouvé…

— Tout d'abord, c'est une sphère parfaite, dit-il en levant les yeux vers elle. Et je dis bien *parfaite*, jusque dans les limites de mes visées laser, sous tous les angles que j'ai essayés. Même en 2037, nous ne pourrions façonner aucune matière avec un tel degré de précision.

De Morgan hocha sobrement la tête.

— Un étalage de précision géométrique presque insultant.

— Oui. Mais ce n'est qu'un début.

Abdikadir leva sa montre pour que Bisesa puisse bien en voir le petit écran.

— Tes cours de géométrie du collège, Casey. Le rapport de la circonférence d'un cercle à son diamètre est…?

— Pi, bougonna Casey. Même un culturiste chrétien sait ça.

— Eh bien, là, ce n'est pas le cas. Pour l'Œil, ce rapport est de *trois*. Pas à peu près, ni un peu plus de trois… trois pile, avec une précision de laser. Ma marge d'erreur est si faible qu'il est absolument impossible que le rapport soit π, comme il se devrait. Alors, tu vois, tes formules ne marchent pas, Casey. J'obtiens le même chiffre d'après la mesure du volume. Même si, bien sûr, ma marge d'erreur est nettement plus importante : on ne peut pas comparer un laser et un seau d'eau croupie…

Bisesa se leva et tourna autour de l'Œil pour l'examiner. Celui-ci continuait à la mettre mal à l'aise.

— C'est impossible, π est π. Ce nombre est ancré dans la structure de notre univers.

— De *notre* univers, oui, répliqua Abdikadir.

— Que veux-tu dire ?

Il haussa les épaules.

— Il semblerait que cette sphère – bien que se trouvant de toute évidence *ici* – n'appartienne pas tout à fait à notre univers. Nous sommes apparemment tombés sur des anomalies temporelles, Bisesa. Ici, il s'agit peut-être d'une anomalie spatiale.

— Si c'est le cas, grogna Casey, qu'est-ce qui l'a causée ? Et que sommes-nous censés faire ?

Il n'y avait pas de réponse, bien sûr.

Le capitaine Grove arriva, l'air affairé.

— Désolé de vous déranger, lieutenant, dit-il à Bisesa. Vous vous rappelez les patrouilles de reconnaissance que j'ai envoyées ? Eh bien, un des *sowars* vient de nous signaler quelque chose d'assez curieux au nord d'ici.

— « Quelque chose d'assez curieux », dit Casey. J'adore le goût des Britanniques pour la litote !

Grove ne lui prêta aucune attention.

— Vous devriez savoir mieux que n'importe lequel de mes hommes ce qu'il faut en penser… Je me demandais si vous seriez tentée par une petite excursion ?

11

NAUFRAGÉS DE L'ESPACE

— Hé, trouduc, j'ai besoin d'aller aux chiottes. C'était Zabel, bien sûr, qui saluait Kolya au seuil d'une nouvelle journée en criant depuis le module de descente.

Il était en train de rêver de chez lui, de Nadia et des garçons. Suspendu dans son sac de couchage comme une chauve-souris à sa branche, avec l'obscur rougeoiement des veilleuses de secours pour seul éclairage, il lui fallut un moment pour se rappeler où il se trouvait. *Oh, je suis encore ici. Toujours en train de tourner sans fin dans cette quasi-épave autour d'une Terre qui ne répond pas.* Pendant encore un moment, il s'accrocha à un demi-sommeil.

Il était dans le compartiment orbital, en compagnie de leurs scaphandres et du reste de l'équipement devenu inutile, et toujours entouré des rebuts de la station – ils pouvaient difficilement ouvrir une écoutille pour les jeter. En dormant là, il leur procurait à tous un peu plus d'espace ou, si l'on préfère, il évitait à trois cosmonautes rendus fous par l'enfermement de s'entre-tuer. Mais cela n'avait rien de confortable. Il ne pouvait s'abstraire de l'odeur de linge sale – les «vieux slips de Cosaques», selon l'élégante expression de Zabel.

Il poussa un grognement et se tortilla pour s'extirper de son sac de couchage. Il se dirigea vers les petites toilettes, ouvrit la porte ménagée dans la paroi et activa les pompes qui rejetteraient ses excréments dans le vide spatial. Quand ils avaient compris qu'ils allaient rester coincés en orbite, ils avaient dû dégager ces toilettes de sous les tas d'ordures ; le voyage de retour n'était pas censé durer plus de quelques heures et il n'avait pas été prévu de pauses pipi. Ce matin-là, il lui avait fallu un certain temps pour terminer. Il était déshydraté et son urine était épaisse, presque douloureusement acide, comme si elle ne quittait son corps qu'avec réticence.

Vêtu de son seul caleçon long, il frissonna. Pour optimiser la durée de vie du Soyouz, Mousa avait décidé de ne garder en fonction que les systèmes indispensables, à puissance minimale. En conséquence, l'intérieur du vaisseau était de plus en plus froid et humide. Une moisissure noire envahissait les parois. L'air, de plus en plus vicié, était chargé de poussière, de peaux mortes, de poils de barbe et de débris de nourriture dont, en l'absence de gravité, aucun ne se déposait, bien sûr. Ils avaient tous mal aux yeux et éternuaient tout le temps. La veille, Kolya avait fait le compte de ses éternuements et était arrivé à une moyenne de vingt par heure.

Le dixième jour, se dit-il. Ils allaient inutilement accomplir seize nouvelles orbites complètes autour de la Terre, portant le total à environ cent soixante depuis que la station avait disparu.

Il enfila ses « braslets » en haut des cuisses. Ces bandes de contention élastiques, destinées à prévenir les problèmes de circulation dus à la microgravité, étaient assez serrées pour réguler le flux sanguin quittant ses jambes, sans pour autant couper sa circulation. Il revêtit ensuite sa combinaison – en fait, un des vêtements abandonnés qu'il avait trouvés dans les rebuts du compartiment orbital.

Puis il passa dans le sas pour gagner le module de descente. Mousa ne tourna pas davantage que Zabel les yeux vers lui : ils ne supportaient plus la vue les uns des autres. Il pivota dans les airs et se glissa d'un mouvement fluide sur sa couchette. Dès qu'il lui eut laissé la voie libre, Zabel se hissa par le sas et Kolya l'entendit rebondir contre les parois.

— Petit déjeuner.

Mousa propulsa vers lui un plateau sur lequel étaient posés des tubes et des boîtes de nourriture entamés. Ils avaient depuis longtemps épuisé la petite réserve du Soyouz et ouvert les rations d'urgence prévues pour les nourrir après l'atterrissage : boîtes de viande et de poisson, tubes de crèmes de légumes et de fromage, et même quelques confiseries. Mais cela ne remplissait guère l'estomac. Kolya passa le doigt au fond des boîtes vides et avala au vol des miettes qui dérivaient.

De toute façon, aucun d'eux n'avait très faim. Les étranges conditions de la vie en apesanteur y veillaient. Mais manger chaud lui manquait, il n'en avait pas eu l'occasion depuis leur départ de la station.

Mousa avait déjà repris ses appels obstinés à la radio… « Stéréo Un, Stéréo Un »… Bien sûr, personne ne répondait, quel que soit le nombre d'heures qu'il y passait. Mais que pouvait-il faire d'autre que de continuer à essayer ?

Pendant ce temps, Zabel s'affairait « à l'étage », dans le compartiment orbital. Elle avait découvert une vieille radio V.H.F. que les occupants de la station avaient jadis utilisée pour contacter des radioamateurs du monde entier, essentiellement des écoliers. L'intérêt du public pour la station s'était depuis longtemps tari et la radio vieillissante avait été démontée, emballée et remisée dans le Soyouz pour être détruite lors de sa rentrée dans l'atmosphère. À présent, Zabel essayait de la remettre en marche. Peut-être capteraient-ils des signaux, ou même réussiraient-ils à émettre sur des longueurs d'ondes non gérées par l'équipement conventionnel. Mousa, de façon presque routinière, avait grommelé quand elle avait voulu brancher sa radio sur la source d'énergie de l'appareil. Il s'était ensuivi une vive altercation, dont Kolya s'était pour une fois mêlé.

— Ce n'est pas gagné, mais ça pourrait marcher. Et ça ne peut pas faire de mal.

Il se pencha pour enfoncer la soupape du réservoir d'eau. Il en émergea un globule de quelques centimètres de diamètre qui se dirigea vers son visage. Conscient d'être surveillé de près par Mousa – prêt à lui sonner les cloches s'il en gaspillait la moindre goutte – Kolya ouvrit grand la bouche. L'eau éclata sur sa langue et il la garda dans la bouche pour en savourer la fraîcheur avant de l'avaler. De toutes les règles imposées par Mousa, c'était le rationnement d'eau la plus difficile à supporter. Le Soyouz n'avait aucune des installations de recyclage de la station : conçu pour de brefs trajets entre la Terre et la station orbitale, il n'était équipé que d'un petit réservoir. Mais, à son habitude, Zabel avait protesté :

— Même en plein désert, on ne rationne pas l'eau. On boit quand on en a besoin. Il n'y a pas d'autre moyen…

Vrai ou non, l'eau commençait de toute façon à manquer.

Il prit dans un logement de la paroi une lingette imprégnée d'une solution dentifrice aromatisée que l'on enfilait sur un doigt pour se la passer dans la bouche. Kolya l'utilisa minutieusement pour exprimer jusqu'à la dernière molécule de son parfum mentholé : le goût donnait l'impression de calmer un peu la soif.

Et ainsi commença sa journée. Il ne pouvait pas faire sa toilette, car ils avaient depuis longtemps épuisé les gants humidifiés dont ils se servaient jusque-là pour se laver le corps et les cheveux. Ils devaient sentir aussi mauvais que les vieux slips de Cosaques du compartiment orbital. Mais, au moins, ils étaient tous logés à la même enseigne.

Tandis que Mousa continuait ses appels plaintifs dans le vide, Kolya se remit au programme de travail qu'il s'était assigné, l'observation de la Terre.

Au cours de ses longues heures dans l'espace, Kolya avait toujours pris un grand plaisir à regarder la Terre. La station, comme maintenant le Soyouz, n'orbitait qu'à quelques centaines de kilomètres d'altitude, la planète ne lui communiquait donc pas la sensation de solitude et de fragilité dont parlaient les voyageurs pour Mars quand ils tournaient les yeux vers l'île bleue qui les avait vus naître. La Terre de Kolya était immense… et quasi déserte.

Pendant la moitié de chaque orbite, ils survolaient la vastitude du Pacifique, étendue bleu ciel que ne venaient interrompre que le sillage occasionnel d'un bateau et une poussière d'îles. Même les masses continentales étaient presque vides d'habitants : d'un bout à l'autre de l'Asie et du nord de l'Afrique s'étalaient des déserts au-dessus desquels ne s'élevait que çà ou là la fumée d'un feu de camp. Les habitats humains étaient largement confinés aux régions côtières ou aux vallées fluviales. Mais, du haut de leur orbite, même les villes étaient difficiles à distinguer : quand on cherchait à apercevoir Moscou, Londres, Paris ou New

York, on ne voyait qu'une vague grisaille qui se fondait dans le brun-vert de la campagne environnante.

Ce n'était donc pas la fragilité de la Terre qui le frappait, mais son immensité, et ce n'était pas la noblesse de sa conquête par l'homme qui sautait aux yeux, mais l'insignifiance de son emprise sur elle, même en ce milieu de XXIe siècle.

Mais tout ça, c'était avant la métamorphose.

Il se raccrochait à ce qui lui était familier. La géométrie de la Terre vue d'orbite restait inchangée : toutes les quatre-vingt-dix minutes, il voyait le soleil se lever avec une rapidité stupéfiante à travers les couches de l'atmosphère, sa lumière passant en ondes concentriques du rouge à l'orange et au jaune. Quant à la forme et à la position des continents ou des déserts, à la disposition des chaînes de montagnes… tout était plus ou moins comme avant.

Mais sous ces levers de soleil, dans le cadre de ces continents, il y avait de nombreuses bizarreries.

Il y avait des modifications dans la répartition des couches de glace. Dans l'Himalaya, on voyait nettement les glaciers dévaler les pentes en direction des plaines. Quant au Sahara, ce n'était plus un désert, plus tout à fait. De nouvelles oasis avaient surgi çà et là, plaques de verdure pouvant atteindre cinquante kilomètres de côté délimitées par des segments rectilignes. De même, on pouvait distinguer des morceaux de désert greffés telles des pièces rapportées au milieu des étendues verdoyantes des forêts vierges d'Amérique du Sud. Le monde était soudain devenu un maladroit patchwork. Mais ces plaques éparses de verdure au milieu du désert commençaient déjà à dépérir, la végétation roussissait au fil des jours, visiblement mourante.

Si les effets des changements sur le monde matériel étaient relativement discrets, leur impact sur l'humanité était spectaculaire.

De jour, les villes et les exploitations agricoles avaient toujours été difficiles à repérer d'orbite. Mais même les grandes routes qui sillonnaient la terre rouge du centre de l'Australie avaient maintenant disparu. La Grande-Bretagne, avec sa forme si caractéristique, paraissait couverte, de la frontière écossaise aux côtes de la Manche, d'un épais tapis de forêts : Kolya avait reconnu la Tamise, mais celle-ci était beaucoup plus large que dans ses souvenirs, et il n'y avait aucune trace de Londres. Une fois, il avait aperçu une brillante lueur orangée au milieu de la mer du Nord. Il devait s'agir d'une plateforme pétrolière en feu. Le grand panache de fumée qui s'en élevait s'étalait sur toute l'Europe occidentale. Quand leur empreinte radio était passée au-dessus du site, Mousa avait désespérément tenté d'entrer en contact, mais il n'y avait eu aucune réponse, et aucun signe de bateaux ou d'avions venant au secours de la plate-forme en perdition.

Et ainsi de suite. Si le côté diurne de la planète était transformé, son côté nocturne était désolant. Les lumières des villes, naguère scintillants colliers au cou des continents, avaient disparu, toutes éteintes.

Partout où Kolya regardait, c'était la même chose… à de très rares exceptions près. Au milieu d'un désert, il apercevait parfois l'étincelle d'un feu de camp, à moins qu'il confonde avec des incendies allumés par la foudre. Il y avait des grappes de feux plus denses en Asie centrale, près de la frontière mongole. Il semblait même y avoir une ville au cœur de ce qui avait été l'Irak, mais elle était petite et isolée et, dans la nuit, ses lumières tremblotaient, comme si elles provenaient de feux de bois et de lanternes, pas d'une source électrique. Zabel prétendait avoir vu des traces d'habitations à l'emplacement de Chicago. Une fois, l'équipage du Soyouz s'était emballé en apercevant une importante lueur le long de la côte ouest des États-Unis. Mais cela s'était révélé être une faille tectonique déversant des torrents de lave, bientôt obscurcie par de grands tourbillons de cendre et de poussière.

À première vue, l'humanité n'était plus, c'était tout ce qu'on pouvait en dire. Et comme Nadia et ses fils – la famille de Kolya –, Moscou avait disparu. La Russie était déserte.

Tous s'interrogeaient sur ce qui avait pu causer cette terrible métamorphose. Une guerre généralisée aurait pu anéantir une partie de la population mondiale : c'était l'hypothèse la plus plausible. Mais dans ce cas, ils auraient certainement capté les ordres des autorités militaires, ils auraient aperçu la lueur du décollage des missiles intercontinentaux, entendu les appels au secours désespérés… vu, impuissants, brûler les villes. Et quelle force aurait bien pu soulever des blocs de glace ou des territoires de plusieurs dizaines de kilomètres de côté pour les déplacer sur des distances pareilles ?

Leurs discussions ne les menaient jamais bien loin. Peut-être manquaient-ils d'imagination pour faire face à ce qu'ils voyaient. Ou peut-être craignaient-ils que le fait d'en parler transforme ce cauchemar en réalité.

Kolya essayait de rester analytique. La nacelle détectrice externe fonctionnait bien. Conçue pour photographier l'extérieur de la station, elle possédait une capacité virtuellement illimitée de stockage électronique des images. Kolya n'avait pas eu de mal à la reconfigurer pour la pointer vers la Terre. L'orbite du Soyouz, fantôme de celle de la station, ne lui permettait pas de survoler toute la planète, mais elle suivait une trajectoire fortement inclinée sur l'équateur et chaque rotation de la Terre présentait de nouvelles régions devant l'objectif. Kolya serait en mesure d'établir un relevé photographique de l'état de la Terre vue du ciel couvrant une grande partie des deux hémisphères.

Patiemment, tandis que tournait le Soyouz solitaire, Kolya essayait d'oublier les idées préconçues, de maîtriser ses craintes et ses émotions et d'enregistrer simplement ce qu'il avait sous les yeux. Mais il était étrange de penser que quelque part dans la vaste mémoire électronique de la nacelle étaient stockées les images qu'ils avaient prises de la station juste après la séparation – images d'une station désormais disparue dont la perte n'était qu'une appogiature dans la vaste symphonie de bizarreries qui les entouraient.

Zabel ne comprenait pas l'intérêt de ce patient relevé. Son projet de radioamateur, par exemple, pouvait établir des communications susceptibles de les aider à survivre ; quelle pouvait être l'utilité de toutes ces photos ? Kolya n'éprouvait pas le besoin de se justifier. Il n'existait certainement personne d'autre en position de le faire… et il sentait que la Terre méritait que quelqu'un témoigne de sa métamorphose.

De plus, pour autant qu'il sache, sa femme et ses fils étaient morts. Si c'était bien le cas, quel intérêt aurait-il pu trouver à *n'importe quelle* activité ?

Le climat paraissait instable : de vastes systèmes dépressionnaires parcouraient les océans et s'élançaient à l'assaut des terres, donnant naissance à de gigantesques orages. Vus de l'espace, ceux-ci étaient prodigieux, avec des éclairs qui dansaient et étendaient leurs ramifications entre les nuages, déclenchant des réactions en chaîne à l'échelle de continents entiers. Et, sur l'équateur, les nuages s'amoncelaient en immenses colonnes qui semblaient monter à leur rencontre… Kolya imaginait parfois que le Soyouz allait plonger dans ces nuées orageuses. Peut-être la mer et les airs avaient-ils été aussi bouleversés que les terres. À mesure que passaient les jours, les conditions d'observation se dégradaient progressivement. Mais, étrangement, la nébulosité croissante renforçait son optimisme – comme s'il était un enfant, capable de croire que les mauvaises choses avaient disparu s'il ne pouvait plus les voir.

Quand cela devenait trop difficile à supporter, il se tournait vers son citronnier. Ce dernier, de la taille d'un bonsaï, avait été l'objet d'une de ses expériences à bord de la station. Au bout du premier jour dans le Soyouz, il l'avait extrait de son emballage et il le gardait maintenant dans le petit espace sous son siège. Un jour, à bord de grands vaisseaux voguant entre les mondes, les gens auraient fait pousser des fruits dans l'espace et on se serait souvenu de Kolya comme d'un pionnier de cette nouvelle façon de cultiver la vie loin de la Terre. Ces espoirs étaient désormais défunts, semblait-il, mais le petit arbre était toujours là. Il l'installait au soleil devant le hublot et pulvérisait avec sa bouche l'eau si précieuse sur ses petites feuilles. S'il frottait celles-ci entre ses doigts, il en sentait le parfum qui lui rappelait la Terre.

L'étrangeté de la planète métamorphosée au fond de sa flaque d'air contrastait avec le confinement familier du Soyouz, si bien qu'ils avaient l'impression de ne voir par les hublots qu'un diaporama dépourvu de toute réalité.

Vers midi, ce dixième jour, Zabel passa le nez, tête en bas, par le sas du compartiment orbital.

—À moins que vous ayez tous les deux d'importants rendez-vous, dit-elle, je pense qu'il faudrait qu'on parle.

Les autres étaient blottis sur leurs couchettes sous une mince couverture de survie argentée, évitant de se regarder. Zabel rejoignit sa place en se tortillant.

— Nous sommes à bout, dit-elle de but en blanc. Nous allons bientôt être à court de nourriture, d'eau, d'air et de serviettes humidifiées. Et je n'ai plus de tampons périodiques.

— Mais la situation sur Terre ne s'est pas normalisée…, dit Mousa.

— Un peu de sérieux, Mousa. N'est-il pas évident que la situation ne va jamais se normaliser ? Quoi qu'il soit arrivé à la Terre… eh bien, il semblerait que ce soit définitif. Il va falloir faire avec.

— Nous ne pouvons pas atterrir, dit calmement Kolya. Nous n'avons pas d'équipe au sol.

— Techniquement, dit Mousa, nous pouvons gérer nous-mêmes la rentrée dans l'atmosphère. Les systèmes automatisés du Soyouz…

— Ouais, bien sûr, dit Zabel, c'est le Petit Astronef Courageux, hein ?

— Il n'y aura pas d'équipe de récupération, insista Kolya. Pas d'hélicoptères, pas de service sanitaire. Nous venons de passer trois mois dans l'espace, plus une rallonge imprévue de dix jours. Nous serons faibles comme des petits chats. Nous pourrions ne même pas être capables de sortir de la capsule d'atterrissage.

— Alors, bougonna Mousa, il faut nous arranger pour nous poser près d'un endroit où il y a des gens – n'importe qui – et nous en remettre à eux.

— Ça n'a rien d'enthousiasmant, comme perspective, dit Zabel, mais que pouvons-nous faire d'autre ? Rester en orbite ?

C'est ça que tu veux, Kolya ? Rester assis sur ton cul à prendre des photos jusqu'à ce que ta langue se colle à ton palais ?

— Ce pourrait être une meilleure fin que ce qui nous attend en bas.

Au moins, à bord de ce Soyouz désemparé, il était dans un environnement familier. Il n'avait absolument aucune idée de ce qui les attendait à terre et il n'était pas sûr d'avoir le courage de l'affronter.

Mousa avança une de ses pattes d'ours pour presser le genou de Kolya.

— Rien dans notre passé – notre formation, nos traditions – ne nous a préparés à une telle épreuve. Mais nous sommes russes. Et si nous sommes les derniers de tous les Russes, comme on peut le craindre, nous devons vivre – ou mourir – avec dignité.

Zabel eut le bon sens de garder la bouche close.

Kolya, à contrecœur, acquiesça :

— Donc, nous atterrissons.

— À la bonne heure, dit Zabel. Maintenant, la question est… où ?

Le Soyouz était conçu pour se poser sur terre… ce qui était une chance, car se poser dans l'océan, comme le faisaient autrefois les Américains, aurait été la mort assurée, en l'absence d'équipe de récupération.

— Nous pouvons décider l'endroit où commencer notre rentrée dans l'atmosphère, dit Mousa. Mais nous serons ensuite à la merci des systèmes automatiques : une fois suspendus à notre parachute, nous n'aurons pratiquement plus aucun contrôle sur notre devenir. Nous ne disposons même pas de prévisions météo… Le vent pourrait nous entraîner sur des centaines de kilomètres. Nous avons besoin d'espace pour un atterrissage difficile. Ce qui veut dire que nous devons nous poser en Asie centrale, exactement comme l'avaient prévu les concepteurs de la capsule.

Il semblait s'être attendu à des protestations de la part de Zabel, mais celle-ci haussa les épaules.

— Ce n'est pas forcément une mauvaise idée. Il y a apparemment des gens en Asie centrale… rien de moderne, mais un habitat humain, une concentration relativement importante… s'il faut se fier aux feux de camp que nous avons vus. Nous aurons besoin de trouver des gens et c'est un endroit aussi bon qu'un autre où commencer à chercher.

Ça paraissait logique, mais Kolya détectait une surprenante dureté sur les traits de Zabel… comme si elle calculait, réfléchissant déjà à leur situation une fois qu'ils seraient posés.

Mousa claqua dans ses mains.

— Bon. Voilà qui est réglé. Il n'y a aucune raison d'hésiter. Maintenant, il faut préparer le vaisseau…

Une sonnerie retentit dans le compartiment orbital.

— Merde, dit Zabel. C'est mon récepteur radio.

D'un bond, elle s'élança et franchit le sas.

Le détecteur rudimentaire assemblé par Zabel avait en fait repéré deux signaux. Le premier était une impulsion régulière, forte mais apparemment automatique, en provenance de quelque part au Moyen-Orient. Mais l'autre était une voix humaine, faible et noyée dans les grésillements.

— … *Othic. Ici l'adjudant-chef Casey Othic, des forces spéciales des États-Unis en détachement auprès des Nations unies. J'appelle toutes les stations depuis le fort de Jamroud au Pakistan. Veuillez répondre. Ici l'adjudant-chef Casey Othic…*

Zabel sourit de toutes ses dents.

—Un Américain, s'écria-t-elle. Je le savais !

Elle se mit à régler son matériel de fortune, impatiente de répondre avant que l'empreinte radio du Soyouz se soit trop éloignée.

12

GLACE

Le jour où la mission de reconnaissance devait se mettre en route, le clairon sonna le réveil à 5 heures du matin. Bisesa ouvrit un œil vague, pas encore tout à fait habituée à cette nouvelle zone temporelle, et partit chercher ses compagnons.

Après un rapide petit déjeuner, la colonne se forma, légèrement chargée. Une escouade de vingt soldats, principalement composée de cipayes et placée sous le commandement du caporal Batson nouvellement promu, avait été désignée pour escorter Bisesa... et il y avait aussi Josh et Ruddy, tous deux ayant fait valoir avec insistance qu'ils ne pouvaient pas rater cette balade. Tout le monde allait à pied : le capitaine Grove, avec raison, ne voulait risquer aucun de ses mulets, dont le nombre s'amenuisait. Il n'était pas non plus très chaud pour permettre aux journalistes de participer à cette expédition. Mais on n'avait signalé la présence d'aucun Pachtoun dans le secteur, les patrouilles n'avaient pas essuyé le feu d'un seul tireur embusqué. Même leurs villages avaient l'air d'avoir disparu, comme si en dehors de Jamroud l'humanité avait été balayée de la planète. Grove avait accepté avec réticence de laisser partir Josh et Ruddy, mais il avait insisté pour que le détachement maintienne en toutes circonstances une stricte discipline militaire.

Ils se mirent en route. Jamroud eut bientôt disparu à l'horizon et, en dehors d'eux, le monde semblait désert. C'était le dixième jour après l'accident.

La progression était difficile. Ils avançaient dans une région de montagnes désertiques. À midi, la température était déjà torride, même si ce n'était encore que le mois de mars – à condition que l'on soit toujours vraiment en mars 1885, bien sûr – et on prévint Bisesa que, la nuit, elle descendrait au-dessous de zéro. La jeune femme espérait malgré tout ne pas trop en pâtir dans sa combinaison de vol, taillée dans un tissu toutes saisons fabriqué en 2037. Les soldats britanniques étaient bien plus pauvrement équipés, avec leurs vestes de serge et leurs casques coloniaux, et chargés de tout leur barda : armes, munitions, matériel de couchage, rations de campagne, eau. Mais ils ne se plaignaient pas, manifestement habitués à cet équipement et sachant en pallier les défauts, par exemple en urinant sur leurs bottes pour en assouplir le cuir.

À mesure qu'ils progressaient, conformément aux consignes militaires, Batson envoyait des hommes en éclaireurs. Dans un pays tout en crêtes et en collines, trois ou quatre soldats, couverts par les fusils de leurs camarades, partaient en avant pour se poster au sommet d'une position élevée dominant la piste qu'ils devaient suivre, afin de s'assurer qu'il ne s'y cachait pas de Pachtouns. Arrivés plus au nord, certaines collines s'élevaient à trois cents mètres ou davantage au-dessus de la piste et il pouvait se passer plus de quarante minutes avant que les éclaireurs en atteignent le sommet, mais même ainsi, le reste de la colonne ne repartait pas tant qu'ils n'étaient pas en position et n'avaient pas confirmé que la voie était libre. C'était frustrant, mais cette procédure les obligeait à beaucoup de haltes, ce qui leur donnait l'occasion de se reposer. Ils n'en arrivaient pas moins à couvrir des distances respectables.

En chemin, ils rencontrèrent d'autres Œils : tous les quelques kilomètres, ils en voyaient un qui planait en silence. Tous étaient apparemment identiques à celui de Jamroud et Batson notait leur position sur une carte. Ils leur étaient vite devenus aussi familiers que le premier et personne ne semblait plus les remarquer… personne, sauf Bisesa. Elle trouvait difficile de leur tourner le dos, comme si c'étaient vraiment des yeux qui la regardaient passer.

Tandis qu'ils traversaient une étendue particulièrement désolée, Ruddy s'exclama soudain, en lui montrant la file de cipayes qui s'étirait devant eux :

— Quel endroit ! Des spécimens d'humanité brute, écrasés entre un ciel vide et la terre desséchée qu'ils foulent aux pieds. L'Inde tout entière est plus ou moins comme ça, vous savez. Simplement, la Frontière l'est encore plus que le reste… une sorte de quintessence absolue. Il est difficile d'y conserver le moindre dogmatisme.

— Vous êtes un curieux mélange de jeune homme et de vieillard, Ruddy.

— Hein ? Merci. Je suppose que toute cette marche à pied vous semble primitive, avec vos machines volantes et autres boîtes parlantes, ces merveilleuses diableries guerrières du futur !

— Pas du tout. Je suis moi-même un soldat, ne l'oubliez pas, et j'ai fait ma part de marches d'entraînement. La discipline est la force des armées, indépendamment de la technologie. De toute façon les forces britanniques étaient – pardon, *sont* – technologiquement en avance pour leur époque. Vos télégraphes peuvent transmettre un message d'ici à Londres en quelques heures, vous avez les navires les plus modernes du monde et vos chemins de fer vous permettent de voyager rapidement par voie de terre. Vous possédez ce que nous appellerions une capacité de réaction rapide.

Il acquiesça.

— Une capacité qui a permis aux habitants d'une petite île de bâtir un empire planétaire et de le conserver, madame.

Comme compagnon de route, Ruddy était toujours intéressant, à défaut d'être toujours agréable. Ce n'était assurément pas un soldat. Porté à l'hypocondrie, il se plaignait sans cesse de ses pieds, de ses yeux, de ses maux de tête, de son dos et de toutes sortes d'autres choses qui le rendaient «patraque». Mais il continuait à avancer. Durant les pauses, il s'asseyait à l'ombre d'un arbre ou d'un rocher pour griffonner des notes ou des bouts de poème dans un calepin délabré. Quand il écrivait de la poésie, il chantait en boucle une petite mélodie sur laquelle appuyer sa métrique. C'était un écrivain brouillon qui, par ses mouvements brusques, impulsifs, épointait ses crayons et crevait son papier.

Bisesa n'arrivait toujours pas à croire que c'était *lui*. Pour sa part, il essayait sans arrêt de l'amener à lui parler de son avenir.

— Nous en avons déjà discuté, répondait-elle fermement. Je ne pense pas en avoir le droit. Et je ne pense pas que vous vous rendiez compte à quel point cette expérience est étrange pour moi.

— Pourquoi donc ?

— Pour moi, vous êtes Ruddy, en chair et en os et bien vivant. Et pourtant une ombre du futur s'étend sur vous, une ombre projetée par le Kipling que vous allez devenir.

— Grands dieux, murmura Josh. Je n'avais pas pensé à ça.

—De plus…, dit-elle en englobant d'un geste le paysage désertique environnant, les choses ont pour le moins changé. Qui sait si les détails de votre biographie sont encore votre véritable destinée ?

—Ah, dit vivement Ruddy. Mais dans ce cas – si mon avenir perdu est devenu un fantasme, le rêve tentateur d'un noir démon –, quel mal cela peut-il faire que vous m'en parliez ?

Bisesa secoua la tête.

—Ruddy, ne vous suffit-il pas que votre nom m'ait été connu dans cent cinquante ans d'ici ?

Ruddy acquiesça, non sans sagesse.

—Vous avez raison… savoir cela est plus que n'en connaîtront jamais bien des hommes et je devrais être reconnaissant à je ne sais quelle divinité aux bras multiples de me l'avoir accordé.

—Ruddy, comment peux-tu le prendre avec un tel naturel ? le taquina Josh. Tu es l'individu le plus vaniteux que j'aie jamais rencontré. Vous savez, Bisesa, il était convaincu d'être destiné à de grandes choses longtemps avant que vous apparaissiez dans nos vies. Maintenant, il veut l'entendre de votre bouche à vous, une correspondante du futur… Je crois qu'il s'imagine que tous ces bouleversements ont été organisés rien que pour lui !

Rien de tout cela ne faisait perdre contenance à Ruddy.

Au cours de cette première journée de marche, ils furent confrontés à une nouvelle bizarrerie.

Ils parvinrent à une brusque dénivellation de terrain. C'était comme une marche, taillée dans le sol rocailleux, haute d'environ cinquante centimètres. La face exposée de la cassure était verticale et lisse comme un miroir, et elle s'étirait en ligne droite d'un horizon à l'autre. Il aurait été assez facile de la franchir d'un bond, mais les soldats tournaient en rond devant, indécis.

Josh rejoignit Bisesa.

— Eh bien, dit-il, que pensez-vous de ça? On dirait que quelqu'un a raccordé ensemble deux morceaux du monde.

— Je pense que c'est exactement ça, Josh, murmura-t-elle en s'accroupissant pour toucher la surface lisse. Nous sommes dans une région tectoniquement active – l'Inde entre en collision avec l'Asie –, si on prend deux morceaux de terrain, séparés dans le temps par quelques centaines de milliers d'années, c'est le genre de différence de niveau à laquelle il faut s'attendre…

— Je ne vous suis pas bien, avoua Josh.

Elle avança prudemment le bras jusqu'à ce que ses doigts aient dépassé la ligne de rupture, puis elle ramena vivement sa main.

À quoi t'attendais-tu, Bisesa… à un champ de force? se demanda-t-elle.

Sans hésiter davantage, elle sauta sur la « marche » et fit quelques pas… dans le futur, ou dans le passé.

Josh et les autres escaladèrent la cassure à sa suite, puis ils se remirent en route.

Lors de l'arrêt suivant, elle jeta un coup d'œil, sur la joue de Ruddy, à la marque que ce dernier appelait sa « plaie de Lahore ». Il la pensait causée par une piqûre de fourmi et la prescription de cocaïne de son médecin était restée sans effet contre elle. Bisesa n'avait que quelques notions de médecine tropicale, mais cela lui évoquait la leishmaniose, une affection due à un parasite transmis par des insectes, les phlébotomes. Elle le soigna avec le contenu de sa trousse médicale. La tache ne tarda pas à s'éclaircir. Ruddy devait dire plus tard que ce petit incident l'avait convaincu plus que n'importe quoi d'autre, même l'arrivée spectaculaire de Bisesa dans un hélicoptère en perdition, que celle-ci venait vraiment du futur.

Vers 16 heures, Batson décréta une halte.

Les soldats commencèrent à dresser le camp pour la nuit au pied d'une colline. Ils formèrent les faisceaux, se défirent de leur équipement et de leurs bottes pour enfiler les *chaplies* – sandales – qu'ils transportaient dans leur paquetage. Ils distribuèrent de petites pelles et tous, y compris Josh, Bisesa et Ruddy, entreprirent de monter un muret avec de la pierraille et de creuser des fosses où dormir dans l'intention de se protéger d'éventuelles attaques des Pachtouns, même s'ils n'en avaient pas vu un de la journée. C'était un travail pénible, après une journée de marche, mais il fut terminé en près d'une heure. Bisesa se porta volontaire pour «faire le gâfe», ce qui signifiait monter la garde, expliqua-t-elle à Josh. Batson refusa poliment.

Ils s'installèrent pour le dîner : uniquement de la viande bouillie et du riz, mais cela ne leur en paraissait pas moins appétissant après cette longue journée. Josh s'arrangea pour être assis près de Bisesa. Il la vit ajouter de petits comprimés à sa nourriture et à son eau des «Puritabs» qu'elle lui dit destinés à la protéger des infections par de l'eau contaminée ; ses réserves de ces petits miracles du XXIe siècle ne dureraient pas à jamais, mais peut-être assez longtemps pour permettre à son organisme de s'acclimater… du moins l'espérait-elle.

Elle se pelotonna dans sa fosse sous son poncho ultraléger, avec sa ceinture multipoches repliée en guise d'oreiller. Elle prit un petit appareil bleu ciel qu'elle appelait «portable» et le posa par terre devant elle. En un sens, cela ne surprit pas Josh quand l'objet se mit à *parler* à Bisesa :

—Un peu de musique, Bisesa ?

—Quelque chose d'entraînant.

De la musique jaillit de la petite machine, vive et criarde. Les soldats se tournèrent vers elle et Batson intima sèchement :

—Pour l'amour de Dieu, baissez-moi ça !

Bisesa obtempéra, mais elle laissa la musique jouer en sourdine.

Ruddy avait plaqué d'un geste théâtral ses mains sur ses oreilles.

—Par tous les dieux ! Quelle barbarie est-ce là ?

Bisesa rit.

—Allons, Ruddy. C'est une adaptation orchestrale de quelques vieux classiques du gangsta rap. Ça date de plusieurs dizaines d'années… c'est de la musique de grand-mère !

Ruddy se racla la gorge comme s'il avait cinquante ans.

—Il m'est impossible de croire que des Européens seront jamais séduits un jour par de tels rythmes.

Puis, ostensiblement, il ramassa sa couverture et se dirigea vers le coin le plus éloigné du bivouac.

Josh resta seul avec Bisesa.

—Naturellement, il vous aime bien, vous savez.

—Qui ça, Ruddy ?

—C'est déjà arrivé… Il est attiré par les femmes plus âgées et qui ont du caractère… C'est une tendance, chez lui. Peut-être verra-t-il en vous une de ses «muses», comme il les appelle. Et peut-être, même si sa destinée a maintenant changé, cette saisissante expérience fournira-t-elle de nouvelles idées créatives à cet homme si imaginatif.

—Je crois qu'il a écrit quelques récits d'anticipation, dans son ancienne ligne temporelle.

— Il pourrait alors y avoir plus gagné que perdu…

Elle tripotait son portable, écoutant sa musique bizarre, avec une expression qu'adoucissait un genre de nostalgie inversée, une nostalgie du futur. Il risqua :

— Est-ce que votre fille aime cette musique ?

— Elle l'aimait quand elle était petite. Nous dansions ensemble dessus. Mais elle est trop grande pour ça, maintenant, du haut de ses huit ans. Elle aime les stars du *new synth* – entièrement engendrées par ordinateur… euh, par des machines. Les petites filles aiment que leurs idoles soient sécurisantes, vous savez, et qu'y a-t-il de plus sécurisant qu'un personnage virtuel ?

Il n'y comprenait pas grand-chose, mais il était fasciné par ce nouvel aperçu d'une culture qu'il arrivait tout juste à appréhender.

— Il doit y avoir quelqu'un d'autre qui vous manque… de l'autre côté, dit-il prudemment.

Elle le regarda dans les yeux, le regard voilé, et il comprit, à son grand dépit, qu'elle savait exactement où il voulait en venir.

— Je vis seule depuis un moment, Josh. Le père de Myra est mort et personne ne l'a remplacé, dit-elle, la tête posée sur un de ses bras replié. Vous savez, à part Myra, ce ne sont pas tant les gens qui me manquent que tout le reste. Ce petit téléphone devrait me relier au monde, à la planète entière. Sur le moindre pan de mur, il y a des animations – publicités, infos, musique, couleurs – vingt-quatre heures sur vingt-quatre. C'est un tourbillon permanent d'informations.

— Cela doit faire bien du tapage.

— Peut-être, mais j'y suis habituée.

— On peut trouver ici toutes sortes d'agréments. Respirez… Vous sentez ? Le givre qui s'annonce déjà dans l'air… le feu de camp – vous apprendrez vite à reconnaître un bois de l'autre à la seule odeur de sa fumée, vous savez…

— Il y a autre chose, murmura-t-elle. Une senteur musquée. Comme dans un zoo. Il y a des animaux, près d'ici. Des animaux qui ne devraient *pas* y être, même à votre époque.

Il avança impulsivement le bras pour lui prendre la main.

— Nous sommes en sécurité, ici, dit-il.

Elle ne répondit pas, mais ne retira pas sa main et, au bout d'un moment, ne sachant que faire, il la lâcha.

— Je suis un enfant des villes, dit-il. Je suis né à Boston. Alors, tout ça – ces espaces dégagés – c'est nouveau pour moi aussi.

— Qu'est-ce qui vous a conduit jusqu'ici ?

— Rien de prémédité. J'ai toujours été curieux, vous savez… J'ai toujours voulu savoir ce qu'il y avait derrière le coin de la rue, puis après le prochain pâté de maisons. Je n'ai pas cessé de me porter volontaire pour une mission dangereuse après l'autre, jusqu'à ce que j'atterrisse ici, à l'autre bout de la Terre.

— Oh, vous êtes même allé plus loin que ça, Josh. Et je pense que vous êtes tout à fait le genre d'homme à vous sortir de notre étrange aventure.

Elle l'observait, une pointe d'humour dans le regard… se moquant de lui, peut-être.

Il poursuivit, opiniâtre :

— Vous ne ressemblez pas beaucoup aux soldats que je connais.

Elle bâilla.

— Mes parents étaient fermiers. Ils possédaient un important domaine agrobio dans le Cheshire. J'étais leur seul enfant. Je pensais que cette ferme me reviendrait pour la diriger et la développer… J'adorais cet endroit. Mais quand j'ai eu seize ans, mon père a vendu son exploitation sans me prévenir. Je suppose qu'il croyait que je n'étais pas sérieuse en parlant de m'en occuper.

— Mais vous l'étiez.

— Oui. J'avais même fait une demande pour aller au lycée agricole. Cela a ouvert une faille entre nous, ou peut-être cela l'a-t-il révélée. J'ai décidé de partir. Je me suis installée à Londres. Puis, dès que j'en ai eu l'âge, je me suis engagée. Bien sûr, je n'avais aucune idée de ce qu'était l'armée – l'entraînement, les manœuvres, les armes, le travail sur le terrain –, mais j'y ai pris goût.

— Je ne vous vois pas tuer des gens. C'est à ça que servent les soldats.

— Pas à mon époque. Plus dans l'armée britannique, en tout cas. On nous envoie un peu partout dans le monde pour des missions de maintien de la paix. Bien sûr, nous sommes parfois obligés de tuer – ou même de faire la guerre pour faire respecter la paix – et c'est une tout autre histoire.

Il s'allongea, contemplant les étoiles.

— C'est étrange de vous entendre parler de vos problèmes avec votre famille, de malentendus, d'ambitions contrariées. Quand j'y réfléchis, j'aurais tendance à penser que dans cent cinquante ans les gens seront trop avisés pour ça… trop *évolués*, dirait le professeur Darwin !

— Oh, je ne pense pas que nous soyons très évolués, Josh. Mais nous envisageons plus intelligemment certaines questions. La religion, par exemple. Prenez Abdikadir et Casey. L'un musulman dévot, l'autre chrétien de choc, on pourrait croire qu'ils sont aussi éloignés qu'il est possible. Mais ce sont tous deux des œcumènes.

— C'est un mot grec, comme œcuménique ?

— Oui. Ces dernières décennies, nous sommes passés près d'un conflit ouvert entre islam et chrétienté. Avec un peu de recul, c'est absurde : les deux religions ont de profondes racines communes et toutes deux militent fondamentalement pour la paix. Mais toutes les tentatives de réconciliation par le haut, les rencontres entre évêques et mollahs, ont échoué. Les œcumènes appartiennent à un mouvement de base qui essaie de faire ce dont ont été incapables les contacts au sommet. Discrets au point d'en être presque clandestins, mais ils sont là, à tracer leur route souterraine.

Cette conversation lui fit comprendre à quel point l'époque de Bisesa était éloignée et combien il y comprenait peu de chose.

— Et Dieu a-t-il été banni, à votre époque, comme le prédisent certains penseurs ? demanda-t-il prudemment.

Elle hésita.

— Pas banni, Josh. Mais nous nous comprenons nous-mêmes mieux qu'avant. Nous comprenons pourquoi les hommes ont *besoin* de dieux. Certains, à mon époque, considèrent toutes les religions comme des affections psychopathologiques. Ils dénoncent ceux qui sont prêts à torturer et à tuer leurs coreligionnaires pour une différence infinitésimale dans l'interprétation d'un obscur point de doctrine. Mais d'autres disent que, malgré tous leurs défauts, les religions sont une tentative pour répondre aux questions les plus fondamentales de l'existence. Même si elles ne nous apprennent rien sur Dieu, elles nous en apprennent certainement beaucoup sur l'essence de l'humanité. Les œcumènes espèrent qu'en unifiant les religions, le résultat ne sera pas une dilution, mais un enrichissement… comme la capacité d'examiner une pierre précieuse sous des angles différents. Et ces timides avancées sont peut-être notre meilleur espoir de voir s'instaurer un jour une société véritablement éclairée.

— Cela paraît utopique. Et ça marche ?

— Lentement, comme le maintien de la paix. Si c'est une utopie que nous bâtissons, nous travaillons dans le noir. Mais ça vaut le coup d'essayer.

— C'est une vision magnifique, s'exclama-t-il dans un souffle. Le futur doit être un endroit merveilleux.

Il se tourna vers elle.

— Comme tout ceci est étrange. Comme c'est grisant – être là avec vous – être naufragés dans le temps, ensemble !…

Elle tendit le bras pour lui poser un doigt sur les lèvres.

— Bonne nuit, Josh.

Elle se tourna sur le côté, blottie sous son poncho.

Il demeura étendu, le cœur battant.

Le lendemain, le terrain s'élevait progressivement, de plus en plus accidenté et désolé. L'air raréfié se faisait plus frais, cruellement froid quand le vent soufflait du nord, malgré le soleil éclatant. Il était maintenant évident qu'il n'y avait rien à redouter des Pachtouns ou de qui que ce soit et, pour avancer plus rapidement, Batson autorisa les soldats à abandonner la lente routine qui leur faisait envoyer des éclaireurs se poster sur les collines.

Si la tenue de vol toutes saisons de Bisesa lui tenait raisonnablement chaud, les autres souffraient. Tout en luttant contre le vent, les soldats se drapaient dans leurs couvertures et râlaient qu'ils auraient dû prendre leurs capotes d'hiver. Josh et Ruddy étaient maussades, renfermés dans leur coquille, comme si le vent les vidait de toute énergie. Personne ne s'était attendu à de telles conditions : même les vieux habitués de la Frontière disaient qu'ils n'avaient jamais vu un froid pareil au mois de mars.

Mais ils marchaient obstinément. La plupart du temps, même Kipling ne se plaignait pas : il avait trop froid pour s'en donner la peine, disait-il.

Quatorze des vingt soldats étaient indiens. Bisesa avait l'impression que les Européens se tenaient à distance des cipayes et que ces derniers étaient moins bien armés et équipés.

— Autrefois, la proportion de soldats britanniques était de un pour dix Indiens, lui expliqua Ruddy. Mais la grande mutinerie a tout changé. Maintenant, il y a un Européen pour trois indigènes. Les meilleures armes et toutes les pièces d'artillerie sont entre les mains des Britanniques, tandis que les Indiens sont le plus souvent employés comme muletiers. Le bon sens commande de ne pas armer et entraîner des mutins éventuels. Songez que l'administration civile de l'Inde n'emploie qu'un gros millier de personnes – tous de braves hommes des plaines – pour diriger un pays de quatre cents *millions* d'habitants. Ce n'est qu'en s'appuyant sur la force qu'il est possible de réussir un tel bluff.

— Mais c'est la raison pour laquelle vous devez éduquer une élite locale, dit-elle doucement. Ce n'est pas l'Amérique ni l'Australie. Il n'y a aucune chance que les colons britanniques ou leurs descendants surpassent jamais les Indiens en nombre.

Ruddy secoua la tête.

— Vous parlez de notre foule croissante de *babus*… avec tout le respect que je vous dois ! Cette idée peut prendre à

Londres, mais pas ici. Vous devez avoir entendu parler de Lucknow, où les Blancs ont été sauvagement massacrés ! Voilà la poudrière sur laquelle nous sommes assis. Nous détenons peut-être les meilleurs fusils, mais bourrer la tête d'un *babu* de visions de liberté et d'autodétermination, c'est lui confier les plus puissantes de toutes les armes… armes qu'il n'est pas encore assez mûr pour les utiliser.

Bisesa grinça des dents devant une telle condescendance paternaliste. Mais elle savait que Ruddy était simplement représentatif de son époque et de son milieu. C'était pour elle une consolation de savoir qu'il se trompait complètement sur l'avenir – et même sur ce qui surviendrait de son vivant. La confrontation entre Cosaques et *sowars* en Asie centrale, si longtemps redoutée par Londres, ne se concrétiserait jamais. En fait, la Russie et la Grande-Bretagne en viendraient à s'allier contre un nouvel ennemi commun, le Kaiser. L'Empire avait toujours été poussé par l'appât du gain, mais le bilan de la présence de la Grande-Bretagne dans la région n'était pas entièrement négatif. Elle avait légué à l'Inde une administration fonctionnelle, et le pays restait, au XXIe siècle, la deuxième démocratie du monde après l'Europe. Mais, malgré ses bonnes intentions, la partition imposée lors de son retrait avait dès le début suscité des tensions qui avaient fini par aboutir à la terrible destruction de Lahore.

Enfin, c'était de l'histoire ancienne. Cela ne faisait que quelques jours qu'ils étaient là et elle pensait avoir déjà détecté un changement d'attitude chez les cipayes. Ils n'étaient plus tout à fait aussi respectueux vis-à-vis des Blancs, comme s'ils avaient eu un aperçu de l'avenir et savaient maintenant que des *babus* comme Gandhi – et elle-même – finiraient par gagner. Même si sa ligne temporelle finissait par se rétablir, elle ne pouvait croire que ce passage de l'histoire, contaminé par son propre présent, pourrait jamais redevenir exactement comme avant.

Ils se retrouvèrent bientôt en train d'avancer entre des collines escarpées et, avec le vent du nord qui s'engouffrait dans les gorges encaissées, la progression devint plus difficile. Et ce n'étaient encore là que de simples contreforts.

Finalement, au débouché d'une vallée rocailleuse, ils émergèrent en vue des montagnes proprement dites. Leurs sommets étaient couverts de scintillants glaciers gris-blanc qui dévalaient leurs pentes. Même d'où ils se trouvaient, à des kilomètres de distance, Bisesa entendait les gémissements et les craquements des fleuves de glace qui se frayaient un chemin sur leurs flancs ravinés.

Ils s'arrêtèrent net, frappés de stupeur.

—Grands dieux, s'exclama Ruddy. Les cipayes disent que ce n'était pas comme ça, avant.

Bisesa sortit ses lunettes de vision nocturne qu'elle configura en jumelles. Elle scruta le pied des montagnes. Par-delà les pics, la glace s'étendait à perte de vue : c'était la bordure d'une calotte polaire.

—Je crois que c'est un morceau d'ère glaciaire.

Ruddy avait croisé les bras, frissonnant.

—Une *ère glaciaire*… Oui… J'ai déjà entendu cette expression. Par un certain professeur Agassiz, je crois… Une idée controversée… Elle ne l'est donc plus !

—Un autre glissement temporel ? demanda Josh.

—Regardez.

Bisesa montra le pied des montagnes. Les glaciers s'y interrompaient brusquement, formant une falaise. Mais ils continuaient à descendre lentement, inexorablement, des montagnes, et Bisesa voyait comment la falaise se fissurait et des blocs semblables à de grands icebergs échoués s'en détachaient, révélant des crevasses d'un bleu éclatant. Au pied de la falaise, la glace fondait déjà et de l'eau s'écoulait vers les terrains situés en contrebas.

— Je pense que c'est une nouvelle interface. Comme la marche dans la plaine. Il pourrait s'agir d'un décalage compris entre dix mille et deux millions d'années.

— Oui, dit Josh, dont le souffle s'élevait en panaches de vapeur. Je vois. Une autre frontière entre les mondes… hein, Ruddy ?

Mais le pauvre Ruddy, avec sa myopie, ne pouvait pas voir grand-chose à travers ses lunettes embuées.

— Nous devrions faire demi-tour, dit Batson, claquant des dents. Nous avons vu ce que nous étions venus voir et nous ne pouvons pas aller plus loin.

Ses hommes marquèrent leur approbation.

La radio de Bisesa bipa. Elle sortit son casque de sa poche et le mit sur ses oreilles. C'était un appel de Casey, par ondes courtes. Une des expéditions de reconnaissance de Grove avait repéré ce qui semblait une armée, nombreuse, dans la vallée de l'Indus. Et Casey avait capté un signal sur le récepteur qu'il avait bricolé. Un signal de l'espace. Le cœur de Bisesa se mit à battre plus vite.

Il était temps de repartir.

Avant de tourner les talons, elle parcourut une dernière fois du regard la barrière de glace fondante. *Pas étonnant que le temps soit chamboulé*, se dit-elle. Cette masse de glace n'était pas censée se trouver là. Les vents glacés qui en soufflaient allaient perturber le climat à des kilomètres à la ronde et sa fonte déclencherait des crues, des inondations. Cela, bien sûr, si la situation restait stable, s'il n'y avait pas de nouvelles discontinuités dans le temps…

Elle entrevit un mouvement. Revenant en arrière, elle augmenta la résolution de l'image. Deux, trois, quatre silhouettes s'avançaient dans l'ombre bleutée des glaciers. Elles marchaient debout et étaient vêtues de quelque chose de sombre et épais, peut-être des peaux de bêtes. Elles portaient des bâtons, ou des épieux. Mais elles étaient courtaudes, trapues, avec des épaules massives et voûtées, des muscles énormes. On aurait dit des footballeurs américains body-buildés. *Casey, tu peux aller te rhabiller*, se dit-elle. De petits éclats de lumière, régulièrement espacés, planaient au-dessus d'eux : un chapelet d'Œils.

Un des personnages fit halte et se tourna dans sa direction. Avait-il aperçu un reflet sur ses lunettes ? Elle manipula les commandes pour pousser le zoom au maximum. L'image était floue et tremblotante, mais elle distingua un visage : large, presque dépourvu de menton, avec des pommettes marquées, un front fuyant au-dessus d'épaisses arcades sourcilières, une masse de cheveux noirs et un grand nez saillant d'où sortaient des panaches de vapeur blancs et réguliers, comme crachés par quelque moteur invisible. Pas humain – pas tout à fait –, mais pourtant… un souvenir atavique l'avait frappée. Puis l'image se brouilla, se dissolvant en un mélange de bleu et de blanc.

13

LUEURS DANS LE CIEL

L a situation ne s'améliorait pas. Les jours où le ciel ne se couvrait pas de nuages menaçants étaient maintenant rares. Jamroud était assailli par des orages, et parfois des tempêtes de grêle, surgis de nulle part. Les cipayes disaient qu'ils n'avaient jamais vu pareilles intempéries.

Mais les officiers britanniques avaient d'autres préoccupations que le climat. Les vagues rapports des éclaireurs faisant état d'une armée dans le sud-ouest les inquiétaient de plus en plus et ils s'efforçaient de trouver un moyen d'obtenir des renseignements plus précis.

Malgré leurs difficultés, les naufragés du XXIe siècle apprenaient beaucoup de choses sur leur nouveau monde, grâce aux passagers du Soyouz qui, à chacune de leurs orbites solitaires autour de la planète, transmettaient des photos et d'autres données à la station réceptrice improvisée de Casey. Ce dernier avait converti ce qui restait de l'électronique embarquée du *Little Bird* pour engranger, traiter et visualiser celles-ci.

Les images bariolées par les tempêtes d'un monde métamorphosé étaient déconcertantes, mais elles fascinaient, de différentes manières, tous ceux qui les examinaient. Bisesa pensait que pour Abdikadir et Casey, même si les photos en elles-mêmes étaient troublantes, elles rappelaient de façon rassurante un monde où ils avaient l'habitude de consulter ce genre d'images quand ils en avaient envie. Mais le Soyouz devait bientôt retomber sur Terre et leur seul œil dans le ciel se refermerait.

Quant aux hommes de 1885, Ruddy, Josh, le capitaine Grove et le reste des Britanniques avaient tout d'abord été ébahis par les flexi-écrans et gadgets du même ordre : si Abdikadir et Casey avaient été rassurés par ce qui leur était familier, Ruddy et les autres avaient été bouleversés par la nouveauté de ce qu'ils voyaient. Puis, une fois habitués, ils s'étaient émerveillés devant les images d'un monde vu de l'espace. Même si le Soyouz n'évoluait qu'à quelques centaines de kilomètres d'altitude, contempler un horizon incurvé, des bancs de nuages en couches superposées ou des caractéristiques familières, facilement reconnaissables, comme la forme en goutte d'eau de l'Inde ou les côtes dentelées de la Grande-Bretagne, les plongeait dans des abîmes d'étonnement.

— Je n'aurais jamais imaginé qu'une telle perspective digne d'un dieu était possible. Oh, nous savons comme le monde est vaste, dans l'absolu, mais je ne l'avais jamais *ressenti* intimement, dit Ruddy en se frappant la poitrine. Comme sont petites et éparses les œuvres des hommes… Comme sont mesquines leurs prétentions et leurs passions… Nous voyons là que nous ne sommes guère plus que des fourmis !

Mais les hommes du XIXᵉ siècle dépassèrent ce stade et apprirent vite à interpréter ce qu'ils voyaient ; même les plus rigides des militaires, comme le capitaine Grove, surprirent Bisesa par leur faculté d'adaptation. Il ne fallut guère plus de deux ou trois jours après le premier téléchargement pour que l'attroupement hypnotisé qui jacassait autour du flexi-écran de Casey commence à s'assombrir. Car, aussi merveilleuses que soient les images et la technologie qui les avait produites, le monde qu'elles révélaient donnait à réfléchir.

Bisesa fit des copies qu'elle stocka dans leur seul appareil électronique portatif disponible : son téléphone. Elle avait compris combien ces données étaient précieuses. Pendant longtemps, ces images seraient tout ce dont ils disposeraient pour savoir ce qui se trouvait par-delà l'horizon. De plus, tout comme le cosmonaute Kolya, elle se disait que ce serait un témoignage du monde d'où ils venaient. Sinon, les gens finiraient par oublier et par croire que celui qu'ils connaissaient était le seul qui ait jamais existé.

Mais son portable avait ses propres idées.

— Montre-moi les étoiles, avait-il demandé de sa petite voix.

Chaque soir, elle le posait donc sur un rocher soigneusement choisi où il trônait patiemment tel un insecte métallique, scrutant les cieux de son petit objectif. Bisesa installait de petits paravents de toile imperméable pour le protéger. Ces séances d'observation pouvaient durer des heures pendant lesquelles l'appareil attendait d'apercevoir une section ou une autre du firmament à travers les nuages qui défilaient dans le ciel.

Un soir, alors que Bisesa était en train de l'installer, Abdikadir sortit du fort avec Josh et Ruddy pour la rejoindre, porteur d'un plateau de rafraîchissements.

Ruddy avait vite deviné la nature des projets du portable. En cartographiant le ciel et en comparant la position des étoiles aux cartes astronomiques stockées dans sa base de données, l'appareil pourrait déterminer la date.

— Tout comme les astronomes de la cour de Babylone, dit-il.

Les yeux de Josh, assis près de Bisesa, semblaient immenses dans l'obscurité naissante. On ne pouvait pas dire qu'il était beau. Son visage était étroit, avec des oreilles décollées et des joues que remontait son sourire. Il avait le menton fuyant, mais ses lèvres pleines étaient étrangement sensuelles. L'ensemble était attachant, il fallait bien l'avouer… et, tout en se sentant vaguement coupable, comme si elle trahissait Myra, l'évidente affection qu'il lui portait commençait à lui faire de l'effet.

— Pensez-vous que même les étoiles ont été chamboulées dans le ciel ? demanda-t-il.

— Je ne sais pas, Josh. Peut-être est-ce mon ciel, là-haut, ou le vôtre ; peut-être n'est-ce celui d'aucun de nous. Je veux le découvrir.

— Au XXIe siècle, vous avez sûrement une plus profonde compréhension que nous de la nature du cosmos, et même du temps et de l'espace, avança Ruddy.

— Oui, dit Josh avec enthousiasme. Nous ne savons peut-être pas pourquoi ceci nous est arrivé, mais vous, Bisesa, avec l'aide de votre science avancée, vous pouvez certainement hasarder une hypothèse sur la façon dont le monde a été mis sens dessus dessous…

— Peut-être, intervint Abdikadir. Mais il va être assez difficile de vous expliquer le concept d'espace-temps, puisque vous ne devriez pas entendre parler de la relativité restreinte avant une vingtaine d'années.

Ruddy le regarda d'un air ébahi.

— La *quoi* ?

Le téléphone chuchota :

— Commencez par suivre un rayon lumineux. Si ç'a marché pour Einstein…

— Très bien, dit Bisesa. Écoutez, Josh : quand je vous regarde, je ne vous vois pas tel que vous êtes *maintenant*. Je vous vois comme vous étiez dans un passé récent, quelques fractions de seconde plus tôt, le temps nécessaire pour que la lumière des étoiles qui se reflète sur votre visage parvienne jusqu'à mon œil.

— Jusqu'ici, c'est clair, acquiesça Josh.

— Supposez maintenant que je me sois lancée à la poursuite, de plus en plus vite, de la lumière réémise par votre visage. Qu'est-ce que je verrais ?

Josh fronça les sourcils.

— Ce serait comme deux trains rapides, dont l'un dépasse l'autre… Ils vont vite tous les deux, mais du point de vue du premier, l'autre semble se déplacer lentement. Vous verriez donc ma bouche et mes joues se déplacer à la vitesse d'un glacier quand j'ai souri pour vous saluer.

— Oui. Bien, vous avez saisi l'idée. Maintenant, Einstein – euh, c'était un très grand physicien du début du XXe siècle – Einstein nous a appris que ce ne serait pas juste une illusion d'optique. Ce n'est pas le simple fait que je verrais votre visage bouger plus lentement, Josh. La lumière est le moyen le plus fondamental que nous ayons de mesurer le temps… et donc, plus je voyagerais rapidement, *plus je verrais le temps passer lentement pour vous.*

Ruddy tortilla sa moustache.

— Pourquoi ?

Abdikadir éclata de rire.

— Depuis Einstein, cinq générations de professeurs n'ont pas réussi à trouver une réponse satisfaisante à cette question, Ruddy. L'univers est simplement fait comme ça.

Josh sourit de toutes ses dents.

— Comme c'est merveilleux – que la lumière soit à jamais jeune, à jamais sans âge – peut-être est-il vrai que les anges de Dieu sont des créatures de lumière !

Ruddy secoua la tête.

— Anges ou non, c'est sacrément tiré par les cheveux. Et quel est le rapport avec notre situation actuelle ?

— Tout simplement, répondit Bisesa, dans un univers où le temps lui-même s'ajuste autour de nous en fonction de la vitesse à laquelle nous voyageons, le concept de simultanéité est un peu compliqué. Ce qui est simultané pour Josh et Ruddy ne l'est pas forcément pour moi. Tout dépend de la façon dont nous bougeons, dont la lumière voyage entre nous.

Josh acquiesça, mais il était manifestement perplexe.

— Et ce n'est pas simplement une question de mesure...

— Non, Josh, c'est inhérent aux lois de la physique.

— Je crois comprendre. Et dans ce cas, il serait possible de prendre deux événements qui n'étaient pas simultanés – disons un moment de ma vie en 1885 et un moment de celle de Bisesa en 2037 – et de les rapprocher l'un de l'autre, si près que nous pourrions même...

— Vous embrasser ? demanda Ruddy avec une feinte gravité.

Le pauvre Josh s'empourpra.

— Mais tout cela est décrit du point de vue d'une personne ou d'une autre, reprit Ruddy. De quel point de vue supérieur faut-il donc considérer notre nouveau monde ? Celui de Dieu... ou de l'Œil du Temps lui-même ?

— Je ne sais pas.

— Il nous faut en apprendre plus, dit Josh d'un ton résolu. Si jamais nous avions une occasion d'arranger les choses...

— Oh oui! s'exclama Ruddy, riant jaune. C'est ça. Arrangeons les choses!

— À notre époque, dit Abdikadir, nous sommes habitués à voir nos mers, nos rivières et notre air pollués. Maintenant, le temps ne s'écoule plus en un flot régulier, irréversible, mais dans un bouillonnement, plein de turbulences et de tourbillons, conclut-il en haussant les épaules. Peut-être s'agit-il simplement d'une situation à laquelle il faudra nous habituer.

— La vérité est peut-être plus simple, dit brutalement Ruddy. Vos tapageuses machines tournoyantes ont peut-être fait voler en éclats le calme de cathédrale de l'éternité. Le fracas des terribles guerres de votre époque a ébranlé les murs de cette cathédrale au-delà de tout espoir de rétablissement.

Le regard de Josh passa de l'un à l'autre.

— Vous dites que tout ceci pourrait ne pas être naturel… Ce pourrait même ne pas être le fait d'êtres supérieurs… Ce pourrait être *notre faute*?

— C'est une possibilité, répondit Bisesa. Notre science n'est qu'un tout petit peu plus avancée que la vôtre, Josh… nous ne savons vraiment pas.

Ruddy était toujours en train de réfléchir à la relativité.

— Qui était ce physicien… Einstein, avez-vous dit? Ça sonne allemand à mes oreilles.

— C'était un Juif allemand, dit Abdikadir. À votre époque, c'était, hum, un écolier de six ans vivant à Munich.

— L'espace et le temps eux-mêmes peuvent être gauchis…, marmonna Ruddy. Il n'y a pas de certitudes, même en physique… D'une certaine façon, les idées d'Einstein peuvent avoir précipité le monde vers la catastrophe… et maintenant vous dites que c'était à la fois un Hébreu *et* un Allemand… C'est si caricatural que c'en est risible!

Le portable dit doucement :

— Bisesa, il y a autre chose.

— Quoi ?

— Tau Ceti.

— Qu'est-ce que c'est ? demanda Josh. Oh. Une étoile.

— Une étoile comme le soleil, à près de douze années-lumière. Je l'ai vue se transformer en nova. Ce n'était pas très visible et, le temps que je la remarque, son éclat diminuait déjà, le pic de luminosité était passé – il n'a duré que quelques nuits –, mais...

Abdikadir se tripota la barbe.

— Qu'y a-t-il de remarquable à ça ?

— Juste que c'est impossible, dit le téléphone.

— Comment ça ?

— Seuls les systèmes binaires se transforment en novæ... Il faut un compagnon obscur pour fournir de la matière inerte à l'étoile, qui finit par disparaître dans une explosion.

— Mais Tau Ceti est une étoile simple, dit Bisesa. Comment a-t-elle donc pu devenir une nova ?

— Tu peux vérifier mes données, si tu veux, dit son portable, vexé.

Bisesa regarda le ciel d'un air dubitatif.

— Dans les circonstances actuelles, bougonna Ruddy, ça me paraît un mystère assez lointain et abstrait. Nous devrions peut-être nous préoccuper de questions plus terre à terre. Cette machine se livre depuis déjà des jours à ses babyloniennes computations. Combien de temps lui faudra-t-il pour nous révéler ses stupéfiantes conclusions ?

— C'est elle qui le décidera. Elle a toujours eu son petit caractère.

Ruddy éclata de rire.

— Dame Machine, dites-moi donc quelle hypothèse vous avez échafaudée… Expliquez-la-moi de votre mieux, aussi vague soit-elle. C'est un ordre !

— Bisesa…, dit le portable.

Elle avait configuré la protection parentale pour s'assurer qu'il n'en dirait pas trop aux Britanniques. Mais elle haussa les épaules.

— C'est bon, tu peux parler.

— Nous sommes au XIIIe siècle, murmura le portable.

Ruddy se pencha vers lui.

— *Quelle date ?*

— Il m'est difficile d'être plus précis. Les changements dans la position des étoiles sont légers – mes lentilles sont conçues pour la lumière du jour, je dois prolonger les temps d'exposition – et ces nuages sont une vraie plaie… Il y a eu pas mal d'éclipses de Lune pendant cette période : si j'en observais une, je pourrais sans doute déterminer le jour exact.

— Le XIIIe siècle, quand même ! soupira Ruddy, qui leva les yeux vers les cieux ennuagés. À six siècles de chez nous !

— Huit, dans notre cas, dit sombrement Bisesa. Mais qu'est-ce que ça veut dire ? Il se peut que ce soit un ciel du XIIIe siècle, mais la planète sur laquelle nous nous tenons n'est certainement pas la Terre du XIIIe siècle. Le fort de Jamroud n'y existait pas, par exemple.

— Le XIIIe siècle est peut-être un… une fondation. Comme un canevas sur lequel ont été cousus les autres fragments composant le grand patchwork temporel de cette planète.

— Désolé d'avoir été le porteur de mauvaise nouvelle, dit le téléphone.

Bisesa haussa les épaules.

— Je pense qu'elle est plus complexe que mauvaise.

Ruddy s'adossa au rocher, mains croisées derrière la tête. Les nuages se reflétaient dans les verres épais de ses lunettes.

— Le XIIIᵉ siècle, dit-il, songeur. Quel merveilleux voyage que celui-ci. Je pensais venir dans la province de la Frontière du Nord-Ouest, ce qui était déjà une sacrée aventure, mais me retrouver transporté en plein Moyen Âge!… Bien qu'il me faille le reconnaître, ce n'est pas de l'émerveillement que j'éprouve en ce moment. Pas même la peur que j'aurais dû ressentir en apprenant que nous sommes perdus.

Josh sirotait sa citronnade.

— Quoi donc?

— Quand j'avais cinq ans, répondit Ruddy, j'ai été envoyé dans une famille de Southsea. C'est une pratique courante, bien sûr, car il est normal pour les parents émigrés de vouloir faire élever leurs enfants en métropole. Mais à l'âge de cinq ans je n'en savais rien. J'ai détesté cet endroit dès que j'y ai mis le pied – Lorne Lodge, la Maison du Malheur! –, je m'y faisais régulièrement punir, à vrai dire, pour le terrible crime d'être simplement moi-même. Ma sœur et moi, nous nous consolions en jouant à Robinson Crusoë, mais je n'aurais jamais imaginé que je deviendrais un jour un Robinson Crusoë du Temps! Je me demande où est aujourd'hui cette pauvre Trix… Mais ce qui m'a fait le plus souffrir sur le moment, je m'en rends maintenant compte, c'est d'avoir été abandonné – comme je le voyais alors –, trahi par mes parents et laissé dans ce lieu désolé de misère et de souffrance.

— Tout comme celui-ci, ajouta Josh.

— J'ai autrefois été abandonné par mes parents, dit amèrement Ruddy. Aujourd'hui, c'est Dieu lui-même qui nous a abandonnés.

Cela les plongea quelque temps dans le silence. La nuit semblait immense, sous ce ciel peuplé d'étoiles inconnues. Bisesa ne s'était pas sentie aussi perdue depuis l'instant de la Discontinuité et Myra lui manquait terriblement.

— Ruddy, dit doucement Abdikadir, vos parents voulaient votre bien, n'est-ce pas? Seulement, ils n'avaient pas compris ce que vous ressentiez.

— Essayez-vous de suggérer que le responsable de ce qui est arrivé au monde – Dieu ou autre – lui veut en fait du bien?

Abdikadir haussa les épaules.

— Nous sommes humains et le monde a été transformé par des forces manifestement surhumaines. Pourquoi faudrait-il espérer comprendre leurs mobiles?

— D'accord, dit Ruddy. Mais y en a-t-il un parmi nous pour *croire* vraiment qu'il puisse y avoir de la bienveillance derrière cette ingérence?

Personne ne lui répondit.

14

Dernière orbite

Puis ce fut leur dernière orbite : peut-être la dernière que décriraient jamais des humains autour de la Terre, se dit mélancoliquement Kolya. Mais les préparatifs nécessaires restaient les mêmes et, une fois déclenchés les réflexes conditionnés par leur entraînement, tous trois travaillèrent en équipe aussi efficacement que depuis le début de cette étrange aventure. Kolya soupçonnait même cette routine familière de les rassurer.

Leur première tâche fut d'entasser dans le compartiment orbital tous leurs déchets – y compris la plus grande part de leurs rations de survie, initialement prévues pour après l'atterrissage, mais déjà consommées. En revanche, Zabel transféra son émetteur radio de récupération dans le module de rentrée, car il pourrait leur être utile une fois sur Terre.

Il était maintenant temps de mettre leurs scaphandres. Ils s'isolèrent à tour de rôle dans le compartiment orbital. Kolya passa le dernier. Il enfila d'abord son pantalon élastomère, assez serré pour faire remonter sa circulation sanguine vers sa tête, afin de lui éviter de s'évanouir après l'atterrissage... précieux mais terriblement inconfortable. Ensuite, il se glissa dans le scaphandre proprement dit. Il dut s'introduire jambes les premières par une ouverture dans la région de l'estomac. La couche intérieure, faite d'une matière caoutchouteuse résistante, était étanche, et la couche extérieure, d'un robuste tissu synthétique, était munie de poches, de fermetures à glissière et de rabats. Sous une gravité normale, cet équipement était quasiment impossible à revêtir sans l'aide de plusieurs personnes. Mais là, il se tortilla jusqu'à ce que ses jambes soient en place, ses bras dans les manches, le dos bien ajusté. Il était habitué à cette tenue : elle gardait même son odeur et, en cas de catastrophe, elle lui sauverait la vie. Mais après la liberté de l'apesanteur, il avait la désagréable impression d'être enfermé dans un pneu de tracteur.

Une fois habillé, il regagna le module d'atterrissage. Tous trois attachèrent leurs harnais de sécurité. Ils mirent ensuite leurs casques et leurs gants, puis Mousa procéda à une vérification d'étanchéité.

Pour la dernière fois, le Soyouz passa au-dessus de l'Inde et le faisceau de leur radio croisa celui de Jamroud. Le petit haut-parleur que Zabel avait branché sur son poste de radioamateur s'éveilla en crachotant.

— … *Othic appelle Soyouz, répondez. Soyouz, ici Othic, répondez…*

— Casey, ici le Soyouz, cria Mousa. Comment va notre fidèle contrôleur au sol, aujourd'hui ?

— Je me ramasse toute la pluie sur la gueule. Mais parlons plutôt de vous, comment va ?

Mousa jeta un coup d'œil à son équipage.

— Nous sommes sanglés sur nos couchettes, serrés comme des sardines. Nos systèmes sont opérationnels, malgré le temps supplémentaire passé en orbite. Nous sommes parés pour la descente.

— Ce Soyouz est un sacré dur à cuire.

— Oui. Je regretterai d'avoir à le quitter.

— Mousa, vous comprenez que nous n'avons aucun moyen de vous suivre. Nous ne saurons pas où vous serez tombés.

— Nous connaissons votre position, dit Mousa. Nous vous trouverons, l'ami.

— Dieu et Karl Marx vous entendent.

Soudain, Kolya souhaita ardemment qu'ils ne perdent pas ce contact. Ils étaient tous conscients que Casey et les siens n'étaient qu'une autre poignée de naufragés, aussi perdus et impuissants qu'eux. Mais au moins Casey était une autre voix du XXIe siècle qui leur parvenait du sol ; c'était presque comme s'ils avaient rétabli le contact avec les leurs.

— Je dois dire quelque chose, ajouta Mousa en portant la main à son casque audio. Casey, Bisesa, Abdikadir... et aussi vous, Zabel et Kolya, tout le monde. Nous sommes loin de chez nous. Nous sommes embarqués dans un voyage dont nous ne pouvons même pas appréhender la nature. Et je pense qu'il est clair que cette nouvelle planète, faite de morceaux arrachés à l'espace et au temps, n'est *pas la nôtre* ; elle est faite de morceaux de la Terre, mais ce n'est pas elle. Je pense donc que nous ne devrions pas appeler ce nouveau monde, notre monde, la « Terre ». Il faut lui trouver un autre nom.

— Quoi, par exemple ? demanda Casey.

— J'y ai réfléchi, répondit Mousa. *Mir*. Nous devrions appeler cette nouvelle planète « Mir ».

Zabel s'esclaffa :

— Tu veux donner à une planète le nom d'une vieille station spatiale russe ?

Mais Kolya dit :

— Sache donc que, dans notre langue, le mot « Mir » signifie à la fois « monde » et « paix ».

— Ici, l'idée nous plaît bien, dit Casey.

— Ce sera donc Mir, dit Mousa.

Zabel haussa les épaules.

— Peu importe, dit-elle d'un ton sarcastique. Tu as donc donné un nom à cette planète, Mousa. Mais qu'est-ce qu'on a à foutre d'un nom ?

— Vous savez, murmura Kolya, je me demande où nous serions si nous ne nous étions pas trouvés dans cette partie précise du ciel juste à ce moment-là.

— Ces conneries d'intello, c'en est trop pour un sportif comme moi, dit Casey. Je ne peux même… empêcher la pluie de… dans le cou.

Mousa jeta un coup d'œil à Kolya.

— Votre signal faiblit.

— Ouais… pareil… je vous perds…

— Oui. Au revoir, Casey, du moins pour le moment…

— … ne sera pas un retour. Bienvenue sur votre nouveau monde. Bienvenue sur Mir !…

Le signal s'éteignit.

15

Un nouveau monde

Peu après l'aube, Bisesa et Abdikadir se rendirent à l'épave de l'hélico. La pluie, qui n'avait pas cessé de la nuit, continuait à tomber implacablement, criblant de cratères miniatures la boue de la place d'armes. Abdikadir baissa brièvement la capuche de son poncho et leva le visage vers la pluie pour la goûter.

—Salée, dit-il. Il y a de *grosses* tempêtes, par là-bas.

Une toile de tente avait été tendue sur le côté de l'hélico accidenté. Blottis sous l'auvent ainsi formé, Casey et les Britanniques étaient si couverts de boue qu'ils avaient l'air modelés dans de la terre. Seul Cecil De Morgan était presque sémillant dans son costume habituel, malgré quelques éclaboussures. Bisesa ne l'avait jamais aimé, mais elle était bien obligée d'admirer son mépris des contingences.

Le capitaine Grove avait exigé de Casey un rapport sur ses découvertes. Appuyé sur une béquille, celui-ci avait donc dessiné à la craie une carte de la planète sur la verrière de l'hélico et posé devant un flexi-écran sur une chaise pliante.

—Bien, dit-il d'un ton enjoué. Tout d'abord, le tableau général.

La dizaine de civils et d'officiers, debout sous l'abri précaire de l'auvent, s'entassèrent pour voir défiler les images d'un monde méconnaissable.

La forme des continents était assez familière. Mais, dans l'intérieur des terres, ce n'était qu'un puzzle de pièces irrégulières allant du brun-vert au blanc sale, qui montrait comment cette bizarre fragmentation temporelle avait affecté le monde entier. Peu de gens semblaient avoir traversé la Discontinuité. Le côté nocturne de la planète était plongé dans une obscurité presque totale, à peine interrompue par une poignée de vaillantes lueurs éparses d'origine humaine. Et il y avait les intempéries. Les océans, les pôles et les masses terrestres engendraient de vastes systèmes dépressionnaires, déclenchant des pyrotechnies orageuses à l'échelle de continents entiers.

Casey tapota sa carte du monde.

— Nous pensons être devant des masses terrestres qui ont été par endroits remplacées par des morceaux d'elles-mêmes provenant d'époques antérieures. Mais, pour autant que nous puissions le savoir – étant donné que le Soyouz n'était pas équipé pour ça –, il n'y a eu qu'un léger décalage dans la disposition générale des masses en question. Ce qui nous limite dans le temps, même si nous pensons que les petits décalages existants pourraient suffire à déclencher des activités volcaniques.

Ruddy levait déjà la main.

— Mais les masses continentales n'ont certainement pas été déplacées comme vous le dites. Comment serait-ce possible ?…

— Pour vous, Alfred Wegener est un gamin de cinq ans, bougonna Casey. Les plaques tectoniques, la dérive des continents, c'est une longue histoire. Croyez-moi sur parole.

— De quel ordre, le décalage dans le temps, Casey ? demanda Bisesa.

— Nous ne pensons pas qu'il puisse y avoir de morceaux remontant à plus de deux millions d'années.

Ruddy rit, un peu nerveusement.

— *Seulement* deux millions d'années… voilà qui est rassurant, n'est-ce pas ?

— Les tranches temporelles, reprit Casey, s'étendent sans doute de la surface de la Terre jusqu'à une certaine distance de son centre… et peut-être même jusqu'à lui. Chacune est sans doute un grand coin effilé de noyau, de manteau, de croûte terrestre et de ciel.

— Et avec chaque morceau vient sa végétation, ses habitants et une colonne d'air au-dessus ? demanda Grove.

— On dirait bien. Nous pensons que c'est le mélange de ces morceaux qui dérègle le climat.

Il pianota sur son écran, qui afficha des images d'énormes tempêtes tropicales, tourbillons d'un blanc crémeux remontant de l'Atlantique sud pour venir battre les côtes nord-américaines, et des fronts de nuages noirs bouillonnants qui s'étiraient à travers l'Asie.

— Certains de ces morceaux doivent avoir été prélevés en été, d'autres en hiver. Et le climat de la Terre fluctue selon des cycles plus longs – les ères glaciaires vont et viennent – et tout ça aussi est mélangé.

Il montra des images d'une plaque de terre prise dans les glaces, rectangle presque parfait posé pile à l'emplacement de Paris.

— L'air chaud s'élève au-dessus de l'air froid, c'est ce qui cause les vents ; l'air chaud est chargé de plus de vapeur d'eau que l'air froid et, quand il arrive au-dessus de régions plus fraîches, il se débarrasse de son humidité, ce qui donne la pluie. Et ainsi de suite. Comme tout ça s'entretient tout seul, nous nous retrouvons avec ces dérèglements climatiques.

— Jusqu'où s'élèvent ces tranches ? demanda Abdikadir.

— Nous l'ignorons, répondit Casey.

— Certainement pas jusqu'à la Lune, intervint le caporal Batson. Sinon cet astre aurait disparu, ou il se serait émietté sur son orbite.

Casey haussa les sourcils.

— Bien vu. Je n'avais pas pensé à ça. Mais nous savons qu'elles montent au moins jusqu'à une orbite terrestre basse.

— Le Soyouz, dit Bisesa.

— Ouais. Bisesa, leurs horloges concordent avec les nôtres, à la seconde près. Ils devaient passer juste au-dessus de nous – un pur hasard – quand la Discontinuité a frappé et nous avons été aspirés en même temps. Nous avons essayé de cartographier les tranches temporelles et nous avons réussi par endroits. Voici le Sahara…

Il se gratta le nez et montra des taches de verdure dans le désert, pour la plupart de formes irrégulières, mais pour certaines délimitées par des arcs géométriquement purs et des lignes droites.

— Un bout de désert ressemble beaucoup à un autre, même si un demi-million d'années les sépare. Néanmoins il est possible de dater approximativement certains morceaux, à partir des modifications géologiques.

Il se retourna et traça à la craie un gros astérisque sur l'Afrique centrale.

— Cette région semble être la plus ancienne. On peut le voir à la largeur de la vallée du Rift… Et voyez : le Sahara descend moins loin au sud et il y a des lacs, des plaques de verdure. Ce n'est cependant qu'une moyenne : au sol, tout est mélangé.

Il fit défiler rapidement d'autres images.

— Nous pensons que la plus grande partie de l'Asie provient des deux ou trois mille dernières années. On peut voir des habitats humains éparpillés dans la steppe, mais rien d'avancé – des filets de fumée provenant de feux de camp, pas de lumière électrique. La plus importante concentration humaine semble se trouver ici, ajouta-t-il en désignant une région du nord de la Chine, en Asie orientale. Nous ne savons pas de quelle peuplade il peut s'agir.

Il poursuivit son exposé, entraînant son public abasourdi autour d'un monde transformé. Le cas de l'Australie semblait particulier. Si la plus grande part de son centre était d'un rouge de terre brûlée, comme à l'époque de Bisesa, le long des côtes et des cours d'eau la végétation était luxuriante. Quelques clichés à haute résolution étaient assez détaillés pour montrer des animaux. Bisesa distingua ce qui ressemblait à un hippopotame qui broutait en lisière d'un bout de forêt... et, dans une petite séquence animée, un troupeau d'énormes créatures se tenant sur leurs pattes arrière surgissaient en bondissant du couvert, fuyant sans doute quelque prédateur. Il devait s'agir de kangourous géants : l'Australie paraissait être retournée à son état primitif d'avant l'arrivée des humains. Quant à l'Amérique du Sud, c'était une étendue verte d'un seul tenant : la forêt vierge, moribonde au XXIe siècle, y était restaurée dans toute sa gloire.

En Amérique du Nord, une grande plaque de glace s'étalait sur tout le nord-est, du pôle jusqu'à la latitude des Grands Lacs.

— Dans cette région, la glace provient de différentes époques. Ça se voit aux failles et aux bords déchiquetés.

Il montra des gros plans du rebord sud de la calotte polaire, qui ressemblait à une feuille de papier grossièrement déchirée. Bisesa vit des glaciers qui se déversaient par-dessus ce rebord irrégulier, de vastes lacs en formation – et de violents systèmes orageux en train de gonfler, probablement là où l'air froid d'une période glaciaire débordait de la calotte pour se répandre sur des terres plus chaudes. Au sud s'étendait un territoire brun-vert au sol dénudé : une toundra prise dans le permafrost et battue par les vents en provenance du pôle. À première vue, Bisesa ne distingua aucune trace de présence humaine ; puis elle se rappela que l'homme n'était qu'une addition récente à la faune américaine.

—Qu'est-il arrivé à l'Alaska ? demanda Abdikadir. Sa forme me paraît bizarre.

—Elle se prolonge par la Béringie – tu sais, le pont terrestre qui reliait autrefois l'Amérique à l'Asie, à l'emplacement du détroit de Béring –, la route qu'ont suivie les premiers humains arrivés en Amérique du Nord. Mais elle a été coupée par la montée des eaux…

La visite continuait implacablement ; mal à l'aise, tous regardaient les images tremblotantes.

—Et l'Europe ? s'enquit Ruddy d'une voix étranglée. *L'Angleterre ?*

Casey leur montra l'Europe. La plus grande partie du continent était recouverte d'une forêt dense. Dans les régions méridionales plus dégagées de la France, de l'Espagne et de l'Italie, il y avait des habitats, mais ce n'étaient que des villages épars – *peut-être même pas construits par des êtres de notre espèce*, songea Bisesa, qui se rappelait que le sud de l'Europe avait été peuplé par les néandertaliens. Il n'y avait certainement rien d'humain à voir en Angleterre qui, au sud d'une ligne correspondant au mur d'Hadrien, disparaissait sous une masse compacte de forêts impénétrables. Plus au nord, la forêt de conifères était traversée par une grande balafre blanche à cheval sur l'Écosse, morceau isolé de calotte polaire échappée d'une période glaciaire.

— Elle n'est plus là, dit Ruddy, dont Bisesa fut surprise de voir les yeux s'embuer derrière ses épaisses lunettes. C'est peut-être parce que je suis né outre-mer que ça m'affecte autant. Mais *ma patrie n'est plus là*, tout entière, toute son histoire depuis les Romains et même avant, évaporée comme rosée au matin.

Le capitaine Grove posa une main marquée de cicatrices sur l'épaule de Ruddy.

— Courage, mon garçon. Nous allons défricher cette maudite forêt et écrire notre propre histoire s'il le faut, tu verras.

Ruddy hocha la tête, apparemment incapable de parler.

Casey observait ce petit mélodrame les yeux écarquillés, ayant brièvement cessé de mâcher son chewing-gum. Puis il dit :

— Bref, le Soyouz n'a trouvé que trois sites, sur toute cette fichue planète, où l'on puisse discerner des signes de culture techniquement avancée… l'un d'eux est ici même. Le deuxième…

Il tapota sur sa carte la pointe sud de la forme facilement reconnaissable du lac Michigan.

— Chicago, dit Josh dans un souffle.

— Ouais. Mais ne nourrissez pas trop d'espoirs. Nous pouvons voir un peuplement urbain dense – beaucoup de fumée, comme produite par des usines – et même ce qui semble être des bateaux à vapeur sur le lac. Mais ils n'ont pas répondu aux appels radio du Soyouz.

— Ils sont peut-être d'une époque antérieure à l'invention de la radio, dit Abdikadir. Disons 1850. La population de la ville était alors déjà assez importante.

— Ouais, grogna Casey en affichant d'autres images sur son flexi-écran. Mais ils ont leurs propres problèmes. Ils sont cernés par les glaces. L'arrière-pays a disparu – pas de terres agricoles – et pas d'échanges commerciaux, parce qu'ils n'ont personne avec qui commercer.

— Et où se trouve le troisième site avancé ? demanda Bisesa.

Casey afficha une image du Moyen-Orient.

— Là. Il y a une ville… petite et sans doute antique, pas comme Chicago. Mais ce qui est intéressant, c'est que le Soyouz a capté un signal radio qui en provenait… le seul sur la planète, en dehors du nôtre. Mais il ne ressemble pas au nôtre. Il est puissant, mais régulier, une simple modulation dirigée vers le haut sur toutes les gammes de fréquence.

— Une balise automatique, peut-être, dit Abdikadir.

— Possible. En tout cas, ce n'est pas un appareil de notre fabrication.

Bisesa examina l'écran. La ville était située au milieu d'une vaste étendue verdoyante de terres apparemment cultivées, quadrillée de canaux étrangement rectilignes, tels des fils argentés.

— Je crois que c'est en Irak, dit-elle.

— Ça, dit Cecil De Morgan d'un ton catégorique, c'est Babylone.

— Babylone revit !… s'exclama Ruddy, le souffle coupé.

— Et c'est tout, conclut Casey. Juste nous et cette balise à Babylone.

Ils firent silence. *Babylone* : ce simple nom avait des résonances sensuelles pour Bisesa, qui sentait se bousculer dans sa tête les hypothèses sur la façon dont cette étrange balise était arrivée là.

Le capitaine Grove profita de l'interruption. Il s'avança, la moustache conquérante, et claqua vivement dans ses mains.

— Eh bien, merci, monsieur Othic. Voici comment je vois les choses. Il faut nous concentrer sur nos positions, puisqu'il est clair que personne ne va venir à notre secours. Non seulement cela, mais je pense qu'il nous faut trouver quelque chose à *faire* – nous donner un but – il est temps de cesser de réagir à tout ce que le ciel nous envoie et de commencer à prendre l'initiative.

— Bonne idée, murmura Ruddy.

— J'écoute vos suggestions.

— Il faut aller à Chicago, dit Josh. Avec sa population importante, son industrie développée, son potentiel…

— Ils ne sont pas au courant de notre existence, dit abruptement Casey. Oh, ils ont peut-être vu passer le Soyouz dans le ciel, mais même dans ce cas, ils n'ont pas compris ce que c'était.

— Et nous n'avons aucun moyen de les rejoindre, dit le capitaine Grove. Nous ne sommes guère en état d'entreprendre une expédition transatlantique… Peut-être plus tard, mais il faut oublier Chicago pour le moment.

— Babylone, dit Abdikadir. C'est l'objectif évident. Et il y a cette balise : nous en apprendrons peut-être davantage sur ce qui nous est arrivé.

Grove acquiesça.

— En plus, j'aime bien l'aspect de toute cette verdure, dit-il. Babylone n'était-elle pas un des premiers centres agricoles ? Le Croissant fertile et ce genre de choses ? Nous devrions peut-être envisager de nous y rendre. Une marche est dans l'ordre du possible.

— Vous songez à devenir fermier, capitaine ? demanda Abdikadir en souriant.

— On ne peut pas dire que ce soit ce dont j'ai toujours rêvé, mais nécessité fait loi, monsieur Omar.

— Mais il y a déjà quelqu'un qui y vit, fit remarquer Bisesa.

— Nous nous occuperons de ça une fois sur place, dit Grove, dont le visage se durcit.

À cet instant, Bisesa eut un aperçu de la volonté d'acier qui avait permis aux Britanniques de se tailler un empire planétaire.

Personne n'émit d'autre proposition. Ce serait donc Babylone.

L'assemblée commença à se scinder en petits groupes qui bavardaient avec animation. Bisesa fut frappée par la détermination qui s'était emparée de tous.

Josh, Ruddy et Abdikadir traversèrent avec elle le champ de boue pour regagner le fort.

— Grove est une fine mouche, dit Abdikadir.

— Comment ça ?

— Son impatience d'aller à Babylone. Ce n'est pas juste pour que nous puissions travailler la terre. *Là-bas, il y aura des femmes.*

— Avant que ses hommes commencent à se mutiner, voulez-vous dire.

Josh sourit d'un air gêné.

— Pensez un peu : cinq cents Adam et cinq cents Ève…

— Tu as raison, dit Ruddy, Grove est un bon officier. Il est parfaitement conscient de l'ambiance qui règne au mess et dans les casernements. Beaucoup de ceux qui étaient à Jamroud au moment de la Discontinuité sont de jeunes recrues engagées pour trois ans. Bien peu sont blanchis sous le harnais… Pour le moment, leur moral est exceptionnellement bon. Mais cet état d'esprit ne durera guère quand ils auront compris que leurs chances de rentrer un jour chez eux sont minimes. Babylone pourrait être exactement ce qu'il leur faut.

— Vous savez, dit Abdikadir, nous avons eu de la chance d'avoir le Soyouz et toutes ces données. Mais nous avons aussi beaucoup de questions sans réponse. Cette limite de deux millions d'années, par exemple.

— Pourquoi donc ?

— Parce que deux millions d'années avant notre ère, c'est à peu près la date d'apparition d'*Homo erectus*… le premier hominidé. Des précurseurs, comme les australopithèques que les Britanniques ont capturés, ont survécu jusqu'à cette époque, mais…

— Vous pensez que le choix de ce cadre temporel a quelque chose à voir avec nous ?

— Ce pourrait n'être qu'une coïncidence… mais pourquoi pas un million d'années, pourquoi pas vingt ou deux cents millions ? Et les parties les plus anciennes de ce patchwork planétaire semblent être celles où *nous* existons depuis le plus longtemps, tout comme les plus récentes, les Amériques, sont celles que nous avons atteintes en dernier… Ce nouveau monde est peut-être en quelque sorte un échantillon représentatif de l'histoire de l'humanité – et des hominidés.

Bisesa frissonna.

— Mais une si grande partie de la planète est déserte.

— *Homo sapiens* n'est que le dernier chapitre de la longue évolution des hominidés. Nous ne sommes qu'une poussière flottant à la surface de l'histoire, Bisesa. C'est peut-être là ce que nous montre l'état de ce monde. Un aperçu statistiquement exact de l'ensemble de cette période.

Josh tira Bisesa par la manche.

— Je viens de penser à une chose – cela ne vous a peut-être pas frappés, vous et vos collègues, mais mon point de vue d'homme du XIXe siècle est différent…

— Allez-y, Josh.

— En regardant ce nouveau monde, vous y voyez des bribes de votre passé. Mais, moi, c'est aussi un peu de mon futur que je vois, en *vous*. Pourquoi seriez-vous les derniers… pourquoi, Bisesa, ne voit-on rien de votre propre futur ?

Cette idée s'imposa brutalement à elle comme une évidence ; elle fut interloquée de ne pas y avoir pensé. Elle n'avait pas de réponse.

— Capitaine Grove ! Par ici !

Le caporal Batson, en bordure de la place d'armes, agitait la main. Grove se dirigea aussitôt vers lui ; Bisesa et les autres lui emboîtèrent le pas.

Batson était avec un petit groupe de soldats : un caporal britannique et plusieurs cipayes qui maintenaient deux hommes. Les étrangers avaient les mains attachées dans le dos. Ils étaient plus petits, plus trapus que les cipayes, et aussi plus musclés. Ils portaient tous deux une blouse d'un violet délavé qui s'arrêtait aux genoux, serrée à la taille par un bout de corde, et des sandales de cuir lacées haut sur la jambe. Ils avaient le visage large et basané, mal rasé, et des cheveux noirs et bouclés coupés court. Ils étaient couverts de sang séché et manifestement terrifiés par les fusils des cipayes : quand, par jeu, un des soldats leva le sien, un des deux hommes poussa un cri et tomba à genoux.

Grove vint se placer devant eux, les poings sur les hanches.

— Laissez-les tranquilles, soldat, pour l'amour de Dieu. Vous ne voyez pas qu'ils sont terrorisés ?

Le cipaye s'écarta piteusement. Ruddy dévisageait d'un air joyeux les nouveaux arrivants.

— Eh bien, Mitchell, demanda Grove d'un ton sec, que nous avez-vous ramené ? Quel genre de Pachtouns sont ces gens ?

— Je sais pas, monsieur, dit le caporal avec un fort accent des Cornouailles. C'est pas des Pachtouns, je pense pas. Je patrouillais au sud-ouest…

Grove avait envoyé le détachement de Mitchell reconnaître l'« armée » qu'on avait repérée dans la région : les étrangers étaient apparemment des éclaireurs envoyés par l'autre camp dans la même intention.

— En fait, ils étaient trois, sur de petits chevaux dodus comme des poneys de mine. Ils avaient des javelots qu'ils ont lancés sur nous, puis ils se sont précipités avec des couteaux… à trois contre six ! On a dû abattre leurs chevaux sous eux, et un des trois est mort avant que ces deux-là se rendent. Même que, quand leurs chevaux sont tombés, ils ont juste roulé à terre et se sont mis à les secouer pour les faire relever, comme s'ils comprenaient pas qu'ils étaient morts.

— Si vous n'aviez jamais vu un fusil, capitaine, vous seriez abasourdi de sentir votre cheval tomber comme ça entre vos jambes, dit tranquillement Ruddy.

— Que voulez-vous dire, monsieur ? demanda Grove.

— Que ces hommes viennent sans doute d'une autre époque, plus reculée.

Les deux étrangers écoutaient bouche bée cette conversation. Puis ils se mirent à jacasser entre eux, les yeux écarquillés de terreur, incapables de détacher le regard des fusils des cipayes.

— On dirait du grec, murmura Ruddy.

— Des Grecs ? En Inde ? s'exclama Josh.

Bisesa tendit son portable vers les étrangers.

—Téléphone, peux-tu…

—Je suis une machine intelligente, mais pas à ce point, répondit celui-ci. Je pense que c'est un dialecte antique.

Cecil De Morgan sortit du groupe des spectateurs, rajustant avec une assurance tranquille sa veste tachée de boue.

—On s'est évertué à me donner un semblant d'éducation. J'en ai gardé quelques notions de la langue d'Euripide…

Il adressa une courte phrase aux étrangers. Ceux-ci baragouinèrent une réponse. De Morgan leva les mains, manifestement pour leur dire de parler moins vite, et reprit la parole.

Au bout d'une minute, il se tourna vers Grove.

—Je crois que nous pouvons arriver à nous entendre, capitaine, quoique imparfaitement.

—Demandez-leur d'où ils viennent, dit Grove. Et *de quelle époque.*

—Ils n'auraient aucune idée du sens de cette question, capitaine, intervint Ruddy. Et nous ne comprendrions probablement pas la réponse.

Grove acquiesça ; Bisesa admira son flegme.

—Alors, demandez-leur qui est leur chef.

De Morgan dut s'y reprendre à plusieurs fois, mais Bisesa n'eut pas besoin d'interprète pour lui traduire la réponse.

—*A-le-gsan-dreh ! A-le-gsan-dreh !…*

Abdikadir s'avança, euphorique.

—Il est vraiment passé par ici. Est-ce possible ? Est-ce possible ?…

16

Rentrée atmosphérique

L'allumage des rétrofusées fut bref, une simple poussée dans le dos. Mais cela suffit à les faire décrocher d'orbite.

C'était donc fait, la décision était prise, et le temps qui leur restait à vivre – que ce soit en minutes ou en années – était irrévocablement compté.

Après le lancement, la rentrée atmosphérique était la partie la plus dangereuse d'une mission spatiale, car les énergies colossales dépensées pour mettre la capsule en orbite allaient maintenant devoir être dissipées par les forces de friction dans l'air. Les seuls accidents de vol du programme spatial russe étaient survenus à ce stade et le cœur de Kolya se serra au souvenir de ces pauvres cosmonautes, comme à celui de l'équipage de la défunte navette Columbia. Mais il n'y avait rien d'autre à faire qu'attendre. Le Soyouz était conçu pour revenir sur Terre sans aide au sol ni intervention de son équipage. Kolya, qui avait une formation de pilote, piaffait de n'être qu'un simple passager et aurait souhaité avoir un meilleur contrôle de la situation – disposer devant lui d'un manche à balai, pouvoir agir pour guider le vaisseau à destination.

Il jeta un coup d'œil par le hublot. Les impénétrables jungles sud-américaines, bariolées de nuages, défilaient pour la dernière fois sous la proue du vaisseau. Il se demanda si quelqu'un reverrait jamais un tel spectacle… et combien de temps il se passerait avant que l'existence même d'un endroit tel que ce lointain continent soit oubliée. Puis, quand le Soyouz survola l'Amérique du Nord, il vit un ouragan, spirale d'un blanc crémeux, installé telle une immense toile d'araignée sur le golfe du Mexique. De plus petites formations orageuses tourbillonnaient au-dessus des Antilles, de la Floride, du Texas et du Mexique. Ces enfants du monstre du golfe, eux-mêmes d'une puissance dévastatrice, avaient creusé de profonds sillons dans les forêts d'Amérique centrale. Pire, le système dépressionnaire principal se dirigeait lui-même vers le nord et épargnerait certainement peu de choses entre Houston et La Nouvelle-Orléans. C'était la deuxième supertempête qu'ils voyaient en quelques jours – les restes de la première étaient encore en train de parcourir l'est des États-Unis en direction de l'Atlantique. Mais les cosmonautes ne pouvaient rien faire pour ceux qui se trouvaient à terre, pas même les prévenir.

Pile au moment prévu, une série de détonations retentirent au-dessus et en dessous d'eux. Le vaisseau, soudain allégé, s'ébroua. Les boulons explosifs avaient sauté, séparant le module de rentrée des deux autres sections du Soyouz : les réacteurs et leurs déchets allaient maintenant brûler telles des étoiles filantes, au grand étonnement de ceux qui les verraient depuis le sol.

Ils passèrent les minutes suivantes dans un silence uniquement troublé par le cliquètement de leurs instruments et le ronronnement du recycleur d'air. Mais, pour Kolya, ces petits bruits étaient presque rassurants, comme s'il se trouvait chez lui, dans son atelier. Cet environnement allait lui manquer.

Au fil de leur descente dans le ciel, la résistance de l'air de moins en moins raréfié s'intensifia progressivement. Kolya regardait augmenter la valeur de la décélération sur le cadran placé devant lui : 0,1 g, 0,2 g. Il commença bientôt à la sentir. Elle le repoussait sur sa couchette et ses sangles s'étaient relâchées ; il les resserra. Mais la montée en pression n'était pas régulière : la haute atmosphère était agitée et secouait le module comme un avion pris dans des turbulences. Kolya était conscient, comme il ne l'avait été lors d'aucun autre retour sur Terre, de la petitesse et de la fragilité de la capsule à l'intérieur de laquelle il se précipitait vers le sol.

Il ne voyait plus maintenant par son hublot que la noirceur de l'espace. Mais il s'y insinua peu à peu de la couleur : d'abord du marron foncé, comme du sang séché, mais celui-ci s'éclaircit rapidement, parcourant le spectre du rouge, de l'orange et du jaune. À mesure que l'atmosphère devenait plus dense, la décélération se faisait plus forte, passant rapidement de 1 à 2 g, puis 3 et 4. Dehors, la lueur des atomes d'air fracassés par leur passage avait maintenant atteint le blanc et une lumière perlée brillait derrière les hublots, répandant son éclat fantomatique sur leurs genoux. *On se croirait à l'intérieur d'un tube fluorescent*, se dit Kolya. Mais les hublots noircirent lorsque l'air ionisé carbonisa l'extérieur de la capsule et la lumière éthérée s'obscurcit.

Ils étaient toujours ballottés. Les secousses les jetaient les uns contre les autres malgré leurs harnais. Ils étaient même beaucoup plus malmenés qu'au décollage et, après plusieurs mois dans l'espace, Kolya n'était plus aussi bien équipé pour encaisser. Il trouvait même difficile de respirer et n'aurait pas pu lever un doigt, quelle que soit l'urgence de la tâche.

Enfin, la descente se fit plus calme. Puis un nouveau claquement sec de l'autre côté de la paroi le fit sursauter. Un bouclier de protection du hublot venait de se faire arracher, entraînant avec lui la suie et dévoilant un coin de ciel bleu étonnamment clair. Pas le ciel de la Terre, le ciel d'un nouveau monde, le ciel de Mir.

Le parachute auxiliaire se déploya, accrochant brutalement l'air. Le module de descente se balança violemment, deux, trois, quatre fois, puis le parachute principal s'ouvrit et lui donna un nouveau coup de frein brusque qui accentua le mouvement de pendule. Kolya parvenait tout juste à distinguer la grande corolle orange du parachute principal au-dessus de lui. Il était difficile de croire qu'il n'y avait pas plus de dix minutes qu'ils avaient largué les autres parties du Soyouz, peut-être cinq qu'ils étaient entrés dans l'atmosphère. Il sentait les doigts invisibles de la gravitation qui tentaient d'arracher ses organes internes… Même sa tête était lourde, comme faite de béton, trop pesante pour son cou. Mais il éprouvait un soulagement intense ; la partie la plus dangereuse de la descente était passée.

À l'approche de l'atterrissage, un sifflement de gaz comprimé se fit entendre. Kolya sentit son siège, dont la base était pressurisée pour servir d'amortisseur, se soulever et le repousser contre le tableau de commandes, accentuant encore davantage son inconfort.

— Bon Dieu, bougonna Zabel, qui subissait le même traitement, je ne vous dis pas comme je serai contente de sortir de cette cabine de tracteur.

— Elle t'a bien rendu service, répondit Mousa d'un ton égal. Il n'y en a plus que pour quelques minutes.

Mais Kolya, aussi inconfortablement installé fût-il, savourait ces dernières minutes durant lesquelles les systèmes automatiques du vaisseau le protégeaient, peut-être les dernières de sa vie.

— Détecteur de proximité allumé, dit Mousa.

Kolya banda ses muscles. Un bref rugissement s'éleva lorsque les réacteurs furent mis à feu, à quelques mètres d'altitude. Puis il y eut un grand fracas quand ils heurtèrent le sol… et rebondirent. Après une seconde interminable, la cabine retomba, racla bruyamment le sol, puis bondit de nouveau en l'air, vibrant de toutes ses membrures. Kolya savait ce que cela signifiait : le parachute du Soyouz traînait celui-ci sur le sol.

— Merde ! s'écria Zabel. Il doit y avoir un de ces vents…

— Si nous nous renversons, dit Mousa d'une voix hachée par les secousses, nous risquons d'avoir du mal à sortir.

— Il aurait peut-être fallu y penser avant ! hurla Zabel.

Un autre choc, un raclement prolongé, un rebond. Malgré le capitonnage de son scaphandre protégeant son corps, la tête de Kolya ballottait dans son casque et son front vint cogner contre la visière. Il n'y avait rien d'autre à faire que supporter l'épreuve et espérer que la capsule ne se renverserait pas.

Puis, dans un dernier rebond suivi d'un autre raclement, celle-ci s'immobilisa… dans le bon sens. Ils restèrent assis, le souffle court. Mousa enfonça prestement un bouton pour détacher le parachute.

Kolya avait atrocement chaud : il sentait la sueur dégouliner dans son dos à l'intérieur du scaphandre. Il tendit un bras – qui lui parut peser des tonnes – et chercha à tâtons le gant de Mousa. Pendant un moment, ils se tinrent par la main, rassurés d'être encore en vie.

— Nous sommes saufs, dit Mousa, haletant. Nous sommes *posés*.

— Oui, dit Zabel dans un souffle, mais *où* ?

Même à ce stade, il y avait une routine à suivre pour débrancher les derniers systèmes du vaisseau. Kolya coupa le ventilateur avant d'ôter casque et gants. Une soupape s'était ouverte quelques minutes avant l'atterrissage pour laisser pénétrer l'air du dehors et Kolya en aspira une goulée miséricordieusement exempte de la poussière qui avait infesté le Soyouz.

Mousa lui adressa un large sourire.

— Je sens une odeur de *polyn'*.

— Oui.

C'était un parfum sucré, légèrement fumé. Le *polyn'*, une sorte d'armoise, poussait un peu partout dans la steppe. Cette senteur familière parut revigorer Kolya.

— Ta planète Mir n'est peut-être pas si étrange, après tout !

Mousa poussa un grognement.

— Il n'y a qu'un moyen de le savoir.

Il enfonça un autre bouton. Des clenches cliquetèrent. Au-dessus de leurs têtes, l'écoutille s'ouvrit et Kolya vit un pan de ciel encombré de nuages gris. Une nouvelle bouffée d'air frais s'engouffra dans la cabine.

Mousa détacha son harnais et prit appui sur son siège.

— C'est le moment que je redoutais.

Il devait passer le premier en raison de sa position centrale. Lentement, avec des gestes de vieillard, il se mit debout. Normalement, une équipe d'assistance médicale aurait dû être présente pour l'aider à sortir de la cabine, à la façon dont on dégage une poupée de porcelaine de son emballage ; là, il n'y avait personne. Zabel et Kolya se penchèrent pour lui pousser le postérieur et les jambes, mais Kolya se sentait lui-même faible comme un petit chat. Mousa dit :

— Ce foutu scaphandre est si rigide qu'il m'empêche de bouger.

Il réussit enfin à se lever et passa la tête à l'extérieur. Il cligna des paupières dans la lumière et le vent ébouriffa son épaisse chevelure. Puis il écarquilla les yeux. Il posa les mains sur la coque – prudemment, car celle-ci était encore chaude de leur descente – puis, avec ce qui parut à Kolya un effort surhumain, se hissa pour s'asseoir sur le bord de l'écoutille.

— À moi, maintenant, dit Zabel.

Elle était visiblement affaiblie, mais à côté de Mousa, elle avait l'air agile et pleine d'entrain. Elle se dégagea de sa couchette et Mousa l'aida à monter s'asseoir près de lui.

— Ça alors, s'exclama-t-elle.

Kolya, resté seul dans la capsule, ne voyait rien d'autre que leurs jambes qui pendaient.

— Que se passe-t-il ? Qu'est-ce qu'il y a, dehors ?

— Aide-moi, demanda Mousa à Zabel.

Il hissa ses jambes hors de l'écoutille, se tourna pesamment sur le ventre et tendit les mains vers elle. Puis il se laissa glisser sur le flanc arrondi du Soyouz et disparut aux yeux de Kolya.

Zabel se tourna vers Kolya avec un large sourire.

— Viens admirer la vue.

Quand Kolya se mit debout, il eut l'impression que tout son sang refluait de son cerveau. Il attendit sans bouger que son vertige soit passé, puis il laissa Zabel l'aider à monter s'asseoir sur la coque.

Il se trouvait à environ deux mètres au-dessus du sol, au sommet d'un dôme de métal posé sur l'herbe. Du haut de son perchoir, il contemplait la steppe éternelle qui s'étendait à l'infini sous un grand couvercle de nuages. Elle avait été marquée par leur atterrissage : une série de sillons grossiers et de cratères menaient jusqu'à la position finale du vaisseau et, plus loin, le parachute principal gisait à terre, se gonflant tristement au vent, son orange vif tranchant sur le vert jaunâtre du sol.

Kolya vit droit devant lui ce qui pouvait passer pour un village. Ce n'était qu'un amas de tentes hémisphériques crasseuses. Figés, des gens, hommes, femmes et enfants, tous emmitouflés dans des fourrures, le regardaient bouche bée. Plus loin, des chevaux vaguement attachés broutaient, imperturbables.

Un homme sortit du village de tentes. Il avait le visage large, des yeux noirs profondément enfoncés qui semblaient très rapprochés et portait un lourd manteau traînant jusqu'à terre et un bonnet conique, tous deux en fourrure. Il avait à la main une lourde épée en fer martelé.

— Un guerrier mongol, murmura Zabel.

Kolya lui lança un coup d'œil.

— Tu t'y attendais, n'est-ce pas ?

— Je me disais qu'il y avait de grandes chances, d'après ce que nous avions vu d'orbite…

Le vent tourna et une odeur de viande cuite, d'humanité mal lavée et de sueur chevaline vint frapper les narines de Kolya. Ce fut comme si un voile s'était déchiré devant lui, le confrontant soudain à la réalité : c'était vraiment le passé, ou un fragment de celui-ci, et il était coincé au beau milieu.

Mousa était en train de se relever, s'appuyant d'une main sur la coque de l'astronef.

— Nous sommes tombés de l'espace, dit-il à l'homme en souriant. N'est-ce pas un prodige ? S'il vous plaît…

Il tendit ses mains vides.

—Pouvez-vous nous aider?

Le guerrier réagit si vite que Kolya parvint tout juste à suivre son mouvement. Son épée tournoya dans les airs, invisible comme les pales d'un hélicoptère. La tête de Mousa vola en l'air, tranchée aussi facilement qu'une fleur de la steppe, et roula dans la poussière comme un ballon de football. Le corps du cosmonaute était encore debout, les bras toujours tendus devant lui. Mais le sang jaillissait en bouillonnant de la racine de son cou, ruisselant sur l'orange éraflé de son scaphandre. Puis le corps s'abattit d'un bloc.

Kolya regardait fixement la tête tranchée, à peine capable d'en croire ses yeux.

Le guerrier leva de nouveau son épée. Mais, de sa main libre, il fit signe aux deux compagnons de sa victime de descendre à terre.

—Bienvenue sur Mir, murmura Zabel.

Kolya, horrifié, crut détecter une note de triomphe dans la voix de sa partenaire.

17

Pluie battante

La captivité ne dérangeait pas Tortilleuse. Elle était si jeune qu'elle avait peut-être oublié avoir jamais connu un autre mode de vie. Elle rampait sur le sol de la cage ou grimpait au filet ; elle se balançait à l'objet brillant qui soutenait ce dernier ; elle explorait avec contrition ses oreilles et ses narines.

À mesure que passaient les jours, les hommes de l'autre côté du filet étaient de moins en moins agités, mais ils ne manquaient jamais d'apporter à boire et à manger aux femmes-singes. Tortilleuse escaladait le filet et tendait la main vers eux, et les hommes la récompensaient en lui donnant des suppléments de nourriture. Fureteuse, pour sa part, était de plus en plus renfermée. Elle détestait cette prison et les étranges créatures qui l'avaient capturée. Personne ne la complimentait ni ne lui donnait des bouts de fruits en plus ; il n'y avait rien de mignon dans son attitude maussade et hostile.

La situation s'aggrava encore quand les précipitations commencèrent.

La pluie était par moments si violente que ses lourdes gouttes vous frappaient la peau comme des centaines de poings minuscules. Les femmes-singes étaient en permanence trempées, frigorifiées, et même la vive curiosité de Tortilleuse en était diminuée. Parfois, la pluie leur brûlait les mains, les pieds ou les lèvres et, quand elle leur entrait dans les yeux, elle les faisait cruellement souffrir.

Elle était chargée d'acide en raison de ce qui s'était passé de l'autre côté de la planète.

Le nouveau monde avait été assemblé à partir de fragments de l'ancien prélevés à différentes époques réparties sur deux millions d'années. Le mélange des masses d'air avait engendré le climat instable qui empoisonnait ces premiers jours après la Discontinuité. Dans les océans, aussi, les grands courants cherchaient un nouvel équilibre.

Et le sol avait été déchiqueté. Dans l'Atlantique, une chaîne de volcans sous-marins s'étirant vers le sud à partir de l'Islande marquait la position de la dorsale océanique où le fond de la mer naissait des matières en fusion remontées du cœur de la planète. Cette dorsale avait été éventrée par la Discontinuité. Le Gulf Stream, qui depuis des millénaires faisait remonter vers l'Europe les eaux chaudes de l'Atlantique sud, se heurtait maintenant à un tout nouvel obstacle, une île volcanique en passe de devenir plus vaste que l'Islande, qui détournait sa course.

Par ailleurs, la ceinture de feu du Pacifique, où de grandes plaques tectoniques entraient en collision, n'avait jamais aussi bien porté son nom. La plus grande confusion régnait le long de la côte ouest de l'Amérique du Nord, de l'Alaska à l'État de Washington : la plupart des vingt-sept volcans de la chaîne des Cascades s'étaient réveillés.

L'explosion du mont Rainier avait été la pire. La déflagration avait retenti comme un grand cri qui s'était répercuté tout autour de la planète. En Inde, elle avait résonné à la façon de lointains tirs d'artillerie, faisant se retourner dans leur sommeil les survivants des XIXe et XXIe siècles. Un vaste champignon de cendres et de débris s'était élevé jusqu'aux couches supérieures de l'atmosphère, se déplaçant à des vitesses dignes d'un ouragan. Les plus gros débris étaient vite retombés, mais les plus fines particules, restées en suspension, avaient occulté le soleil. Les températures avaient chuté et, en se refroidissant, l'air n'avait plus pu retenir les mêmes quantités d'eau qu'auparavant.

Sur toute la planète, la pluie était tombée. Sans discontinuer.

En un sens, tout cela était bénéfique. Tel un monstre de Frankenstein, la planète essayait de se reconstituer et un nouvel équilibre de l'air, de la mer et du roc finirait par s'établir. Mais les douloureuses convulsions du processus de guérison dévastaient tout ce qui, végétal ou animal, luttait pour sa survie.

Fureteuse n'avait pas de vision à long terme. Pour elle, seul existait le présent, et le sien était parfaitement misérable, captive de la cage cruelle des humains et trempée par la pluie acide qui s'abattait sur elle du haut des cieux. Quand les éléments étaient particulièrement déchaînés, Tortilleuse se blottissait sous sa mère qui se recroquevillait au-dessus d'elle pour lui faire de son dos un rempart contre le déluge corrosif.

Troisième partie

Rencontres et alliances

18

Envoyés des Cieux

Brandissant toujours son épée, le Mongol cria par-dessus son épaule. D'autres hommes en armes sortirent en courant des tentes… ou plus exactement des yourtes. Des femmes et des enfants suivirent. Ces derniers avaient l'air de petites boules en manteaux de feutre, les yeux écarquillés de curiosité.

Les hommes avaient des traits asiatiques classiques, avec de larges visages, de petits yeux noirs et des cheveux de jais qu'ils portaient attachés sur la nuque. Certains avaient des bandeaux de tissu autour de la tête. Ils étaient vêtus de larges pantalons brunâtres et marchaient pieds nus ou portaient des bottes dans lesquelles étaient rentrées les jambes de leur pantalon. Ceux qui n'allaient pas torse nu avaient des tuniques légères, fortement rapiécées.

Ils avaient l'air mauvais, et costauds. Ils s'attroupèrent, menaçants, autour des cosmonautes accablés par la pesanteur. Kolya essayait de tenir le coup. Il tremblait ; le cadavre décapité de Mousa gisait contre le flanc du Soyouz, un ultime filet de sang s'égouttant de son cou.

Celui qui avait tué Mousa s'avança vers Zabel, qui le fusilla du regard. Résolument, il lui empoigna les seins et serra.

Zabel ne broncha pas.

— Bon sang, ce que ce type peut *puer*, dit-elle.

Kolya perçut la tension de sa voix, il sentait la peur sous sa détermination. Mais le guerrier recula.

Les hommes discutèrent rapidement, jetant des coups d'œil aux deux cosmonautes et à leur vaisseau, ainsi qu'à la soie du parachute étalé sur la steppe poussiéreuse.

— Tu sais ce que je crois qu'ils racontent ? chuchota Zabel. Qu'ils vont te tuer. Moi, ils vont me violer et, *ensuite* seulement, ils me tueront.

— Essaie de ne pas faire de geste brusque, dit Kolya.

La tension fut rompue par un cri perçant. Une petite fille d'environ cinq ans, le visage rond comme une soucoupe, avait touché la paroi du Soyouz et s'était brûlé la main.

Les guerriers grognèrent comme un seul homme. L'assassin de Mousa appuya son épée sur le cou de Kolya. Il avait la bouche ouverte, de petits yeux, et son haleine dégageait des relents de viande et de lait. Le monde prit brusquement un relief nouveau pour Kolya : la puanteur animale de l'homme devant lui, le parfum de rouille de la steppe, même le battement du sang à ses oreilles. Cela serait-il son dernier souvenir, avant de rejoindre Mousa dans le néant ?…

— *Darughachi*, dit-il. *Tengri. Darughachi.*

L'homme ouvrit de grands yeux. Il recula, tout en gardant son épée levée, et le conciliabule reprit, mais maintenant les guerriers les regardaient encore plus fixement.

— Qu'est-ce que tu as dit ? siffla Zabel.

— Des souvenirs d'école, répondit Kolya, qui essayait de garder un ton égal. J'ai lancé ça un peu au hasard. Ç'aurait pu ne pas être leur langue du tout ; nous aurions pu atterrir à n'importe quelle époque…

—Quelle langue, Kolya ?

—Le mongol.

—J'en étais sûre !

—J'ai dit que nous étions des émissaires. Des envoyés des cieux éternels. S'ils me croient, ils devront nous traiter avec respect. Nous conduire devant leurs responsables locaux, peut-être. C'était un bluff… un simple bluff…

—Bien joué, Batman. Après tout, ces types nous ont vus tomber du ciel. «Conduisez-nous à votre chef». Au cinéma, ça marche à tous les coups.

Elle réussit même à rire, d'un affreux ricanement forcé.

Finalement, le cercle qui les entourait commença à se disperser et personne ne vint les tuer. Un homme mit une veste et un bonnet de feutre, courut jusqu'à un cheval attaché près d'une yourte, sauta dessus et s'éloigna à toute allure.

Quelqu'un attacha dans le dos les mains des cosmonautes et on les poussa en direction d'une des yourtes. Même sans les mains liées, ils auraient eu du mal à marcher ; Kolya avait l'impression d'être coincé sous une chape de plomb et ses oreilles bourdonnaient. Les enfants, qui les dévisageaient en se mettant les doigts dans le nez, formaient une sorte de haie d'honneur sur leur passage. Un vilain garnement leur lança une pierre qui rebondit sur l'épaule de Kolya. C'était loin d'être un retour triomphal sur Terre. Mais ils étaient en vie ; son intervention leur avait au moins gagné un peu de temps.

Le rabat masquant l'entrée de la yourte s'écarta et on les poussa à l'intérieur.

Les cosmonautes furent jetés sur des tapis de feutre. Dans leur encombrante tenue pressurisée, ils paraissaient énormes et leurs jambes pointaient grotesquement devant eux. Mais le simple fait de s'asseoir était pour eux un soulagement.

L'unique porte faisait face au sud : Kolya voyait le soleil à travers un voile de fumée. Il savait que c'était une tradition mongole : leur théologie rudimentaire tournait autour de l'adoration du soleil et ici, dans les plaines du nord de l'Asie, celui-ci restait pratiquement cantonné au sud durant tout l'hiver dans son parcours quotidien.

Des Mongols, hommes trapus et femmes aux muscles noueux, ne cessaient d'entrer et de sortir, manifestement pour examiner les nouveaux venus. Ils les dévisageaient, principalement Zabel, avec une avidité calculatrice.

Une partie de leur équipement – leurs trousses de premiers secours, un canot de sauvetage gonflable – fut apportée du Soyouz. Presque rien de tout ça n'avait de sens pour leurs ravisseurs. Mais Zabel et Kolya furent autorisés à échanger leurs encombrants scaphandres contre les légères combinaisons orange qu'ils avaient portées en orbite. Les enfants mongols regardaient avec de grands yeux leurs sous-vêtements et les pantalons élastomères que les cosmonautes venaient d'ôter. Leurs tenues pressurisées furent reléguées tels des cocons abandonnés dans un coin de la yourte crasseuse.

Ils réussirent à dissimuler aux yeux des Mongols leurs armes de poing en les cachant derrière leur dos.

Ensuite, à l'immense soulagement de Kolya, on les laissa un moment seuls. Adossé à la paroi malpropre de la yourte, tremblant de tous ses membres, il s'efforça de maîtriser les battements de son cœur et de dissiper les brumes de son cerveau par la seule force de sa volonté. Il aurait maintenant dû être à l'hôpital, entouré du dernier cri de la technologie, afin de suivre un programme de physiothérapie et de remise en forme, et non coincé au fond de cette tente puante. Il était faible comme un vieillard et, face à ces Mongols râblés et costauds, complètement démuni ; il était aussi accablé que terrifié.

Il essaya de réfléchir, d'évaluer ce qui l'entourait.

La yourte était élimée, mais solide. Elle appartenait sans doute au chef de cette petite communauté. Son principal support était un robuste poteau, tandis que des perches plus légères et des lattes de bois donnaient sa forme au dôme de feutre. Des tapis crasseux recouvraient le sol, des outres et des récipients métalliques étaient suspendus à des crochets. Contre la paroi circulaire étaient disposés des coffres de cuir et de bois, le mobilier d'un peuple nomade. L'endroit était dépourvu de fenêtre, mais un trou était ménagé dans le toit au-dessus d'un foyer de pierres noircies sur lequel brûlait en permanence de la bouse séchée.

Kolya se demanda d'abord comment la yourte pouvait être démontée et remontée, ainsi qu'il le fallait au moins deux fois par an pour passer des pâturages d'hiver à ceux d'été et inversement. Mais il avait aussi remarqué un grand chariot stationné un peu plus loin. Son plateau était largement assez vaste pour transporter la yourte d'un seul bloc avec son contenu.

— Mais ils n'ont pas toujours procédé comme ça, chuchota-t-il à Zabel. Les Mongols. Ils ne l'ont fait qu'au début du XIIIe siècle. Aux autres époques, ils se contentaient de démonter leurs yourtes comme des tentes et de les replier pour le transport. Ce qui nous donne une indication chronologique… Nous avons atterri en plein apogée de l'Empire mongol !

— Une chance pour nous que tu en saches autant sur eux.

— Une chance ? bougonna Kolya. Zabel, les Mongols ont envahi la Russie – *deux fois*. Une telle expérience ne s'oublie pas, même en huit siècles.

Au bout d'un moment vint l'heure de préparer le repas. Une femme entra en traînant un grand chaudron de fer. Elle débita une demi-carcasse de mouton qu'elle jeta dedans – pas juste la viande et les os, mais aussi le mou, la panse, la cervelle, les intestins, les yeux, les sabots : manifestement, rien n'était gaspillé. La femme avait le visage parcheminé et des bras de lanceuse de poids. Elle vaquait tranquillement à sa tâche sans prêter la moindre attention à Zabel et Kolya, comme si elle trouvait tous les jours deux humains du futur tassés dans un coin de sa yourte.

Les cosmonautes naufragés faisaient tout ce qu'ils pouvaient pour accélérer leur adaptation à la pesanteur accablante de la Terre, fléchissant discrètement leurs membres, changeant de position pour favoriser tel ou tel ensemble de muscles. En dehors de cela, ils n'avaient rien d'autre à faire qu'attendre le retour du cavalier envoyé auprès du responsable local qui devait probablement décider de leur sort – décision qui pouvait toujours signifier leur mort. Malgré cette sinistre perspective, comme l'après-midi traînait en longueur, Kolya, étonnamment, commença à s'ennuyer.

La masse de viande et d'abats mijota pendant plusieurs heures dans la marmite. Puis d'autres adultes et des enfants s'entassèrent dans la yourte. Certains venaient ajouter de la viande dans le chaudron, apparemment des morceaux de renard, de souris, de lapin. Grossièrement dépecés, mais pas nettoyés, on y voyait encore collés des saletés et du sang séché.

L'heure du repas venue, les Mongols puisèrent simplement dans le récipient avec une écuelle en bois des morceaux de viande qu'ils mangèrent avec les doigts, tout en buvant dans des tasses ce qui semblait être du lait tiré d'une outre luisante d'humidité. De temps en temps, après quelques bouchées, quand ils n'aimaient pas le goût d'un morceau, ils le recrachaient dans la marmite.

Zabel observait cela avec horreur.

— Et personne ne s'est lavé les mains avant le dîner.

— Pour les Mongols, l'eau participe de la pureté divine, dit Kolya. Pas question de la souiller en l'utilisant pour se laver.

— Mais comment font-ils pour rester propres ?

— Bienvenue au XIIIᵉ siècle, Zabel.

Les convives gardaient leurs distances avec les cosmonautes, mais la vie sociale ne semblait pas autrement affectée par leur présence.

Au bout d'un moment, un des plus jeunes hommes s'approcha d'eux avec une écuelle de viande. Kolya constata que la graisse de mouton qui brillait sur les lèvres du garçon n'était que la partie supérieure de la couche de saleté qui lui recouvrait le visage ; il avait même sous ses larges narines de la morve séchée par le vent et sa puanteur de vieux fromage avarié était tout simplement suffocante. Le garçon passa le bras derrière Kolya et lui détacha une main. Puis il prit dans son écuelle un morceau de viande qu'il lui tendit. Ses ongles étaient noirs de crasse.

— Tu sais, murmura Kolya, les Mongols attendrissaient souvent leur viande en la plaçant sous la selle de leur cheval. Ce morceau de mouton a peut-être passé des jours à s'imprégner du méthane produit par le cul d'un gros gardien de troupeau.

— Mange, répondit Zabel. Nous avons besoin de protéines.

Kolya prit la viande et mordit dedans en fermant les yeux. Celle-ci était caoutchouteuse et avait un goût de graisse et de beurre. Le garçon lui apporta ensuite une tasse de lait. Il s'en dégageait un arôme puissant et Kolya se rappela vaguement que les Mongols faisaient fermenter du lait de jument. Il en but aussi peu que possible.

Après le repas, les cosmonautes furent autorisés à sortir pour se soulager, séparément et tout le temps sous étroite surveillance.

Kolya en profita pour examiner les alentours. De gros nuages couraient dans un ciel livide, projetant des ombres semblables à des lacs. Mais la plaine déserte, immensité de poussière jaune parsemée de plaques de verdure s'étendant à perte de vue, plate et monotone, semblait encore plus vaste que le ciel. C'était le plateau de Mongolie – comme il avait pu le voir pendant leur descente. Ne s'élevant en aucun point à moins de mille mètres au-dessus du niveau de la mer, il était séparé du reste de l'Asie par de grandes barrières naturelles : chaînes de montagnes à l'ouest, désert de Gobi au sud, forêts de Sibérie au nord. Vu d'orbite, c'était un vaste espace vide, une plaine légèrement ondulée sillonnée çà et là de rivières… À peine un pays, tout juste une esquisse préliminaire de paysage. Et c'était maintenant là que Kolya se trouvait, coincé au milieu de nulle part.

Dans ce vaste néant était blotti le campement. Les yourtes circulaires, couleur de boue, battues parles intempéries, ressemblaient davantage à des rocs sculptés par le vent qu'à des habitats humains. Le module d'atterrissage cabossé du Soyouz n'y paraissait, en un sens, pas particulièrement déplacé. Les enfants couraient en riant, les voisins s'interpellaient d'une yourte à l'autre. Kolya voyait des animaux, moutons, chèvres et chevaux, se déplacer en troupeaux que ne contenait aucun enclos ; leurs bêlements et leurs meuglements portaient au loin dans l'air immobile. Il avait beau avoir été déplacé de huit siècles dans le temps, et même s'il aurait difficilement pu y avoir un plus grand contraste entre ses origines et celles de ces gens – l'homme de l'espace et les nomades, les humains les plus avancés technologiquement à côté des plus primitifs –, la grammaire de base du discours humain restait inchangée et il avait abordé un îlot de chaleur humaine au milieu de l'immensité silencieuse et déserte de la plaine. C'en était presque rassurant, même pour un Russe tombé aux mains des Mongols.

Cette nuit-là, Zabel et Kolya se blottirent ensemble sous une couverture puante qui semblait, à l'odeur, tissée en crin de cheval. Les ronflements des Mongols les entouraient de toutes parts, mais chaque fois que Kolya regardait, il y en avait toujours un qui avait l'air éveillé, le regard luisant à la pâle lueur du feu. Il pensait n'avoir pas fermé l'œil de la nuit. La tête sur son épaule, Zabel avait en revanche dormi des heures d'affilée ; il était stupéfait de son courage.

Dans la nuit, le vent se leva et la yourte se mit à grincer et à tanguer sur la steppe comme un navire à la dérive. Définitivement réveillé, Kolya se demanda ce qu'était devenu Casey.

19

LE DELTA

S on déjeuner terminé, le chancelier Eumène renvoya ses pages. Il endossa son manteau pourpre et, poussant la lourde portière de cuir, sortit de sa tente.

Les nuages s'étaient dissipés, révélant un ciel bleu délavé, pâle comme une peinture défraîchie, et le soleil matinal était chaud. Au moins, pour une fois la pluie avait cessé. Mais quand il regarda vers l'ouest, Eumène vit des nuées d'orages qui s'amoncelaient au-dessus de la mer et il sut qu'une nouvelle tempête se préparait. Même les autochtones qui s'agglutinaient autour du camp pour vendre des amulettes et des bibelots, quand ce n'était pas le corps de leurs enfants, disaient n'avoir jamais vu un tel temps.

Il se dirigea vers la tente d'Héphestion. Sa progression était difficile. À force d'être piétiné par les hommes et par les animaux, le sol n'était plus qu'une boue jaune et molle qui collait à ses bottes.

Autour de lui, la fumée d'un millier de feux s'élevait vers les cieux livides. Les hommes sortaient de leurs tentes, peinant sous le poids de leur équipement et de leurs vêtements alourdis par la boue. Certains étaient en train de raser leur barbe de plusieurs jours : une des premières initiatives du roi, quand il avait pris la tête de l'armée après l'assassinat de son père, avait été d'ordonner que les hommes soient rasés de près, prétendument pour que les ennemis trouvent moins facilement une prise en combat rapproché. Les Macédoniens râlaient, comme d'habitude, contre cette lubie grecque, tout comme ils maugréaient contre cette région barbare et arriérée où on les avait menés.

Les soldats ont toujours aimé rouspéter. Mais quand la flotte était arrivée dans le delta après avoir descendu l'Indus, Eumène lui-même avait été effaré par la chaleur, par la puanteur et par les nuages d'insectes qui volaient au-dessus des marécages. Mais il se faisait gloire de son esprit discipliné ; un sage vaque à ses affaires quelles que soient les conditions climatiques. *La pluie tombe même sur les dieux-rois.*

La tente d'Héphestion était somptueuse, bien plus luxueuse que celle d'Eumène, signe de la faveur dans laquelle le roi tenait son plus proche compagnon. Les appartements d'Héphestion étaient entourés par une série de vestibules et d'antichambres gardés par un détachement de porte-boucliers, l'élite de l'infanterie, réputés être les meilleurs fantassins du monde.

Devant la tente, un garde interpella Eumène. C'était un Macédonien, bien sûr. Il l'avait certainement reconnu, et pourtant il lui barrait la route, brandissant son épée. Eumène ne se laissa pas impressionner pour autant : il ne détourna pas les yeux et le soldat finit par s'écarter.

L'hostilité d'un guerrier macédonien envers un administrateur grec était aussi inévitable que la pluie – même si elle était fondée sur l'ignorance, car comment ces semi-barbares croyaient-ils que la grande machinerie de l'armée les maintenait en vie et approvisionnés, organisés et dirigés, sinon grâce au travail minutieux des intendants d'Eumène ? Ce dernier pénétra dans la tente sans un regard en arrière.

Le plus grand désordre régnait dans le vestibule. Pages et chambellans redressaient les tables, ramassaient les fragments de vaisselle brisée et les lambeaux de vêtements déchirés, épongeaient les flaques de vin et ce qui semblait être du vomi mêlé de sang. Manifestement, la nuit dernière, Héphestion avait une fois de plus diverti ses capitaines et autres « invités ».

Le portier était un petit homme gras et affecté aux cheveux d'un curieux blond roux. Après avoir fait patienter Eumène dans le vestibule le temps indispensable pour bien souligner son statut, il s'inclina et lui fit signe qu'il pouvait entrer dans les appartements privés de son maître.

Celui-ci était étendu sur son lit, vaguement recouvert d'un drap et encore en chemise de nuit. Il était le centre d'une activité fébrile : des chambellans préparaient ses vêtements et apportaient à manger, une file de pages amenaient des cruches d'eau. Héphestion lui-même, appuyé sur un coude, picorait avec langueur de la viande disposée sur un plateau.

Quelque chose bougea sous le drap. Un garçon, les yeux embués de sommeil, en émergea et s'assit, l'air désorienté. Héphestion lui sourit. Il porta les doigts à ses lèvres, puis à celles du garçon et lui donna une tape sur l'épaule.

—Va, maintenant.

Le garçon sortit du lit, nu. Un chambellan l'enveloppa dans un manteau et le conduisit hors de la chambre.

Eumène, qui attendait près de l'entrée, essaya de ne pas laisser voir le mépris que tout cela lui inspirait. Il vivait et travaillait avec ces Macédoniens depuis assez longtemps pour les comprendre. Leurs rois en avaient fait une force capable de conquérir le monde, mais ce n'étaient que des tribus montagnardes qui n'avaient pas oublié leurs traditions ancestrales depuis plus de deux ou trois générations. Eumène s'efforçait même de se joindre à leurs festivités quand il jugeait de bonne politique de le faire. Mais quand même, certains de ces pages étaient des fils de la noblesse macédonienne, envoyés servir les officiers du roi pour parfaire leur éducation. Eumène n'osait imaginer ce que pouvaient penser d'aussi jeunes gens contraints de passer leurs matinées à nettoyer les puantes déjections de quelque guerrier barbare ivre mort – ou leurs nuits à satisfaire d'autre manière les besoins de celui-ci.

Enfin, Héphestion salua Eumène :

— Tu es en avance, aujourd'hui, chancelier.

— Je ne crois pas… à moins que le soleil se soit remis à sauter dans le ciel.

— Alors, c'est moi qui dois être en retard. Ah !

Il agita une brochette de viande en direction d'Eumène.

— Tu devrais goûter ça. Je n'aurais jamais pensé qu'un chameau mort puisse être aussi succulent.

— Si les Indiens épicent autant leur nourriture, dit Eumène, c'est parce qu'ils mangent de la viande avariée. Je préfère m'en tenir aux fruits et au mouton.

— Tu es ennuyeux à mourir, Eumène, dit Héphestion d'un air crispé.

Le chancelier ravala son irritation. Malgré sa rivalité sans fin avec Héphestion, il pensait comprendre son humeur.

— Et toi, le roi te manque. Je suppose qu'on n'a toujours pas eu de ses nouvelles.

— La moitié de nos éclaireurs ne sont même pas revenus.

— Cela te réconforte-t-il de te perdre entre les cuisses d'un page ?

— Tu me connais trop bien, chancelier.

Héphestion laissa retomber sa brochette sur le plateau.

— Tu as peut-être raison pour ces épices, elles se taillent un passage dans les boyaux comme la cavalerie des Compagnons dans les lignes perses…

Il sortit de son lit, ôta sa chemise de nuit et enfila une tunique propre.

Ce Macédonien était une contradiction vivante. Il était plus grand que la plupart, avec des traits réguliers, malgré un nez un peu long, et avait des yeux d'un bleu intense et des cheveux noirs coupés court. Il savait se maîtriser. Mais il ne faisait pas de doute que c'était un guerrier, ainsi qu'en attestaient ses nombreuses cicatrices.

Nul n'ignorait qu'Héphestion était depuis l'enfance le plus proche compagnon d'Alexandre et son amant depuis l'adolescence. Même si le roi avait depuis pris des épouses, des maîtresses et d'autres amants, le dernier en date étant le cauteleux eunuque perse Bagoas, il avait une fois confié à Eumène, dans un moment d'ivresse, qu'il avait toujours considéré Héphestion comme son seul vrai compagnon et le grand amour de sa vie. Alexandre, qui n'était pas un imbécile même quand il s'agissait de ses amis, l'avait nommé à la tête de cette armée et, avant ça, en avait fait son chiliarque – c'est-à-dire son vizir, à la mode persane. Et pour celui-ci, il n'y avait personne d'autre que le roi : ses pages et autres concubins ne servaient guère qu'à le réchauffer quand son royal amant n'était pas là.

Tout en s'habillant, Héphestion demanda :

— Cela te réjouit-il de me voir souffrir de l'absence du roi ?

— Non, moi aussi je tremble pour lui, Héphestion. Et pas simplement parce qu'il est mon roi – ni à cause du bouleversement que sa mort causerait dans notre vie à tous – mais pour lui. Tu peux le croire ou non, ça n'en est pas moins vrai.

Héphestion le toisa. Il alla à sa table de toilette, prit un gant et s'humecta le visage.

— Je n'en doute pas, Eumène. Après tout, nous avons vécu ensemble beaucoup de choses depuis que nous suivons Alexandre dans sa grande aventure.

— Jusqu'aux confins de la Terre, dit doucement Eumène.

— Jusqu'aux confins de la Terre… oui. Et maintenant, qui sait, peut-être même au-delà… Donne-moi encore un moment. Je t'en prie, prends place, sers-toi de l'eau, du vin, des fruits…

Eumène s'assit et prit quelques figues sèches. Le voyage avait été long, en vérité. Et combien étrange, à quel point… décevant… si tout devait finir ici, dans ce lieu désolé, si loin de chez lui.

Encouragés par la pointe des lances que des guerriers de l'âge du fer leur poussaient dans le dos, Bisesa, Cecil De Morgan, le caporal Batson et leurs trois cipayes gravirent une dernière crête. Le delta de l'Indus leur apparut, vaste plaine sillonnée par la surface miroitante du large fleuve paresseux. Vers l'ouest, Bisesa aperçut à l'horizon, sur la mer, la silhouette de navires rendus indistincts par l'atmosphère lourde et embrumée.

Ils ressemblaient à des trirèmes, constata-t-elle, étonnée.

Devant eux, une armée avait établi son camp. La fumée d'innombrables feux montait en spirale dans l'air matinal au milieu des tentes dressées sur les berges. Certaines étaient gigantesques et s'ouvraient par-devant à la façon d'échoppes. C'était un fourmillement général. Il n'y avait pas que des soldats : des femmes marchaient lentement, pour beaucoup lourdement chargées, des enfants couraient dans la boue, et des chiens, des poules et même des cochons trottinaient dans les allées détrempées. Plus loin, des chevaux, des chameaux et des mulets étaient enfermés dans de grands enclos et des troupeaux de chèvres et de moutons s'égaillaient sur le terrain marécageux. Chaque chose, chaque être était couvert de boue, du plus hautain chameau au plus petit enfant.

De Morgan, malgré la fatigue et la saleté, paraissait euphorique. Grâce à son « semblant d'éducation », il en savait beaucoup plus qu'elle sur ce qui se passait là. Il montra du doigt les tentes ouvertes :

— Vous voyez ça ? Les soldats étaient censés acheter leurs provisions, il y avait donc des marchands – en grande partie des Phéniciens, si j'ai bonne mémoire – qui suivaient les troupes. Il y avait toutes sortes de commerces, des théâtres ambulants – des tribunaux, même, pour rendre la justice… Songez que cette armée était en campagne depuis des années. Beaucoup d'hommes avaient acquis des maîtresses, des épouses et même des enfants en chemin. C'est véritablement une ville en marche…

Bisesa se sentit poussée dans le dos par la longue lance à pointe de fer d'un Macédonien : sa « sarisse », comme De Morgan l'avait appelée. Il était temps de repartir. Ils redescendirent la crête en direction du camp.

Elle essayait de surmonter sa fatigue. À la demande du capitaine Grove, elle était partie avec ce petit groupe d'éclaireurs pour essayer d'entrer en contact avec l'armée macédonienne. Après plusieurs jours de marche dans la vallée de l'Indus, ils s'étaient rendus à l'aube à une patrouille macédonienne, dans l'espoir que celle-ci les conduirait devant ses supérieurs. Depuis, ils avaient couvert une dizaine de kilomètres à marche forcée.

Ils se retrouvèrent bientôt au milieu des tentes, pataugeant dans la boue et les excréments ; la puanteur animale était suffocante. On aurait plus dit une cour de ferme qu'un camp militaire.

Ils furent vite entourés de gens qui regardaient d'un œil rond la combinaison de vol de Bisesa, le costume de De Morgan et les vestes de serge rouge vif des soldats britanniques. La plupart étaient petits, plus même que les cipayes du XIXe siècle, mais les hommes étaient râblés, larges d'épaules, puissamment bâtis. Leurs tuniques avaient été retaillées et raccommodées, et même leurs tentes de cuir montraient des signes d'usure et de réparations... mais leurs boucliers étincelaient, dorés, et leurs chevaux avaient des mors d'argent dans la bouche. C'était un curieux mélange d'opulence et de dénuement. Bisesa voyait bien que cette armée était depuis longtemps loin de chez elle, mais qu'elle avait été victorieuse, accumulant les richesses au-delà des rêves de ses soldats.

De Morgan avait l'air plus intéressé par les réactions de Bisesa que par les Macédoniens eux-mêmes.

— À quoi pensez-vous ?

— Je me dis que je suis vraiment là, répondit-elle lentement. Que j'assiste vraiment à ça... Que vingt-trois siècles ont été en quelque sorte rayés d'un trait de plume. Et je pense à tous ceux qui, chez moi, auraient aimé être ici, voir ça.

— Oui. Mais *nous*, au moins, nous sommes ici, c'est déjà ça.

Bisesa trébucha et en fut récompensée par une nouvelle poussée de sarisse. Elle dit doucement :

— Vous savez, j'ai un pistolet dans ma ceinture.

Les Macédoniens, comme il fallait s'y attendre, n'avaient pas reconnu comme des armes leurs pistolets, qu'ils leur avaient permis de garder, tout en confisquant couteaux et baïonnettes.

— Et je suis très tentée d'ôter le cran de sûreté et d'obliger mon ange gardien à s'enfoncer cette pointe de lance dans son cul de l'âge du fer.

— Je vous le déconseille, dit calmement De Morgan.

Quand Héphestion fut prêt à affronter une nouvelle journée, Eumène fit apporter par son chambellan les registres matricules et les rapports disciplinaires. Ces papyrus furent étalés sur une table basse. Comme presque tous les matins, Eumène et Héphestion se mirent au travail pour régler les détails administratifs sans fin d'une armée de dizaines de milliers d'hommes – les effectifs des différentes unités, la distribution de la paie, les renforts, les armes, les armures, l'habillement, les animaux de bât – travail nécessaire même quand cette armée était immobilisée depuis de si longues semaines. En fait, leur tâche était rendue encore plus compliquée que d'habitude par les demandes de la flotte ancrée à l'embouchure du fleuve.

Comme toujours, le rapport du secrétaire à la cavalerie était particulièrement préoccupant. Les chevaux mouraient en grand nombre et, dans tout l'empire, il était du devoir des gouverneurs provinciaux de fournir des montures de remplacement à répartir entre les divers haras dont le rôle était de les envoyer ensuite sur le terrain. Mais, avec l'interruption des communications, il n'y avait pas eu de réapprovisionnement depuis un certain temps et le secrétaire à la cavalerie, qui commençait à s'inquiéter, recommandait des réquisitions auprès des populations locales…

— S'il est possible de trouver un cheval valide en dehors de leurs marmites, dit Héphestion en riant jaune.

Héphestion était le chef de cette armée. Mais Eumène, en tant que chancelier royal, avait sa propre hiérarchie, parallèle à la structure de commandement. Il avait des intendants attachés à chacune des principales unités – l'infanterie, la cavalerie, le corps des mercenaires, etc. –, assistés chacun par des inspecteurs chargés du plus gros du travail de recueil des informations. Eumène s'enorgueillissait de la précision et de l'exactitude de ses renseignements : un véritable exploit au service des Macédoniens, qui étaient pour la plupart illettrés, même les nobles.

Mais Eumène était parfaitement équipé pour cette tâche. Plus âgé que la plupart des proches compagnons du roi, avant celui-ci il avait servi son père, Philippe.

Lequel s'était emparé du trône de Macédoine trois ans avant la naissance de son héritier. À l'époque, le royaume était une coalition lâche de principautés rivales, sous la menace des tribus barbares au nord et des retorses cités-États grecques au sud. Sous le règne de Philippe, les tribus du nord avaient vite été soumises. La confrontation avec les Grecs était inévitable – et quand elle était arrivée, l'innovation militaire décisive du roi de Macédoine, une division de cavaliers parfaitement entraînés, extrêmement mobiles, appelés « Compagnons », avait débandé l'infanterie lente à la manœuvre des hoplites grecs.

Eumène, lui-même Grec de la cité de Cardia, savait que le ressentiment des Grecs envers leurs conquérants n'était pas près de s'apaiser. Mais, en un temps où la civilisation était réduite à quelques îlots cernés par des hordes de barbares, les plus politiquement conscients des Grecs savaient qu'une Macédoine forte les protégeait des pires dangers. Ils louaient la grande ambition de Philippe d'envahir l'immense Empire perse, prétendument pour venger d'anciennes atrocités contre des cités grecques. Et le fait qu'il avait confié l'éducation de son fils à des précepteurs grecs, dont le célèbre Aristote, élève de Platon, n'avait pu que les prédisposer favorablement à son égard.

C'était au moment où Philippe se préparait à sa grande aventure perse qu'il avait été assassiné.

Le nouveau roi n'avait que vingt ans, mais il n'avait montré aucune hésitation à reprendre les choses là où son père les avait laissées. Une série de rapides campagnes avait consolidé sa position en Macédoine comme en Grèce. Puis il avait retourné son attention vers la proie que convoitait Philippe au moment de sa mort. L'Empire perse s'étendait de l'Égypte à la Turquie et au Pakistan et son Grand Roi était capable d'aligner sur le terrain des forces pouvant s'élever à *un million d'hommes*. Mais après six ans d'une brève, brutale et brillante campagne, un roi de Macédoine était monté sur le trône de Persépolis.

Son intention n'était pas simplement de conquérir, mais de gouverner. Il avait répandu la culture grecque dans toute l'Asie, fondé ou redessiné des villes sur le modèle grec dans tout son empire. Et, avec moins de succès, il avait essayé de souder les peuplades disparates désormais réunies sous son autorité. Il avait adopté la façon de se vêtir et les coutumes des Perses et choqué ses hommes en embrassant sous leurs yeux l'eunuque Bagoas sur la bouche.

La carrière d'Eumène avait progressé parallèlement à celle du roi. Son efficacité, son intelligence et sa subtilité politique lui avaient valu la confiance absolue de ce dernier… et ses responsabilités avaient crû en même temps que se développait l'empire, jusqu'à ce qu'Eumène ait l'impression de porter le monde entier sur ses épaules.

Mais un simple empire ne pouvait suffire à un tel roi. La Perse conquise, il avait lancé son armée bien aguerrie, forte de cinquante mille hommes, vers les riches et mystérieuses contrées de l'Inde. Les Macédoniens s'étaient ainsi enfoncés toujours plus à l'est dans des territoires inexplorés, se dirigeant vers une côte qu'ils croyaient être le rivage de l'océan ceignant le monde. C'était un pays étrange : il y avait des crocodiles dans les fleuves, les forêts grouillaient de serpents gigantesques et ils avaient appris l'existence d'empires dont personne n'avait jamais entendu parler. Mais le roi n'avait pas voulu s'arrêter.

Pourquoi continuait-il ? Certains affirmaient que c'était un dieu qui avait pris apparence humaine et que les ambitions des dieux transcendaient celles des hommes. D'autres disaient qu'il cherchait à rivaliser avec les exploits du grand Achille. C'était aussi une question de curiosité : en bon élève d'Aristote, il avait éprouvé en grandissant un profond désir de connaître le monde. Mais Eumène soupçonnait que la vérité était plus simple. Le roi était ce qu'en avait fait son illustre père et il n'était pas étonnant qu'Alexandre ait désiré surpasser les ambitions de ce dernier, se révélant ainsi encore plus grand que lui.

Finalement, sur les berges de l'Hyphase, les troupes épuisées par des années de campagnes s'étaient révoltées et, tout dieu-roi qu'il fût, il n'avait pu aller plus loin. Eumène estimait que la réaction viscérale des soldats était sage. Trop, c'était trop : mieux valait s'en tenir à ce qu'ils avaient déjà conquis.

De plus, dans les tréfonds de son esprit subtil, Eumène avait calculé ce qui était le plus avantageux pour lui. Il avait toujours été en butte à des rivalités de cour : le mépris des Macédoniens pour les Grecs, le dédain des guerriers pour les simples «scribes» et sa compétence même avaient suffi à lui valoir de nombreux ennemis. Héphestion, en particulier, était notoirement jaloux de quiconque avait la confiance de son royal amant. Les tensions entre les compagnons du roi pouvaient souvent être mortelles. Mais Eumène avait survécu... et il n'était pas lui-même dépourvu d'ambition. Quand la phase de conquête aurait laissé place à la consolidation politique et économique, ses talents pourraient trouver à mieux s'employer et il était décidé à tout faire pour s'élever au-dessus du rang de chancelier.

Malgré le revers de l'Hyphase, le roi avait gardé de grandes ambitions. Toujours profondément enfoncé au cœur de l'Inde, il avait fait construire une flotte immense pour descendre l'Indus, puis suivre la côte du golfe Persique dans l'intention d'établir une nouvelle route commerciale susceptible de renforcer l'unité de son empire. Il avait scindé ses forces : Héphestion devait conduire la flotte jusqu'à l'embouchure du fleuve, suivi par le train des équipages et les précieux éléphants du roi ; Eumène et son équipe l'avaient accompagné. Le roi lui-même était resté en arrière pour mater la révolte de certaines tribus de sa nouvelle province.

Tout s'était bien passé jusqu'à ce que le roi s'en prenne à la peuplade des Malliens et à leur cité fortifiée de Multan. Avec son audace habituelle, il avait mené l'attaque en personne... mais il avait été atteint d'une flèche à la poitrine. La dernière dépêche reçue par Héphestion annonçait que le roi blessé avait embarqué sur un navire qui devait descendre le fleuve pour rejoindre le reste de la flotte et que son armée suivrait plus tard.

Mais c'était il y avait des jours de cela. C'était à croire que l'armée qui avait conquis le monde avait disparu corps et biens en amont. Et il était apparu au firmament quantité de présages d'une étrangeté inouïe ; certains prétendaient avoir vu le soleil lui-même faire un bond dans le ciel. Des signes aussi extraordinaires ne pouvaient qu'annoncer un immense et terrible événement… Et de quoi pouvait-il s'agir, sinon de la mort du dieu-roi ? Eumène se fiait davantage aux faits purs et durs qu'à n'importe quel augure, mais il lui était difficile d'interpréter cette information, ou plutôt l'absence d'informations, et il sentait croître son appréhension.

La fastidieuse routine de gestion de l'armée détournait néanmoins son esprit de l'incertitude de la situation. Avec Héphestion, il devait se pencher sur les questions litigieuses ne pouvant être résolues aux niveaux inférieurs de la hiérarchie. Il leur fallait aujourd'hui régler le cas du capitaine d'une compagnie d'infanterie qui, après avoir surpris sa prostituée favorite dans le lit d'un de ses collègues officiers, avait coupé avec sa dague le nez de ce dernier.

— C'est une vilaine histoire qui risque de donner un mauvais exemple, dit Eumène.

— C'est même pire que ça. C'est un comportement indigne.

C'était vrai ; un tel supplice avait été infligé pour l'exemple, par ordre du roi, à un des assassins de Darius, le Grand Roi de Perse vaincu.

— Et je connais ces hommes, poursuivit Héphestion. La rumeur court qu'ils étaient aussi amants ! Cette fille s'est insinuée entre eux, sans doute dans l'espoir de les dresser l'un contre l'autre pour en tirer profit.

Il se gratta le nez.

— Qui est cette fille, à propos ?

C'était une bonne question. Il n'était pas impossible à des membres vindicatifs de peuples vaincus de se frayer un chemin dans la chaîne de commandement macédonienne pour lui infliger autant de dommages que possible. Eumène se plongea dans ses rouleaux.

Mais avant qu'il ait pu trouver la réponse, le portier d'Héphestion entra, l'air préoccupé.

— Seigneur! Il faut que tu viennes… La chose la plus étrange, les gens les plus bizarres…

— A-t-on des nouvelles du roi?

— Je ne sais pas, seigneur. Oh, viens, viens!

Eumène et Héphestion échangèrent un coup d'œil. Puis ils se levèrent, renversant dans leur hâte la table et ses rouleaux, et sortirent. Héphestion ramassa son épée au passage.

Bisesa et De Morgan furent conduits vers un groupe de tentes plus luxueuses, mais non moins éclaboussées de boue que les autres. Postés devant en sentinelle, des gardes à l'air rébarbatif armés de lances et de courtes épées les dévisagèrent. L'escorte de Bisesa s'avança et se mit à baragouiner à toute vitesse. Une des sentinelles hocha sèchement la tête, entra dans la première tente et parla à quelqu'un à l'intérieur.

De Morgan était tendu, nerveux, excité… état dans lequel il entrait quand il flairait une bonne affaire. Bisesa, elle, s'efforçait de garder son calme.

D'autres soldats, vêtus d'uniformes légèrement différents, surgirent de la tente. Ils entourèrent Bisesa et ses compagnons, pointant des épées sur leur ventre. Puis sortirent deux personnages, manifestement de plus haut rang; ils portaient des tuniques et des manteaux d'allure militaire, mais leurs vêtements étaient propres. L'un d'eux, le plus jeune, s'ouvrit un chemin parmi les gardes. Il avait un large visage, un long nez, des cheveux noirs coupés court. Il les toisa de haut en bas et les dévisagea. Comme ses soldats, il était plus petit que Bisesa et les compagnons de cette dernière. Il avait l'air tendu, émacié, malheureux, mais son langage corporel était si étranger qu'il était difficile de se faire une opinion.

Il se planta devant De Morgan et lui hurla au visage. De Morgan frémit, recula devant l'averse de postillons et bredouilla une réponse.

— Qu'est-ce qu'il veut ? murmura Bisesa.

De Morgan se concentra, plissant le front.

— Savoir qui nous sommes… je crois. Il a un accent à couper au couteau. Il s'appelle Héphestion. Je lui ai demandé de parler moins vite. Je lui ai dit que mon grec n'était pas très bon – et c'est la vérité : ce qu'on m'a appris à ânonner à l'école de Winchester ne ressemblait pas beaucoup à *ça*.

L'autre dignitaire s'avança alors. Il était de toute évidence plus âgé, chauve en dehors d'une couronne de cheveux argentés, et son visage était plus doux et étroit. Il avait aussi l'air plus psychologue, jugea Bisesa. Il posa la main sur l'épaule d'Héphestion et s'adressa d'un ton mesuré à De Morgan, dont le visage s'éclaira.

— Oh, Dieu merci… un vrai Grec ! Sa langue est archaïque, mais au moins il la parle correctement, pas comme ces Macédoniens…

Et donc, par le double truchement de De Morgan et de l'aîné des deux hommes, qui s'appelait Eumène, Bisesa fut en mesure de se faire comprendre. Elle donna leurs noms et montra la vallée de l'Indus :

— Nous appartenons à un détachement armé, dit-elle. Plus haut dans la vallée…

— Si c'est la vérité, nous vous aurions rencontrés avant, répliqua Eumène.

Elle ne sut que répondre. Rien dans sa vie ne l'avait préparée à un tel incident. *Tout était bizarre*, tout ce qui concernait ces gens surgis de la nuit des temps. Ils étaient petits, crasseux, vigoureux, fortement musclés… ils semblaient plus proches de l'animal que de l'homme. Elle se demandait comment ils la voyaient, *elle*.

Eumène s'avança. Il tourna autour de Bisesa, tâtant le tissu des vêtements de celle-ci. Ses doigts s'attardèrent sur la crosse du pistolet et elle se crispa ; mais, par chance, il n'insista pas.

— Rien en vous n'est familier.

— Mais tout est différent, maintenant, dit-elle en montrant le ciel. Vous devez vous en être aperçus. Le soleil, le temps. Rien n'est plus comme avant. Nous avons été emportés contre notre volonté, sans rien y comprendre. Tout comme vous. Mais nous avons été transplantés au même endroit. Nous pouvons peut-être… nous entraider.

Eumène sourit.

— Depuis six ans, je voyage dans l'anomalie avec l'armée d'un dieu-roi, et tout ce que nous avons rencontré, nous l'avons soumis. Quelle que soit la puissance étrange qui a perturbé la marche du monde, je doute qu'elle recèle vraiment un danger pour *nous*…

À cet instant, des cris s'élevèrent, se propageant à travers tout le camp. Les gens s'élançaient par milliers vers le fleuve, à la façon d'une rafale de vent soufflant sur une prairie. Un messager arriva au pas de course et dit quelque chose à toute vitesse à Eumène et Héphestion.

— Qu'est-ce que c'est ? demanda Bisesa à De Morgan.

— Il arrive, dit le mandataire. Il arrive enfin.

— Qui ?

— Le roi…

Une petite flottille descendait la rivière. La plupart des embarcations étaient des barges à fond plat ou de superbes trirèmes aux voiles pourpres que gonflait le vent. Mais le navire de tête était plus petit et sans voile, propulsé par quinze paires de rameurs. À l'arrière avait été dressée une tente pourpre et argent. À l'approche du camp, les rideaux de la tente s'écartèrent, révélant un homme, entouré de sa suite, étendu sur une litière dorée.

Un murmure parcourut la foule assemblée. Bisesa et De Morgan, oubliés de tous sauf de leurs gardiens, se précipitèrent comme tout le monde vers la berge.

— Qu'est-ce qu'ils disent, maintenant ? demanda Bisesa.

— Que c'est une illusion, répondit De Morgan. Que le roi est mort et que c'est juste son cadavre qu'on ramène pour l'inhumer.

Le navire aborda la rive. Sur l'ordre d'Héphestion, un groupe de soldats s'élança avec une sorte de brancard, mais à la surprise générale, l'homme étendu sur la litière bougea. Il renvoya d'un geste les brancardiers, puis, lentement, laborieusement, il se leva, aidé par des serviteurs en robe blanche. Sur les berges, la foule suivait, presque silencieuse, ses efforts. Il portait une tunique à longues manches, un manteau de pourpre et une lourde cuirasse. Son manteau était brodé de fils d'or et sa tunique richement ornée de différents motifs et de symboles solaires.

Petit et râblé, comme la plupart des Macédoniens, il était rasé de près et ses cheveux coiffés en arrière séparés par une raie médiane lui tombaient sur les épaules. Son visage aux traits fins, quoique burinés par les éléments, était ouvert et résolu, son regard calme et perçant. Et, quand il fit face à la foule rassemblée sur la berge, il tenait bizarrement la tête, légèrement penchée sur le côté, les yeux tournés vers le haut, et sa bouche était ouverte.

— On dirait une rock star, murmura Bisesa. Et il a le port de tête de la princesse Diana. Pas étonnant qu'ils l'aiment…

Une nouvelle rumeur commença à courir dans la foule.

— *C'est lui*, chuchota De Morgan. Voilà ce qu'ils disent.

Bisesa lui jeta un coup d'œil et fut étonnée de voir des larmes dans ses yeux.

— *C'est lui !* C'est Alexandre en personne ! Mon Dieu, mon Dieu.

Les acclamations commencèrent, se répandant comme un feu dans les herbes sèches, tandis que les hommes brandissaient le poing, leur lance ou leur épée. Certains jetaient des fleurs et une douce pluie de pétales descendait sur le navire.

20

LA VILLE DE TENTES

À l'aube, deux jours après son départ, le messager revint. Les cosmonautes allaient bientôt savoir quel sort les attendait.

Il fallut secouer Zabel pour la réveiller. Kolya était déjà debout, les yeux rougis par le manque de sommeil. Dans la pénombre enfumée de la yourte, où les enfants ronflaient doucement dans leur lit, il fut servi aux cosmonautes en guise de petit déjeuner un peu de pain sans levain et un bol d'une infusion brûlante. C'était fortement parfumé, sans doute à base d'herbes et de plantes de la steppe, et étonnamment revigorant.

Tous deux se sentaient ankylosés. Ils se remettaient rapidement de leur séjour en orbite, mais Kolya rêvait d'une douche chaude, ou de pouvoir simplement se débarbouiller.

On les fit sortir de la yourte et on leur laissa un moment pour se soulager. Le ciel s'éclaircissait et l'habituelle chape de nuages et de cendres semblait ce jour-là relativement mince. Quelques nomades présentaient leurs respects à l'aube avec force génuflexions vers l'est et vers le sud. C'était une de leurs très rares démonstrations de sentiment religieux : les Mongols étaient des chamanistes, évitant les cérémonies

211

publiques au profit d'oracles, d'exorcismes et d'incantations magiques dans l'intimité de leur yourte.

Les cosmonautes furent conduits devant un petit groupe d'hommes, qui avaient sellé une demi-douzaine de chevaux et en avaient attelé deux autres à un petit chariot à roues de bois. Ces animaux râblés paraissaient aussi indisciplinés que leurs maîtres ; ils regardaient nerveusement autour d'eux, comme impatients d'en finir avec cette corvée.

— Enfin nous quittons ce trou, grommela Zabel avec ferveur. Civilisation, nous voilà !

— Il y a un dicton qui dit : « En croyant se sortir d'un mauvais pas... »

— Rien à foutre de tes dictons russes.

Les cosmonautes furent poussés vers le chariot. Ils durent y monter avec les mains toujours attachées. Tandis qu'ils s'asseyaient directement sur le plateau, un Mongol puissamment bâti, même pour un membre de cette peuplade, s'approcha et se mit à les haranguer. Son visage parcheminé était plissé comme un plan-relief.

— Qu'est-ce qu'il raconte ? demanda Zabel.

— Aucune idée. Mais nous l'avons déjà vu, rappelle-toi. Je pense que c'est leur chef. Et qu'il s'appelle Scacataï.

Celui-ci était venu les inspecter durant leurs premières heures de captivité.

— Ce petit trou-du-cul s'imagine qu'il va tirer profit de nous. Quels sont ces mots que tu as utilisés ?

— *Darughachi. Tengri.*

Zabel foudroya Scacataï du regard :

— Pigé ? *Tengri. Tengri.* Nous sommes les envoyés de Dieu. Et je ne vais pas me laisser conduire à votre lupanar avec les bras attachés dans le dos. Détache-nous les mains ou je te balance un éclair pour griller tes minables petites fesses.

212

Scacataï, bien entendu, n'avait rien compris d'autre que les fragments de mongol, mais le ton de Zabel était éloquent. Après un autre échange mutuellement incompréhensible, il fit signe à un de ses fils, qui vint couper leurs liens.

— Beau travail, dit Kolya en se frottant les poignets.

— C'était du gâteau. Ensuite, enchaîna-t-elle en montrant le Soyouz et la soie de parachute pliée contre une des yourtes, je veux ce qui m'appartient. Fais porter ce parachute dans le chariot. Et tout ce que vous avez volé dans le Soyouz…

Une longue pantomime lui fut nécessaire pour se faire comprendre, mais à la fin, avec beaucoup de mauvaise grâce, Scacataï ordonna à ses guerriers d'apporter le parachute et divers objets ressortis des yourtes. Le chariot croula bientôt sous un entassement incongru : parachute, scaphandres spatiaux et autres pièces d'équipement. Kolya vérifia que les trousses médicales d'urgence et les fusées de détresse étaient là… ainsi que les composants du poste de radioamateur, leur seul lien possible avec le monde extérieur, Casey et les autres en Inde.

Zabel farfouilla dans le tas et en ressortit un canot de sauvetage. Elle le tendit cérémonieusement à Scacataï.

— Tiens, dit-elle. Un présent du Ciel. Après notre départ, tire cette languette, *comme ça*. Pigé ?

Elle mima plusieurs fois le geste, jusqu'à ce qu'il soit bien clair que le Mongol avait compris. Puis elle s'inclina, imitée par Kolya, et ils montèrent dans le chariot.

Les cavaliers se mirent en route, l'un d'entre eux menant l'attelage à l'aide d'une corde, et le chariot s'ébranla.

— Et merci pour le mouton, vieux, lança Zabel.

Kolya l'examina. Pas à pas, partie d'une position de totale faiblesse et de vulnérabilité, elle avait pris le contrôle de la situation. Depuis leur atterrissage, elle semblait avoir surmonté sa peur par la seule force de sa volonté… mais l'intensité de sa détermination le mettait un peu mal à l'aise.

— Tu as du cran, Zabel.

Elle sourit :

— Une femme ne peut pas se hisser au sommet de la hiérarchie des astronautes sans s'endurcir. En tout cas, ça fait du bien de repartir avec un peu plus de panache qu'à notre arrivée…

Il y eut une forte détonation suivie d'un chœur d'exclamations confuses. Scacataï avait tiré le cordon de gonflage du canot de sauvetage. Les Mongols regardaient bouche bée cet objet orange vif surgi de nulle part dans un bruit de tonnerre. Avant que le village ait disparu dans le lointain, les enfants commençaient déjà à rebondir sur le boudin pneumatique de l'embarcation.

Leur escorte avançait remarquablement vite. Pendant des heures d'affilée, les cavaliers maintenaient leurs chevaux au trot, allure dont Kolya était sûr qu'elle allait rapidement épuiser les animaux, mais ceux-ci étaient manifestement sélectionnés pour leur résistance. Les Mongols mangeaient sans descendre de selle et ils attendaient des cosmonautes qu'ils en fassent autant. Ils ne s'arrêtaient même pas pour se soulager et Zabel et Kolya durent apprendre à s'écarter en vitesse quand le vent rabattait sur eux la giclée d'urine d'un cavalier.

Kolya apercevait de temps en temps au loin le miroitement d'objets qui planaient en silence au-dessus du sol. Il se demandait si c'étaient ces fameux « Œils » que Casey leur avait décrits. Dans ce cas, était-ce un phénomène mondial ? Il aurait aimé avoir l'occasion d'en examiner un, mais leur piste ne s'en rapprochait jamais et les Mongols ne manifestaient aucune curiosité à leur égard.

Avant que le soleil soit au zénith, ils parvinrent à un relais. Ce n'était qu'un petit groupe de yourtes perdues au milieu de l'immensité de la steppe, mais il y avait là plusieurs chevaux à l'attache et Kolya en aperçut au loin tout un troupeau. Quand ils s'en furent rapprochés, les cavaliers sonnèrent une cloche et les gardiens du relais sortirent en courant. Les cavaliers négocièrent rapidement avec eux, échangèrent leurs chevaux et se remirent en route.

— J'aurais apprécié une halte, bougonna Zabel. La suspension de cet engin est un peu trop ferme.

Kolya se tourna vers le relais :

— Je pense que ce doit être le *yam*.

— Le quoi ?

— À l'époque où les Mongols régnaient sur toute l'Eurasie, de la Hongrie à la mer de Chine, ils préservaient l'unité de leur empire grâce à des communications rapides… un réseau de routes et de relais où ils pouvaient changer de chevaux. Les Romains avaient un système similaire. Un messager pouvait couvrir deux ou trois cents kilomètres dans la journée.

— On peut difficilement appeler ça une route. Ces types chevauchent à travers une steppe désertique, comment ont-ils donc fait pour trouver cet endroit ?

— Les Mongols apprennent à monter à cheval avant de savoir marcher, répondit Kolya. Pour traverser ces vastes plaines, il leur faut être des navigateurs hors pair. Ils n'ont sans doute même pas eu besoin de se poser la question.

La nuit venue, les Mongols continuèrent à chevaucher. Ils dormaient en selle, pendant qu'un ou deux d'entre eux guidaient les autres. Les secousses du chariot maintenaient

Zabel éveillée. Mais Kolya, surmené, épuisé par deux nuits sans sommeil, terrassé par l'air riche en oxygène de la steppe, dormit du crépuscule à l'aurore.

Par moments, malgré tout, les cavaliers hésitaient. Il leur fallait franchir de curieuses démarcations rectilignes entre une steppe aride et des étendues d'herbe verdoyante, ou bien des endroits où des fleurs gisaient éparpillées, en train de faner… et d'autres, encore plus étranges, où des couches de neige gisaient à demi fondues dans des flaques d'ombre.

Il était évident aux yeux de Kolya que ces frontières suspicieusement rectilignes étaient des transitions entre deux zones temporelles et que cette steppe était un patchwork de fragments prélevés à diverses époques de l'année… ou même à des ères différentes. Mais tout comme la neige fondait sous l'effet de la chaleur, les fleurs printanières se flétrissaient rapidement et les tapis d'herbe estivale étaient pelés et roussis. Les choses se rétabliraient peut-être, la nature reprenant ses droits après avoir parcouru le cycle des saisons, mais Kolya soupçonnait qu'il faudrait plus d'une année pour atteindre un nouvel équilibre à partir de ces bouts de l'ancien écosystème arrachés au temps.

Les nomades mongols ne pouvaient rien y comprendre, bien sûr. Même les chevaux renâclaient et hennissaient en franchissant ces inquiétantes démarcations.

À un moment, les cavaliers, manifestement déconcertés, firent halte en un lieu qui semblait aussi désert et quelconque que le reste de la steppe. Il aurait peut-être dû se trouver là un relais, supputa Kolya, et les cavaliers ne comprenaient pas pourquoi ils ne l'avaient pas trouvé. Celui-ci était perdu, non dans l'espace, mais dans le temps. Les nomades, manifestement pragmatiques, ne se laissèrent pas démonter.

Après une brève discussion ponctuée de force haussements d'épaules, ils repartirent, mais à une allure moins soutenue ; ils avaient de toute évidence décidé que, s'ils ne pouvaient pas compter sur les relais, il fallait ménager les chevaux.

Dans l'après-midi de la deuxième journée, la physionomie du terrain commença à changer et se fit plus accidentée. Ils chevauchaient maintenant dans des vallées peu profondes, franchissant parfois des torrents à gué, et passaient parmi des bouquets de mélèzes et de pins. C'était un paysage beaucoup plus humain et Kolya se sentit soulagé d'avoir quitté l'oppressante et monotone immensité de la steppe. Même les Mongols avaient l'air plus enjoués. Alors qu'ils traversaient un petit bosquet, un jeune guerrier au visage de brute se pencha pour cueillir une poignée de géraniums sauvages qu'il fixa sur sa selle.

La région était relativement peuplée. Ils rencontraient de nombreux villages de yourtes, pour certains très étendus, au-dessus desquels montaient de fines fumerolles qui s'inclinaient dans le vent. Il y avait même des routes, ou du moins des pistes très fréquentées et creusées d'ornières. Cette partie de l'Empire mongol avait l'air d'avoir franchi la Discontinuité sans grands dommages, même si elle était ponctuée d'incongruités temporelles.

Ils parvinrent à une large rivière paresseuse en travers de laquelle avait été aménagé un bac, simple plate-forme guidée par des cordes tendues d'une rive à l'autre. Il était assez grand pour accueillir et transporter en un seul voyage les cavaliers, les cosmonautes, les chevaux et même le chariot.

Une fois de l'autre côté, ils prirent vers le sud. Kolya vit qu'une deuxième grande rivière serpentait, miroitante, à travers la plaine : ils se dirigeaient vers un puissant confluent. Les nomades savaient manifestement où ils allaient.

Mais, au pied d'une colline, près d'un large méandre, ils rencontrèrent une stèle de pierre gravée d'une inscription. Les nomades ralentirent pour la regarder.

— Ils ne l'ont jamais vue, c'est évident. Mais *moi* si, dit Kolya d'un air sombre.

— Tu es déjà venu ici ?

— Non, mais j'en ai vu des photos. Si je ne m'abuse, c'est le confluent de l'Onon et de la Balj, et si j'ai bonne mémoire ce monument a été érigé dans les années 1960.

— C'est donc tout récent pour nous. Pas étonnant que ces types soient surpris.

— L'inscription est censée être en ancien mongol. Mais personne n'est vraiment sûr qu'il n'y a pas eu d'erreurs.

— Tu crois que notre escorte peut la lire ?

— Probablement pas. La plupart des Mongols étaient illettrés.

— C'est donc une stèle commémorative ? Pour commémorer quoi ?

— Un huit centième anniversaire…

Ils poursuivirent leur chemin et franchirent une dernière crête. Là, étalé devant eux dans une plaine verdoyante, leur apparut un autre village de yourtes… non, pas un village, une *ville*.

Il devait y avoir des milliers de tentes, disposées en un quadrillage régulier sur des hectares de terrain. Certaines n'étaient pas plus imposantes que celles du village de Scacataï dans la steppe, mais il y avait au milieu un ensemble plus luxueux, un vaste complexe de pavillons interconnectés. Le tout était enclos d'un mur, mais aussi entouré d'une «banlieue», un genre de bidonville de yourtes d'aspect plus rudimentaire qui s'entassaient à l'extérieur de l'enceinte. Dans toute la plaine, venues de toutes les directions, des routes de terre convergeaient vers les portes ménagées dans la muraille. Il y circulait beaucoup de monde et la fumée montant des yourtes se rassemblait en un nuage brunâtre en suspension au-dessus de la ville.

— Seigneur, dit Zabel, c'est un Manhattan de tentes.

Peut-être. Mais dans les pâturages, par-delà la cité, Kolya voyait de vastes troupeaux de moutons, de chèvres et de chevaux qui broutaient joyeusement.

— Tout comme le disaient les légendes, murmura-t-il. Ils n'ont jamais été rien de plus que des nomades. Ils dirigeaient un monde, mais ils ne se souciaient que d'avoir un endroit où faire paître leurs troupeaux. Et quand viendra le moment de rejoindre leurs pâturages d'hiver, ils démonteront cette ville et partiront vers le sud…

Les chevaux se remirent en marche et le petit groupe descendit la crête vers la cité de yourtes.

À la porte, un garde en bonnet de feutre et tunique bleue ornée d'étoiles les arrêta.

— Tu penses que notre escorte va essayer de nous vendre ? demanda Zabel.

— De solliciter un bakchich, plutôt. Dans cet empire tout appartient à l'aristocratie dirigeante – la famille impériale. Les hommes de Scacataï ne peuvent *pas* nous vendre… nous appartenons déjà à l'empereur.

Ils furent enfin autorisés à passer. Le chef des gardes détacha quelques soldats pour escorter dans la ville Zabel, Kolya et un seul de leurs accompagnateurs mongols, avec leur chariot chargé de matériel.

Ils s'engagèrent dans une large allée menant vers le complexe de tentes du centre de la ville. Le sol n'était que de la boue piétinée. Les yourtes étaient imposantes, pour certaines décorées de luxueux tissus. Mais ce qui frappa surtout Kolya fut la puanteur suffocante… comme dans le village de Scacataï, mais en mille fois pire ; c'est tout juste s'il put contenir un haut-le-cœur.

Odeur ou pas, les rues grouillaient de monde, et pas seulement des Asiatiques. Il y avait des Chinois et peut-être même des Japonais, mais aussi des Moyen-Orientaux, sans doute perses ou arméniens, des Arabes… et même des Occidentaux à l'œil rond. Tous portaient des tuniques, des bottes et des chapeaux de bonne facture, beaucoup avaient de lourds bijoux autour du cou, aux doigts et aux poignets. Les combinaisons voyantes des cosmonautes attiraient quelques regards, ainsi que les scaphandres et le matériel entassés sur leur chariot, mais personne ne semblait particulièrement intéressé.

— Ils ont l'habitude des étrangers, dit Kolya. Si nous avons bien deviné l'époque, cette ville est la capitale d'un empire qui s'étend sur tout un continent. Il faut prendre garde de sous-estimer ces gens.

— Oh, je ne risque pas, dit Zabel d'un air sinistre.

À l'approche du complexe central, la présence de soldats était plus visible. Kolya voyait des archers et des porte-glaives armés et vigilants. Même ceux qui n'étaient pas de garde interrompaient leur repas ou leur jeu de dés pour les observer au passage. Il y avait bien un millier de soldats pour garder cette seule grande tente.

Ils firent halte devant le pavillon servant d'entrée, assez grand pour engloutir en entier la yourte de Scacataï. Un étendard de queues de yak blanches était accroché au-dessus. Après de nouvelles palabres, un messager fut envoyé à l'intérieur.

Il revint avec un homme de haute taille, visiblement asiatique, mais avec des yeux étonnamment bleus, richement vêtu d'un gilet et d'un pantalon aux broderies compliquées et accompagné d'une suite de conseillers. Il examina les cosmonautes et leur équipement, passant brièvement les mains sur le tissu de la combinaison de Zabel, et ses yeux se rétrécirent de curiosité. Il eut un rapide et inintelligible entretien avec ses conseillers. Puis il claqua des doigts, tourna le dos et s'apprêta à partir. Des serviteurs commencèrent à emporter les possessions des cosmonautes.

—Non, lança Zabel d'une voix impérieuse.

Kolya grinça des dents, mais elle était déterminée. L'homme se retourna lentement et la dévisagea, les yeux écarquillés de surprise.

Elle alla au chariot, prit une poignée de tissu du parachute et la déplia devant l'homme.

—Ceci est notre propriété. *Darughachi. Tengri.* Capito? Ça reste avec nous. Et ce tissu est notre cadeau pour l'empereur, un présent du Ciel.

—Zabel…, dit nerveusement Kolya.

—Nous n'avons pas grand-chose à perdre, Kolya. En plus, c'est toi qui as eu en premier l'idée de cette comédie.

L'homme hésita. Puis un sourire s'épanouit brièvement sur son visage. Il lança un ordre et un de ses conseillers rentra en hâte dans le complexe.

—Il sait que nous bluffons, dit Zabel. Mais il ne sait pas ce qu'il faut penser de nous. C'est un malin.

—S'il est si intelligent que ça, nous devrions nous montrer prudents.

Le conseiller revint en compagnie d'un Européen, un petit gringalet qui devait avoir la trentaine, mais sous l'habituelle couche de crasse et avec sa barbe et ses cheveux hirsutes, c'était difficile à dire. Il les examina tous deux d'un œil vif et calculateur. Puis il parla rapidement à Kolya.

—On dirait du français, dit Zabel.

C'en était. L'homme s'appelait Basile et il était né à Paris.

Dans une espèce d'antichambre, une jeune servante leur apporta à boire et à manger – des morceaux de viande épicée et une sorte de citronnade. Elle était grassouillette, ne devait pas avoir plus de quatorze ou quinze ans et n'était vêtue que de quelques voiles. Elle paraissait vaguement européenne et avait le regard vide ; Kolya se demanda à quelle distance de son pays d'origine elle pouvait se trouver.

L'intention du haut personnage leur apparut bientôt clairement. Basile parlait couramment le mongol et devait servir d'interprète.

—Ils présument que tous les Européens parlent la même langue de l'Atlantique à l'Oural, leur dit-il. Mais, si loin de Paris, l'erreur est compréhensible…

Le français de Kolya était très bon… meilleur que son anglais, en fait. Comme beaucoup d'écoliers russes, il l'avait appris en première langue étrangère. Mais le français de Basile, remontant à quelques siècles seulement après la naissance de cette nation, était difficile à saisir.

—C'est comme si tu rencontrais Chaucer, expliqua Kolya à Zabel. Représente-toi combien l'anglais a changé depuis… Sauf que Basile doit être né un siècle ou davantage *avant* Chaucer.

Zabel n'avait jamais entendu parler de Chaucer.

Basile était brillant, il avait l'esprit vif – Kolya supposait que, sinon, l'homme ne serait pas arrivé où il en était – et il ne leur fallut que quelques heures pour parvenir à un arrangement raisonnable.

D'après ses explications, c'était un commerçant venu faire fortune dans la capitale du monde.

— Les marchands adorent les Mongols. Ils leur ont ouvert les portes de l'Orient ! La Chine, la Corée…

Il leur fallut un moment pour identifier les noms de lieux qu'il utilisait.

— Bien sûr, ici, presque tous les marchands sont arabes ou musulmans – en France, la plupart des gens ignorent jusqu'à l'existence des Mongols !

Basile était toujours à l'affût d'une bonne affaire et il commença à poser des questions aux cosmonautes… D'où ils venaient, ce qu'ils avaient apporté avec eux.

— Écoutez, mon vieux, nous n'avons pas besoin d'imprésario, le coupa Zabel. Votre boulot, c'est de répéter ce que nous avons à dire à… euh, ce grand type.

— Yeh-lü, dit Basile. Il s'appelle Yeh-lü Ch'u-ts'ai. C'est un Khitan…

— Conduisez-nous à lui, dit simplement Zabel.

Basile eut beau essayer de discuter, le ton autoritaire de Zabel ne laissait pas place au doute, même sans interprète. Basile claqua des mains et un chambellan arriva pour les conduire en présence de Yeh-lü en personne.

Ils suivirent des couloirs de feutre, baissant la tête : la yourte n'était pas conçue pour des gens de leur taille.

Dans une petite pièce d'un coin de ce palais de tentes, Yeh-lü était étendu sur une couche basse. Des serviteurs se tenaient à sa disposition. Il avait étalé devant lui sur le sol des schémas à demi effacés qui devaient être des cartes, un genre de boussole, des statuettes vaguement bouddhistes et un tas de petits objets – joaillerie, pièces de monnaie. C'était manifestement là l'attirail de base d'un astrologue. D'un geste élégant, Yeh-lü les invita à s'asseoir sur des couches voisines de la sienne.

Il était patient : obligé de converser avec eux par le truchement hasardeux de Basile et de Kolya, il leur demanda leurs noms et d'où ils venaient. À ce qui était devenu leur réponse classique – « *Tengri* », « des Cieux » – il roula des yeux. Il était peut-être astrologue, mais il n'était pas idiot.

—Il nous faut une meilleure histoire, dit Kolya.

—Qu'est-ce que ces gens connaissent de la géographie ? Savent-ils même quelle est la forme du monde ?

—Du diable si je le sais.

Vivement, Zabel se mit à genoux et écarta un tapis de feutre, dégageant un carré de terre poudreuse. Du bout du doigt, elle commença à esquisser une carte rudimentaire : l'Asie, l'Europe, l'Inde, l'Afrique. Elle planta un doigt au milieu :

—Nous sommes ici…

Kolya se rappelait que les Mongols s'orientaient toujours par rapport au sud, alors que Zabel avait mis le nord en haut de sa carte ; mais, au prix d'une simple inversion, les choses devenaient beaucoup plus claires.

— Et maintenant, poursuivit-elle, voici l'Océan mondial.

Elle traça dans la poussière un cercle approximatif autour des continents.

—Nous sommes venus de loin… de l'autre côté de l'Océan. Nous l'avons survolé comme des oiseaux sur nos ailes orange…

Ce n'était pas tout à fait exact, mais c'était proche de la vérité et Yeh-lü eut l'air de l'accepter, au moins provisoirement.

— Yeh-lü voudrait savoir ce qu'il en est du *yam*. Il a envoyé des cavaliers le long de toutes les grandes routes, mais certaines sont coupées. Il sait que le monde a subi un grand bouleversement. Il vous demande ce que vous savez de cette étrangeté et ce qu'elle présage pour l'Empire.

— Nous ne savons rien, répondit Zabel. C'est la vérité. Nous en sommes tout autant que vous des victimes.

Yeh-lü parut accepter cette réponse. Il se leva langoureusement et dit quelque chose. Basile en eut le souffle coupé d'excitation :

— L'empereur en personne a été impressionné par votre présent – le tissu orange – et il veut vous voir.

Le regard de Zabel se durcit :

— Nous passons enfin aux choses sérieuses.

Ils se levèrent et une colonne se forma rapidement sous la conduite de Yeh-lü, avec Zabel, Kolya et Basile en son milieu, encadrés par une escouade de gardes à l'air farouche.

Kolya était paralysé par la peur.

— Zabel, il faut être prudents. N'oublie pas que nous sommes la propriété de l'empereur. Il ne parle qu'aux membres de sa famille et peut-être à quelques hauts dignitaires comme Yeh-lü. Personne d'autre ne compte.

— Ouais, ouais. Mais nous nous sommes quand même bien débrouillés, Kolya. Vois où nous en sommes arrivés au bout d'à peine quelques jours… Il ne nous reste plus qu'à mettre au point une stratégie.

Ils furent conduits dans une salle beaucoup plus vaste, tendue de riches broderies et de tapisseries, au sol couvert de tapis si épais que l'on s'y enfonçait en marchant. La pièce grouillait de courtisans et, tout autour, de robustes soldats bardés d'armes tenaient tout le monde à l'œil… même leurs camarades. Dans un coin de la yourte, un ensemble de luths jouait doucement. Tous les instrumentistes étaient de très belles jeunes filles.

Et pourtant, malgré son opulence, c'était toujours une simple yourte et la puanteur de crasse et de lait suri qui y régnait était tout aussi atroce que dans l'humble demeure de Scacataï.

— Quels barbares, marmonna Kolya. Ils ne voyaient dans les villes et les fermes que des sources de butin. Ils rançonnaient le monde entier, mais ils continuaient à vivre comme des gardiens de chèvres, malgré les trésors entassés dans leurs tentes. Et à notre époque leurs descendants sont les derniers des nomades… toujours prisonniers de leurs racines barbares…

— La ferme, siffla Zabel.

Ils s'avancèrent lentement sur les talons de Yeh-lü jusqu'au centre de la yourte. Autour du trône constituant le point central de ce vaste espace se tenaient un certain nombre de jeunes hommes au visage glabre. Ils se ressemblaient beaucoup : peut-être les fils de l'empereur. Il y avait aussi beaucoup de femmes, assises devant le trône. Toutes étaient belles, même si certaines avaient l'air âgées d'au moins soixante ans ; les plus jeunes étaient d'une beauté extraordinaire. Épouses, ou concubines ?

Yeh-lü fit un pas de côté et ils se retrouvèrent face à l'empereur.

Celui-ci avait la soixantaine. Assis sur son trône richement sculpté, il n'était pas grand. Mais il était mince et se tenait droit ; il paraissait en excellente forme physique. Il avait le visage plein, un petit nez et une petite bouche – très asiatique – avec tout juste une trace de gris dans ses cheveux et dans sa barbe bien soignée. Il tenait à la main une bande de tissu de parachute et les regardait sans ciller. Puis il se tourna pour murmurer quelque chose à un de ses conseillers.

— Il a des yeux de chat, dit Zabel.

— Zabel… tu sais de qui il s'agit, n'est-ce pas ?

— Bien sûr.

Au grand étonnement de Kolya, elle sourit largement, plus excitée qu'effrayée.

Gengis Khan les dévisageait de ses yeux noirs au regard indéchiffrable.

21

RETOUR À JAMROUD

À l'aube, Bisesa fut réveillée par une sonnerie de trompettes. Quand elle sortit de la tente en s'étirant, le monde baignait dans une pénombre bleutée. Dans tout le delta, les appels de trompettes s'élevaient telle la fumée des feux de camp.

Elle était vraiment dans le camp d'Alexandre le Grand ; ce n'était pas un rêve – ou un cauchemar. C'était le matin que Myra lui manquait le plus et elle aurait aimé l'avoir auprès d'elle, même en ce lieu surprenant.

Pendant que le roi et ses conseillers se concertaient sur la conduite à tenir, Bisesa, De Morgan et leurs compagnons avaient passé la nuit dans le camp du delta de l'Indus. Les Occidentaux avaient été placés sous bonne garde, mais il leur avait été accordé une tente où dormir entre eux. Celle-ci était faite de cuir. Éraflée, délabrée, elle puait – le cheval, le graillon, la fumée et la transpiration –, mais c'était une tente d'officier et seuls Alexandre et ses généraux disposaient de quartiers plus luxueux. En outre, en soldats habitués à vivre à la dure, à l'exception de De Morgan, ils avaient appris à ne pas se plaindre.

En fait, De Morgan n'avait rien dit de la nuit, mais il restait l'œil aux aguets. Bisesa le soupçonnait de calculer l'influence à retirer de son nouveau rôle d'interprète, qui faisait de lui quelqu'un d'irremplaçable. Mais il bougonnait contre l'accent grec «barbare» des Macédoniens.

— Ils prononcent le *khi* comme un *g* et le *thêta* comme un *d*. Quand ils disent «Philippe», on entend «Bilippe»…

Un peu plus tard dans la matinée, Eumène, le chancelier royal, dépêcha dans leur tente un chambellan qui leur fit part de la décision du roi : pour le moment, le gros de l'armée resterait sur place, mais un détachement d'un millier de soldats – à peine ! – remonterait la vallée de l'Indus vers Jamroud. Ce seraient pour la plupart des porte-boucliers, les troupes d'élite macédoniennes rompues aux raids nocturnes et aux marches forcées… et chargées de la sécurité d'Alexandre en personne. Lui-même devait être du voyage, en compagnie d'Eumène et de son amant et favori, Héphestion. Il était manifestement intrigué à la perspective de voir ces soldats du futur dans leur bastion.

Son armée, aguerrie par des années de campagne, était remarquablement disciplinée et il ne lui fallut pas plus de deux ou trois heures pour faire ses préparatifs avant que résonne le signal du départ.

Les fantassins formèrent les rangs, avec leurs armes et un paquetage léger sur le dos. Chaque unité – appelée «dekas» bien que généralement constituée de seize hommes – disposait d'un domestique et d'un animal de bât pour porter son équipement. Les bêtes de somme étaient surtout des mulets, mais il y avait aussi quelques chameaux à l'odeur fétide. Un détachement de deux ou trois cents cavaliers macédoniens accompagnait l'infanterie. Leurs chevaux étaient de drôles de petits animaux : Bisesa apprit par son portable qu'ils étaient sans doute originaires d'Europe ou d'Asie centrale et ils avaient l'air patauds, pour un œil habitué aux chevaux arabes. Leurs sabots n'étaient pas ferrés, mais protégés par des «semelles» de cuir qui devaient se détériorer rapidement sur terrain accidenté. Et ils n'étaient pas équipés d'étriers : les cavaliers, trapus et puissamment bâtis, serraient entre leurs jambes les flancs de leur monture qu'ils contrôlaient à l'aide d'un mors à l'aspect vicieux.

Bisesa et le reste des Britanniques voyageaient avec les officiers macédoniens, qui allaient à pied comme leurs hommes – de même que les compagnons du roi et ses généraux. Seul le roi était contraint par ses blessures de voyager dans un chariot tiré par deux chevaux. Son médecin personnel, un Grec du nom de Philippe, voyageait avec lui.

Mais une fois qu'ils se furent mis en route, Bisesa constata que ce millier de soldats, avec leur équipement et leurs domestiques, les animaux de bât et les officiers, ne constituaient que l'âme de la colonne. Ils traînaient derrière eux une cohue de femmes et d'enfants, de marchands aux chariots surchargés et même quelques bergers surveillant des troupeaux de moutons faméliques.

Au bout de quelques heures de marche, cette bande disparate, désordonnée, s'étirait sur plus d'un demi-kilomètre derrière eux.

Mener cette armée et son équipement à travers le pays requérait un énorme effort contre lequel personne ne protestait. Une fois pris le rythme de la marche, les soldats, dont certains avaient déjà parcouru des milliers de kilomètres avec Alexandre, allaient simplement de l'avant, posant l'un devant l'autre leurs pieds endurcis, comme ont toujours fait les fantassins. Marcher n'avait rien de nouveau, non plus, pour Bisesa et les soldats britanniques, et même De Morgan supportait l'épreuve en silence avec un courage et une détermination que Bisesa était bien obligée d'admirer. Par moments, les Macédoniens chantaient des airs étranges et mélancoliques, dans de curieuses tonalités qui sonnaient faux à son oreille. Les gens de ce lointain passé lui paraissaient encore si bizarres : petits, trapus, vifs, comme s'ils appartenaient à une tout autre espèce.

Quand elle en avait l'occasion, elle examinait le roi.

Siégeant sur un imposant trône doré tiré par des chevaux, Alexandre était vêtu d'une tunique à rayures serrée à la taille par une large ceinture de soie, portait sur la tête un diadème en or autour de son bonnet macédonien pourpre et tenait à la main un sceptre d'or. Il n'y avait pas grand-chose de grec dans son apparence. Son adoption des coutumes perses était peut-être plus qu'une simple manœuvre diplomatique ; peut-être avait-il été séduit par la splendeur et par la richesse de cet empire.

Près de lui était assis Aristandre, son devin préféré, un vieux barbu au regard pénétrant, calculateur, vêtu d'une tunique blanche malpropre. Ce vieillard tremblotant trouvait sans doute l'arrivée des gens du futur menaçante pour sa position d'aruspice officiel. Debout derrière le trône, l'eunuque perse Bagoas était nonchalamment accoudé au dossier. C'était un beau jeune homme, lourdement fardé et vêtu d'une toge diaphane, qui caressait de temps en temps la nuque du roi. L'air agacé avec lequel Héphestion regardait cette créature était plutôt amusant.

Alexandre, pour sa part, était affalé sur son trône. Il n'avait pas été difficile à Bisesa de déterminer, avec l'aide de son portable, à quel moment précis de la carrière de celui-ci l'avait rencontré. Il n'avait que trente-deux ans, mais, bien que robuste, il paraissait à bout de forces. Après des années de campagnes au cours desquelles il avait conduit ses hommes à la bataille avec une intrépidité confinant parfois à la folie, il portait les stigmates de plusieurs blessures graves. Il semblait même par moments avoir du mal à respirer et, quand il se levait, ce n'était que par un formidable effort de volonté.

Il était étrange de penser que cet homme encore jeune avait déjà conquis un empire de plus de deux millions de kilomètres carrés et qu'il pliait l'histoire à son caprice – et encore plus étrange de se rappeler que dans la ligne temporelle de la Terre l'apogée de sa carrière était déjà derrière lui. Sa mort y serait survenue dans à peine quelques mois et les fiers et loyaux officiers qui le servaient auraient bientôt entrepris de dépecer son empire. Bisesa se demandait quelle nouvelle destinée attendait maintenant Alexandre.

Au milieu de l'après-midi, la colonne fit halte et l'armée en marche s'organisa rapidement en une succursale de la vaste cité de tentes du delta de l'Indus.

La préparation du repas était apparemment un processus lent et compliqué, il se passa un moment avant que les feux soient allumés, puis que les marmites et les chaudrons commencent à bouillir. Mais, en attendant, il y avait quantité de libations, de musique, de danse et même des représentations théâtrales improvisées. Les marchands dressèrent leurs éventaires et quelques prostituées virevoltèrent à travers le camp avant de disparaître dans les tentes des soldats. La plupart des femmes présentes, toutefois, étaient des épouses ou des maîtresses de soldats. En plus des Indiennes, il y avait des Macédoniennes, des Grecques, des Perses, des Égyptiennes… ainsi que quelques représentantes de peuplades plus exotiques, quasiment inconnues de Bisesa, telles les Scythes et les Bactriennes. Beaucoup avaient des enfants, pour certains âgés de cinq ou six ans, dont le teint et la couleur de cheveux trahissaient les origines métissées, et le camp résonnait du bruit incongru des pleurs de nourrissons.

Le soir, étendue dans sa tente où elle essayait de s'endormir, Bisesa entendait les cris des bébés, les rires des amants et les lamentations lugubres des Macédoniens saouls en proie au mal du pays. Les missions pour lesquelles on l'avait entraînée la conduisaient sur site en quelques heures de vol au maximum et ne la tenaient généralement pas éloignée plus d'une journée de sa base de départ. Les soldats d'Alexandre, eux, avaient quitté la Macédoine et, à travers l'Eurasie, voyagé jusqu'aux frontières de l'Afghanistan. Elle essayait d'imaginer ce qu'ils pouvaient avoir éprouvé en suivant leur roi pendant des années pour atteindre des lieux si lointains et inexplorés que cette armée de la taille d'une ville aurait aussi bien pu mener campagne sur la Lune.

Après quelques jours de marche, certains des Macédoniens et de ceux qui les suivaient commencèrent à souffrir de maux étranges. Ces maladies étaient particulièrement virulentes, et il y eut plusieurs morts, mais avec leur médecine de campagne rudimentaire, Bisesa et les Britanniques purent établir un diagnostic et, dans une certaine mesure, les soigner. Il était évident pour Bisesa que les soldats britanniques et elle-même avaient apporté du futur des micro-organismes contre lesquels les Macédoniens n'étaient pas immunisés : ces derniers avaient été en contact avec beaucoup de maladies inconnues au cours de leur odyssée, mais le lointain avenir était un endroit qu'ils n'avaient aucun moyen d'approcher. Par chance, ces maladies s'éteignirent rapidement d'elles-mêmes. En revanche, il n'y eut aucun signe de contagion des Britanniques par les micro-organismes dont les Macédoniens étaient porteurs : un épidémiologiste aurait pu écrire une thèse à propos de cette asymétrie chronologique.

Jour après jour, l'expédition avançait. Guidés par les éclaireurs d'Alexandre, et leurs méticuleux repérages de la vallée de l'Indus, ils suivaient vers Jamroud une route différente de celle par où étaient venus Bisesa et ses compagnons.

Une fois, à moins de deux ou trois jours de marche du fort, ils tombèrent sur une ville que personne ne reconnut. La colonne fit halte et le roi envoya un petit détachement accompagné de Bisesa et de quelques Britanniques en éclaireurs.

La ville était bien conçue. De la taille d'un gros centre commercial, elle prenait appui sur deux tertres ceints de massifs remparts de briques de terre crue. Son plan était régulier, avec de larges avenues rectilignes qui se croisaient à angle droit, et elle donnait l'impression d'avoir été occupée encore peu de temps auparavant. Mais quand les éclaireurs en eurent précautionneusement franchi les portes, ils n'y trouvèrent personne, pas le moindre habitant.

Elle n'était pas assez ancienne pour être en ruine ; elle était trop bien conservée pour cela. Les toits en bois, par exemple, étaient encore intacts. Mais son abandon n'était en fait pas récent. Les quelques meubles et ustensiles restants étaient cassés ; s'il y avait été laissé une quelconque nourriture, les chiens et les oiseaux s'en étaient depuis longtemps repus et tout était recouvert d'une poussière roussâtre apportée par le vent.

De Morgan fit remarquer le système complexe de puits et d'égouts.

— Il va falloir en parler à Kipling, dit-il avec un humour caustique. Un grand amateur d'égouts, notre Ruddy. C'est la marque de la civilisation, selon lui.

Le sol était abondamment piétiné et creusé d'ornières. Quand Bisesa en gratta un peu la couche supérieure, elle constata que celle-ci était pleine de débris : morceaux de poterie, bracelets de terre cuite, billes d'argile, fragments de statuettes, bouts de métal ressemblant à des poids de marchands, tablettes couvertes d'une écriture inconnue. Le moindre centimètre de terrain semblait avoir été tassé et elle marchait sur des couches de détritus vieux de plusieurs siècles. Cet endroit devait être antique, un vestige d'une époque bien antérieure à la présence britannique, plus ancien même que l'invasion d'Alexandre, assez vieux pour avoir été recouvert par la poussière du temps. Cela leur rappelait que cette partie du monde avait été habitée, et même civilisée, depuis très, très longtemps – et que les profondeurs du temps, exhumées par la Discontinuité, recelaient bien des inconnues.

Mais la ville était vidée de ses habitants, comme si la population avait simplement fait ses bagages et s'en était allée à travers la plaine minérale. Eumène émit l'hypothèse que la Discontinuité avait modifié le cours des rivières et que les gens étaient partis à la recherche d'eau. Mais l'abandon paraissait trop ancien pour cela.

Il n'y avait pas de réponse. Les soldats, macédoniens aussi bien que britanniques, étaient effrayés par ce lieu désert empli d'échos, cette Marie-Céleste urbaine. Ils ne s'y installèrent même pas pour la nuit et repartirent en toute hâte.

Après plusieurs jours de marche, la colonne atteignit Jamroud, à la grande surprise des occupants du fort.

Se déplaçant toujours à l'aide de béquilles, Casey vint en sautillant à la rencontre de Bisesa et l'embrassa.

—Je n'y aurais jamais cru. Et, bon sang, quelle odeur.

—C'est ce qu'on récolte à manger du curry pendant quinze jours sous une tente en cuir, dit-elle avec un grand sourire. C'est bizarre… j'ai maintenant presque l'impression d'être chez moi à Jamroud, avec Rudyard Kipling et tout.

Casey poussa un grognement.

—Eh bien, quelque chose me dit que c'est le seul domicile que nous allons avoir pour un bout de temps, parce que je ne vois toujours aucun moyen de rentrer. Viens dans le fort. Devine ce qu'Abdikadir a réussi à installer ? *Une douche.* Ce qui montre que les païens peuvent servir à quelque chose… les plus intelligents, en tout cas…

Dans le fort, Abdikadir, Josh et Ruddy se pressèrent autour de Bisesa, impatients de connaître ses impressions. Comme il fallait s'y attendre, Josh, ravi de la revoir, arborait un large sourire. De son côté, elle était contente de retrouver sa brillante et maladroite compagnie. Il demanda :

—Que pensez-vous de notre nouvel ami Alexandre ?

—Nous allons devoir nous en accommoder, dit-elle d'un ton résigné. Ses forces dépassent les nôtres – enfin, celles du capitaine Grove – à environ cent contre un. Je pense que pour le moment nous n'avons pas le choix.

—En plus, ajouta Ruddy d'une voix suave, Bisesa trouve sans nul doute Alexandre assez bel homme, avec son regard limpide et ses cheveux lustrés cascadant sur ses épaules…

Josh s'empourpra.

— Et vous, Abdi ? demanda Ruddy. Ce n'est pas tous les jours qu'on a l'occasion de rencontrer une si vieille légende familiale.

Abdikadir sourit et passa une main dans sa chevelure blond vénitien.

— Je vais peut-être avoir l'occasion de tuer mon arrière-grand-père à la puissance n et de prouver que ces histoires de paradoxes sont fausses, tout compte fait…

Mais il voulait se remettre au travail. Il était impatient de montrer quelque chose à Bisesa – et pas uniquement sa douche brevetée.

— Je suis retourné au morceau de XXIe siècle qui nous a conduits ici, Bisesa. Il y avait une grotte que je voulais explorer…

Il l'entraîna dans une des réserves du fort où il lui montra une arme, un fusil de belle taille. Celui-ci était enveloppé dans de vieux chiffons sales, mais son métal était luisant d'huile.

— Nous avions reçu un rapport des services de renseignements sur la présence de ce matériel, dit Abdikadir. C'était un des objectifs de la mission du *Little Bird*, ce jour-là.

Il y avait aussi de vieilles grenades aveuglantes de l'époque soviétique. Il se pencha pour en ramasser une : on aurait dit une boîte de conserve munie d'un manche.

— Ce n'était pas une grosse cache d'armes, mais enfin…

Josh toucha prudemment le canon du fusil :

— Je n'ai jamais vu une telle arme.

— C'est une kalachnikov. Une antiquité, déjà de mon temps… Une relique de l'invasion soviétique, qui remontait à une cinquantaine d'années. Toujours en état de marche, je suppose. Les hommes des tribus montagnardes appréciaient particulièrement cette arme. Il n'y avait rien de plus fiable. Même pas besoin de la nettoyer, ce dont la plupart d'entre eux ne se donnaient d'ailleurs jamais la peine.

— Des machines à tuer du XXIe siècle, dit Ruddy, mal à l'aise. Remarquable.

— La question est de savoir ce que nous faisons de ce matériel, dit Bisesa. Pouvons-nous justifier l'usage d'armes du XXIe siècle contre, disons, une armée de l'âge du fer… quel que soit le rapport de forces?

— Bisesa, nous n'avons aucune idée de ce qui nous attend dehors, dit Ruddy sans quitter des yeux le fusil. Nous n'avons pas choisi cette situation et la chose – créature ou accident – qui nous a fait échouer ici ne s'est pas vraiment souciée de notre bien-être. Je dirais que les préoccupations éthiques ne sont pas de mise et que le pragmatisme est à l'ordre du jour. Ne serait-ce pas de l'inconscience de ne pas conserver ces muscles de poudre et d'acier?

— Ruddy, mon ami, tu es plus pompeux que jamais, dit Josh avec un soupir. Mais je suis bien obligé d'être d'accord avec toi.

Le détachement macédonien dressa le camp à cinq cents mètres de Jamroud. Les feux furent bientôt allumés et l'incroyable mélange habituel de base militaire et de cirque en tournée s'installa. Le premier soir, une grande méfiance régna entre les deux camps, soldats britanniques et macédoniens patrouillant de chaque côté d'une frontière implicitement acceptée.

Mais la glace commença à se briser le deuxième jour. En fait, le mérite en revint à Casey. Après avoir passé un certain temps dans la zone frontière à défier du regard un vétéran macédonien trapu qui devait avoir la cinquantaine, Casey le convia par gestes à un pugilat. C'était une tradition dans certaines unités militaires, consistant simplement à essayer de dérouiller votre adversaire dans un affrontement d'une minute où tous les coups étaient permis.

Malgré l'agressivité de Casey, il était évident pour tout le monde que celui-ci, avec sa seule jambe valide, n'était pas en état de livrer un tel combat et le caporal Batson prit sa place. En pantalon et bretelles, l'Anglais aurait pu être un jumeau du Macédonien râblé. Un attroupement se forma rapidement, chaque côté criant des encouragements à son champion :

—Vas-y, Joe !

—*Alalalalaï !*

Casey chronométrait le combat, qu'il arrêta au bout de la minute réglementaire. Batson avait alors encaissé un certain nombre de coups à la poitrine et le Macédonien avait l'air d'avoir le nez cassé. Aucun des deux n'avait franchement gagné, mais il s'était visiblement établi entre eux un certain respect mutuel, l'estime fruste d'un soldat pour un autre, comme Casey en avait eu l'intention.

Il n'y eut pas pénurie de volontaires pour le match suivant. Quand un des cipayes s'en tira avec un bras cassé, les officiers intervinrent. Mais une nouvelle épreuve sportive fut organisée à la suggestion des Macédoniens, cette fois une partie de *sphaira*. Ce jeu traditionnel macédonien se pratiquait avec un ballon de cuir et ressemblait un peu au rugby anglais ou au football américain – mais en *beaucoup* plus violent. Cette fois encore, Casey s'impliqua pour marquer les limites du terrain, s'accorder sur les règles et servir d'arbitre.

Plus tard, certains Tommies essayèrent d'apprendre aux Macédoniens les règles du cricket. Les lanceurs envoyaient d'un bout à l'autre d'une piste de terre délimitée par des piquets improvisés une balle de liège durci que les batteurs frappaient d'un moulinet de leurs battes de fortune. Bisesa et Ruddy interrompirent leur conversation pour regarder. La partie se déroulait sans anicroche, même si expliquer la règle de « la jambe devant le guichet » s'était révélé un défi pour les talents de mimes des Britanniques.

Et tout ceci juste au-dessous d'un Œil en suspension. Ruddy grommela :

— L'esprit humain possède une capacité remarquable à accepter la bizarrerie.

À cet instant, une frappe puissante envoya la balle voler dans les airs, où elle entra en collision avec l'Œil. Elle produisit le même bruit que si elle avait frappé une muraille de pierre et rebondit dans les mains d'un équipier du lanceur qui leva les bras en signe de victoire pour avoir éliminé le batteur. Bisesa put constater que l'Œil n'avait en rien été perturbé par le choc.

Les joueurs s'attroupèrent au milieu du terrain pour discuter. Ruddy fit la grimace.

— J'ai l'impression qu'ils cherchent à décider si un *attrapé* après rebond sur l'Œil constitue un coup valide !

— Je n'ai jamais rien compris au cricket, dit Bisesa en secouant la tête.

Grâce à toutes ces initiatives, à la fin du deuxième jour une grande partie de la tension et de l'hostilité latente avait été purgée et Bisesa ne fut pas surprise de voir des Tommies et des cipayes se glisser dans le camp macédonien. Les Macédoniens étaient plutôt contents d'échanger de la nourriture, du vin et même des souvenirs tels que bottes, casques et armes de l'âge de fer contre de la verroterie, des harmonicas, des photos et autres babioles. Et il semblait que certaines prostituées du camp étaient prêtes à proposer leurs services gratuitement à ces hommes du futur aux yeux ronds.

Le troisième jour, Eumène envoya au fort un chambellan pour inviter le capitaine Grove et ses conseillers à se présenter devant le roi.

22

La carte

Ce qui dérangeait le plus Kolya, c'était la saleté. Au bout de quelques jours dans la cité de tentes, il se sentait aussi crasseux qu'un Mongol, et couvert d'autant de poux… En fait, il pensait que ces parasites l'avaient pris pour cible privilégiée, voyant en lui une source de viande fraîche encore inexploitée. S'il ne finissait pas empoisonné par ce qu'on lui faisait manger, il mourrait probablement vidé de son sang.

Mais Zabel disait qu'il fallait s'adapter.

—Regarde Yeh-lü, disait-elle. C'est un individu civilisé. Tu penses qu'il a grandi dans la merde ? Bien sûr que non. Et s'il peut le supporter, toi aussi.

Elle avait raison, évidemment. Mais ça ne rendait pas plus facile la vie chez les Mongols.

Apparemment, Gengis Khan était patient.

Le monde avait été victime d'un phénomène incompréhensible qui avait fait voler son empire en éclats, comme le montrait la désorganisation du *yam*, ce vaste réseau de messagers et de relais. Eh bien, il avait déjà bâti un empire et, monde en miettes ou pas, il recommencerait – lui ou les meilleurs de ses fils. Yeh-lü lui conseillait toutefois de différer ses projets. Il était d'usage pour les Mongols d'attendre d'avoir rassemblé des renseignements avant de décider de quel côté frapper et Gengis Khan écoutait ses conseillers.

Il était néanmoins conscient, pendant cette période de délibération, de la nécessité de garder ses troupes occupées et de les maintenir en forme. Il instaura un rigoureux programme d'entraînement, à base de longues marches forcées et d'exercices à cheval. Et il donna l'ordre d'organiser une « battue ». Ce devait être une chasse gigantesque couvrant des dizaines de kilomètres carrés et exigeant une semaine de préparatifs. Elle permettrait d'exercer les troupes à la manœuvre, au maniement des armes, au respect de la discipline, à la maîtrise des signaux de communication et aux privations. C'était un événement important : la chasse était à la base des méthodes militaires des Mongols et de l'image que ceux-ci se faisaient d'eux-mêmes.

Pendant ce temps, Zabel explorait la ville de yourtes. Elle s'intéressait particulièrement aux soldats, dans l'espoir d'apprendre leurs techniques de combat.

Pour les guerriers mongols, elle était surtout source d'agacement. Kolya avait découvert que, bien que la façon habituelle de faire sa cour soit d'aller kidnapper sa future épouse dans la yourte du voisin, les femmes jouissaient d'une influence étonnante dans la société mongole – tant qu'elles étaient membres de la famille impériale, en tout cas. Börte, la première épouse de Gengis Khan, qui avait le même âge que l'empereur, avait une voix déterminante dans les processus de décision de la cour. Mais les femmes ne se battaient pas. Les guerriers se méfiaient de cette étrangère aux vêtements orange tombée du ciel et ils n'étaient pas disposés à se soumettre à ses inspections.

Ils durent réviser leur opinion quand un cavalier, ivre de vin de riz et oubliant le pouvoir des puissances célestes, tenta d'arracher sa combinaison à Zabel. C'était un homme robuste et râblé, un ancien de la première incursion mongole en Russie et, par conséquent, probablement responsable de centaines de morts… mais il ne faisait pas le poids face à une adepte des arts martiaux du XXIe siècle. Un sein dénudé, Zabel le terrassa en quelques secondes et le laissa hurlant à terre avec une double fracture à la jambe.

À la suite de cet incident, le prestige de Zabel s'accrut rapidement. On la laissa aller et venir à sa guise… et elle s'assura que le récit de sa victoire, convenablement enjolivé, parviendrait bien aux oreilles de la cour. Mais Kolya sentait qu'elle rendait les Mongols de plus en plus nerveux, ce qui n'était sûrement pas une bonne chose.

En fait, lui aussi, elle le rendait nerveux. Elle avait depuis longtemps oublié sa peur et, plus les jours passaient, plus elle repoussait impunément une barrière après l'autre et plus se renforçaient sa confiance en elle et sa détermination. C'était comme si le fait de se retrouver échouée dans ce bout de XIIIe siècle avait libéré en elle un instinct primitif.

De son côté, Kolya passait son temps avec Yeh-lü, l'administrateur en chef de l'Empire.

Né dans une des nations voisines, Yeh-lü avait été ramené dans le camp mongol comme prisonnier ; astrologue de formation, il avait rapidement gravi les échelons dans cet empire d'illettrés. En prince avisé, Gengis Khan l'avait chargé, avec d'autres hommes instruits de la cour, d'administrer son empire naissant.

Yeh-lü avait pris la Chine comme modèle du nouvel État. Il avait choisi les plus capables des prisonniers que ramenaient les Mongols de leurs expéditions dans le nord de ce pays pour l'aider dans son projet, de même qu'il avait récupéré dans leur butin livres et médicaments. Le recours à la pharmacopée et aux méthodes chinoises lui avait une fois permis de sauver de nombreuses vies lors d'une épidémie, racontait-il avec modestie.

Yeh-lü essayait de modérer la cruauté des Mongols en faisant appel à de plus hautes ambitions. Gengis Khan avait été jusqu'à envisager de vider la Chine de ses habitants pour fournir de plus vastes pâturages à ses chevaux, mais Yeh-lü l'en avait dissuadé :

— Les morts ne paient pas de tribut, avait-il fait remarquer.

Kolya le soupçonnait d'avoir pour ambition de civiliser les Mongols en permettant aux cultures qu'ils avaient conquises de les assimiler – tout comme la Chine avait absorbé et acculturé de précédentes vagues d'envahisseurs des steppes nordiques.

Kolya ne savait pas comment tournerait son aventure personnelle. Mais, s'il restait coincé sur Mir, c'était dans des gens comme Yeh-lü qu'il voyait le meilleur espoir d'avenir. Il était donc ravi de s'entretenir de la nature du nouveau monde et de dresser des plans avec lui.

La carte de la planète ébauchée sur le sol par Zabel avait impressionné Yeh-lü. Avec Kolya, il dessinait maintenant une carte détaillée du monde basée sur les souvenirs du cosmonaute et les données du Soyouz. En homme intelligent, il n'avait eu aucun mal à accepter que le monde était une sphère – comme les Grecs, les lettrés chinois avaient depuis longtemps remarqué la courbure de l'ombre de la Terre projetée sur la Lune au cours des éclipses – et il lui avait été facile de comprendre la projection d'un tel objet sur une surface plane.

Après quelques esquisses préliminaires, il avait rassemblé une équipe de scribes chinois qui s'étaient mis au travail sur une immense version sur soie de cette carte. Une fois terminée, celle-ci couvrirait le sol d'une des yourtes dans le grand pavillon de l'empereur.

Yeh-lü était fasciné par l'image qu'il voyait émerger. Il avait été surpris de constater quelle petite portion de l'Eurasie il restait à conquérir par les Mongols ; du point de vue de cet empire à l'échelle d'un continent, il n'y avait qu'un pas de la Russie à la côte Atlantique. Mais Yeh-lü s'inquiétait de savoir comment il présenterait la carte à Gengis Khan, avec tant de territoires dans le Nouveau Monde, l'Extrême-Orient et l'Océanie, l'Afrique du Sud et l'Antarctique, dont l'empereur n'avait jamais entendu parler.

Le travail des scribes était vraiment magnifique, avec les calottes polaires délicatement tissées de fil blanc, les principales rivières soulignées d'or filé, les emplacements des grandes villes marqués par des pierres précieuses, le tout couvert de la méticuleuse écriture mongole – Kolya avait d'ailleurs été surpris d'apprendre que les Mongols n'avaient pas d'écriture avant Gengis Khan, qui avait adopté celle de ses voisins ouïgours.

Les scribes étaient légitimement fiers de leur ouvrage et Yeh-lü les traitait bien, les félicitant quand ils l'avaient mérité. Mais ce n'étaient que des esclaves, capturés lors d'un raid contre l'un ou l'autre des royaumes de Chine. Kolya, qui n'avait jamais rencontré d'esclaves, ne pouvait s'empêcher d'être fasciné. Leur attitude était en permanence soumise, les yeux baissés, et les femmes, en particulier, évitaient tout contact avec les Mongols. Elles étaient peut-être privilégiées de travailler pour Yeh-lü, mais c'étaient des vaincues, de simples possessions.

Kolya avait le mal du pays : sa femme et ses enfants, perdus dans les tourbillons du temps, lui manquaient. Mais chacune de ces malheureuses avait été arrachée à son foyer et avait vu sa vie saccagée, non par une manipulation quasi divine du temps et de l'espace, mais simplement par la cruauté d'autres êtres humains. Leur triste sort ne lui rendait pas sa propre situation plus facile à supporter, mais il lui évitait la tentation de s'apitoyer sur lui-même.

S'il lui était difficile d'accepter la condition des esclaves, Kolya trouvait du réconfort dans l'intelligence civilisée de Yeh-lü. Au bout de quelque temps, il en vint à trouver plus facile d'accorder sa confiance à cet homme du XIIIe siècle qu'à Zabel, sa contemporaine.

Zabel s'impatientait de ces interminables séances de cartographie. Et elle n'était pas impressionnée par les plans que Yeh-lü s'efforçait d'assembler pour les présenter à Gengis Khan.

Aux yeux de Yeh-lü, la première des priorités devait être la consolidation de l'Empire. Les Mongols avaient fini par dépendre de l'importation de céréales, de vêtements et autres denrées essentielles, le commerce était donc pour eux d'une importance primordiale. Comme il restait peu de liens viables avec la Chine, c'était cette principale et plus riche partie de l'empire asiatique de Gengis Khan qu'il fallait explorer en premier. Kolya insista pour envoyer aussi un détachement dans la vallée de l'Indus à la recherche de Casey et des autres naufragés de son époque.

Mais ce n'était pas assez audacieux pour Zabel. Au bout d'une semaine, elle entra dans la chambre de Yeh-lü et planta un couteau dans la carte du monde. Les scribes s'égaillèrent comme une volée de moineaux. Yeh-lü la dévisagea avec un intérêt glacial.

— Zabel, nous sommes toujours étrangers ici…, commença Kolya.

— Babylone, dit-elle avec un geste vers son couteau, encore vibrant au cœur de l'Irak. C'est là que le Khan devrait concentrer ses forces. Greniers à céréales, voies commerciales, intimidation des paysans chinois… tout ça, c'est de la merde à côté de Babylone. C'est là que se trouve le véritable pouvoir dans ce nouveau monde – tu le sais aussi bien que moi, Kolya –, un pouvoir dont la manifestation a déchiré l'espace et le temps eux-mêmes. Si le Khan met la main dessus, sa divine mission de gouverner la planète pourrait finalement s'accomplir, peut-être même de son vivant.

En anglais, incompréhensible pour leurs interprètes, Kolya dit :

— Un tel pouvoir, entre les mains de *Gengis Khan* ? Zabel… tu es folle.

Elle le regarda, l'œil étincelant :

— Nous avons huit siècles d'avance, ne l'oublie pas. Nous pouvons contrôler ces sauvages.

Elle agita la main au-dessus de la carte du monde, comme pour en prendre possession.

— Il faudrait des générations pour construire quelque chose se rapprochant d'une civilisation moderne sur les débris d'histoire dont nous avons hérité. En nous appuyant sur les Mongols, nous pourrions réduire ça à moins d'une vie. Kolya, nous pouvons y arriver. En fait, c'est davantage qu'une occasion, c'est un *devoir*.

Devant la détermination de cette femme, Kolya se sentait dépassé.

— Mais c'est un cheval enragé que tu essaies d'enfourcher…

Yeh-lü se pencha vers eux. Par l'intermédiaire de Basile, il dit :

— Veuillez parler dans nos langues communes.

Ils s'excusèrent et Kolya lui rapporta une version expurgée de leur discussion.

Yeh-lü retira délicatement le poignard de la carte chatoyante et tira sur les fils coupés.

— Votre affaire n'est pas gagnée, dit-il à Zabel. Nous pourrions effectivement refermer la main sur le cœur battant de ce nouveau monde. Mais, si nous mourons de faim, il nous sera impossible de conserver notre prise.

Elle secoua la tête :

— Je vais en parler au Khan. Lui ne sera pas timoré au point de laisser échapper une telle occasion.

Le visage de Yeh-lü se referma. Kolya ne l'avait jamais vu si près de se mettre en colère.

— Envoyée du Ciel, tu n'as pas encore l'oreille de Gengis Khan.

— Attends un peu, dit-elle en anglais, et elle sourit d'un air provocant, visiblement sans crainte.

23

CONFÉRENCE

Répondant à la convocation d'Alexandre, le capitaine Grove, ses officiers, Bisesa et Abdikadir, avec Cecil De Morgan pour interprète – plus Ruddy et Josh qui devaient consigner cette stupéfiante conférence dans leurs carnets –, se dirigèrent vers la tente du roi. Du côté macédonien, il y aurait Alexandre lui-même, Eumène, Héphestion, Philippe – le médecin personnel du roi –, et un nombre impressionnant de courtisans, conseillers, pages et chambellans.

Le lieu de la rencontre était splendide : la propre tente d'Alexandre, venue avec lui du delta, immense, soutenue par des colonnes dorées et drapée de toile pailletée. Des sofas aux pieds d'argent avaient été disposés pour les visiteurs devant le trône en or du roi. Mais l'atmosphère était tendue : il y avait bien cent soldats en alerte dans toute la tente – les porte-boucliers, vêtus d'écarlate et de bleu roi, et les « Immortels » de Perse, avec leurs splendides mais malcommodes tuniques brodées.

Eumène, cherchant à éviter toute friction inutile, avait brièvement instruit Bisesa du protocole attendu des visiteurs en présence du roi. À leur entrée, les naufragés du futur s'étaient donc livrés à la *proskynesis*, nom grec d'une sorte de révérence perse consistant à envoyer un baiser au roi avant de s'incliner. Comme il fallait s'y attendre, la chose avait mis Abdikadir mal à l'aise, mais le capitaine Grove et ses officiers étaient restés d'un flegme imperturbable. Isolés aux marges de leur empire et entourés de roitelets, d'émirs et de rajahs, les Britanniques étaient à l'évidence habitués à se plier aux coutumes locales les plus farfelues.

Ce détail mis à part, Abdikadir avait l'air euphorique. Bisesa avait rencontré peu de gens aussi réalistes que lui, mais il se complaisait manifestement dans le fantasme que ces fastueux Macédoniens étaient vraiment ses ancêtres.

La délégation s'installa sur de luxueux sofas, des pages et des échansons apportèrent nourriture et boissons et la conférence put commencer. L'interprétation, par le truchement de lettrés grecs et de De Morgan, était parfois exaspérante de lenteur, mais ils faisaient des progrès réguliers, par moments à l'aide de cartes, de dessins et même en griffonnant sur des tablettes de cire macédoniennes ou des feuilles de papier arrachées aux carnets de Josh et de Ruddy.

Ils commencèrent par échanger des renseignements. Les sujets d'Alexandre n'avaient pas été surpris par le Mauvais Œil de Jamroud, qui continuait à planer au-dessus de la place d'armes. Depuis « le jour où le soleil avait sauté dans le ciel », comme l'appelaient les Macédoniens, leurs éclaireurs en avaient rencontré dans toute la vallée de l'Indus. Comme les Britanniques, ils s'étaient vite habitués à ces observateurs muets et les traitaient avec la même désinvolture.

Pragmatique, le chancelier Eumène s'intéressait moins à ces mystères qu'à la politique du futur qui avait conduit ces étrangers sur la Frontière. Il fallut un certain temps pour lui faire comprendre, ainsi qu'aux Macédoniens, que les Britanniques et Bisesa venaient de deux époques différentes – même si la période qui les séparait, à peine un siècle et demi, paraissait minime face au gouffre de vingt-quatre siècles entre l'époque d'Alexandre et celle de Bisesa. Néanmoins, quand le capitaine Grove esquissa les origines du Grand Jeu du xixe siècle, Eumène prouva qu'il avait l'esprit vif.

Bisesa se serait attendue que son conflit du xxie siècle soit moins compréhensible pour les Macédoniens, mais quand Abdikadir évoqua les réserves de pétrole d'Asie centrale, Eumène lui coupa la parole. Il se rappelait que, sur les berges d'une rivière de Perse, deux sources d'un étrange liquide avaient jailli du sol près de l'endroit où avait été dressée la tente royale.

— Cela ressemblait à de l'huile d'olive, dit Eumène, même si le sol n'était pas propice aux oliviers.

Alexandre, à l'époque, s'était demandé quels bénéfices pourraient être retirés de telles découvertes, si l'on en faisait d'autres – mais son devin personnel l'avait mis en garde, déclarant que cette huile était un présage de difficultés à venir.

— Nous sommes venus en ce pays chacun à notre époque avec des ambitions différentes, dit Eumène. Mais nous y sommes venus, même à des millénaires de distance. Peut-être s'agit-il des arènes où est de toute éternité destiné à se jouer le sort du monde.

Alexandre lui-même parlait peu. Assis sur son trône, le menton appuyé sur son poing, les yeux mi-clos, il levait parfois le regard avec une timidité étrangement enjôleuse, la tête inclinée. Il laissait le soin de conduire les débats principalement à Eumène, dont la grande intelligence frappait Bisesa, et à Héphestion, qui interrompait par moments son collègue pour lui demander des clarifications ou même pour le contredire. De toute évidence, il régnait entre eux une grande tension, mais peut-être Alexandre se félicitait-il des dissensions entre ces rivaux potentiels.

Puis la discussion porta sur la signification de ce qui leur était arrivé, à eux tous – la façon dont l'histoire avait pu être découpée en tranches, et pourquoi.

Les Macédoniens ne semblaient pas aussi impressionnés que Bisesa l'avait naïvement imaginé. Pour eux, il ne faisait aucun doute que les glissements de temps étaient l'œuvre des dieux, aux desseins par nature impénétrables : leur vision du monde, qui n'avait rien à voir avec la science, était étrangère à Bisesa, mais elle était assez souple pour s'accommoder de tels mystères. C'étaient de rudes soldats qui avaient parcouru des milliers de kilomètres dans d'étranges contrées et, comme leurs conseillers grecs, ils étaient dotés d'un psychisme solide.

Pour sa part, Alexandre semblait fasciné par les aspects philosophiques de la chose :

— Les morts peuvent-ils revivre ? murmura-t-il de sa profonde voix de baryton. Car, pour vous, je suis moi-même mort depuis longtemps… Et le passé peut-il être rétabli… les anciennes injustices amendées, les regrets effacés ?

— Un homme qui a autant de sang sur les mains que ce roi doit trouver attirante l'idée de corriger le passé…, chuchota Abdikadir à l'oreille de Bisesa.

— Pour la plupart des philosophes, le temps est cyclique, dit Héphestion. Comme les battements du cœur, le passage des saisons, les phases de la Lune. À Babylone, les astronomes ont établi un calendrier cosmique fondé sur le mouvement des planètes, avec une Grande Année qui dure, je crois, plus de quatre cent mille ans. Quand les planètes se regroupent dans une constellation donnée, il y a un gigantesque incendie, et l'« hiver », qui correspond à une autre configuration planétaire, est marqué par un déluge... Certains affirment même que les événements du passé se répètent *exactement* d'un cycle au suivant.

— Mais cette idée dérangeait Aristote, dit Alexandre, qui avait suivi les enseignements de ce philosophe. Si je vis autant avant la chute de Troie qu'après, quelle a pu être la *cause* de la guerre ?

— Et pourtant, dit Héphestion, s'il y a du vrai dans cette idée de cycles, cela peut expliquer bien des événements bizarres. Par exemple, les oracles et les prophéties : si le temps est cyclique, la prophétie est peut-être autant une question de mémoire du lointain passé qu'une vision de l'avenir. Et ce curieux mélange d'époques auquel nous sommes confrontés paraît beaucoup moins inexplicable. N'es-tu pas d'accord, Aristandre ?

Le vieux devin acquiesça.

Et la conversation se poursuivit ainsi entre Alexandre, Héphestion et Aristandre, parfois trop vite pour permettre à la cascade poussive d'interprètes de bien suivre.

— Ces gens sont admirables, murmura Ruddy, fasciné.

— Assez philosophé, dit Eumène, réaliste comme toujours.

Il demanda si quelqu'un avait une idée de la conduite à tenir.

Le capitaine Grove répondit qu'il avait une suggestion. Il avait apporté un atlas – une vieillerie, même selon ses critères, empruntée à une salle de classe victorienne – qu'il ouvrit.

Les Macédoniens avaient l'habitude des cartes et de leur confection. Dans ses campagnes, Alexandre s'était fait accompagner de topographes et de dessinateurs chargés de dresser celle des territoires conquis, dont beaucoup étaient peu connus du monde grec antique. Les Macédoniens furent donc intéressés par l'atlas et ils s'attroupèrent autour du petit ouvrage, fascinés par la qualité de l'impression, la régularité des caractères et la vivacité des couleurs. Les Macédoniens semblaient n'avoir aucun mal à accepter que le monde méditerranéen qu'ils connaissaient n'était qu'une petite partie de la planète, et que celle-ci était une sphère, comme l'avait annoncé Pythagore des siècles avant eux. En fait, Aristote, le précepteur d'Alexandre, avait écrit tout un livre à ce propos. Pour sa part, Bisesa trouvait amusantes les grandes étendues colorées en rose représentant les territoires de l'Empire britannique à son apogée.

Pour finir, Alexandre s'impatienta et demanda qu'on apporte l'atlas jusqu'à son trône. Mais il fut consterné quand on lui montra les limites de son empire sur le planisphère.

— Je pensais avoir marqué le monde d'une profonde empreinte… mais il y a tant de choses que je n'ai pas vues, dit-il.

Atlas en main, le capitaine Grove suggéra qu'ils joignent leurs forces pour faire route vers Babylone.

Abdikadir essaya d'expliquer les signaux radio repérés par le Soyouz. Comme il fallait s'y attendre, les Macédoniens ne comprirent pas de quoi il s'agissait, jusqu'à ce que Josh et Ruddy trouvent des métaphores heureuses.

— C'est comme le son de trompettes inaudibles, expliqua Ruddy. Ou l'éclat de miroirs invisibles…

— Et le seul signal que nous ayons repéré venait de *là*, enchaîna Abdikadir en montrant du doigt Babylone. C'est sans aucun doute notre meilleure chance de découvrir ce qui nous est arrivé, à nous et au monde.

Tout ceci fut transmis à Alexandre.

Babylone parlait aussi à l'imagination des Macédoniens. Ils n'avaient pas eu de nouvelles de Macédoine ni de nulle part en dehors de la vallée de l'Indus depuis des jours et des jours – pas plus que les Britanniques n'avaient reçu de messages de leur propre époque. La question qui se posait était de savoir où s'installer si la situation ne s'arrangeait pas. Alexandre avait toujours envisagé de faire de Babylone la capitale d'un empire s'étendant de l'Inde à la Méditerranée, uni par les voies maritimes et fluviale. Ce rêve était peut-être encore réalisable, même avec les ressources dont il disposait, même si le reste du monde qu'il avait connu n'existait plus.

Pour toutes ces raisons, la conduite à adopter semblait s'imposer d'elle-même. Un consensus finit par se dégager et Ruddy, enthousiaste, s'écria :

— Babylone ! Grand Dieu… Où cette aventure ne nous entraînera-t-elle pas ?

Ils passèrent vite aux détails de calendrier et de logistique. À l'extérieur de la tente la lumière déclinait, à l'intérieur les domestiques circulaient pour resservir du vin et le niveau sonore des conversations montait peu à peu.

Dès qu'ils le purent, Josh, Abdikadir, Ruddy et Bisesa se regroupèrent à l'écart des Macédoniens.

— Il va falloir laisser quelque chose pour Zabel et Kolya, au cas où ils réussiraient à arriver jusqu'ici, dit Bisesa.

Ils envisagèrent de construire des repères tels que de grandes flèches de pierres sur le sol, de cacher des messages dans des cairns, ou même de laisser des radios pour les cosmonautes naufragés.

— Et vous êtes d'accord pour vous allier avec Alexandre et sa clique ? demanda Abdikadir.

— Oui, répondit aussitôt Ruddy. Aristote lui a appris l'ouverture d'esprit, la générosité, la curiosité pour ce qui l'entourait. Son voyage était autant une exploration qu'une expédition militaire…

— Le capitaine Cook à la tête d'une armée de cinquante mille hommes, dit Abdikadir, songeur.

— Et c'est certainement cette même ouverture d'esprit, poursuivit Ruddy, qui leur a permis d'accepter les coutumes de peuplades étrangères… et ainsi de souder un empire qui, sans la mort prématurée d'Alexandre, aurait pu durer des siècles et faire progresser la civilisation de mille ans.

— Mais *ici*, fit remarquer Josh, Alexandre n'est pas mort…

Bisesa prit conscience que celui-ci les observait. Il se pencha en arrière pour murmurer quelque chose à l'oreille de son eunuque et elle se demanda s'il avait entendu ce qu'ils disaient.

— Je ne crois pas que l'on puisse laisser un plus bel héritage, conclut Ruddy, que d'avoir fondé un «Empire britannique» en Europe et en Asie deux mille ans avant notre époque!

— Mais l'empire d'Alexandre, protesta Josh, n'avait rien à voir avec la démocratie ou les valeurs grecques. Il a commis des atrocités – l'incendie de Persépolis, par exemple. Il a financé chaque étape de sa campagne avec le butin de la précédente. Et il a sacrifié des vies sans compter… près de trois quarts de million, selon certaines estimations.

— C'était un homme de son temps, dit Ruddy, aussi sérieux et cynique que s'il était deux fois plus âgé. À quoi aurait-il fallu s'attendre? Dans son monde, l'harmonie ne pouvait venir que de l'empire. À l'intérieur de ses frontières régnaient l'ordre, la culture, les germes de la civilisation. À l'extérieur, ce n'était que chaos et barbarie. Il n'existait pas d'autre moyen de gouverner ! Et ce qu'il a accompli a duré, même s'il n'en a pas été de même pour son empire. Il a diffusé la langue grecque d'Alexandrie à la Syrie. Quand les Romains ont étendu leur empire vers l'est, ils ont trouvé, non pas des barbares, mais des peuples de culture grecque. Sans cet héritage, le christianisme aurait eu du mal à se répandre hors de Judée.

— Peut-être, dit Abdikadir avec un large sourire. Mais, mon cher Kipling, je ne suis pas chrétien !

Le capitaine Grove vint les rejoindre.

— Je crois que l'affaire est réglée, dit-il tranquillement. Je suis bien content que nous soyons parvenus si vite à un accord et il est remarquable que nous ayons tant de choses en commun. Je suppose qu'en deux mille ans rien de fondamental n'a changé en matière de déplacement des armées… Mais regardez : je crois que la réunion commence à dégénérer légèrement. J'ai entendu parler d'Alexandre et de ses débauches, ajouta-t-il avec un sourire contrit, et même si je préférerais m'en abstenir, je crains qu'il soit de bonne politique de m'attarder pour faire plus ample connaissance avec ces garçons. Ne craignez rien : je tiens bien l'alcool ! Mes hommes vont rester, eux aussi – mais si vous voulez vous éclipser…

Bisesa saisit la perche qui lui était tendue. Josh et Ruddy décidèrent de partir, avec cependant, pour ce dernier, un regard de regret vers le miroitant intérieur de la tente royale où une jeune femme aux courbes avantageuses simplement vêtue d'un long voile commençait à danser.

Hors de la tente, Bisesa trouva Philippe, le médecin personnel d'Alexandre, qui l'attendait. Elle s'empressa d'appeler De Morgan. Le mandataire était déjà à moitié ivre, mais encore capable de traduire.

— Le roi sait que vous avez parlé de sa mort, dit Philippe.

— Euh. Je suis désolée.

— Et il vous demande de lui dire comment il mourra.

Bisesa hésita.

— Nous avons une légende. Un récit de ce qui lui est arrivé…

— Il va donc mourir bientôt, murmura Philippe.

— Oui. C'est ce qui devrait se passer.

— Où ?

Elle hésita encore.

— À Babylone.

— Alors il va mourir jeune, comme Achille, son héros. Ça lui ressemble bien !

Philippe jeta un coup d'œil vers la tente du roi où, à en juger par le bruit, l'orgie prenait tournure. Il avait l'air inquiet, mais résigné.

— Eh bien, ce n'est pas une surprise. Il boit comme il se bat, assez pour dix hommes. Et il a presque été tué par une flèche qui lui a traversé le poumon. Je crains qu'il ne prenne pas le temps de se remettre, mais…

— … il n'écoutera pas son docteur.

— Certaines choses ne changent jamais, conclut Philippe en souriant.

Bisesa se décida rapidement. Elle fouilla dans sa trousse de survie, sous sa combinaison, et en sortit une plaquette de comprimés contre la malaria. Elle montra à Philippe comment extraire les cachets de leur logement.

— Donnez ceci à votre roi, dit-elle. Personne ne sait avec certitude ce qui lui est arrivé. La rumeur, les rivalités et les chroniques mensongères ont obscurci la vérité.

Mais certains pensent qu'il est mort de la maladie que ces comprimés lui éviteront.

Philippe fronça les sourcils.

— Pourquoi me donnez-vous ça ?

— Parce que je pense que votre roi va beaucoup compter pour notre avenir à tous. S'il meurt, au moins ce ne sera pas de cette façon.

Philippe prit la plaquette de comprimés et sourit.

— Merci. Mais, dites-moi…

— Oui ?

— Se souviendra-t-on de lui, dans le futur ?

Encore une fois, le curieux dilemme d'une trop grande connaissance… complétée, pour Bisesa, par de longues séances avec son portable pour compléter ses souvenirs de l'histoire d'Alexandre.

— Oui. On se souviendra même de son cheval !

Bucéphale était mort au cours d'une bataille au bord de la Jhelum.

— Dans plus de mille ans, les souverains d'un pays situé par-delà l'Oxus prétendront que leurs chevaux avaient autrefois des cornes sur la tête parce qu'ils descendaient de Bucéphale, qui les avait engendrés à l'occasion du passage d'Alexandre.

Philippe était ravi.

— Alexandre avait fait confectionner une coiffe avec des cornes d'or que Bucéphale portait à la bataille. Si jamais la mort du roi est proche…

— Dites-le-lui, alors.

Quand il fut parti, elle se tourna vers De Morgan :

— Et vous, gardez ça pour vous.

— Bien sûr. Il faut conserver Alexandre en vie… Si nous sommes coincés ici, il pourrait bien être notre meilleur espoir de préserver quelque chose de notre avenir. Mais par tous les dieux, Bisesa ! Pourquoi ne pas lui avoir *vendu* ces pilules ? Alexandre est mille fois plus riche que n'importe quel homme de son temps ! Quel gâchis...

Elle s'éloigna en riant.

24

LA CHASSE

Le jour de la battue était finalement arrivé.
Une immense zone avait été délimitée dans la steppe pour la chasse, organisée comme un exercice militaire. Plusieurs unités, placées chacune sous le commandement d'un général, étaient déployées en un grand cordon. Encadrant des sections entières et précédés par des éclaireurs, les rabatteurs convergeaient vers le centre, se déplaçant comme lors d'une manœuvre. Des trompettes et des drapeaux servaient à communiquer d'un bout à l'autre de cette masse humaine, permettant, une fois le cercle refermé, de maintenir la cohésion de ce dernier avec une grande précision.

Quand démarra la battue, Gengis Khan conduisit en personne le cortège impérial sur une petite crête constituant un bon poste d'observation. La présence de la famille royale au grand complet était requise, avec les épouses et les concubines de Gengis, ses domestiques et ses chambellans. Yeh-lü, qui faisait partie de la suite royale, était accompagné de Zabel, de Kolya et de leurs interprètes.

L'échelle de l'exercice était impressionnante. Pourtant quand il prit place au sommet de la crête, Kolya ne vit, dans la plaine à ses pieds, que deux ou trois unités militaires, rangées en formation, étendards au vent, chevaux piaffants : le reste était quelque part derrière l'horizon. Il fut aussi frappé par l'opulence des installations, des boissons et des mets mis à leur disposition.

En attendant la fin de la battue, des démonstrations de fauconnerie avaient été organisées pour distraire la famille impériale. Un homme arriva avec un aigle majestueux perché sur son gant. Quand l'oiseau déployait ses ailes, son envergure était supérieure à la taille de son dresseur. Un agneau fut lâché et le rapace s'élança avec une férocité telle qu'il fit, à l'hilarité générale, perdre son équilibre au fauconnier.

Des courses de chevaux suivirent. Chez les Mongols, celles-ci se couraient sur des kilomètres et seule la dernière partie en était visible depuis la place de Kolya. Les jockeys, des enfants qui semblaient n'avoir guère plus de sept ou huit ans, montaient pieds nus et à cru. Les compétitions étaient féroces et l'arrivée, masquée par un épais nuage de poussière, était serrée. La famille royale jetait aux vainqueurs de l'or et des bijoux.

Aux yeux de Kolya, ce n'était qu'un exemple de plus du mélange de barbarie et d'ostentation vulgaire des Mongols – comme le lui dit Zabel : « Ces gens n'ont vraiment aucun goût. » Mais il ne pouvait contester la calme aura de Gengis Khan lui-même.

Militairement discipliné, politiquement intelligent, incorruptible et résolu, ce dernier était fils d'un chef de clan. Il s'appelait Temüdjin, ce qui signifiait « forgeron » ; son nom d'adoption signifiait « souverain universel ». En une dizaine d'années d'un conflit fratricide, il avait, pour la première fois depuis des générations, uni les Mongols en une seule nation, devenant « le chef de toutes les tribus qui vivent dans des tentes de feutre ».

Les armées mongoles étaient essentiellement constituées d'une cavalerie extrêmement mobile et disciplinée. Leur technique de combat avait été affinée par des générations consacrées à chasser et à guerroyer dans les plaines. Pour les nations sédentaires de fermiers et de citadins riveraines de la steppe, les Mongols étaient des voisins difficiles, mais ils n'avaient rien d'exceptionnel. Pendant des siècles, les vastes étendues d'Asie avaient engendré des armées de cavaliers en maraude ; les Mongols n'étaient que les héritiers d'une longue et sanglante tradition. Mais, sous Gengis Khan, ils étaient devenus une calamité.

Ils avaient commencé par attaquer les trois royaumes de Chine. Après s'être rapidement enrichis grâce à leurs pillages, ils s'étaient tournés vers l'ouest et le Khorezm, un riche et antique royaume musulman qui s'étendait de l'Iran à la mer d'Aral. Puis ils avaient franchi le Caucase pour envahir l'Ukraine et la Crimée et poussé vers le nord lors d'une révoltante incursion en Russie. À la mort de Gengis Khan, son empire, bâti en moins d'une génération, était déjà quatre fois plus étendu que celui d'Alexandre et deux fois plus que l'avait jamais été l'Empire romain.

Mais Gengis Khan était resté un barbare, son seul but était l'enrichissement et l'accroissement du pouvoir de sa famille. Et les Mongols étaient des tueurs. Leur cruauté découlait de leurs traditions : nomades illettrés, ils ne voyaient pas la moindre utilité à l'agriculture, pas d'autre intérêt aux villes que d'être sources de butin… et ils n'accordaient aucune valeur à la vie humaine. C'était ainsi qu'ils menaient toutes leurs conquêtes.

Et voilà que Kolya se retrouvait transporté comme par magie au cœur même de leur empire. Ici les bienfaits du système étaient plus apparents que dans les livres d'histoire rédigés par les descendants des vaincus. Pour la première fois, l'Asie avait été unie des confins de l'Europe à la mer de Chine : les motifs des tapisseries ornant la tente de Gengis Khan combinaient dragons chinois et phénix iraniens. Même si le contact s'était rompu après la désintégration de l'empire, au point que les mythiques royaumes d'Orient étaient devenus de lointains souvenirs, ceux-ci allaient inciter un jour Christophe Colomb à s'élancer sur l'océan Atlantique en quête d'une nouvelle route vers Cathay.

Mais dans les pays envahis, les souffrances avaient été considérables. D'antiques cités avaient été rasées, des populations entières massacrées. Face à la misère humaine dont Kolya avait conscience jusque sous la tente même de Gengis Khan, les bienfaits de l'empire semblaient fort minces, en vérité.

Il ne lui échappait toutefois pas que Zabel était séduite par le charme vénéneux des Mongols.

Les rabatteurs apparurent enfin à l'horizon, poussant des hurlements, et convergèrent vers le terrain de chasse. Des estafettes tendaient des cordes entre les groupes armés pour constituer un genre de nasse. Les animaux acculés couraient çà et là, à peine visibles au milieu du grand nuage de poussière qu'ils soulevaient.

Kolya s'efforça de les distinguer :

— Je me demande ce qu'ils ont pris. Je vois des chevaux – ou peut-être des ânes –, des loups, des hyènes, des renards, des chameaux, des lièvres… tous l'air terrifiés.

Zabel pointa un doigt :

— Regarde par là.

Une silhouette massive émergeait de la poussière. De prime abord, on aurait cru un gros rocher, ou un bloc de terre, beaucoup plus haut qu'un être humain. Mais la créature se déplaçait pesamment, roulant de ses puissantes épaules, et son pelage roussâtre ondulait à la façon de draperies. Quand elle leva la tête, Kolya vit une trompe recourbée, des défenses spiralées, et il entendit comme une sonnerie de trompette.

— *Un mammouth*, s'exclama-t-il. Les chasseurs de Gengis Khan ont débusqué dans les zones temporelles un gibier auquel personne ne s'attendait… Plusieurs générations ont rêvé d'assister à un tel spectacle. Si seulement nous avions un appareil photo !

Mais Zabel restait indifférente.

Un peu raide, Gengis Khan monta à cheval. Il s'éloigna, entouré de quelques gardes. C'était son privilège de procéder à la première mise à mort. Il prit position en contrebas, à moins de vingt mètres de Kolya, et attendit que l'on rabatte la proie vers lui.

Brusquement des cris s'élevèrent. Certains gardes rompirent les rangs et s'enfuirent, malgré les ordres de leur capitaine. À travers le nuage de poussière qui s'élevait devant Gengis, Kolya vit un chiffon rouge projeté en l'air – non, pas un chiffon, un *être humain*, un guerrier mongol, la poitrine ouverte, entrailles dégoulinantes.

Gengis Khan, sans se laisser impressionner, maintenait son cheval sur place, lance et cimeterre prêts à frapper.

Kolya vit émerger de la poussière la bête qui approchait. Elle avait la démarche féline d'un lion, mais en plus puissamment musclé, avec un garrot qui ressemblait davantage à celui d'un ours. Et, quand elle ouvrit la gueule, elle découvrit des crocs incurvés comme le cimeterre de Gengis Khan. Dans un silence de mort, l'empereur et le tigre à dents de sabre se firent face.

Puis un coup de feu retentit, aussi inattendu qu'un éclat de tonnerre dans un ciel serein. Il avait été tiré si près de Kolya que ce dernier en avait les oreilles qui tintaient, et il avait entendu la balle siffler au passage. Autour de lui, la famille royale et sa suite poussaient des hurlements et des cris d'effroi. La tête du fauve avait explosée, ce n'était plus qu'une masse sanguinolente et l'animal gisait maintenant dans la poussière, les pattes arrière tressautantes. Le cheval de Gengis Khan s'agitait, mais l'empereur n'avait pas cillé.

C'était Zabel, bien entendu. Mais elle avait déjà dissimulé le pistolet. Elle écarta les bras :

— *Tengri !* Je suis l'envoyée du Ciel, venue pour te sauver, car ton destin est de vivre à jamais et de régner sur le monde entier !

Elle se tourna vers Basile, tout tremblant. Dans un mauvais français, elle murmura :

— Traduis, espèce de chien, ou le prochain coup c'est ta tête que je fais sauter !

Gengis Khan la regardait fixement.

Le massacre des animaux pris au piège dura des jours. D'habitude, les Mongols laissaient s'échapper quelques bêtes, mais en cette occasion, la vie de Gengis Khan ayant été menacée, il ne fut permis à aucune de survivre.

Kolya examina avec curiosité les trophées. La tête et les défenses de plusieurs mammouths avaient été présentées à Gengis, ainsi qu'une horde de lions d'une taille inusitée et des renards au superbe pelage d'un blanc de neige.

Une curieuse espèce d'humains avait aussi été prise dans la nasse. Nus, excellents coureurs mais incapables de s'échapper, il s'agissait d'une petite famille, un homme, une femme et un enfant. L'homme avait aussitôt été abattu, la femme et l'enfant conduits chargés de chaînes devant la famille royale. Ces malheureuses créatures étaient crasseuses et semblaient dépourvues de langage. La femme fut livrée à l'amusement des soldats et l'enfant gardé quelques jours dans une cage. Privé de ses parents, il avait refusé de manger et avait rapidement dépéri.

Kolya ne le vit qu'une fois de près. Assis par terre dans sa cage, l'enfant était grand – plus que tous les Mongols, et même que Kolya –, mais son corps et son visage étaient ceux, pas complètement formés, d'un enfant. Sa peau était tannée par les éléments et il avait les pieds calleux. Ses muscles étaient durs comme du bois et il n'avait pas un gramme de graisse. Il donnait l'impression de pouvoir courir toute une journée sans s'arrêter. Quand il regarda Kolya, ses yeux, sous la saillie d'arcades sourcilières protubérantes, étaient d'un bleu saisissant, aussi clair que le ciel. Il s'y lisait une intelligence… mais ce n'était pas vraiment une intelligence humaine ; c'était une perspicacité brute, impersonnelle, comme dans le regard d'un lion.

Kolya essaya d'aller en discuter avec Zabel. Il s'agissait sans doute d'un humain primitif, un *Homo erectus*, peut-être, piégé par la Discontinuité. Mais Zabel était introuvable.

Quand il revint, la cage avait disparu. Il apprit que le garçon était mort, son corps avait été emporté et enterré avec le reste des dépouilles de la chasse.

Zabel réapparut le lendemain vers midi, alors que Yeh-lü et Kolya étaient plongés dans une de leurs séances de stratégie.

Elle portait une tunique mongole richement brodée, du genre de celles qu'affectionnait la famille royale, mais elle avait dans les cheveux et autour du cou des morceaux de soie de parachute orange vif, symbole de ses origines différentes. Elle avait l'air excitée, déchaînée telle une créature n'appartenant ni à un monde ni à l'autre.

Yeh-lü se redressa et la dévisagea soigneusement, sur ses gardes, calculateur.

— Que t'est-il arrivé? demanda Kolya en anglais. Je ne t'ai pas revue depuis que tu t'es servie de ton pistolet.

— C'était spectaculaire, hein? murmura-t-elle. Et ç'a marché.

— Que veux-tu dire par là, « ç'a marché »? Gengis Khan aurait pu te faire mettre à mort pour lui avoir ravi la préséance de la chasse.

— Mais il n'en a rien fait. Il m'a convoquée dans sa yourte. Il a renvoyé tout le monde, même les interprètes… Nous sommes restés seuls tous les deux. Je pense qu'il croit vraiment, maintenant, que je suis l'envoyée de son *Tengri*. Tu sais, quand je suis arrivée, ça faisait des heures qu'il buvait, alors j'ai soigné sa gueule de bois. J'ai embrassé sa coupe de vin et j'ai fait tomber dedans un peu d'aspirine que j'avais cachée dans ma bouche. C'était facile. Je t'assure, Kolya…

— Que lui as-tu proposé, Zabel?

— Ce qu'il voulait. Il y a longtemps, une mission divine lui a été confiée par un chaman. Gengis est le représentant de son *Tengri* sur Terre, envoyé régner sur tous les humains. Il sait que sa mission n'est pas encore terminée – et que, depuis la

Discontinuité, il a même perdu du terrain –, mais il sait aussi qu'il vieillit. Ce monument communiste portant la date de sa mort lui a foutu une trouille de tous les diables. Il veut du temps pour accomplir sa mission – *il veut l'immortalité.* Et c'est ce que je lui ai promis. Je lui ai dit qu'à Babylone il trouverait la pierre philosophale.

— Tu es cinglée, dit Kolya, le souffle coupé.

— Qu'est-ce que tu en sais, Kolya ? Nous n'avons aucune idée de ce qui nous attend à Babylone. Qui sait ce qui peut arriver ? Et qui peut nous arrêter ? Casey ? Ces abrutis d'Anglais en Inde ?

Kolya hésita.

— Est-ce que Gengis t'a mise dans son lit ?

Elle sourit.

— Je savais qu'il serait rebuté par de la chair propre, alors j'ai ramassé un peu de crottin de son cheval favori et je m'en suis frotté les cheveux. Je me suis même un peu roulée dans la boue. Ça a marché. Et, tu sais, il a bien aimé ma peau. Lisse… sans cicatrices de maladies. Il n'aime peut-être pas l'hygiène, mais il en apprécie les conséquences.

Elle s'assombrit.

— Il m'a prise par-derrière. Les Mongols font l'amour avec presque autant de subtilité qu'ils font la guerre. Cette espèce de salopard me paiera ça un jour.

— Zabel.

— Mais pas aujourd'hui. Il a eu ce qu'il voulait et moi aussi.

Elle fit signe à Basile.

— Eh, le franchouillard. Répète à Yeh-lü ce que Gengis a décidé. Les Mongols seraient de toute façon arrivés en Irak dans une génération ou deux, cette campagne ne sera pas une épreuve pour eux. La *quriltaï*, le conseil de guerre, est déjà convoqué.

Elle prit dans sa botte un poignard qu'elle planta sur la carte, là où elle l'avait déjà fait, à l'emplacement de Babylone. Cette fois, personne n'osa l'en retirer.

QUATRIÈME PARTIE

AU CONFLUENT DE L'HISTOIRE

25

LA FLOTTE

Malgré le mauvais temps, la flotte d'Alexandre rassemblée non loin du rivage offrait un spectacle superbe. Les trirèmes arboraient leurs triples rangées de rames, des chevaux hennissaient nerveusement à bord de barges à fond plat, mais les plus impressionnants étaient les *zohruks*, ces chalands indiens de transport de céréales à faible tirant d'eau d'un modèle qui existait encore au XXIe siècle. La pluie tombait à verse, plongeant tout dans la pénombre, délavant les couleurs et estompant détails et perspectives, mais elle était chaude et les rameurs étaient nus, leurs corps bronzés aux muscles noueux aussi luisants que leurs cheveux plaqués sur le crâne par l'eau qui ruisselait ensuite sur leur visage.

Bisesa ne put résister à l'envie de prendre des photos, mais son portable protesta :

— Où est-ce que tu te crois, dans un parc à thème ? Tu vas saturer ma mémoire bien avant d'arriver à Babylone et qu'est-ce que tu feras alors ? En plus, ça m'expose à l'humidité…

Pendant ce temps, Alexandre sollicitait des dieux leur bienveillance pour l'expédition à venir. Debout à la proue de son navire, il versait avec une coupe en or des libations dans la mer et demandait à Poséidon, aux Néréides et aux esprits de l'Océan de protéger sa flotte. Puis il poursuivit par des offrandes à Héraklès, censé être son ancêtre, et à Ammon, le dieu égyptien assimilé à Zeus qui lui avait « révélé » être son père dans un sanctuaire en plein désert.

Les quelques centaines de soldats britanniques du XIXe siècle, approximativement alignés par leurs officiers, regardaient avec stupéfaction, et non sans quelques commentaires ironiques, le roi accomplir son devoir divin. Mais, Tommies aussi bien que cipayes, ils avaient profité sans rechigner de l'hospitalité du camp macédonien ; la cérémonie en cours marquait la fin de plusieurs jours de sacrifices et de célébrations, de joutes musicales et de compétitions athlétiques. La veille au soir, le roi avait offert à chaque escouade un animal « sacrificiel » – vache, chèvre ou mouton. Aux yeux de Bisesa, il s'était agi du plus formidable barbecue de l'histoire.

Ruddy Kipling, debout près d'elle, son large visage abrité sous la visière de sa casquette, se tirailla nerveusement la moustache.

— L'esprit humain est encombré de tant d'absurdités ! Vous savez, quand j'étais enfant, mon *ayah*, qui était catholique romaine, nous emmenait à l'église – celle qui se trouve près du jardin botanique de Parel, si vous connaissez. J'aimais la solennité et la dignité des cérémonies qui s'y déroulaient. Plus tard, nous avons eu un porteur nommé Meeta qui nous apprenait des chansons locales et nous emmenait dans des temples hindous. J'appréciais assez leurs dieux tapis dans la pénombre, mais amicaux.

— Une enfance d'un œcuménisme intéressant, dit sèchement Abdikadir.

— Peut-être, dit Kipling. Mais les histoires qu'on raconte aux enfants sont une chose… et le ridicule panthéon hindou n'est guère plus que cela : monstrueux, inepte et truffé d'obscènes images phalliques ! Et qu'est-ce, sinon un lointain écho de cette grotesque clique en l'honneur de qui Alexandre gaspille du bon vin… et à laquelle il croit lui-même appartenir ?

— À Rome, fais comme les Romains, dit Josh.

Ruddy lui donna une claque dans le dos.

— Mais, mon cher, sur ce monde Rome n'a probablement jamais été fondée ! Que suis-je donc censé faire ? Hein, hein ?

Les cérémonies enfin terminées, Bisesa et ses compagnons se dirigèrent vers les embarcations qui devaient les transférer à bord. Il était prévu qu'ils voyagent avec la flotte, en compagnie de la majeure partie des troupes britanniques et de près de la moitié de l'armée d'Alexandre, tandis que le reste suivrait la côte par voie de terre.

L'armée leva le camp et le convoi commença à se former. Le spectacle était chaotique, avec ces milliers d'hommes, de femmes, d'enfants, de chevaux, de mulets, de bœufs, de chèvres et de moutons grouillant en tous sens. Il y avait des chariots croulant sous les marchandises et les ustensiles appartenant aux cuisiniers, charpentiers, cordonniers, armuriers et autres artisans ou marchands qui suivaient l'armée. Les catapultes et les machines de siège démontées pour le transport dressaient leurs silhouettes énigmatiques. Des prostituées et des porteurs d'eau passaient parmi la foule et les têtes altières des chameaux dominaient la cohue. Le vacarme – tumulte de voix, de cloches et de trompettes mêlé aux mugissements des animaux de trait – était extraordinaire. La présence des australopithèques désorientées, enfermées dans une cage improvisée installée sur un chariot, ne faisait qu'ajouter à l'atmosphère de cirque de l'ensemble.

Les rescapés du XXIe siècle étaient médusés.

— Quel boxon, dit Casey. Je n'ai jamais vu ça de ma vie.

Mais tout se mit en place petit à petit. Les barreurs crièrent des ordres et les rames plongèrent dans l'eau. Et, sur terre comme sur mer, les hommes d'Alexandre entonnèrent des chants rythmés.

— Les chansons du Sindh, dit Abdikadir. Quelle splendeur, ces milliers de voix qui s'élèvent à l'unisson.

— Allez, viens, dit Casey, montons à bord avant que les cipayes raflent les meilleures places.

La flotte devait voguer vers l'ouest sur la mer d'Oman, puis entrer dans le golfe Persique, pendant que l'armée et le reste du convoi la suivaient en longeant les côtes du Pakistan et de l'Iran. Tous se retrouveraient au fond du golfe et remonteraient ensuite vers Babylone. Ces routes parallèles étaient nécessaires : les navires d'Alexandre ne pouvaient rester plus de quelques jours en mer sans faire escale pour se réapprovisionner.

Mais, sur terre, la progression était difficile. L'étrange pluie volcanique tombait presque sans discontinuer d'une chape de nuages d'un gris cendreux. Le sol n'était plus que boue où s'enlisaient chariots, bêtes et humains, tandis que la chaleur restait étouffante et l'humidité prodigieuse. Le convoi se retrouva vite étiré sur des kilomètres, véritable chaîne de souffrances laissant dans son sillage des débris de matériel irréparable et des cadavres d'animaux épuisés – puis, au bout d'à peine quelques jours, ceux d'hommes, de femmes et d'enfants.

Casey trouvait insupportable la vue des Indiennes qui devaient marcher derrière les chariots ou les chameaux en portant des quantités de marchandises empilées sur la tête. Comme le fit remarquer Ruddy :

— Avez-vous vu tout ce dont manquent ces gens de l'âge du fer – pas seulement le plus évident, comme l'éclairage au gaz, les machines à écrire et les pantalons, mais des choses d'une simplicité aussi flagrante que le collier d'attelage ? Je suppose que c'est juste parce que personne n'en a encore eu l'idée et que, une fois qu'une chose a été inventée, elle le *reste*…

Cette remarque frappa Casey. Quelques jours plus tard, il dessina une brouette rudimentaire et alla trouver les conseillers d'Alexandre. Héphestion refusa de réfléchir à sa suggestion, et même Eumène se montra sceptique, tant que Casey n'eut pas bricolé un modèle réduit pour démontrer le principe.

À la halte suivante, Eumène ordonna la construction du plus grand nombre possible de brouettes. Il y avait peu d'arbres disponibles à proximité, mais on recycla le bois d'un chaland qui avait sombré. Ce soir-là, les charpentiers assemblèrent sous la direction de Casey plus de cinquante brouettes utilisables, puis, le lendemain, ayant appris de leurs erreurs de la veille, près d'une centaine. Pour une armée qui avait réussi à construire toute une flotte sur les rives de l'Indus, bricoler quelques brouettes n'était pas un si grand exploit.

Les jours suivants, le convoi se trouva passer sur un terrain rocheux où les brouettes firent merveille. Il fallait voir les femmes du convoi pousser joyeusement des engins qui auraient pu venir d'une jardinerie du centre de l'Angleterre, chargés de marchandises et d'enfants perchés en équilibre précaire au sommet. Mais ensuite la boue revint et les brouettes s'enlisèrent. Les Macédoniens ne tardèrent pas à les abandonner, avec force moqueries à l'encontre de la technologie moderne.

Tous les trois ou quatre jours, les navires devaient mouiller près du rivage pour se ravitailler. Les troupes voyageant par voie de terre étaient censées se procurer au passage leur propre subsistance et celle des équipages et des passagers des navires. Ce qui se révélait de plus en plus problématique à mesure qu'ils s'éloignaient du delta de l'Indus, le pays étant de plus en plus désolé.

Les marins amélioraient donc leur ordinaire à l'aide de ce qu'ils trouvaient dans les flaques laissées par les marées : solens, huîtres et parfois moules. Une fois, alors que Bisesa participait à une de ces distrayantes expéditions de pêche à pied, une baleine creva la surface de l'eau, le panache craché par son évent jaillissant dangereusement près des navires à l'ancre. Les Macédoniens furent d'abord terrifiés, mais les Indiens rirent. Un groupe de fantassins se précipita dans la mer en hurlant et en frappant l'eau avec leur lance, leur bouclier ou le plat de leur épée. Quand l'animal refit surface, il s'était éloigné de plusieurs centaines de mètres et, ensuite, on ne le revit plus.

Au passage, des éclaireurs exploraient la région qu'ils traversaient pour dresser des cartes, comme l'armée d'Alexandre l'avait toujours fait. La cartographie avait aussi été un outil essentiel aux Britanniques pour bâtir et conserver leur empire, et maintenant des cartographes britanniques armés de théodolites se joignaient aux éclaireurs grecs et macédoniens. Partout où ils passaient, ils dressaient de nouvelles cartes qu'ils comparaient à celles d'avant la Discontinuité.

Mais ils croisaient peu de monde.

Les éclaireurs revinrent une fois en disant qu'ils avaient rencontré un groupe d'une centaine d'hommes, de femmes et d'enfants étrangement habillés de vêtements aux couleurs vives qui tombaient en loques. Ils mouraient de soif et parlaient une langue que les Macédoniens n'avaient pas reconnue. Personne, dans l'entourage de Bisesa ou des soldats britanniques, ne les avait vus de leurs yeux. Abdikadir supposa qu'ils venaient d'un hôtel du xxᵉ siècle, ou même du xxiᵉ. Condamnés à errer, coupés de leur pays d'origine disparu dans les couloirs du temps, ces réfugiés pouvaient être comparés à des ruines en négatif. Dans un contexte historique normal, les populations disparaissaient, laissant les sables envahir peu à peu leurs cités ; là, c'était l'inverse… Les soldats d'Alexandre, qui avaient reçu l'ordre de protéger le convoi d'approvisionnement, avaient tué deux ou trois réfugiés à titre d'exemple et chassé les autres.

Si les gens étaient rares, les Œils étaient omniprésents. Le long de la côte, ils étaient alignés tels des lampadaires plantés tous les quelques kilomètres sur le front de mer, et dans l'intérieur des terres ils recouvraient le pays d'un maillage distendu.

Presque tout le monde les ignorait, mais Bisesa continuait à éprouver pour eux une fascination morbide. Si un Œil s'était subitement matérialisé dans son ancien monde – faisant par exemple son apparition sur ce vieux classique des amateurs d'ovnis, la pelouse de la Maison-Blanche –, il se serait agi d'un événement extraordinaire, de la sensation du siècle. Mais ici, la plupart des gens ne voulaient même pas en parler. À la notable exception d'Eumène : il se plantait devant eux pour les regarder, mains sur les hanches, comme pour les défier de répondre.

Malgré les fatigues de la marche, Ruddy semblait avoir chaque jour meilleur moral. Il écrivait dès qu'il en avait l'occasion, d'une petite écriture en pattes de mouche pour économiser le papier. Et il spéculait sur l'état de la planète, exposant le fruit de ses réflexions à qui voulait bien l'écouter.

— Nous ne devrions pas nous arrêter à Babylone, disait-il.

Bisesa, Abdikadir, Josh, Casey, Cecil De Morgan et lui étaient assis sous le taud d'un navire réservé aux officiers ; la pluie, qui criblait la surface de la mer, tambourinait sur la toile.

— Nous devrions continuer... explorer la Judée, par exemple. Songez un peu, Bisesa ! L'œil aérien de votre vaisseau de l'espace n'a pu y distinguer que quelques villages épars, quelques filets de fumée. Et si en ce moment même, dans une de ces méchantes huttes, le Nazaréen était en train de vivre ses premiers instants ? Nous serions tels dix mille mages suivant une étoile inconnue !

— Il y a aussi La Mecque, dit sèchement Abdikadir.

Ruddy écarta les mains, magnanime :

— Soyons œcuméniques !

— Ainsi donc, après vos expériences contrastées, vous avez fini dans la peau d'un chrétien, Ruddy ?

Celui-ci se lissa la moustache.

— Si on veut. Je crois en Dieu. Pour La Trinité, je ne sais pas trop. J'ai plus de difficultés à accepter l'idée de damnation éternelle... mais il faut bien qu'il y ait un châtiment.

Il sourit et commenta :

—On croirait entendre un méthodiste! Mon père serait content. En tout cas, je serais ravi de rencontrer le gars qui est à l'origine de tout ça.

—Fais attention de ne pas souhaiter n'importe quoi, Ruddy, dit Josh. Ce n'est pas un vaste musée que nous sommes en train de visiter. Tu trouverais peut-être le Christ en Judée. Mais dans le cas contraire? C'est peu probable, après tout… En fait, il y a beaucoup plus de chances pour que tout ce qui s'y trouve provienne d'une époque antérieure à sa naissance.

—Je suis né après l'Incarnation, dit fermement Ruddy. Ça ne fait aucun doute. Et si je pouvais faire comparaître un ancêtre après l'autre dans la longue succession de mes aïeux, je les en ferais témoigner.

—Oui, dit Josh. Mais tu n'es plus dans le monde de tes ancêtres, Ruddy. *Et si, dans ce monde, il n'y avait pas eu d'Incarnation?* Tu serais alors un bon chrétien dans un monde païen. Es-tu Virgile, ou Dante?

—Je, euh…

Ruddy se tut, plissant son large front.

—Il faudrait un meilleur théologien que moi pour élucider ce mystère. Ajoutons ça à notre itinéraire… Il faut aller trouver Augustin, ou Aquinas, pour leur demander ce qu'ils en pensent. Et vous, Abdikadir? Et si La Mecque n'existait pas… et si Mahomet n'était pas encore né?

—À l'inverse du christianisme, l'islam n'est pas circonscrit dans le temps. *Tawhid*, l'« unicité», demeure vraie : sur Mir comme sur Terre, dans le passé comme dans l'avenir, il n'y a pas d'autre dieu que Dieu et chaque particule de l'univers, chaque feuille de chaque arbre est l'expression de Son immanence. Et le Coran est la parole inaltérable de Dieu, dans ce monde comme dans tout autre, que Son Prophète s'y soit ou non manifesté pour la transmettre.

— C'est un point de vue rassurant, dit Josh en hochant la tête.

— *As salaam aleikum*, dit Abdikadir.

— En fait, ça pourrait être encore plus compliqué, dit Bisesa. N'oubliez pas que Mir n'est pas venue d'un seul créneau temporel. C'est une mosaïque et ça s'applique sûrement à La Mecque et à la Judée. Il y a sans doute des bouts de Judée antérieurs à la naissance du Christ – mais d'autres postérieurs, qu'il a pu fouler. Par conséquent, l'Incarnation a-t-elle eu lieu dans cet univers ou non?

— Comme c'est bizarre! dit Ruddy. Admettons qu'il nous soit accordé à chacun vingt-cinq mille jours de vie. Est-il possible que nous soyons, nous aussi, fragmentés – que chacun de nos jours ait été extrait de notre vie comme une tesselle de mosaïque?

Il montra le ciel gris cendreux.

— Est-il possible qu'il y ait par là quelque part vingt-cinq mille autres Ruddy dont chacun continue sa vie comme il peut?

— Un seul foutu bavard comme vous, c'est déjà trop pour moi, bougonna Casey, dont c'était la première contribution au débat, avant de boire à son outre une rasade de vin allongé d'eau.

Cecil De Morgan écoutait la plupart du temps ce genre de conversations en silence. Bisesa savait qu'il avait formé une vague alliance avec Eumène, le chancelier grec d'Alexandre, et qu'il rapportait à son nouveau partenaire le résultat de leurs cogitations. Ils travaillaient chacun pour soi, bien entendu: la priorité d'Eumène était sa lutte d'influence personnelle avec les autres courtisans d'Alexandre, surtout

Héphestion, et Cecil, comme toujours, jouait les uns contre les autres. Tout le monde était au courant. Et Bisesa ne voyait pas de mal à ce qu'il informe Eumène. Ils étaient tous dans la même galère, après tout.

La flotte poursuivait son chemin.

26

Le temple

Quand les Mongols levaient le camp, leur première préoccupation était de capturer des chevaux.

Ceux-ci, à demi sauvages, vivaient en troupeaux qu'on laissait errer dans la steppe tant qu'on n'avait pas besoin d'eux. Certains avaient craint que les glissements temporels n'aient fait disparaître comme par magie grand nombre des troupeaux nécessaires aux projets de Gengis Khan, mais des cavaliers avaient été envoyés sur le terrain à leur recherche et le lendemain des nuées de chevaux avaient convergé dans un bruit de tonnerre vers la métropole de yourtes. Les hommes avaient encerclé les bêtes en brandissant de longues perches avec des lassos au bout. Comme s'ils savaient qu'une marche de plusieurs milliers de kilomètres les attendait, les animaux regimbaient et se dérobaient farouchement. Mais une fois capturés, ils se laissaient stoïquement emmener.

Kolya trouvait bien dans la nature barbare des Mongols que même la plus ambitieuse des campagnes doive commencer par un rodéo.

Après le spectacle du rassemblement des chevaux, les préparatifs de l'expédition ne traînèrent pas. La plupart des yourtes avaient été démontées et chargées sur des chariots ou des animaux de bât, mais certaines des plus grandes, y compris celles qui composaient le pavillon de Gengis Khan, avaient été hissées d'un bloc sur des chariots à large plateau tirés par des attelages de bœufs. Même le Soyouz était du voyage. Il avait été rapporté du village de Scacataï sur l'ordre de Gengis ; Kolya croyait savoir qu'il avait fallu adapter une machine de siège pour le soulever. Posé sur son chariot, attaché par des cordes en crin de cheval, on aurait dit une yourte de plus, mais en métal.

Kolya avait calculé que dans sa marche vers Babylone, Gengis Khan serait accompagné par près de vingt mille guerriers – pour la plupart des cavaliers –, suivis chacun d'au moins un serviteur et de deux ou trois chevaux supplémentaires. Gengis Khan avait organisé son expédition en trois divisions : l'aile gauche, l'aile droite et le centre. Ce dernier, sous le commandement du Khan en personne, comprenait la garde d'élite impériale, dont un millier de soldats affectés à sa protection personnelle. Zabel et Kolya devaient voyager avec la suite de Yeh-lü.

Quelques unités resteraient en garnison en Mongolie pour continuer à rapetasser l'Empire. Elles avaient été placées sous le commandement d'un des fils de Gengis Khan, Tolui, dont l'absence n'affaiblirait pas significativement l'empereur, qui avait avec lui, en plus de son chancelier Yeh-lü, un de ses autres fils, Ögödei, et son général Subedei. Ögödei étant celui qui lui avait succédé dans l'ancienne trame temporelle et Subedei un de ses généraux les plus capables – c'était lui qui avait dirigé l'invasion de l'Europe après la mort de Gengis –, c'était là une formidable équipe.

Kolya assista aux adieux de Gengis Khan à son fils : prenant à deux mains le visage de celui-ci pour l'attirer près du sien, il posa les lèvres sur sa joue et inhala profondément.

Zabel qualifia avec mépris la chose de «bécot de l'âge du fer», mais Kolya en fut étrangement ému.

Enfin, l'étendard royal fut levé et, dans un grand vacarme de cris, de trompettes et de tambours, l'armée se mit en marche, suivie par le long convoi du train des équipages. Les trois colonnes, respectivement placées sous le commandement de Gengis Khan, d'Ögödei et de Subedei, devaient voyager indépendamment, séparées les unes des autres par plusieurs centaines de kilomètres, non sans rester en contact quotidien grâce à des estafettes rapides, des sonneries de trompette et des signaux de fumée. Les grands nuages de poussière soulevés par leur marche se séparèrent bientôt dans les plaines de Mongolie et, dès le deuxième jour, les trois colonnes s'étaient perdues de vue.

Se dirigeant vers l'ouest, l'expédition suivit un affluent de l'Onon à travers de riches prairies. Kolya voyageait à bord d'un chariot avec Zabel, Basile et d'autres marchands étrangers à l'air soumis, ainsi qu'une partie de l'équipe de Yeh-lü. Quelques jours plus tard, ils s'enfoncèrent dans une région de lugubres forêts entrecoupées de cours d'eau marécageux souvent difficiles à franchir à gué. Les cieux restaient plombés et la pluie tombait sans discontinuer. Kolya se sentait oppressé dans cet endroit sinistre. Il mit Yeh-lü en garde contre les pluies acides et celui-ci transmit l'ordre aux cavaliers de garder leur bonnet sur la tête et le col de leur manteau relevé.

Les soldats de Gengis Khan n'avaient pas plus d'hygiène que le commun des Mongols, mais ils prenaient soin de leur apparence. Leurs selles relevées à l'arrière et à l'avant étaient munies de robustes étriers. Ils portaient des bonnets coniques en feutre bordés de fourrure de renard, de loup ou même de lynx et de longs manteaux ouverts par-devant. Cette tenue traditionnelle remontait à des temps immémoriaux, mais depuis qu'ils étaient devenus riches, certains officiers portaient des manteaux brodés de soie ou de fils d'or et des sous-vêtements chinois en soie. Ce qui ne les empêchait pas de s'essuyer la bouche avec leur manche et les mains sur leur pantalon.

Les techniques des Mongols en campagne étaient le fruit d'une longue pratique. À la halte, tous les soirs, des rations leur étaient distribuées : lait caillé séché, farine de millet, *koumis* – une boisson alcoolisée élaborée à partir de lait fermenté – et viande séchée. Le matin, le cavalier mettait dans un sac en cuir de l'eau et un morceau de lait caillé séché qui, à force d'être secoué par le cheval, se transformait en un genre de yaourt qu'il consommait avec délectation au milieu de force rots. Kolya enviait l'ingéniosité des Mongols : leur façon de tanner le cuir ou même leur habitude d'utiliser comme laxatif un distillat d'urine humaine pour soigner la fièvre.

En déplacement, l'armée de Gengis Khan était efficace, les ordres et les changements d'itinéraire étaient transmis rapidement et sans ambiguïté. Elle était strictement organisée selon une hiérarchie basée sur les puissances de dix. Ainsi, la chaîne de commandement était simplifiée, chaque officier n'ayant pas plus de dix subordonnés. Les Mongols confiaient autant de responsabilités que possible à leurs dirigeants locaux, ce qui améliorait la flexibilité et la réactivité de l'armée. Et Gengis Khan s'assurait que toutes les unités de cette dernière, jusqu'à la plus petite section, soient constituées d'un mélange de nationalités, de clans et de tribus. Il voulait que nul n'ait de loyauté qu'envers le Khan en personne. C'était, aux yeux de Kolya, une façon remarquablement moderne de structurer une armée : pas étonnant que les Mongols aient submergé les forces désordonnées de l'Europe médiévale. Mais le système reposait surtout sur un état-major loyal et efficace. Le corps des officiers était impitoyablement élagué à l'entraînement, au moyen d'épreuves comme la battue… et bien sûr au combat.

Au bout de quelques jours, l'armée, encore au cœur de la Mongolie, traversa une plaine herbeuse qui menait à Karakorum. De cette ancienne capitale des Ouïgours, Gengis Khan avait fait le siège permanent de son pouvoir. Mais, même de très loin, Kolya put voir que les murailles de la cité étaient en ruine. Dans l'enceinte de celle-ci, quelques temples abandonnés se blottissaient dans un coin, mais le reste de la ville était envahi par les herbes folles.

Gengis Khan lui-même, accompagné par de robustes gardes, parcourut les lieux avec Ögödei. Pour lui, cela ne faisait que quelques années qu'il avait fondé la ville et voilà qu'il n'en retrouvait que des décombres. Kolya le vit regagner sa yourte de voyage, l'air furibond, comme s'il en voulait aux dieux eux-mêmes pour avoir traité ses ambitions avec une telle désinvolture.

Les jours suivants, l'armée traversa la vallée de l'Okhron, une immense plaine encaissée, bordée à l'est par des montagnes bleues. On se serait presque cru sur Mars, songea vaguement Kolya. La terre grise s'effritait, le fleuve était languide. Il leur fallait parfois franchir à gué des affluents et des bras de rivières. La nuit, ils bivouaquaient sur des îles de boue au sol pelé et faisaient d'énormes feux odorants de bois de saule.

Ils traversèrent une dernière rivière, puis le sol commença à s'élever. Zabel estima qu'ils quittaient ce qui correspondait, dans la Mongolie moderne, à la province d'Arhangaï et s'apprêtaient à franchir le massif de Hangaï. Dans leur dos se déployait une mosaïque complexe de vallées et de forêts, mais, par-delà les montagnes, Kolya voyait s'étaler à perte de vue un paysage plus uniforme de prairies grillées par le soleil.

Le large sommet du massif était sillonné de petites crêtes et de replis jonchés de galets éclatés, comme si de nombreuses tranches temporelles s'y étaient entrecroisées. Mais il s'y dressait un cairn qui avait plus ou moins survécu aux chocs temporels. Chaque homme y ajoutait sa pierre au passage, laissant présager que, quand tous auraient apporté leur contribution, ce serait devenu un imposant monticule.

Ils redescendirent enfin vers la steppe. Les montagnes eurent bientôt disparu à l'horizon, ne laissant plus qu'une étendue monotone qui les voyait s'avancer dans une plaine dépourvue d'arbres où de hautes herbes ondulaient autour des chevaux comme si ceux-ci marchaient dans l'eau. En voyant le monde s'ouvrir autour de lui et l'échelle démesurée de l'Asie centrale ramener enfin à de plus humbles proportions Gengis Khan et ses ambitions, Kolya éprouva un soulagement intense.

Ils ne rencontraient personne. Dans cette steppe immense, on pouvait parfois voir la trace circulaire de yourtes, des restes de feux, le spectre d'un petit village abandonné pour d'autres pâturages. Ces lieux étaient intemporels, les gens y avaient toujours vécu pratiquement de la même manière, et ces vestiges auraient pu être laissés par les Huns, les Mongols ou même les communistes de l'ère soviétique, qui se seraient simplement éloignés dans la plaine pour rejoindre une autre époque. *Peut-être*, se dit Kolya, *que quand les derniers lambeaux de civilisation auront*

été effacés, quand la Terre sera oubliée et qu'il ne restera plus
que Mir, tout le monde deviendra nomade, englouti par ce
vaste gouffre de la destinée humaine.

Mais il n'y avait pas une âme. Les groupes d'éclaireurs
que Gengis Khan envoyait de temps en temps ne trouvaient
personne.

C'est alors qu'ils tombèrent inopinément sur un temple
perdu au milieu de la steppe.

Un petit groupe fut envoyé en reconnaissance. Yeh-lü
y inclut Zabel et Kolya, dans l'espoir que leur point de vue
serait utile.

Le temple était un petit édifice parallélépipédique avec
de hautes portes richement sculptées et ornées de heurtoirs
à tête de lion. Il était précédé d'un portique constitué de
piliers laqués soutenant des poutres décorées de crânes en
or. Zabel, Kolya et une partie des Mongols y entrèrent avec
prudence. Sur des tables basses, des rouleaux de manuscrits
étaient étalés parmi les reliefs d'un repas. Les murs étaient
en bois, l'air chargé d'un fort parfum d'encens et il régnait
un oppressant sentiment de claustration.

—Des bouddhistes, tu penses? se surprit à chuchoter
Kolya.

Zabel n'avait pas de scrupule à hausser le ton.

—Oui. Et au moins certains d'entre eux sont encore
dans le coin. Impossible de savoir à quelle époque remonte
cet endroit. Les bouddhistes sont aussi intemporels que
les nomades.

—Pas tout à fait, dit sombrement Kolya. Les Soviétiques
ont essayé de nettoyer la Mongolie de ses temples. Cet
endroit doit être antérieur au XXe siècle.

Deux silhouettes émergèrent de l'ombre, au fond du temple. Les soldats mongols s'apprêtaient à sortir leurs poignards, mais ils en furent empêchés par un ordre sec du conseiller de Yeh-lü.

Kolya crut tout d'abord qu'il s'agissait de deux enfants, tant les individus se ressemblaient en taille et en gracilité. Mais quand ils s'avancèrent dans la lumière, il vit que si l'un d'eux était effectivement un enfant, l'autre était un vieillard. Le plus âgé – de toute évidence un lama, chapelet de perles d'ambre à la main – portait une robe de satin rouge et des sandales. Il était étonnamment maigre, les poignets qui dépassaient de ses manches avaient l'air d'os d'oiseau. Le plus jeune était un garçon de dix ans tout au plus, aussi grand que le vieillard et presque aussi décharné. Il portait également une espèce de robe rouge… mais il avait aux pieds des baskets, comme Kolya eut la surprise de le constater. Le lama s'appuyait d'un de ses bras osseux sur les épaules du garçon, mais il était si frêle que, même pour un enfant, son poids ne devait pas être un gros fardeau.

Le lama sourit, exhibant une bouche presque complètement édentée, et parla d'une voix bruissante. Les Mongols essayèrent de répondre, mais il fut vite évident qu'ils n'avaient pas de langue commune.

— Regarde les chaussures du garçon, chuchota Kolya. Cet endroit est peut-être plus récent que nous le pensions.

— Ses *chaussures* sont récentes, bougonna Zabel. Ça ne prouve rien. Depuis que ces deux-là sont coincés ici, le garçon a pu aller fureter aux alentours…

— Le lama est si vieux, murmura Kolya.

C'était vrai : la peau du lama, fine comme du papier et couverte de taches de vieillesse, pendait en plis flasques sur ses os et ses yeux étaient d'un bleu si pâle qu'ils semblaient presque transparents. C'était comme s'il s'était sublimé avec l'âge, sa substance tout simplement disparue par évaporation.

— Ouais, dit Zabel. Il a quatre-vingt-dix ans, au bas mot. Mais… *regarde-les bien*, Kolya. Fais abstraction de la différence d'âge. Regarde leurs yeux, leur structure osseuse, leur menton…

Kolya regarda attentivement, regrettant que la lumière ne soit pas plus vive. La forme du crâne du garçon disparaissait sous sa tignasse noire, mais son visage, ses yeux bleu pâle…

— Ils se ressemblent.

— Exactement, dit sèchement Zabel. Kolya, quand on entre dans un endroit pareil, c'est pour la vie. Tu commences comme moinillon à huit ou neuf ans, tu consacres ton existence à chanter et à prier, et tu y es encore à quatre-vingt-dix ans, si tu as survécu jusque-là.

— Zabel…

— *Ces deux-là sont un seul et même homme*, le moinillon et le vieux lama, réunis par les failles temporelles. Et le garçon sait que, quand il sera vieux, il se verra un jour arriver tout jeune à travers la steppe, dit-elle avec un large sourire. Ils n'ont pas l'air déroutés, n'est-ce pas ? Peut-être que la philosophie bouddhiste n'a pas besoin d'être trop malmenée pour s'en accommoder. C'est juste un cercle qui se referme, après tout…

Les soldats mongols cherchèrent sans conviction quelque chose à piller, mais ils ne trouvèrent rien, à part quelques restes de nourriture et de petits objets du culte : moulins à prière, textes sacrés. Ils s'apprêtaient à tuer les moines. Sans états d'âme, c'était pour eux une simple question de routine : tuer était leur fonction. Kolya rassembla son courage et intercéda auprès du conseiller de Yeh-lü pour que celui-ci les en empêche.

Ils laissèrent le temple à sa somnolence paradoxale et rejoignirent l'armée qui poursuivit son chemin.

27

LES ICHTYOPHAGES

Après trois semaines de voyage le long de la côte du Golfe, Eumène annonça aux « modernes » que les éclaireurs avaient découvert un village habité.

Poussés par la curiosité et pour échapper à la monotonie de la navigation, Bisesa, Abdikadir, Josh, Ruddy et une petite escouade de soldats britanniques se joignirent sous la conduite du caporal Batson à un détachement d'avant-garde, en tête du long convoi qu'était devenue l'armée d'Alexandre. Les modernes s'étaient tous discrètement équipés d'armes à feu. Casey, resté à bord à cause de sa jambe encore trop faible, les regarda débarquer avec envie.

Le village était à un jour de marche en terrain difficile. Ruddy fut le premier à se plaindre, mais tous commencèrent vite à souffrir. S'ils marchaient trop près du rivage, il n'y avait qu'un sol salin et pierreux sur lequel rien ne poussait, mais dès qu'ils s'enfonçaient un tant soit peu dans les terres, ils tombaient sur des dunes de sable où, même s'il n'avait pas plu, la marche aurait été pénible. En plus, il y avait toujours le risque de soudaines inondations, la pluie venant gonfler des cours d'eau déjà en crue. Et quand elle s'interrompait, ils étaient assaillis par des nuées de taons.

Les serpents constituaient un danger permanent. Aucun des modernes n'était capable de reconnaître ceux qu'ils rencontraient dans ce pays, ce qui n'était pas tellement surprenant, vu qu'il pouvait s'agir d'espèces issues d'époques s'étalant sur plus de deux millions d'années.

Bisesa foudroyait du regard les Œils impassibles, tranquillement installés au-dessus des terrains les plus impraticables, qui observaient au passage ses pitoyables efforts.

En fin de journée, le détachement atteignit le village. Avec les soldats macédoniens, Bisesa et les autres s'avancèrent en rampant au sommet d'une crête pour regarder. L'endroit ne payait pas de mine. Des huttes rondes et basses étaient regroupées sur le sol rocailleux près du rivage. Quelques moutons efflanqués broutaient une herbe pelée derrière le village.

Les indigènes n'avaient pas l'air avenant. Adultes et enfants avaient tous de longs cheveux sales et emmêlés, en plus d'une barbe hirsute pour les hommes. Leur principale source de nourriture était le poisson qu'ils attrapaient en s'avançant dans l'eau pour lancer des filets en fibres de palmier. Ils vaquaient à leurs occupations rudimentairement vêtus de ce qui semblait être de la peau tannée de poisson, ou peut-être de baleine.

— Ils sont manifestement humains, dit Ruddy. Mais de l'âge de pierre.

— Ils peuvent aussi venir d'une époque pas si éloignée de la nôtre… enfin, de celle d'Alexandre, dit De Morgan. Un des Macédoniens a déjà vu des gens de cette sorte, il leur donne le nom d'Ichtyophages.

Abdikadir acquiesça :

—Nous avons tendance à oublier à quel point le monde d'Alexandre était vide. À quelques milliers de kilomètres, vous avez la Grèce d'Aristote – mais ici ce sont des hommes du Néolithique qui vivent comme ils le font depuis l'ère glaciaire ou à peu près.

—Ce nouveau monde n'est donc peut-être pas aussi étrange aux yeux des Macédoniens qu'aux nôtres, dit Bisesa.

Les Macédoniens se débarrassèrent sans tergiverser des Ichtyophages, qu'ils chassèrent d'une volée de flèches, puis le détachement entra dans le village déserté.

Bisesa regarda avec curiosité autour d'elle. Tout était imprégné de la puanteur du poisson. Elle trouva par terre un genre de couteau… taillé dans un os, peut-être une omoplate de dauphin ou de petite baleine. La surface de l'arme était finement gravée de dauphins dansants.

—Voyez ça, dit Josh qui était allé inspecter les huttes. Leurs habitations sont de simples peaux jetées sur des armatures en os de baleine ou – regardez ici – sur des alignements de coquilles d'huîtres empilées. Presque tout ce qu'ils ont vient de la mer – même leurs vêtements, leurs outils ou leurs maisons –, c'est remarquable !

Comme exemple d'archéologie vivante, c'était un endroit d'une richesse inimaginable et Bisesa en photographia autant qu'elle put, malgré les protestations de son portable. Mais elle se sentait déprimée en songeant à tout ce passé irrémédiablement perdu ; cette miette d'un mode de vie disparu, sortie de son contexte, n'était qu'une page de plus arrachée à un livre sans titre rescapé d'une bibliothèque anéantie.

Les soldats étaient là pour s'approvisionner, pas pour faire de l'archéologie. Mais il y avait peu de choses pour eux. Les quelques malheureux moutons des villageois furent capturés et prestement égorgés, mais même leur chair se révéla avoir un affreux goût de sel et de poisson. Bisesa fut consternée de cette destruction désinvolte d'une collectivité humaine, mais elle ne pouvait rien y faire.

Un Œil solitaire planait au-dessus du village des Ichtyophages. Il regarda repartir les Macédoniens comme il les avait vus arriver, sans réaction.

Ils s'installèrent pour la nuit près d'un ruisseau, non loin du village. Les Macédoniens établirent le bivouac avec leur efficacité habituelle, tendant quelques pans de cuir sur des piquets pour constituer un auvent rudimentaire destiné à les protéger de la pluie. Les soldats britanniques les y aidèrent.

Bisesa décida qu'il était temps de procéder à une toilette approfondie. À bord des navires d'Alexandre, les installations sanitaires n'étaient pas des plus sophistiquées. Retirer ses bottes lui procura un soulagement intense. Elle s'occupa rapidement de ses pieds. Ses chaussettes étaient crissantes de sueur et de poussière et l'espace entre ses orteils, noir de crasse, avait l'air d'avoir un début de pied d'athlète. Elle économisait ce qui restait de son kit médical, qui n'était après tout qu'une petite trousse d'urgence, mais sur le terrain, comme ici, elle continuait à utiliser ses Puritabs.

Elle se déshabilla et s'immergea dans l'eau froide du ruisseau. Elle ne s'inquiétait pas trop d'être épiée par ses compagnons mâles. Les appétits charnels étaient assez faciles à assouvir dans le camp macédonien. Josh la regardait, bien sûr, comme toujours… mais à la façon d'un petit garçon et, si elle le surprenait, il baissait la tête en rougissant. Elle rinça ses vêtements et les mit à sécher.

Quand elle en eut terminé, les Macédoniens avaient allumé un feu. Elle s'installa par terre près de celui-ci, se glissa sous son poncho et mit son paquetage en oreiller sous sa tête. Josh, comme toujours, s'arrangea pour se rapprocher d'elle et s'installer à un endroit d'où il pourrait la regarder quand il pensait que personne ne le voyait. Mais, derrière son dos, Ruddy et Abdikadir mimaient le geste d'envoyer des baisers.

Ruddy se mit à pérorer, comme toujours :

— Nous sommes si peu nombreux. Nous avons maintenant vu un bon bout de notre nouveau monde, de Jamroud à la côte d'Arabie. Les humains sont dispersés, et les humains doués de raison encore davantage ! Mais nous voyons toujours la vacuité de la terre comme une absence. Nous devrions plutôt la considérer comme une chance.

— Où veux-tu en venir, Binoclard ? murmura Josh.

Ruddy Kipling retira ses lunettes pour frotter ses petits yeux enfoncés.

— Notre Empire britannique a désormais disparu, éparpillé comme les suites de couleurs d'un jeu de cartes que l'on a battu. À la place, nous avons *ceci* – Mir, un nouveau monde, une feuille blanche. Et *nous*, notre petit groupe, pourrions être la seule source de rationalité, de science et de civilisation qui reste en ce monde.

— D'accord, Ruddy, dit en souriant Abdikadir. Le problème, c'est qu'il n'y a pas assez d'Anglais sur Mir pour transformer ce rêve en réalité.

— Mais l'Anglais a toujours été un être hybride. Et ce n'est pas une mauvaise chose. Il est la somme de ses influences, depuis la puissance hiératique des Romains jusqu'à la fervente intelligence de la démocratie. Il nous faut donc commencer à bâtir une nouvelle Angleterre – et à forger de nouveaux Anglais ! – ici même, dans les sables d'Arabie. Et nous pouvons fonder dès le départ notre nouvel État sur de solides principes anglais. Chacun est strictement indépendant tant qu'il n'empiète pas sur la liberté de son voisin. Il a droit à une justice prompte et équitable. À la tolérance, quelles que soient ses convictions religieuses. Chacun est maître chez soi. Ce genre de choses. C'est l'occasion de mettre un peu d'ordre.

— Tout ça me paraît merveilleux, dit Abdikadir. Et qui va se charger de gouverner ce nouvel empire planétaire ? Le remettrons-nous entre les mains d'Alexandre ?

Ruddy éclata de rire :

— Alexandre a accompli de grandes choses pour son époque, mais c'est un despote militaire… pire, un sauvage de l'âge du fer ! Vous avez vu cette démonstration d'idolâtrie au bord de la mer. Il possède peut-être l'instinct nécessaire, enfoui sous son armure – il a uni les Grecs –, mais ce n'est pas l'homme de la situation. Pour le moment, c'est à nous, les hommes civilisés, de prendre les rênes. Nous sommes peu nombreux… mais c'est nous qui avons les armes.

Ruddy s'étendit, les bras croisés derrière la tête, et ferma les yeux.

— Je nous y vois déjà. Les forges vont résonner ! L'épée imposera la paix, de la paix naîtra la prospérité et de la prospérité découlera la loi. C'est aussi naturel que la croissance d'un robuste chêne. Et nous, qui avons déjà vu tout cela, nous serons là pour arroser l'arbrisseau.

Il espérait leur insuffler du courage, mais ses paroles sonnaient creux aux oreilles de Bisesa et leur campement semblait minuscule et isolé, simple grain de lumière au sein d'un pays vide de tout, même de fantômes.

Le lendemain, durant le voyage de retour, Ruddy eut une crise d'entérite aiguë. Bisesa et Abdikadir piochèrent des antibiotiques dans leurs réserves déclinantes de médicaments du XXIᵉ siècle et lui firent boire de l'eau sucrée. Ruddy réclama son opium, soutenant que c'était un des plus vieux analgésiques de la pharmacopée indienne. La diarrhée n'en continua pas moins à l'affaiblir et sa grosse tête semblait trop lourde pour son cou. Mais il ne cessait pas de parler pour autant.

— Il nous faut des mythes nouveaux pour resserrer nos liens, dit-il d'une voix rauque. Des mythes et des rituels : c'est ça qui fait une nation. C'est ce dont manque l'Amérique, vous savez – c'est une jeune nation… elle n'a pas eu le temps de se forger une tradition. Enfin, il n'y a désormais plus d'Amérique, ni de Grande-Bretagne, et les vieilles histoires ne nous seront d'aucun secours… plus maintenant.

— Et toi, tu es exactement celui qu'il faut pour en écrire de nouvelles, dit Josh, sarcastique.

— Nous vivons dans une nouvelle ère de héros. Cet âge est une époque où se construit le monde. C'est là notre chance. Et nous devons expliquer aux générations futures ce que nous avons fait, comment et *pourquoi*…

Et Ruddy continuait à parler, peuplant les airs de ses rêves et de ses projets, jusqu'à ce que la déshydratation et l'épuisement le contraignent à se taire, tandis qu'ils cheminaient à pas lents dans l'immensité désertique.

28

BICHKEK

L'armée de Gengis Khan suivait la bordure septentrionale du désert de Gobi.

À perte de vue, la région semblait un reflet des cieux obscurcis de poussière. Ils apercevaient parfois des collines érodées à l'air fatigué et, en une occasion, un troupeau de chameaux qui trottaient au loin, raides et pompeux. Quand le vent soufflait, une tempête de sable jaune occultait la lumière : du sable au goût de fer qui avait pu se former aussi bien un mois qu'un million d'années plus tôt. Les Mongols, la tête enveloppée d'un tissu, ressemblaient à des Bédouins.

La traversée du désert s'éternisant, Kolya se renferma dans sa coquille. Le cerveau engourdi, les sens émoussés, il restait assis sans un mot à l'arrière du chariot, le visage recouvert d'un foulard pour se protéger de la poussière. La région était si vaste et silencieuse qu'il avait parfois l'impression de ne pas bouger du tout. Il admirait à son corps défendant la force de caractère des Mongols, l'opiniâtre ténacité qui leur permettait de franchir les énormes distances de leur étape asiatique.

À un moment, ils passèrent devant un grand tumulus de pierre et de terre. On aurait dit quelque monstre chtonien luttant pour s'arracher à l'étreinte du sol aride qui l'emprisonnait. Kolya se dit qu'il devait s'agir d'un tombeau scythe, vestige de cette peuplade de cavaliers qui construisaient des yourtes, comme les Mongols, et vivaient avant la naissance du Christ. Le tumulus paraissait récent, ses pierres n'avaient subi aucune érosion… mais la tombe avait été violée, dépouillée de l'or et des richesses qu'elle pouvait avoir contenus.

Puis ils rencontrèrent un vestige presque moderne. Kolya ne fit que l'entrevoir de loin : des granges de béton au toit de tôle ondulée, des silos, ce qui ressemblait à un convoi de tracteurs mangés par la rouille. Sans doute un programme agricole gouvernemental, apparemment abandonné longtemps avant la Discontinuité. Peut-être qu'en s'éloignant de la Mongolie centrale ils laissaient derrière eux le centre de gravité de l'histoire de ce vaste continent, le règne terrible de Gengis Khan ; peut-être qu'ici les débris du temps disloqué avaient été plus libres de se déposer à leur guise, entraînant avec eux des naufragés de plus lointains horizons. Les éclaireurs mongols allèrent inspecter le site, tripotèrent quelques bouts de tôle ondulée couverts de rouille, déclarèrent le tout sans intérêt.

Le paysage évoluait lentement. Ils passèrent près d'un lac – à sec, une simple croûte de sel. Sur ses rives, des lézards filaient entre les rochers et des nuées de mouches assaillaient les chevaux. Kolya fut stupéfait d'entendre le cri désolé de mouettes, car on pouvait difficilement concevoir un endroit plus éloigné de la mer que cette portion de territoire desséché. Ces oiseaux avaient peut-être suivi le réseau compliqué de rivières asiatiques pour venir se perdre en ce lieu. Le parallèle avec sa propre situation était évident, l'ironie banale.

Et le voyage se poursuivit.

Pour quitter la Mongolie, il fallait traverser les monts de l'Altaï. Jour après jour, le sol s'élevait, de plus en plus fertile et mieux irrigué. Par endroits, il y avait même des fleurs : une fois, Kolya trouva des primevères, des anémones et des orchidées échouées sur un fragment moribond de steppe printanière. Ils traversèrent une large plaine marécageuse où des pluviers tournoyaient au-dessus d'une herbe détrempée et où les chevaux avançaient d'un pas lourd dans une eau noire qui leur montait aux paturons.

Puis le terrain redevint montagneux. L'armée s'engagea dans un dédale de gorges, chacune plus étroite et plus profonde que la précédente. Quand les Mongols se hélaient, l'écho de leurs voix se répercutait sur les parois. Kolya voyait parfois la silhouette caractéristique d'un aigle se découper sur les cieux plombés. Les généraux de Gengis Khan s'inquiétaient de leur vulnérabilité en cas d'embuscade.

Ils parvinrent enfin dans un vaste canyon encaissé entre des murailles de roc déchiquetées qui s'élevaient vers le ciel. Arrivés à l'autre bout, ils débouchèrent au pied d'une énorme montagne au sommet aplati maculée de coulées de neige et de glace qui faisaient songer aux fientes de gigantesques oiseaux. Kolya se retourna et vit l'armée de Gengis Khan étirée dans toute la longueur du canyon, hommes et animaux couleur de boue, avec çà et là l'éclat d'une armure polie. Cette mince colonne paraissait minuscule au pied des vertigineux sommets de roc violacé.

Ils poursuivirent leur chemin, suivant la frontière nord-ouest de la Chine moderne en direction du Kirghizistan. Après cela, il ne leur fallut que quelques jours pour atteindre une ville.

Les Mongols, adeptes des techniques de renseignement, envoyèrent des éclaireurs et des espions rôder autour de la cité, puis des émissaires qui se présentèrent avec assurance dans ses rues. Ses habitants en casquette plate et veste ajustée vinrent à leur rencontre, les bras écartés en signe d'amitié envers ces inconnus au fumet puissant.

L'endroit était manifestement moderne, ou presque. Cette nouvelle parut arracher brusquement Kolya à la transe dans laquelle l'avait plongé le voyage. Il eut un choc en apprenant que l'armée voyageait depuis près de trois mois.

Cela devait marquer le début de la dernière étape de son itinéraire personnel.

Zabel avait été envoyée en avant aider aux repérages. Elle estima qu'il s'agissait de Bichkek, la capitale du Kirghizistan moderne. L'endroit tel qu'ils l'avaient trouvé remontait manifestement à une époque préélectrique, mais il y avait des minoteries et des usines.

—Ça doit dater de la fin du xixᵉ siècle, en conclut-elle.

Des routes empierrées menaient à la ville, mais elles étaient coupées net par les failles temporelles à environ un kilomètre de celle-ci.

D'autres éclaireurs furent envoyés, accompagnés de Kolya pour leur servir d'interprète. La ville était agréable, avec ses avenues bordées d'arbres qui commençaient néanmoins à roussir sous les pluies acides persistantes. En souvenir d'un passé plus lointain, son artère principale s'appelait « avenue de la Route de la Soie ». Les citadins, coupés du monde et n'ayant aucune idée de ce qui s'était passé, étaient perturbés de n'avoir pas eu la visite de leurs inspecteurs des impôts et voulaient savoir si on avait reçu des directives de Moscou, des nouvelles du tsar. Kolya brûlait de leur parler directement, mais les Mongols l'en empêchèrent.

Il était excité par la ville, l'endroit le plus moderne qu'ils aient rencontré jusque-là. Il s'y trouvait sûrement une base matérielle et intellectuelle sur laquelle construire quelque chose. Il pressa Yeh-lü de nouer des contacts amicaux. Mais ses prières tombèrent dans l'oreille d'un sourd et il commença à s'inquiéter : les Mongols n'aimaient pas les villes et ne connaissaient qu'une façon de traiter avec elles. Zabel ne voulait pas le soutenir ; elle se contentait de regarder et d'attendre, jouant son propre jeu retors.

Kolya assista en partie à ce qui suivit.

Les Mongols arrivèrent de nuit, chevauchant en silence. Puis ils chargèrent en poussant des hurlements qui, mêlés au galop de leurs chevaux, arrachèrent la petite cité au sommeil. La tuerie partit de l'avenue principale pour balayer la ville, carnage déferlant telle une vague frangée de l'écume sanglante des massacres. Les citadins ne purent opposer aucune résistance en dehors de quelques tirs futiles d'antiques pétoires.

Gengis Khan avait ordonné que le dirigeant de la ville lui soit amené vivant. Le maire ayant essayé de se cacher avec sa famille dans la petite bibliothèque municipale, le bâtiment fut démoli brique par brique, son épouse tuée sous ses yeux, ses filles violées, et lui-même piétiné à mort.

Les Mongols ne trouvèrent pas grand-chose à piller. Ils démantelèrent la petite presse d'imprimerie du journal local dont ils emportèrent le métal pour le fondre et le réutiliser. Quand ils prenaient une ville, leur habitude était de choisir des artisans et autres individus qualifiés pouvant plus tard leur être utiles, mais à Bichkek ils ne furent pas capables de reconnaître grand-chose de ce qu'ils trouvèrent : les compétences d'un horloger, d'un comptable ou d'un avocat n'avaient aucun sens à leurs yeux. Peu d'hommes furent laissés en vie. La plupart des enfants et certaines des plus jeunes femmes furent faits prisonniers, et beaucoup de ces dernières violées. Tout cela était accompli mécaniquement, sans y prendre plaisir, même aux viols ; c'était juste leur façon de faire.

Quand ils en eurent terminé, ils incendièrent tout aussi mécaniquement la ville.

Les survivants furent rassemblés en plein air à proximité du camp de Gengis Khan, où ils se pelotonnèrent misérablement. Aux yeux de Kolya, ils ressemblaient à tous les paysans du monde, mais leurs pantalons et leurs gilets, leurs grosses jupes et leurs foulards retenaient les regards des Mongols. Une beauté de quinze ans nommée Natacha, fille d'un aubergiste, fut sélectionnée pour Gengis Khan en personne. Il se réservait toujours les plus belles femmes et en fécondait la plupart. Il avait l'intention d'emmener avec lui les prisonniers, car on pouvait toujours trouver une utilité à ces pauvres bougres… en les poussant devant soi pour aller au combat, par exemple. Mais quand il apprit qu'un membre de la famille royale avait été blessé par la balle d'un notaire au regard fou, il ordonna de les tuer tous. Les appels à la clémence de Yeh-lü ne servirent à rien. Les femmes et les enfants se soumirent docilement.

Quand l'armée se remit en marche, la ville était réduite à des ruines fumantes et il ne restait presque plus rien des bâtiments en dehors de leurs fondations. Les Mongols laissaient derrière eux un amas de têtes coupées, dont certaines pathétiquement petites. Quelques jours plus tard, Gengis ordonna à son arrière-garde de retourner en ville. Une poignée de citadins avaient échappé au massacre, cachés dans des caves ou autres. Les Mongols les débusquèrent et les mirent à mort, après s'être divertis un moment de plus.

Zabel n'eut aucune réaction devant ce carnage, elle ne manifesta pas la moindre émotion. Mais pour Kolya, après Bichkek, la ligne de conduite à suivre était claire.

29

BABYLONE

Il leur fallut deux mois de navigation pour atteindre le fond du golfe Persique. De là, Alexandre était impatient de s'enfoncer au plus vite dans les terres. Il forma une avant-garde d'un millier de soldats, accompagnés d'Eumène, d'Héphestion et de quelques autres. Bisesa et ses compagnons s'arrangèrent pour faire partie de l'expédition.

Dès le lendemain du débarquement, le détachement se mit en route pour la courte marche jusqu'à Suse, centre administratif de l'Empire perse avant la conquête. Alexandre était encore trop faible pour monter à cheval ou pour faire beaucoup de marche à pied, il voyageait donc dans un chariot couvert d'un dais pourpre, escorté par cent porte-boucliers. Ils atteignirent Suse sans encombre… mais ce n'était pas la ville dont Alexandre gardait le souvenir.

Ses géographes étaient formels, c'était le bon site, au cœur d'une plaine à la végétation rare. Mais il n'y avait aucune trace de la ville, absolument aucune. Ils auraient aussi bien pu être les premiers humains à y poser le pied… ce qui était d'ailleurs peut-être le cas.

Eumène rejoignit les modernes, la mine sombre.

— Cela fait à peine quelques années que je suis passé ici. C'était un endroit prospère. Chaque province de l'empire contribuait à son opulence : du travail des artisans et des orfèvres des cités grecques de la côte aux colonnes de bois précieux des Indes, cette ville regorgeait de richesses. Et maintenant…

Il paraissait accablé et Bisesa entrevit de nouveau la fureur qu'elle avait sentie monter en lui, comme s'il prenait, malgré toute son intelligence, la Discontinuité pour un affront personnel.

Alexandre, lui, descendit de chariot et fit quelques pas, scrutant le sol, donnant des coups de pied dans les mottes de terre. Puis il se retira sous sa tente et refusa d'en sortir, comme dégoûté.

Ils bivouaquèrent cette nuit-là près du site désert de Suse. Au matin, guidés par les cartographes, ils partirent droit vers l'ouest, en direction de Babylone, à travers une vaste contrée peuplée d'échos. Après Suse, chacun semblait avoir perdu tout entrain, comme si le poids écrasant du temps pesait sur toutes les épaules. Bisesa voyait parfois les Macédoniens qui la regardaient à la dérobée et elle devinait ce qu'ils pensaient – voilà une femme, bien vivante, qui ne naîtrait pas avant que tout ce qu'ils connaissaient, tout ce qu'ils avaient jamais touché, soit tombé en poussière, comme si elle était un vivant symbole de la Discontinuité.

Au soulagement général, ils n'eurent pas à parcourir beaucoup de chemin avant d'atteindre une jonction temporelle où la surface du sol chutait de quelques centimètres et où une route apparaissait. Elle était sommairement construite, dallée de blocs de pierre tout juste dégrossis, mais c'était sans conteste une route. Eumène leur expliqua que c'était une section de la voie royale qui unifiait autrefois la Perse et qu'Alexandre avait trouvée extraordinairement pratique pour sa conquête de l'empire.

Même par la route, la marche dura encore plusieurs jours. De part et d'autre, le paysage était aride et désolé, sans autre végétation que quelques broussailles. Mais il était ponctué çà et là de tas de décombres anonymes et balafré par de grands fossés rectilignes – manifestement artificiels, mais abandonnés depuis longtemps.

Chaque soir, quand la colonne faisait halte pour dresser le camp, Casey installait sa radio pour essayer de capter des signaux de l'équipage du Soyouz, perdu quelque part dans les vastes étendues d'Asie. C'était l'heure convenue avec eux, mais il n'avait plus eu de leurs nouvelles depuis le jour de leur tentative de rentrée dans l'atmosphère. Il surveillait aussi le signal qui continuait à émaner de la balise inconnue supposée émettre de Babylone. C'était toujours le même – un simple « bip » balayant toutes les fréquences, comme un test de fonctionnement. Mais il se répétait inlassablement. Casey gardait la trace de ses observations, notant la position, l'heure et la force du signal, et ses triangulations approximatives continuaient à en situer la source dans les murs de Babylone.

Et puis il y avait les Œils – ou plutôt leur absence. Depuis qu'ils s'étaient mis en route vers l'ouest, ceux-ci s'étaient faits plus rares, plus espacés, jusqu'à ce que Bisesa s'aperçoive qu'elle avait marché toute une journée sans en voir un seul. Personne ne savait ce qu'il fallait en penser.

Ils atteignirent finalement une autre démarcation. Parvenus devant une ligne de verdure qui s'étendait en ligne droite du nord au sud à perte de vue, les éclaireurs hésitèrent.

À l'ouest, la région était divisée en champs polygonaux sillonnés de canaux miroitants. On apercevait des cabanes en torchis, laides et trapues, éparpillées au milieu des cultures telles des mottes de boue vaguement façonnées. Elles étaient manifestement habitées, car Bisesa voyait des filets de fumée s'élever de certaines. Quelques chèvres et vaches, attachées à des piquets, mâchonnaient patiemment de l'herbe ou du foin. Mais on ne voyait pas d'humains.

— Les célèbres canaux d'irrigation de Babylone, dit Abdikadir en la rejoignant.

— Je suppose.

Certains canaux prolongeaient les fossés à sec, à demi comblés, qu'elle avait déjà remarqués : différentes portions d'un même dispositif antique scindé par les siècles. Mais cette grossière juxtaposition entraînait visiblement des problèmes pratiques ; les sections provenant d'époques plus récentes, ensablées par l'érosion, isolaient les canaux, dont un certain nombre commençaient à s'assécher, des rivières qui les alimentaient.

— Montrons l'exemple, dit Abdikadir, qui fit délibérément un pas en avant pour franchir la frontière intangible entre les deux zones temporelles.

Le détachement traversa la démarcation et poursuivit sa route.

La richesse du pays était évidente. Les champs, pour la plupart, regorgeaient de blé, d'une variété à haute tige et épis charnus que Bisesa, bien que fille de fermier, n'avait jamais vue. Mais il y avait aussi du millet, de l'orge et, çà et là, de riches plantations de palmiers dattiers. Autrefois, leur apprit Cecil De Morgan, les Babyloniens chantaient au sujet de ces palmiers des chansons dressant la liste de leurs trois cent soixante-six usages, un pour chaque jour de l'année.

Même si les fermiers se cachaient, ce n'était manifestement pas un paysage désertique, et c'était du produit de ces champs que l'armée d'Alexandre allait dépendre. Il allait falloir faire preuve de diplomatie : le roi avait assez d'hommes pour prendre ce qu'il voulait, mais les indigènes connaissaient le pays et cette armée nombreuse et affamée ne pouvait se permettre une seule mauvaise récolte. La première des priorités serait sans doute d'atteler les soldats et les ingénieurs à la reconstruction du système d'irrigation…

— Vous savez, dit Abdikadir, il est difficile de croire que ce pays est l'Irak… que nous ne sommes qu'à cent kilomètres au sud-ouest de Bagdad. La richesse agricole de cet endroit a nourri des empires pendant des millénaires.

— Mais où sont tous les gens ?

— Peut-on reprocher à ces fermiers de se cacher ? répondit Abdikadir. Leurs riches terres agricoles ont été coupées en deux et remplacées par un semi-désert. Leurs canaux se tarissent. Une pluie acide brûle leurs récoltes. Et pour finir, que voient-ils surgir à l'horizon ? Tout simplement la plus grande armée qu'ait jamais connue le monde antique ! Eh… regardez là-bas, ajouta-t-il en faisant halte, le doigt tendu vers l'ouest.

Bisesa aperçut des bâtiments à l'horizon, une muraille à redans, quelque chose qui ressemblait à une pyramide à étages, le tout rendu gris et brumeux par la distance.

— Babylone, murmura Abdikadir.

— Et *ça*, c'est la tour de Babel, dit Josh.

— Bon Dieu de merde, commenta Casey.

L'armée et sa suite rattrapèrent l'avant-garde et dressèrent le camp sur les plaines alluviales des rives de l'Euphrate.

Alexandre avait décidé d'attendre une journée avant d'entrer en ville. Il voulait voir si les dignitaires urbains viendraient l'accueillir. Personne ne se présentant, il envoya des éclaireurs inspecter les murailles de la ville et ses environs. Ils revinrent sains et saufs, mais ils paraissaient ébranlés.

Failles temporelles ou non, Alexandre désirait faire son entrée en grande pompe dans l'antique cité. Donc, tôt dans la matinée, vêtu de son manteau brodé de fil d'or et coiffé de son diadème, Héphestion à son côté, il se dirigea à cheval vers les remparts, entouré d'une phalange de cent porte-boucliers formant un redoutable rectangle de muscle et de fer. Le roi ne laissait rien voir de la souffrance que l'effort de monter à cheval devait lui causer ; une fois de plus, Bisesa fut impressionnée par la force de caractère d'Alexandre.

Derrière venaient, en ordre dispersé, Eumène et d'autres proches compagnons auxquels s'étaient joints le capitaine Grove et ses officiers, quelques soldats britanniques, l'équipage du *Little Bird* et Bisesa, qui se sentait étrangement mal à l'aise au milieu de cette imposante procession, car, malgré l'éclat des uniformes d'apparat des Macédoniens, elle et les autres modernes les dominaient de toute leur taille.

Les murs de la cité étaient assez impressionnants en eux-mêmes : une triple enceinte de briques et de blocaille d'au moins vingt kilomètres de circonférence, chacune entourée d'un fossé. Mais il n'y avait aucun signe de vie – pas la moindre fumée, pas de soldats en train de monter la garde au sommet des tours – et les vantaux des portes étaient grands ouverts.

— La dernière fois, pour notre première entrée dans la ville, c'était autre chose, murmura Eumène. Le satrape était venu à notre rencontre. La route était jonchée de fleurs

315

et les soldats étaient sortis avec des lions apprivoisés et des léopards en cage, les prêtres et les augures dansaient au son des harpes. C'était splendide! C'était parfait! Mais ceci…

Bisesa dut admettre que c'était angoissant.

Alexandre, fidèle à sa réputation, montra l'exemple. Sans hésitation, il engagea son cheval sur le pont de bois qui enjambait le fossé et se dirigea vers la plus grande des portes, qui s'ouvrait sous un passage voûté entre deux fortes tours carrées.

La procession le suivit. Pour atteindre la porte, il fallait gravir une rampe menant à une terrasse qui dominait d'une quinzaine de mètres le niveau du sol. Quand elle la franchit, Bisesa constata que la voûte culminait à plus de vingt mètres au-dessus de sa tête. Le moindre centimètre carré de ses parois était recouvert de brique émaillée d'un intense bleu roi où alternaient des taureaux et des dragons en marche.

Ruddy avançait bouche bée, la tête basculée en arrière. Encore un peu patraque des suites de sa maladie, il marchait d'un pas légèrement chancelant et Josh le soutenait gentiment par le bras.

—Cela pourrait-il être la porte d'Ishtar? Qui l'aurait cru… qui l'aurait cru… ?

La ville était construite à cheval sur l'Euphrate selon un plan grossièrement rectangulaire. L'escorte d'Alexandre était entrée par le nord, sur la rive orientale du fleuve. La porte franchie, le cortège suivit une large avenue vers le sud, passant au pied de superbes et imposants bâtiments, sans doute des temples et des palais. Bisesa apercevait des fontaines, des statues, et tous les murs étaient recouverts d'éblouissantes briques vernissées ornées de lions et de rosaces en bas-relief. La richesse de détails était incroyable.

Son portable, qui dépassait de sa poche, essaya de l'aider :

— L'ensemble que tu vois sur ta droite est probablement le palais de Nabuchodonosor, le plus grand roi de Babylone, qui…

— Ferme-la, veux-tu.

— Si c'est Babylone, où sont les jardins suspendus ? demanda Casey, qui clopinait à côté d'elle.

— À Ninive, répondit sèchement le portable.

— Personne, dit Josh d'un ton hésitant. Je vois certains dégâts – des traces d'incendie, de pillage, peut-être même les séquelles d'un séisme – mais toujours pas une âme. Ça devient angoissant.

— Ouais, grommela Casey. Toutes les lumières sont allumées, mais il n'y a personne à la maison.

— Avez-vous remarqué, demanda tranquillement Abdikadir, que les Macédoniens ont l'air confondus, eux aussi ? Et pourtant ils sont passés tout récemment…

C'était exact. Même le rusé Eumène regardait d'un air intimidé les majestueuses bâtisses qui l'entouraient.

— Il est possible que ce ne soit pas non plus leur Babylone, dit Bisesa.

Le cortège se scinda. Alexandre et Héphestion, en compagnie de la majorité des gardes, repartirent vers le palais royal, près de la porte. D'autres groupes de soldats reçurent l'ordre de se disperser dans la ville à la recherche de ses habitants. Les cris des officiers retentissaient, péremptoires, répercutés par les murs vernissés des temples ; De Morgan expliqua qu'ils mettaient leurs hommes en garde contre les conséquences d'un pillage.

— Mais j'imagine que personne n'oserait toucher quoi que ce soit dans ce lieu hanté !

Bisesa et les autres poursuivirent, en compagnie d'Eumène et d'une poignée de gardes et de conseillers, le long de la voie processionnelle. Après une succession de placettes encloses de murs, celle-ci aboutissait au grand bâtiment pyramidal que Bisesa avait aperçu de loin. C'était une ziggourat dont les sept terrasses s'élevaient sur une base mesurant une centaine de mètres de côté. Bisesa, conditionnée par les images des pyramides d'Égypte, se serait plutôt attendue à trouver une telle construction au cœur d'une cité maya perdue dans la jungle. Au sud se dressait un temple qui devait être, d'après son portable, l'« *Esagila* » – dédié à Mardouk, la divinité tutélaire de Babylone.

— Les Babyloniens appelaient cette ziggourat l'« *Etemenanki* » – ce qui signifie « la maison qui est la fondation du Ciel et de la Terre ». C'est Nabuchodonosor qui a conduit ici les Juifs en esclavage ; en dénigrant Babylone dans la Bible, ceux-ci se sont vengés pour longtemps…

Josh prit la main de Bisesa :

— Venez, je veux escalader cette maudite bâtisse.

— Pourquoi ?

— Parce que c'est la tour de Babel ! Voyez, il y a un escalier sur la face sud.

C'était exact, celui-ci mesurait bien dix pas de large.

— Le premier arrivé a gagné !

Et, la tirant par la main, il s'élança.

Elle était théoriquement plus en forme que lui ; elle avait un entraînement de soldat et venait d'un siècle plus avancé sur le plan diététique et sanitaire. Mais il était plus jeune et endurci par leur longue pérégrination. La compétition était égale et ils ne se lâchèrent pas la main avant d'avoir gravi une centaine de marches et de s'effondrer.

D'en haut, l'Euphrate s'étirait tel un large ruban argenté qui coupait la ville en deux, scintillant même dans la lumière grisâtre au sein de laquelle tout était plongé. Bisesa ne distinguait pas nettement la partie occidentale, mais, du côté oriental, de grandioses édifices se serraient les uns contre les autres – des temples, des palais, des bâtiments à l'allure officielle. Le plan de la ville était très régulier. Les rues principales, rectilignes, se croisaient à angle droit et aboutissaient toutes à l'une ou l'autre des nombreuses portes ménagées dans la muraille. Les palais revêtus de céramiques polychromes sur lesquelles s'ébattaient des dragons et d'autres créatures fantastiques offraient à la vue une véritable orgie de couleurs.

— À quelle époque sommes-nous ? demanda-t-elle.

— Si c'est l'époque de Nabuchodonosor, répondit son portable, nous sommes vers le VIᵉ siècle avant notre ère. Les Perses ont conquis Babylone deux siècles avant Alexandre et saigné la région à blanc. Quand Alexandre est arrivé, c'était encore une cité pleine de vie, mais ses meilleurs jours n'étaient déjà plus qu'un lointain souvenir. Là, nous la voyons près de son apogée.

Josh la regarda attentivement :

— Vous avez l'air triste, Bisesa.

— Je pensais.

— À Myra…

— J'aimerais qu'elle soit ici… pouvoir lui montrer tout ça.

— Vous pourrez peut-être le lui raconter un jour.

— Oui, peut-être.

Ruddy, Abdikadir, Eumène et De Morgan, qui avaient escaladé plus lentement la ziggourat, les rejoignirent. Ruddy était hors d'haleine, mais il y était arrivé et, quand il s'assit, Josh lui donna une claque dans le dos. Eumène, resté debout, contemplait Babylone, apparemment pas le moins du monde essoufflé.

Abdikadir emprunta les lunettes de vision nocturne de Bisesa pour observer les environs.

—Regardez de l'autre côté du fleuve…

La ligne des remparts franchissait ce dernier, complétant le plan rectangulaire de la ville. Mais, sur l'autre rive, si Bisesa pensait distinguer le tracé des rues, il n'y avait pas d'autre couleur que le brun-rouge de l'argile et les murailles n'étaient plus que de longs alignements de décombres, les portes et les tours de guet de simples monticules de pierraille.

—On a l'impression que la moitié de la ville a fondu, dit Josh.

—Ou été détruite par une explosion nucléaire, dit sombrement Abdikadir.

Eumène dit quelque chose.

—Ce n'était pas comme ça, traduisit De Morgan. Pas comme ce…

Alors que la partie orientale de la ville était administrative et religieuse, dans la moitié occidentale résidentielle se pressaient maisons et immeubles, places et marchés. Eumène l'avait vue ainsi à peine quelques années plus tôt, grouillante de vie. Elle était maintenant réduite à néant.

—Une autre interface, dit Abdikadir, l'air sombre. Le cœur de la jeune Babylone transplanté dans le cadavre de la vieille.

—Je croyais m'être habitué aux bizarreries des failles temporelles qui nous affligent, dit Eumène. Mais voir *ceci*… une ville tout entière rasée, le poids d'un millier d'années qui s'abat en un instant…

—Oui, dit Ruddy. La terrible cruauté du temps.

— C'est plus que de la cruauté, répondit Eumène. C'est un outrage.

Bisesa était éloignée des émotions du chancelier par la traduction et par deux millénaires de langage corporel différent, mais elle pensait avoir une fois de plus détecté chez lui la montée d'une froide colère.

Une voix leur parvint d'en bas, un officier macédonien demandait à Eumène de venir. Une patrouille avait trouvé quelqu'un, un Babylonien, caché dans le temple de Mardouk.

30

La Porte des dieux

Le prisonnier fut conduit devant Eumène. Visiblement terrifié, il avait des yeux exorbités dans un visage crasseux et deux robustes soldats devaient le traîner. Il était richement vêtu d'une robe de drap bleu brodée de fils d'or. Mais celle-ci, sale et en lambeaux, pendait sur sa carcasse décharnée, comme s'il n'avait rien mangé depuis des jours. Son crâne et ses joues devaient avoir naguère été rasés de près, mais il avait maintenant une barbe de plusieurs jours et ses cheveux noirs commençaient à repousser. Quand il passa près d'elle, Bisesa eut un mouvement de recul en sentant son odeur d'urine macérée.

Encouragé par l'épée qu'un Macédonien lui poussait dans les côtes, il débita quelque chose à toute allure, mais dans une langue qu'aucun des modernes ne reconnut. L'officier qui l'avait débusqué avait eu la présence d'esprit d'amener un soldat perse qui comprenait la langue du prisonnier et qui traduisit les paroles de celui-ci en grec pour Eumène.

Fronçant les sourcils, De Morgan résuma d'une voix hésitante :

— Il dit être prêtre d'une déesse dont je n'ai pas compris le nom. Il s'est retrouvé seul quand les autres ont fui le

322

temple. Il était trop effrayé pour partir. Ça fait six jours et six nuits qu'il est là… Il n'a rien eu à manger… ni d'eau à part celle qu'il a bue à la fontaine sacrée de la déesse…

Eumène claqua des doigts avec impatience.

— Donnez-lui à boire et à manger. Et demandez-lui de nous raconter ce qui s'est passé ici.

Petit à petit, entre deux goulées voraces, le prêtre raconta son histoire. Tout avait commencé, bien entendu, avec la Discontinuité.

Une nuit, les prêtres et les autres servants du temple avaient été réveillés par un terrible cri de désespoir. Certains étaient sortis en courant. Il faisait noir… *mais les étoiles n'étaient pas au bon endroit.* Le cri avait été poussé par un astronome du temple qui était en train d'observer les « étoiles vagabondes » – autrement dit les planètes – comme chaque nuit depuis son plus jeune âge. Mais celle qu'il était en train de regarder avait brusquement disparu et les constellations elles-mêmes avaient tourbillonné dans le ciel. C'était son hurlement de détresse qui avait réveillé le temple et le reste de la ville.

— Bien sûr, murmura Abdikadir. Pendant des siècles, les Babyloniens ont méticuleusement relevé le mouvement des astres. Leur religion et leur philosophie étaient basées sur les grands cycles célestes. Il est étrange de penser qu'une population moins avancée n'aurait sans doute pas été aussi effrayée…

Mais ce premier traumatisme astronomique, seulement perceptible par une élite religieuse, n'était qu'un début. Car, à la fin de cette même nuit, le soleil s'était levé avec plus de six heures de retard. Et, quand il avait fini par le faire, un vent brûlant s'était mis à souffler sur la ville et il était tombé une pluie chaude et salée comme personne n'en avait jamais vu.

Les gens, dont beaucoup étaient encore en vêtements de nuit, s'étaient réfugiés dans le quartier des temples, réclamant une preuve que leurs dieux ne les avaient pas abandonnés en cette plus étrange matinée de l'histoire de Babylone. Certains avaient gravi la ziggourat pour voir les autres changements apportés par la nuit. Le roi était absent – Bisesa n'avait pas trop compris si le prêtre parlait de Nabuchodonosor lui-même ou d'un de ses successeurs – et il n'y avait personne pour rétablir l'ordre.

Puis étaient arrivés les premiers rapports inquiétants sur la disparition des quartiers ouest. La plus grande partie de la population y vivait ; pour les prêtres, ministres, courtisans et autres dignitaires survivant dans la partie orientale, le choc avait été énorme.

Le dernier semblant d'ordre avait vite volé en éclats. La foule avait attaqué le temple de Mardouk. Tous ceux qui avaient réussi à entrer s'étaient rués vers le saint des saints et, quand ils avaient vu ce qu'il était advenu de Mardouk, roi des antiques dieux de Babylone...

Le prêtre ne put terminer sa phrase.

À la suite de ce dernier choc, la rumeur avait couru que la moitié orientale de la ville allait être réduite en poussière comme l'avait été l'autre. Les gens avaient ouvert en grand les portes et fui en hurlant pour se répandre dans la campagne. Même les ministres, les chefs de l'armée et les prêtres étaient partis, ne laissant que lui, recroquevillé dans son temple profané.

Entre deux bouchées de nourriture, le prêtre décrivit les nuits suivantes, au cours desquelles il avait entendu les échos de pillages, d'incendies volontaires, accompagnés de rires avinés et de hurlements. Mais chaque fois qu'il avait osé jeter un coup d'œil hors du temple pendant la journée, il n'avait vu personne. Il était clair que la majorité de la population s'était évanouie dans les terres arides, par-delà la bande cultivée, où elle allait mourir de soif ou de faim.

Eumène ordonna à ses hommes de faire laver le prêtre et de le conduire devant le roi. Puis il dit :

— Ce prêtre a expliqué que le vieux nom de la ville était « la Porte des dieux ». C'était bien vu, parce que maintenant cette porte s'est ouverte... Venez.

Il partit à grands pas et les autres se hâtèrent de le suivre.

— Où allons-nous, maintenant ? demanda Ruddy.

— Eh bien, au temple de Mardouk, évidemment, répondit Bisesa.

Le temple, autre grand bâtiment pyramidal, ressemblait à un hybride de cathédrale et d'immeuble de bureaux. En parcourant ses couloirs et en montant d'étage en étage, ils traversèrent une stupéfiante diversité de pièces, chacune richement décorée, où l'on apercevait des autels, des statues, des frises et tout un matériel hétéroclite tel que crosses, couteaux sacrificiels, coiffures liturgiques, instruments de musique apparentés aux luths et aux saqueboutes, et même des chars et de petites charrettes. Dans certaines pièces centrales, dépourvues de fenêtres, la seule lumière provenait de lampes à huile qui brûlaient avec une flamme fuligineuse dans de petites niches ménagées dans les murs. Il régnait un fort parfum d'encens que De Morgan affirma être de l'oliban. On voyait les traces de dégâts mineurs : une porte déboîtée de ses lourds gonds de bois, des vases brisés, une tapisserie déchirée sur un mur.

—On adore ici plus d'un dieu, c'est sûr, dit Ruddy. C'est un véritable catalogue de l'idolâtrie. Quel polythéisme tapageur !

—C'est tout juste si j'arrive à distinguer les dieux parmi tout cet or, murmura De Morgan. Regardez-moi ça… il y en a partout !

—J'ai autrefois visité le Vatican, dit Bisesa. C'était exactement pareil… l'entassement de luxe était tel qu'on ne voyait plus aucun détail.

—Oui, dit Ruddy. Et les causes en sont les mêmes : l'emprise singulière de la religion sur l'esprit humain… et l'accumulation de richesses par un très vieil empire.

On décelait malgré tout des signes de pillage : des portes enfoncées, quelques alvéoles où devaient avoir été serties des pierres précieuses. Mais les voleurs semblaient avoir procédé sans trop de conviction.

Le sanctuaire de Mardouk lui-même était tout en haut du temple. Mais il avait été saccagé et Bisesa et ses compagnons s'arrêtèrent, interdits, sur le seuil.

Bisesa apprit plus tard que la grande statue du dieu qui s'y était dressée avait été faite de vingt tonnes d'or. À la dernière visite d'Eumène, elle n'y était plus : des siècles avant le passage d'Alexandre, lorsque Xerxès avait pris la ville, il avait pillé le temple et emporté la grande statue en or. Là, elle avait été encore tout récemment en place… mais elle avait fondu, laissant sur le sol une flaque de métal brillant où surnageaient quelques scories. Les murs de briques étaient nus, calcinés par une chaleur intense : on apercevait dans les cendres des restes de tentures ou de tapis. Seul demeurait le socle de la statue, aux arêtes émoussées par les flammes et portant la trace à peine perceptible de deux pieds gigantesques.

Et, mystérieuse, sans le moindre support, une sphère parfaite planant dans les airs au centre du temple carbonisé : un Œil – immense, beaucoup plus gros que tous ceux qu'ils avaient vus jusque-là : environ trois mètres de diamètre.

— Abdikadir, il va vous falloir un grand seau pour y plonger ça, dit Josh avec un sifflement admiratif.

Bisesa se rapprocha de l'Œil. À la lueur incertaine des lampes à huile, elle vit grossir son reflet déformé, comme si une autre Bisesa, enfermée dans l'Œil tel un poisson dans son bocal, nageait vers la paroi pour la regarder. Bisesa ne sentit aucune chaleur, pas la moindre trace des énergies prodigieuses qui avaient ravagé la salle. Elle leva la main et l'approcha de la surface. Cela lui donna l'impression de pousser contre une barrière invisible, mais élastique. Plus elle poussait, plus la résistance était forte, et elle sentait une très légère traction latérale.

Josh et Abdikadir la regardaient avec une certaine inquiétude. Josh vint vers elle :

— Vous allez bien, Bisesa ?

— Ne pouvez-vous pas la sentir ?

— Quoi ?

Elle regarda droit vers la sphère.

— Une… présence.

— Si c'est la source des signaux électromagnétiques que nous avons captés…, commença Abdikadir.

— Je les entends, maintenant, murmura le portable de la jeune femme au fond de sa poche.

— C'est plus que ça, déclara Bisesa.

Il y a là quelque chose, se dit-elle. Une conscience… oui. Ou au moins une présence, une immense présence de cathédrale qui l'attirait irrésistiblement. Mais Bisesa ne savait même pas comment elle le savait. Elle secoua la tête et une partie de cette mystérieuse sensation se dissipa.

Eumène avait l'air au comble de la fureur.

— Nous savons donc maintenant comment Babylone a été détruite, dit-il.

À la grande surprise de Bisesa, il ramassa par terre une crosse en or qu'il brandit à la façon d'une massue et abattit sur la surface inébranlable de l'Œil. La crosse se tordit sans laisser de marque.

— Eh bien, cet arrogant dieu de l'Œil pourrait trouver en Alexandre, fils de Zeus-Ammon, un plus rude adversaire qu'en Mardouk, dit-il avant de se tourner vers les modernes. Il y a beaucoup à faire. Je vais avoir besoin de votre aide et de votre perspicacité.

— Nous devrions utiliser la ville comme base…, dit Abdikadir.

— C'est évident.

— Faire entrer l'armée. Il va falloir réfléchir à l'approvisionnement en eau et en nourriture. Et il faudra organiser des brigades de lutte contre les incendies, des patrouilles de surveillance, des équipes de réparation.

— Comme la moitié résidentielle de la ville est détruite, il va y avoir beaucoup à reconstruire, dit Josh.

— Je crois que nous allons vivre sous la tente pendant encore un moment, dit tristement Abdikadir.

— Nous enverrons des éclaireurs dresser la carte de la région, dit Eumène. Et nous ferons sortir les fermiers de leurs huttes de terre… ou nous réquisitionnerons leurs fermes pour les exploiter à leur place. Je ne sais pas si c'est l'hiver ou l'été, mais en Babylonie il est possible d'avoir des récoltes toute l'année. Alexandre voulait faire de cette ville la capitale de son empire. Eh bien, c'est ce qu'elle deviendra – et peut-être la capitale d'un nouveau monde…, conclut-il en fixant l'Œil impassible.

Casey pénétra en trombe dans le sanctuaire.

—Nous avons reçu un message, annonça-t-il, l'air sombre.

—De Zabel et Kolya? demanda Bisesa, se rappelant l'heure qu'il était : il avait dû essayer de capter les cosmonautes à la radio.

—Oui.

—C'est merveilleux!

—Pas vraiment. Il y a un problème.

31

RADIOAMATEUR

Dans les bagages qu'on les avait autorisés à emporter avec eux, Kolya s'était arrangé pour prendre le poste de radioamateur du Soyouz. Son instinct l'avait incité à garder le secret, même vis-à-vis de Zabel, qui avait depuis longtemps perdu tout intérêt pour cet appareil, ce dont il se félicitait maintenant. Quand Gengis Khan eut établi son camp de base à quelques dizaines de kilomètres de Babylone, il avait récupéré son matériel et l'avait monté.

Bizarrement, ce n'avait pas été difficile. Les gardes mongols de la suite de Yeh-lü étaient vigilants, mais ils n'avaient aucune idée de la destination de ces espèces de boîtes, câbles et antennes arachnéennes. En fait, il avait été plus dur – mais capital – de cacher à Zabel ce qu'il faisait, du moins pendant quelques heures.

Il savait qu'il ne se présenterait pas d'autre occasion. Il espérait que le canal d'émission serait correct et que Casey serait à l'écoute. À vrai dire, le canal était plutôt mauvais – l'ionosphère d'après la Discontinuité paraissait avoir souffert et le signal était brouillé par toutes sortes de parasites –, mais Casey était bien à l'écoute à l'heure convenue quand Kolya était encore en orbite avec le Soyouz, dans un passé qui semblait maintenant bien lointain. Kolya n'avait pas été surpris d'apprendre que Casey et ses compagnons s'étaient rendus à Babylone ; c'était une destination logique et ils en avaient envisagé la possibilité avant la rentrée du Soyouz dans l'atmosphère. Mais il avait été stupéfait quand Casey lui avait révélé avec qui il avait voyagé – stupéfait, mais ragaillardi, car il y avait peut-être après tout dans le monde une force capable de tenir tête à Gengis Khan.

Kolya aurait aimé prolonger le contact, écouter cet homme du XXIe siècle, son contemporain. Il avait le sentiment que Casey, qu'il n'avait jamais rencontré en chair et en os, était devenu en ce monde son ami le plus proche.

Mais ce n'était pas le moment. Il n'avait pas le choix, c'était un luxe qu'il ne pouvait pas se permettre. Il avait parlé, et parlé, disant tout ce qu'il savait de Gengis Khan, de son armée, de sa tactique ; et il avait parlé de Zabel et de ce qu'elle avait fait… et de ce dont il la croyait capable.

Il avait parlé aussi longtemps qu'il pouvait, près d'une demi-heure. Puis Zabel était arrivée avec deux robustes gardes mongols qui l'avaient arraché à sa radio avant de briser celle-ci à coups de lance.

32

CONSEIL DE GUERRE

L es éclaireurs avaient rapporté la nouvelle que l'avant-garde de l'armée mongole n'était qu'à quelques jours de marche. À la surprise de ses conseillers, Alexandre avait décidé d'essayer d'entamer des pourparlers.

Il avait été horrifié par ce que les modernes lui avaient raconté des destructions provoquées par l'expansion mongole. Il était peut-être lui-même un conquérant aux mains tachées de sang, mais ses ambitions ne se réduisaient pas à la conquête : ses intentions étaient certainement plus subtiles que celles de Gengis Khan, quinze siècles après lui. Il était décidé à s'opposer aux Mongols. Son but était de bâtir du neuf dans ce monde dépeuplé, pas d'y semer la destruction.

— Nous et nos camarades aux manteaux rouges d'outre-océan, nous sommes tout autawnt que ces cavaliers des plaines d'Asie les survivants de dislocations du temps et de l'espace, des prodiges qui dépassent l'entendement humain, avait-il dit à ses conseillers. N'avons-nous pas d'autre réponse à tout cela que de nous entre-tuer ? N'avons-nous donc à apprendre les uns des autres que les armes et les stratagèmes ?...

Il avait donc donné l'ordre d'envoyer une délégation, avec des présents et des tributs, pour engager le dialogue avec les chefs mongols. Les émissaires devaient voyager au sein d'une impressionnante troupe de mille hommes placée sous le commandement de Ptolémée.

Celui-ci était un des plus proches compagnons du roi, son ami depuis l'enfance. Guerrier macédonien au visage sévère, c'était un homme sombre et taciturne, et manifestement astucieux. Il s'agissait sans doute d'un bon choix pour une si délicate entreprise : le portable de Bisesa lui avait dit que, dans une autre réalité, Ptolémée serait devenu, lors du partage des conquêtes d'Alexandre après sa mort, pharaon de l'antique royaume d'Égypte. Pour l'instant, en se préparant à sa mission, il arpentait le palais royal d'un air furieux. Bisesa se demandait si sa désignation pour cette dangereuse et très probablement fatale ambassade n'avait pas quelque chose à voir avec les sempiternelles intrigues du proche entourage d'Alexandre.

À la suggestion d'Abdikadir, le capitaine Grove avait insisté pour que le caporal Batson et quelques soldats britanniques se joignent à la délégation. On avait proposé que quelqu'un du groupe de Bisesa les accompagne, puisque l'on soupçonnait Zabel d'être à l'origine de l'attaque attendue, mais Alexandre avait décrété que ses trois survivants du XXIᵉ siècle étaient trop peu nombreux pour risquer leur vie dans une telle expédition et il n'en avait plus été question. Néanmoins, à la suggestion d'Eumène, Bisesa avait écrit un mot que Batson devait remettre à Kolya, s'il avait l'occasion de le rencontrer.

La délégation franchit les portes de Babylone et se mit en route. Les officiers macédoniens en uniforme de parade avec leurs éclatantes capes pourpres, le caporal Batson et les autres britanniques en kilt et veste de serge, le tout au son des tambours et des trompettes.

Alexandre était un combattant endurci et, s'il espérait la paix, il se préparait à la guerre. À Babylone, Bisesa, Abdikadir et Casey, avec le capitaine Grove et un certain nombre de ses officiers, furent convoqués pour un conseil de guerre.

Comme la porte d'Ishtar, le palais royal de Babylone était bâti sur une esplanade surélevée d'une quinzaine de mètres par rapport à la plaine alluviale.

C'était un édifice stupéfiant – même si, du point de vue de Bisesa, c'était un étalage obscène de richesse, de puissance et d'oppression. En se rendant au centre du complexe, ils étaient passés devant des jardins en terrasses aménagés *sur le toit* des bâtiments. Les arbres avaient l'air assez sains, mais l'herbe était un peu flétrie, les fleurs étiolées ; les jardins avaient été négligés depuis la Discontinuité. Mais le palais était un symbole de la ville et du nouveau règne d'Alexandre, et il y régnait une activité fébrile, les serviteurs courant en tous sens avec des amphores d'eau fraîche et de la nourriture. Ce n'étaient pas des esclaves, mais d'anciens dignitaires babyloniens revenus piteusement de l'arrière-pays où ils s'étaient enfuis. Dans les heures suivant la Discontinuité, ils avaient apporté la preuve de leur lâcheté ; maintenant, sur l'ordre d'Alexandre, ils étaient réduits à accomplir des tâches subalternes.

Au cœur du palais se trouvait la salle du trône. À elle seule, cette pièce mesurait près de cinquante pas de longueur et, du sol au plafond, la moindre surface était revêtue de briques émaillées multicolores ornées de lions, de dragons et d'arbres de vie stylisés. S'efforçant de ne pas se laisser impressionner par les proportions de la salle, les modernes y pénétrèrent, leurs pas éveillant des échos sur le sol vernissé.

Au milieu de la salle avait été dressée une table supportant une gigantesque maquette de la ville, de ses remparts et de la campagne environnante. Large d'environ cinq mètres, elle était peinte de couleurs vives et extrêmement détaillée, jusqu'aux personnages dans les rues et aux chèvres dans les champs. Des canaux miniatures miroitaient, remplis d'eau véritable.

Bisesa et ses compagnons s'installèrent sur leurs couches devant la table et des serviteurs leur apportèrent à boire.

— L'idée vient de moi, dit Bisesa. Je me suis dit qu'une maquette serait plus facile à visualiser qu'une carte. Je n'ai pas pensé un instant qu'ils allaient construire quelque chose d'aussi grand… ni aussi rapidement.

— Voilà qui nous montre ce qu'il est possible de réaliser quand on peut compter sur des ressources humaines – physiques ou intellectuelles – illimitées, dit posément le capitaine Grove.

Accompagné de ses conseillers, Eumène entra et prit place. À son grand crédit, il manifestait peu de goût pour les simagrées protocolaires, il était bien trop intelligent pour ça. Mais, comme membre de la cour d'Alexandre, il ne pouvait échapper à la flagornerie et ses conseillers papillonnaient autour de lui tandis qu'il s'installait dignement sur sa couche. À leur nombre figurait désormais De Morgan, qui avait pris l'habitude, comme d'autres courtisans d'Alexandre, de porter des costumes persans recherchés. Il avait aujourd'hui le visage rouge et bouffi, les yeux cernés.

— Cecil, mon vieux, vous avez une sale gueule, malgré votre robe de cocktail, lui dit sans ménagement Casey.

De Morgan poussa un grognement.

— Quand Alexandre et ses Macédoniens s'adonnent à une de leurs orgies, ils feraient passer pour de petits garçons les Tommies britanniques dans les bordels de Lahore. Le roi est en train de cuver. Il dort parfois la journée entière, mais il est toujours debout le soir quand ça repart…, répondit-il en acceptant une coupe de vin que lui tendait un serviteur. Et ce vin macédonien ressemble à de la pisse de chèvre. Mais enfin… pour passer la gueule de bois.

Il but une longue gorgée, suivie d'un frisson.

Le capitaine Grove commença à exposer ses idées pour le renforcement des défenses déjà formidables de Babylone. Il dit à Eumène :

— Je sais que vous avez déjà des équipes qui restaurent les murailles et qui approfondissent les fossés.

C'était particulièrement important du côté occidental, où les remparts avaient été presque complètement arasés par le temps ; en fait, les Macédoniens, qui avaient décidé d'abandonner les quartiers ouest de la ville et d'utiliser l'Euphrate comme barrière naturelle, édifiaient des défenses sur ses berges.

— Mais, poursuivit Grove, je recommanderais d'établir de plus fortes défenses un peu plus loin, surtout à l'est, d'où viendront les Mongols. Je pense à des casemates et à des tranchées… des fortifications que nous pourrions monter rapidement.

La traduction de plusieurs de ces idées, par le truchement des assistants d'Eumène et d'un De Morgan aux prises avec la gueule de bois, prit quelque temps.

Eumène écouta patiemment pendant un moment.

—Je vais demander à Diadès, l'ingénieur en chef d'Alexandre, de voir ça… mais vous devez savoir que le roi n'est pas uniquement soucieux de se défendre. Parmi toutes ses campagnes, c'est de ses sièges victorieux qu'il est le plus fier – comme ceux de Tyr ou de Milet et une dizaine d'autres – ; le souvenir de ces triomphes épiques se transmettra certainement pendant des siècles.

—Tout à fait, acquiesça le capitaine Grove. Je pense que vous voulez dire qu'Alexandre ne s'accommodera pas de se retrouver lui-même assiégé. Il va vouloir sortir à la rencontre de l'ennemi pour lui livrer bataille.

—Oui, murmura Abdikadir, mais contrairement à lui, les Mongols n'étaient pas de grands tacticiens en matière de sièges, ils préféraient de loin se mesurer à leurs adversaires en rase campagne. Si nous sortons à leur rencontre, nous les affronterons sur leur terrain de prédilection.

—Le roi a parlé, grommela Eumène.

—Alors il faut que nous l'écoutions, dit tranquillement Grove.

—Par ailleurs, Alexandre et Gengis Khan sont séparés par plus de quinze siècles, bien plus que Gengis Khan l'est de nous, poursuivit Abdikadir. Nous devons exploiter tous les avantages dont nous disposons.

—Quels avantages ? Vous voulez dire vos *fusils* et vos *grenades* ? demanda Eumène d'un ton mielleux en utilisant les termes anglais.

Depuis qu'ils avaient rencontré les Macédoniens, les modernes et les Britanniques avaient essayé de leur cacher certaines choses. À ces mots, Casey bondit de sa place et se pencha par-dessus la table pour étrangler De Morgan.

—Cecil, espèce d'enfoiré. Qu'est-ce que vous leur avez raconté d'autre ?

De Morgan recula hors de la portée de Casey et deux des gardes d'Eumène se précipitèrent, leur grosse main sur le pommeau de leur glaive. Grove et Abdikadir saisirent Casey et le tirèrent en arrière.

Bisesa poussa un soupir :

— Allons, Casey, qu'est-ce que tu imaginais ? Depuis le temps, tu devrais savoir à quoi t'attendre avec Cecil. Il offrirait à Eumène tes couilles sur un plateau s'il pensait y trouver son avantage.

— De toute façon, Eumène savait probablement déjà tout, ajouta Abdikadir. Ces Macédoniens ne sont pas idiots.

Eumène avait suivi cet échange avec intérêt.

— Vous oubliez que Cecil n'a peut-être pas eu le choix, dit-il.

De Morgan traduisit ces paroles d'un air indécis, détournant les yeux, et Bisesa vit le côté obscur du choix qu'il avait fait.

— En outre, poursuivit Eumène, que je sois au courant nous fera gagner du temps, maintenant que nous en avons besoin, non ?

Le capitaine Grove se pencha vers lui :

— Mais vous devez comprendre, monsieur le chancelier, que nos armes, quoique formidables, ont des limites. Nous n'avons qu'une petite quantité de grenades et de munitions pour les fusils...

Le plus gros de leur armement était constitué de quelques centaines de fusils Martini apportés de Jamroud, des modèles du XIXe siècle. Un si petit nombre d'armes ne pèserait pas lourd face à une horde extrêmement mobile comptant des dizaines de milliers d'hommes. Eumène ne fut pas long à le comprendre.

— Il nous faut donc être très sélectifs dans notre usage de ces armes.

— Exactement, grommela Casey. D'accord – si on en arrive là –, nous devrions les utiliser pour briser leur premier assaut.

— Oui, dit Abdikadir. Les grenades aveuglantes affoleront leurs chevaux… et eux, s'ils ne sont pas habitués aux armes à feu.

— Mais ils ont Zabel avec eux, dit Bisesa. Nous ne savons pas quelles armes il y avait à bord du Soyouz… au moins deux ou trois pistolets, à coup sûr.

— Ça ne l'aidera pas beaucoup, dit Casey.

— Non, mais si elle s'est alliée aux Mongols, elle peut s'en être servie pour les familiariser avec les armes à feu. Et elle a reçu une formation militaire moderne. Nous devons envisager la possibilité qu'ils arriveront préparés à tout ce que nous pourrions faire.

— Merde, dit Casey. Je n'avais pas pensé à ça.

— Très bien, dit le capitaine Grove. Casey, que suggérez-vous d'autre ?

— De disposer des postes de tir dans la ville, répondit Casey, et il expliqua sa stratégie à Eumène : comment anticiper l'approche de l'ennemi et placer des tireurs en quinconce, et ainsi de suite. Nous allons devoir entraîner certains de vos hommes à l'usage des kalachnikovs, ajouta-t-il à l'intention de Grove. L'essentiel est de ne pas gaspiller les munitions – ne pas tirer tant qu'ils n'auront pas une cible bien définie… Si nous attirons les Mongols dans la ville, nous pourrions réussir à neutraliser une bonne partie de leurs forces.

Une fois de plus, Eumène ne fut pas long à comprendre.

— Mais cela détruirait Babylone par la même occasion, dit-il.

— Gagner cette guerre va être coûteux…, dit Casey en haussant les épaules. Et si nous perdons, Babylone sera de toute façon détruite.

— Nous ne devrions peut-être recourir à cette tactique qu'en dernier ressort, dit Eumène. Autre chose ?

— Bien sûr, ce ne sont pas simplement des fusils que nous avons apportés de l'avenir, mais des connaissances, dit Bisesa. Nous pourrions mettre au point des armes que vous seriez capables de construire avec les ressources dont vous disposez.

— À quoi penses-tu, Bisesa ? demanda Casey.

— J'ai vu les catapultes et les machines de siège en pièces détachées des Macédoniens. Nous arriverons peut-être à leur apporter des perfectionnements. Et pourquoi pas aussi des feux grégeois ? N'était-ce pas une forme primitive de napalm ? Je crois qu'il suffit de mélanger du bitume liquide et de la chaux vive…

Ils discutèrent un moment de différentes possibilités, mais Eumène finit par les interrompre :

— Je ne comprends que vaguement ce que vous décrivez, mais je crains que nous n'ayons pas assez de temps pour mettre en œuvre de tels plans.

— J'ai une idée qui pourrait être réalisée rapidement, murmura Abdikadir.

— Quoi donc ? demanda Bisesa.

— Des étriers, dit-il, et il décrivit rapidement à Eumène ce dont il parlait. Un genre de repose-pied pour les cavaliers, suspendus à des lanières de cuir…

Quand le Grec eut compris que ces dispositifs, faciles et rapides à fabriquer, pouvaient multiplier la manœuvrabilité de la cavalerie, il se montra extrêmement intéressé :

— Mais nos Compagnons sont des hommes de tradition. Ils s'opposeront à toute innovation.

— Les Mongols, eux, ont des étriers, fit remarquer Abdikadir.

Il y avait beaucoup à faire, et peu de temps à y consacrer ; le conseil de guerre se sépara.

Bisesa prit Abdikadir et Casey à part.

— Vous pensez vraiment que l'affrontement est inévitable ?

— Oui, grommela Casey. Les solutions de rechange à la guerre – les méthodes non violentes de résolution des différends – dépendent de la bonne volonté de l'ensemble des parties concernées. À l'âge du fer, ces types n'ont pas bénéficié de notre expérience de deux mille ans d'effusions de sang, à quelques Hiroshima ou Lahore près, pour apprendre qu'il est parfois nécessaire de céder. Pour eux, la guerre est la seule solution.

Bisesa le regarda attentivement :

— Voilà qui est étonnamment pondéré de ta part, Casey.

— Allons donc…, répliqua-t-il.

Mais il retomba vite dans son numéro de macho, ricanant et se frottant les mains.

— Il y a aussi un côté marrant, poursuivit-il. Tu sais, nous sommes dans une belle merde. Mais, maintenant que j'y pense… Alexandre le Grand contre Gengis Khan ! Je me demande combien la télé à la demande facturerait un truc pareil.

Bisesa savait ce qu'il voulait dire. Elle aussi avait reçu une formation de soldat ; à son appréhension et à son désir que rien de tout ça ne soit réel – qu'elle puisse tout simplement rentrer chez elle – se mêlait une sorte d'excitation.

Ils sortirent de la salle du trône en continuant à dresser des plans.

33

PRINCE DU CIEL

A près avoir été laissé un jour et une nuit enfermé seul dans le noir, Kolya fut conduit devant Yeh-lü. Les bras liés dans le dos par une corde en crin de cheval, il fut jeté à terre.

Il n'avait aucune envie d'affronter la torture et il parla vite, disant à Yeh-lü ce qu'il avait fait, tout ce dont il se souvenait. À la fin, Yeh-lü sortit de la yourte.

Le visage de Zabel se pencha sur lui.

— Tu n'aurais pas dû faire ça, Kolya. Les Mongols connaissent le pouvoir de la recherche d'informations. Tu l'as bien vu à Bichkek. Tu n'aurais pas commis un crime plus grave si tu avais agressé Gengis en personne.

— Puis-je avoir un peu d'eau ? murmura-t-il.

Il n'avait rien eu à boire depuis qu'on l'avait démasqué. Elle ignora sa requête.

— Tu sais qu'il ne peut y avoir qu'un verdict. J'ai essayé d'intercéder en ta faveur. J'ai dit que tu étais un prince, un prince du Ciel. Ils vont être cléments. Ils ne versent pas le sang royal…

Il trouva assez de salive pour lui cracher à la figure. La dernière fois qu'il l'avait vue, elle le regardait en riant.

On l'entraîna dehors, les mains toujours liées dans le dos. Quatre robustes guerriers le maintinrent à terre par les jambes et les épaules. Puis un officier sortit d'une yourte, portant entre ses mains gantées une coupe en céramique. Celle-ci contenait de l'argent en fusion. Ils lui en versèrent dans un œil, puis dans l'autre et dans une oreille, puis dans l'autre.

Après ça, il sentit qu'on le soulevait pour le porter et le jeter dans un trou tapissé de terre fraîchement retournée. Il n'entendit pas les coups de marteau pendant qu'ils clouaient les planches au-dessus de sa tête, pas plus qu'il n'entendait ses propres hurlements.

34

« Dans tous les lieux du Temps et de l'Espace »

Alexandre imposa à son armée un strict programme d'entraînement basé sur les méthodes traditionnelles macédoniennes, avec beaucoup de marches forcées, de courses en armes, de combats à mains nues.

Après quelques essais de fusion des forces britanniques et macédoniennes, il était apparu qu'aucun cavalier britannique ou *sowar* indien ne possédait les qualités requises pour intégrer la cavalerie d'Alexandre, mais les Tommies et les cipayes avaient été admis au sein de l'infanterie, les « Compagnons à pied ». En raison des barrières de langue et de culture, une chaîne de commandement unifiée n'était guère possible, mais les Tommies avaient été formés pour comprendre les principaux signaux de trompette macédoniens.

Le travail d'Abdikadir avec la cavalerie progressait rapidement, même si, comme l'avait prédit Eumène, les premières tentatives de faire monter les Macédoniens avec les prototypes d'étriers avaient été burlesques. Les Compagnons à cheval, qui constituaient l'élite de l'armée, étaient recrutés parmi les fils de la noblesse macédonienne ; Alexandre lui-même portait un de leurs uniformes. Et la première fois qu'il leur fut offert des étriers, les fiers Compagnons se contentèrent de trancher d'un coup de sabre les étrivières de cuir.

Il fallut qu'un courageux *sowar* monte sur un des chevaux macédoniens trapus et démontre, gauchement mais efficacement, avec quelle précision il était capable de contrôler même un cheval inconnu. Après ça, et avec une forte pression de la part du roi, la formation put débuter pour de bon.

Même sans étriers, la maîtrise des Macédoniens était stupéfiante. Le cavalier assurait sa stabilité en se tenant à la crinière du cheval et dirigeait celui-ci par la seule pression de ses genoux. Les Compagnons n'en étaient pas moins capables d'attaquer et de faire volte-face avec une souplesse et une agilité qui avaient fait d'eux le fer de lance des forces d'Alexandre. Avec des étriers, leur manœuvrabilité avait fait de grands progrès et ils pouvaient désormais porter une lourde lance et s'arc-bouter pour résister à un choc.

— Ils sont tout simplement remarquables, dit Abdikadir en regardant des formations de cent cavaliers galoper et caracoler comme un seul homme. Je regrette presque de leur avoir fourni des étriers ; d'ici à quelques générations, leur technique équestre sera oubliée.

— Mais nous aurons encore longtemps besoin de chevaux, bougonna Casey. Réfléchis donc... ils resteront la principale ressource guerrière pendant encore deux mille trois cents ans... jusqu'à la Première Guerre mondiale, bon sang.

— Ici, ce sera peut-être différent, dit Bisesa, songeuse.

— Parfaitement. Nous ne sommes plus la même bande de primates à moitié fous querelleurs et prétentieux qu'avant la Discontinuité. Le fait que nous nous retrouvions embringués dans une guerre avec les Mongols à peine cinq minutes après notre arrivée n'est qu'une illusion, dit Casey en éclatant de rire avant de s'éloigner.

Grove avait pris des dispositions pour familiariser les Macédoniens avec les armes à feu. Par groupes d'un millier ou plus, ils avaient vu Grove et Casey sacrifier une petite partie de leurs réserves de munitions – une grenade ou quelques tirs de fusil Martini ou de kalachnikov sur une chèvre attachée à un piquet. Bisesa avait affirmé que ce genre de conditionnement était essentiel : qu'ils en fassent dans leur froc maintenant, mais qu'ils tiennent leur position face aux Mongols, au cas où Zabel sortirait de sa manche des surprises de cet ordre. Les Macédoniens n'avaient eu aucun mal à saisir le principe des armes à feu : tuer à distance leur était familier, ils en faisaient autant avec leurs arcs. Mais la première fois qu'ils avaient vu sauter une relativement inoffensive grenade aveuglante, ils s'étaient débandés en hurlant, malgré les exhortations de leurs officiers. La chose aurait été comique si elle n'avait été aussi inquiétante.

Avec le soutien de Grove, Abdikadir avait insisté pour que Bisesa ne prenne pas directement part aux combats. Une femme aurait été particulièrement vulnérable ; Grove avait même eu recours à la désuète formule évoquant « un sort pire que la mort ».

Bisesa s'était donc lancée dans un autre projet : mettre en place un hôpital.

Elle avait réquisitionné une petite demeure babylonienne. Philippe – le médecin personnel d'Alexandre – et le médecin-capitaine britannique lui avaient tous deux délégué des assistants. Elle manquait cruellement de matériel, mais elle s'efforçait de compenser ce handicap par un savoir-faire moderne. Elle essaya du vin comme antiseptique.

Elle instaura des centres de regroupement des blessés en divers points du futur champ de bataille et forma au travail de brancardier des paires de solides éclaireurs agrianiens aux longues jambes. Elle essaya de préparer des coffrets d'urgence, simples trousses pour prodiguer les premiers soins aux victimes des blessures les plus probables qu'ils risquaient de rencontrer – même les blessures par balle. C'était une innovation de l'armée britannique dans les Malouines : après une rapide évaluation de la nature de la blessure, il suffisait d'attraper la trousse appropriée.

Le plus difficile à imposer avait été le respect de l'hygiène. Pas plus que les Macédoniens, les Britanniques du XIXe siècle ne comprenaient la simple nécessité de se laver les mains du sang d'un patient avant d'en soigner un autre. Les Macédoniens étaient déconcertés par ces histoires de créatures invisibles qui s'attaquaient, tels de minuscules dieux ou démons, aux chairs déchirées ou aux organes exposés, et les Britanniques n'étaient guère plus conscients de l'existence des virus et des bactéries. Finalement, Bisesa avait dû faire appel à leurs structures de commandement respectives pour leur imposer sa volonté.

Elle avait donné à ses assistants la formation la plus complète possible. Elle avait encore sacrifié des chèvres, les frappant à l'aide d'un sabre macédonien ou leur tirant dans le ventre. On ne pouvait pas éviter de mettre les mains dans le sang. Les Macédoniens n'avaient pas l'estomac trop délicat – au cours des campagnes d'Alexandre, la plupart avaient vu suffisamment d'atroces blessures –, mais l'idée que l'on puisse y porter remède était nouvelle pour eux. L'efficacité de techniques aussi simples qu'un garrot les étonna et les incita à travailler plus dur pour apprendre.

Bisesa se dit qu'elle était une fois de plus en train de changer le cours de l'histoire. S'ils survivaient – ce qui faisait un gros *si* –, elle se demanda quelle nouvelle synthèse médicale pourrait naître, avec deux mille ans d'avance, de l'éducation sommaire qu'elle s'efforçait d'apporter : peut-être tout un nouveau corpus de connaissances, fonctionnellement équivalent aux modèles de la mécanique newtonienne du XXIe siècle, mais couché dans la langue des dieux macédoniens.

Rudyard Kipling insistait pour « s'engager », comme il disait.

— Je suis là, au confluent de l'histoire, tandis que les deux plus grands généraux de l'humanité s'apprêtent à croiser le fer, avec pour enjeu la destinée d'un nouveau monde. J'en ai le sang en ébullition, Bisesa !

Il avait suivi, prétendait-il, l'entraînement du premier corps de fusiliers volontaires du Pendjab, unité anglo-indienne créée pour repousser les menaces émanant de la région rebelle de la Frontière du Nord-Ouest.

— Je vous accorde que je n'y suis pas resté très longtemps, après avoir brocardé les dons de tireurs de mes camarades dans un petit poème évoquant ma carcasse truffée de plomb un jour que je me promenais dans une rue voisine…

Les Britanniques avaient jeté un coup d'œil à ce jeune homme grassouillet au large visage, légèrement pompeux, encore pâle de sa maladie qui s'éternisait, et éclaté de rire. Les Macédoniens étaient simplement restés perplexes, mais ils n'avaient pas non plus voulu de lui.

Après ces rebuffades, et en dépit des réticences de Bisesa, Ruddy avait insisté pour intégrer son équipe médicale improvisée.

— J'ai autrefois eu l'ambition de devenir médecin, vous savez…

Possible, mais il s'était révélé d'une émotivité surprenante, tournant carrément de l'œil la première fois qu'il avait entrevu du sang de chèvre frais.

Néanmoins, déterminé à jouer un rôle dans la grande confrontation, il s'était accroché. Il s'était petit à petit habitué à l'atmosphère de l'hôpital, à l'odeur du sang et aux bêlements terrifiés des animaux blessés. Il avait fini par parvenir à appliquer un bandage sur la patte entaillée d'une chèvre, achevant presque le travail avant de s'évanouir.

Puis il avait remporté une grande victoire sur lui-même quand s'était présenté un Tommy qui s'était blessé à la main au cours d'un exercice. Ruddy avait réussi à nettoyer la plaie et à la bander sans appeler Bisesa à la rescousse, même s'il avait ensuite couru vomir, comme il le reconnut joyeusement.

Après ça, Bisesa le prit par les épaules, ignorant l'odeur de vomi.

— Ruddy, le courage sur le champ de bataille est une chose… mais celui d'affronter ses propres démons, comme vous l'avez fait, est tout aussi louable.

— Je vais faire comme si je vous croyais, dit-il en rougissant malgré sa pâleur.

Bien que désormais capable de supporter la vue du sang, de la souffrance et de la mort, Ruddy en était toujours fortement remué… même par la mort d'une simple chèvre. Un jour, au dîner, il dit :

— Qu'est-ce donc que la vie, si précieuse, et pourtant si facilement détruite ? Ce malheureux chevreau que nous avons massacré aujourd'hui se croyait peut-être le centre de l'univers. Et voilà que sa vie a été mouchée comme une chandelle, qu'elle s'est évaporée comme une goutte de rosée au soleil. Pourquoi Dieu nous donnerait-il une chose aussi précieuse, pour y mettre simplement fin par la brutalité de la mort ?

— Oh, dit De Morgan, ce n'est pas uniquement à Dieu que nous pouvons le demander maintenant. Il ne nous est plus possible de nous considérer comme l'aboutissement de la Création, juste au-dessous de Dieu en personne... car il y a désormais dans notre monde ces créatures que Bisesa a senties dans l'Œil, peut-être au-dessous de Dieu, mais plus haut que nous, comme nous sommes plus hauts que les chevreaux que nous sacrifions. Pourquoi Dieu écouterait-il *nos* prières, alors qu'*eux* sont plus proches de Lui quand ils l'invoquent ?

Ruddy le regarda d'un air dégoûté :

— Ça vous ressemble bien, De Morgan, de rabaisser vos semblables.

Celui-ci se contenta de rire.

— Ou peut-être n'y a-t-il pas de dieu de la Discontinuité, dit Josh d'un ton singulièrement troublé. Vous savez, cette expérience, tout ce qui s'est passé depuis la Discontinuité, ça ressemble à un rêve affreux, à un cauchemar de fièvre. Bisesa, vous m'avez parlé des grandes extinctions du passé. Vous avez dit qu'elles étaient connues de mon temps, mais guère acceptées. Et vous avez dit que, dans tout ce que nous avaient appris les fossiles, il n'y avait pas trace d'intelligence... rien avant l'homme et ses prédécesseurs directs. Peut-être donc que, si nous devions disparaître à notre tour, ce serait la première fois qu'une espèce intelligente serait victime d'une extinction.

Il examina sa main, remuant les doigts, avant de poursuivre :

— Abdikadir m'a dit que, d'après les savants du XXIᵉ siècle, l'esprit est lié à la structure de l'univers... que c'est l'esprit, en quelque sorte, qui rend les choses *réelles*.

— L'effondrement de la fonction d'ondes, en physique quantique… oui. Peut-être.

— S'il en est ainsi, et si notre sorte d'intelligence est sur le point de disparaître, alors ceci en est peut-être la conséquence. On dit que quand quelqu'un meurt, il voit sa vie défiler devant ses yeux. Nous sommes peut-être en train de subir, en tant qu'espèce, un ultime choc psychique pendant que nous nous enfonçons dans les ténèbres… des bribes de notre histoire sanglante remontent au dernier instant à la surface en bouillonnant… Et peut-être que, dans notre chute, nous faisons voler en éclats la structure même de l'espace et du temps…

L'air inquiet, il parlait maintenant d'une voix précipitée.

— Ça ne te ressemble pas de broyer ainsi du noir, Josh! s'exclama Ruddy en riant.

Bisesa tendit le bras pour prendre la main de Josh.

— Taisez-vous, Ruddy. Écoutez-moi, Josh, ce n'est pas un rêve de mourant. Je pense que les Œils sont des artefacts, que la Discontinuité est un acte délibéré. Je crois que des intelligences sont effectivement impliquées… des intelligences supérieures à la nôtre, mais de même nature.

— Mais, dit sombrement De Morgan, vos créatures de l'Œil peuvent brouiller l'espace et le temps. Qu'est-ce là, sinon la prérogative d'un dieu?

— Oh, je ne crois pas que ce soient des dieux. Elles sont puissantes, oui, bien plus que nous… mais ce ne sont pas des dieux.

— Pourquoi dites-vous ça? demanda Josh.

— Parce qu'elles n'ont pas de compassion.

Ils avaient eu quatre jours de répit. Puis les émissaires d'Alexandre étaient revenus.

Sur les mille hommes qui étaient partis, il n'en restait plus qu'une dizaine. Le caporal Batson était vivant, mais on lui avait tranché le nez et les oreilles. Et, dans un sac sur sa selle, il transportait la tête coupée de Ptolémée.

En apprenant la nouvelle, Bisesa frissonna, aussi bien à cause de l'imminence de la guerre que de la perte d'un nouveau fil du tissu effiloché de l'histoire. Le sort du brave soldat de Newcastle lui avait brisé le cœur. Alexandre, pour sa part, n'avait été affecté que par la perte de son ami.

Le lendemain, les éclaireurs macédoniens rapportèrent un surcroît d'activité dans le camp mongol. L'assaut semblait proche.

Cet après-midi-là, Josh trouva Bisesa dans le temple de Mardouk. Elle était assise le dos à un mur noirci par le feu, une couverture de l'armée britannique sur les jambes pour se protéger du froid de plus en plus vif. Elle regardait fixement l'Œil, qu'ils avaient baptisé « Œil de Mardouk » – mais que certains Tommies surnommaient « la Couille de Dieu ». Bisesa avait pris l'habitude de passer là une bonne partie de son temps libre.

Josh s'assit à côté d'elle, les bras serrés autour de son torse fluet.

— Vous devriez être en train de vous reposer, dit-il.

— Je me repose. Je me repose et j'observe.

— Vous observez les observateurs ?

— Quelqu'un doit le faire. Je ne veux pas qu'ils pensent…

— Qu'ils pensent quoi ?

— Que nous ne sommes pas *conscients*. De leur existence, et de ce qu'ils nous ont fait, à nous et à notre histoire. En plus, je pense qu'il y a ici une énergie. Il le faut, pour avoir créé cet Œil et ses petits frères un peu partout sur la planète, pour avoir fait fondre vingt tonnes d'or qui ne sont plus qu'une simple flaque… Je ne veux pas que Zabel, ou même Gengis Khan, mette la main dessus. Si les choses tournent mal quand les Mongols viendront, je serai là avec mon pistolet sur le pas de la porte.

— Oh, Bisesa, vous êtes si forte ! J'aimerais être comme vous.

— Non, vous n'aimeriez pas ça.

Il lui avait pris la main et la serrait fort, mais elle n'essaya pas de la retirer.

— Tenez, dit-elle en fouillant sous la couverture d'où elle sortit une flasque en métal. Buvez un peu de thé.

Il ouvrit le bouchon et but une gorgée.

— Il est bon. Le lait a un goût, euh… un peu bizarre.

— Il vient de ma trousse de survie. Il est condensé et irradié. Dans l'armée américaine, on vous fournit des capsules de cyanure ; chez les Britanniques, du thé. Je le gardais pour une occasion spéciale. Que peut-on imaginer de plus spécial ?

Josh continuait à boire son thé à petites gorgées. Il semblait s'être replié sur lui-même.

Bisesa se demanda si le contrecoup de la Discontinuité atteignait enfin le jeune homme. Elle avait frappé chacun d'eux de manière différente.

— Vous allez bien ? demanda-t-elle.

— Je pensais à chez moi.

Elle hocha la tête.

— Personne ne parle beaucoup de chez lui, n'est-ce pas ?

— Peut-être parce que c'est trop douloureux.

— Racontez-moi quand même, Josh. Parlez-moi de votre famille.

— Je me suis lancé dans le journalisme pour faire comme mon père. Il avait couvert la guerre de Sécession.

Qui n'était, pour lui, vieille que d'une vingtaine d'années.

— Il avait pris une balle dans la hanche. La blessure a fini par s'infecter… il a mis plusieurs années à mourir. Je n'avais que sept ans, murmura Josh. Je lui avais demandé pourquoi il était devenu journaliste au lieu d'aller se battre. Il m'a dit que quelqu'un devait observer, pour raconter aux autres. Sinon, ce serait comme si rien n'était arrivé. Eh bien, je l'ai cru et j'ai suivi ses traces. Je me suis parfois insurgé contre le fait que le cours de ma vie avait été plus ou moins décidé dès avant ma naissance. Mais je suppose que ce n'est pas inhabituel.

— Demandez à Alexandre.

— Oui… Ma mère est toujours en vie. Enfin, elle l'était. Je voudrais pouvoir lui dire que je suis sain et sauf.

— Elle le sait peut-être, d'une façon ou d'une autre.

— Bisesa, je sais avec qui vous seriez, si…

— Ma petite fille.

— Vous ne m'avez jamais parlé de son père.

Elle haussa les épaules.

— Un bon à rien de mon régiment avec une belle gueule – pensez à Casey, avec moins de charme et de sens de l'hygiène personnelle – nous avons eu une aventure et j'ai été imprudente. L'alcool, contre lequel il n'y a pas de prophylaxie. Quand Myra est née, Mike a été… déboussolé. Ce n'était pas le mauvais gars, mais je m'en fichais, à ce moment-là. Je la voulais elle, pas lui. Et puis de toute façon il s'est fait tuer.

Elle sentit ses yeux qui la piquaient ; elle les cacha dans ses mains.

— Je restais loin de chez moi des mois d'affilée. Je savais que je ne passais pas assez de temps avec Myra. Je me promettais toujours de mieux faire, mais je n'arrivais pas à organiser ma vie. Maintenant, je suis coincée ici et je dois faire face à ce foutu Gengis Khan, alors que je ne voudrais qu'une chose, rentrer chez moi.

Josh lui caressa la joue.

— Aucun d'entre nous n'a voulu cette situation, dit-il. Mais, au moins, nous nous soutenons l'un l'autre. Et si je mourais demain… Bisesa, croyez-vous que nous reviendrons ? Que, s'il y a un nouveau découpage du temps, nous revivrons ?

— Non. Oh, il pourrait y avoir une autre Bisesa Dutt. Mais ça ne serait pas moi.

— Alors, ce moment est tout ce que nous avons, murmura-t-il.

La suite semblait inévitable. Leurs lèvres se rencontrèrent, elle l'attira sous sa couverture et lui arracha ses vêtements. Il était doux – et maladroit, il était encore à moitié puceau – mais il s'unit à elle avec une passion avide, désespérée, qui éveilla en elle un écho.

Elle s'abandonna à la douce moiteur immémoriale de l'instant.

Après, elle pensa à Myra et explora son sentiment de culpabilité, comme on le fait d'une dent cassée. Elle ne trouva en elle que du vide, comme un espace où avait autrefois été Myra, et qui avait maintenant bel et bien disparu.

Et elle restait consciente de l'Œil, qui planait sinistrement au-dessus d'eux, et de leurs deux reflets, tels des insectes épinglés sur son flanc étincelant.

En fin de journée, ayant accompli ses sacrifices préalables à la bataille, Alexandre ordonna à l'armée de se rassembler. Ses dizaines de milliers de soldats se rangèrent par escadrons sous les murs de Babylone, avec leurs tuniques éclatantes et leurs boucliers polis, tandis que leurs chevaux piaffaient en hennissant. Grove fit aussi aligner ses quelque cent Britanniques en ordre de parade, fringants dans leur tenue de serge rouge et kaki, présentant les armes.

Alexandre monta sur son cheval et vint se placer devant son armée, qu'il harangua d'une voix forte et claire qui se répercutait sur les murailles de Babylone. Bisesa n'aurait jamais soupçonné les blessures dont il souffrait. Elle ne pouvait pas suivre les paroles d'Alexandre, mais il n'y avait pas à se tromper sur la réaction qu'elles déclenchèrent : le crépitement de dizaines de milliers d'épées sur autant de boucliers et le farouche cri de guerre macédonien : *Alalalalaï! A-le-gsan-dreh! A-le-gsan-dreh!...*

Puis Alexandre se dirigea vers le petit groupe des Britanniques. Immobilisant son cheval de sa main enroulée dans la crinière de l'animal, il reprit la parole… mais cette fois en anglais. Il avait un accent prononcé, mais ce qu'il disait restait compréhensible. Il évoqua Ahmed Khel et Maiwand, deux batailles de la deuxième guerre anglo-afghane qui tenaient une grande place dans la mythologie guerrière de ces soldats et même dans les souvenirs personnels de certains. Puis il conclut :

— *De ce jour à la fin du monde sera évoqué notre souvenir, celui d'un petit nombre, d'un heureux petit nombre, d'une bande de frères. Car celui qui aujourd'hui verse avec moi son sang sera mon frère…*

Européens et cipayes l'acclamèrent aussi bruyamment que l'avaient fait les Macédoniens, Casey Othic beuglant à pleine voix :

— Bien parlé, mon général !

Quand l'armée rompit les rangs, Bisesa alla retrouver Ruddy. Celui-ci se tenait sur l'esplanade de la porte d'Ishtar, en train de contempler la plaine où les feux de camp des soldats s'allumaient déjà dans la lumière déclinante sous le ciel gris ardoise. Il fumait une de ses dernières cigarettes turques – qu'il avait gardée pour l'occasion, lui dit-il.

— Du Shakespeare, Ruddy ?

— *Henry V*, pour être exact.

Il se rengorgea, visiblement fier de lui.

— Alexandre a entendu dire que j'avais un petit talent littéraire, il m'a donc fait venir au palais pour lui concocter un bref discours à adresser à nos Tommies. Plutôt que quelque chose de mon cru, je me suis tourné vers le Barde… Que peut-on imaginer de plus adapté ? De plus, comme ce cher homme n'a probablement jamais existé dans ce nouvel univers, il peut difficilement m'intenter un procès en plagiat !

— Vous êtes un sacré numéro, Ruddy.

À la nuit tombante, les soldats s'étaient mis à chanter. Les Macédoniens entonnaient leurs habituelles complaintes lugubres évoquant leur patrie et la perte des êtres chers. Mais ce soir-là Bisesa entendit un air étrangement familier. Ruddy sourit :

— Vous le reconnaissez ? C'est un psaume… « Mon âme, bénis le Roi des Cieux. » Vu la situation, je pense qu'un de ces Tommies a le sens de l'humour ! Écoutez le dernier couplet : « Vous ses Anges, aidez-nous à l'adorer, / Vous qui le contemplez face à face ; / Et vous, Soleil et Lune, qui vous inclinez, / Dans tous les lieux du Temps et de l'Espace, / Rendez grâce ! Rendez grâce ! / Louez avec nous le Dieu de toutes les Grâces… »

Les accents de Londres, de Newcastle, de Glasgow, de Liverpool et du Pendjab se mêlaient en un même chant.

Mais une légère brise s'était mise à souffler de l'est, poussant la fumée des feux de camp par-dessus les murailles de la ville. Quand Bisesa regarda de ce côté, elle vit que les Œils étaient revenus ; l'air d'attendre, ils planaient par dizaines au-dessus des plaines de Babylone.

35

CONFLUENCE

La poussière : c'est ce que Josh vit en premier, un grand nuage soulevé par le galop des chevaux.

Il était presque midi. Pour une fois, c'était une belle journée dégagée et le nuage tourbillonnant, large de plusieurs centaines de mètres, laissait entrevoir dans sa luminosité trouble des formes indistinctes. Puis ces dernières émergèrent du halo de poussière, d'abord telles des ombres, avant de devenir de menaçantes silhouettes trapues : des guerriers mongols, identifiables au premier coup d'œil.

Malgré tout ce qui s'était passé jusque-là, Josh avait trouvé difficile de croire qu'une horde mongole placée sous le commandement de Gengis Khan en personne s'approchait vraiment, résolue à le tuer, *lui*. Mais c'était pourtant vrai : il la voyait de ses propres yeux. Il sentit son pouls s'accélérer.

Assis dans un poste de garde exigu de la porte d'Ishtar qu'il partageait avec deux Britanniques et quelques Macédoniens, il observait la plaine en direction de l'est, d'où arrivaient les Mongols. Les Britanniques avaient d'assez bonnes paires de jumelles de fabrication suisse. Grove avait insisté sur l'importance d'en masquer les lentilles :

ils ignoraient les renseignements que pouvait posséder Gengis Khan sur leur situation à Babylone, mais Zabel Jones n'aurait pas manqué de comprendre la signification d'un rayon de soleil se reflétant sur un objectif. D'eux tous, c'était Josh le mieux équipé, car Abdikadir – qui était parti se battre – lui avait confié ses précieuses jumelles de vision nocturne qui se portaient comme des lunettes.

Dès l'apparition des Mongols, il s'installa chez les guetteurs une atmosphère tendue, électrique, une excitation palpable. Au sommet de la porte voisine, Josh pensa voir la cuirasse aux couleurs vives d'Alexandre en personne, venu assister au premier heurt.

L'armée mongole s'étirait sur une longue ligne et semblait divisée en petites unités d'une dizaine d'hommes. Josh fit un rapide décompte : ils se présentaient sur une vingtaine de rangs de deux cents guerriers – une force de quatre ou cinq mille hommes, rien que pour ce premier assaut.

Pour sa part, Alexandre avait aligné devant Babylone dix mille de ses soldats dont les longues capes écarlates se gonflaient au vent. Leurs casques de bronze, à l'arête du cimier marquée des insignes de leur grade, étaient peints en bleu ciel.

Le combat s'engagea.

La première attaque consista en une volée de flèches. Les Mongols des premiers rangs levèrent des arcs composites aux formes élaborées et tirèrent en l'air. Ces armes faites de corne stratifiée pouvaient atteindre avec précision leur cible à plusieurs centaines de mètres et tiraient aussi vite que l'archer parvenait à sortir les flèches de son carquois.

Les Macédoniens étaient disposés sur deux longues files, avec les Compagnons à pied au centre et l'élite des porte-boucliers pour protéger leurs flancs. Lorsque les flèches s'envolèrent, ils se regroupèrent rapidement, au son des tambours et des trompettes, en formations rapprochées de huit rangs de profondeur. Ils levèrent au-dessus de leurs têtes leurs boucliers de cuir qu'ils emboîtèrent à la manière de la « tortue » romaine.

Les flèches s'abattirent dessus avec des bruits sourds. La formation tint bon, mais elle n'était pas parfaite. Ici ou là, un homme tombait avec un cri de douleur, laissant provisoirement une brèche dans la protection, suivie d'un bref moment d'agitation tandis que l'on évacuait le blessé, puis la tortue se reformait.

Des hommes commencent donc déjà à mourir, se dit Josh.

Arrivés à quelques centaines de mètres des murailles de la ville, les Mongols lancèrent soudain leur charge en poussant des hurlements. Leurs tambours de guerre battaient comme un cœur et le galop de leurs chevaux produisait un grondement de tonnerre. Le niveau sonore était épouvantable.

Josh ne pensait pas être un lâche, mais il ne put s'empêcher de trembler. Et il fut stupéfait du calme avec lequel les guerriers chevronnés d'Alexandre tenaient leur position. Obéissant à de nouvelles sonneries de trompettes et aux ordres qui leur étaient criés – « *synaspismos!* » –, ils rompirent la formation en tortue pour se disposer de nouveau en lignes disjointes, tandis qu'une partie d'entre eux gardaient leurs boucliers levés pour protéger des flèches leurs camarades. Ils étaient maintenant alignés sur quatre rangs de profondeur, avec des troupes en réserve à l'arrière. Ces simples fantassins s'apprêtaient à soutenir la charge mongole, leur mince ligne de chair et de sang était tout ce qui se dressait entre Babylone et les cavaliers lancés au galop. Mais ils avaient juxtaposé leurs boucliers ronds et planté en terre derrière eux la hampe de leurs longues piques dont les pointes de fer se hérissaient face à la charge ennemie.

Quelques instants avant le heurt, Josh vit très nettement les Mongols, et même les yeux de leurs chevaux caparaçonnés au regard fou ; il se demanda à quel aiguillon, ou à quelles drogues, recouraient leurs cavaliers pour les inciter à charger ainsi une infanterie aux rangs serrés.

Les Mongols fondirent sur les lignes macédoniennes. Le choc fut brutal.

Les chevaux cuirassés enfoncèrent le premier rang macédonien et la formation entière s'infléchit au centre. Mais les rangs suivants fauchèrent les animaux, les tuant ou leur sectionnant les jarrets. Les Mongols et leurs montures commencèrent à tomber et leurs lignes arrière vinrent s'écraser sur eux.

Tout le long des lignes macédoniennes, il n'y avait maintenant plus qu'un front de bataille. Une puanteur de poussière et de métal montait vers Josh, mêlée à l'odeur cuivrée du sang. Des cris de rage et de douleur retentissaient, et le fracas du fer contre le fer. Il n'y avait pas de coups de feu, pas de grondement de canon, aucun sombre bruit d'explosion tels qu'en connaîtraient les guerres des siècles postérieurs. Mais les vies humaines ne s'en faisaient pas moins faucher avec une efficacité tout industrielle.

Josh prit soudain conscience qu'une sphère argentée planait devant lui, loin au-dessus du sol, mais presque au niveau de son regard. Un Œil. *Peut-être y a-t-il ici aujourd'hui*, se dit-il sombrement, *d'autres observateurs que les humains.*

Le premier assaut ne dura que quelques minutes. Puis, sur un appel de trompettes, les Mongols cessèrent soudain l'attaque. Ceux qui étaient toujours à cheval s'éloignèrent au galop, laissant derrière eux un tapis de corps brisés tordus de douleur, de membres coupés, de chevaux mutilés.

Puis ils firent halte en ordre dispersé à quelques centaines de mètres des positions macédoniennes. Criant des insultes dans leur langue incompréhensible, ils lancèrent quelques flèches, crachèrent même en direction des soldats d'Alexandre. L'un des Mongols avait traîné derrière lui un malheureux fantassin et se mit alors, avec une méticulosité outrancière, à creuser un trou dans la poitrine de l'homme encore vivant. Les Macédoniens réagirent par des insultes de leur cru, mais quand un groupe de soldats s'élança en brandissant ses armes, ses officiers leur crièrent l'ordre de maintenir la position.

Les Mongols continuèrent à se retirer, provoquant toujours les Macédoniens, mais ceux-ci ne les suivirent pas. Comme l'accalmie se poursuivait, des brancardiers sortirent en courant par la porte d'Ishtar.

Le premier guerrier macédonien ramené dans l'hôpital de campagne de Bisesa souffrait d'une blessure à la jambe. Ruddy aida à transférer sur une table l'homme inconscient.

La flèche avait été cassée et arrachée, mais elle était passée à travers le mollet du soldat pour ressortir de l'autre côté. Elle ne paraissait pas avoir brisé d'os, mais des lambeaux de chair pendaient hors de la plaie à vif. Bisesa les remit dans la blessure, appliqua dessus un morceau de tissu imbibé de vin, puis, avec l'aide de Ruddy, la banda soigneusement. Le soldat s'agitait. Elle n'avait pas d'anesthésique, bien sûr, mais peut-être que, s'il s'éveillait, la peur et l'adrénaline tiendraient un moment la douleur en respect.

Ruddy, qui avait les deux mains occupées, essuya la sueur de son grand front pâle sur la manche de sa veste.

— Ruddy, vous vous en sortez bien.

— Oui. Et cet homme va vivre, n'est-ce pas ? Et il repartira, sabre et bouclier à la main, pour aller mourir sur un autre champ de bataille.

— Tout ce que nous pouvons faire, c'est les rafistoler.

— Oui…

Mais ils n'avaient pas de temps à perdre. L'homme à la jambe blessée n'était que le premier d'un flot d'invalides qui affluaient soudain sur des civières par la porte d'Ishtar. Philippe, le médecin d'Alexandre, courut à leur rencontre et, comme Bisesa le lui avait montré, opéra un tri rapide afin de séparer ceux qui pouvaient être aidés de ceux pour qui il n'y avait plus d'espoir et les diriger vers l'endroit où ils seraient le mieux soignés.

Bisesa ordonna à deux Macédoniens de transporter le blessé sous une tente et passa au suivant. Il s'agissait d'un guerrier mongol qui avait reçu un coup d'épée en haut de la cuisse et dont le sang jaillissait d'une artère. Elle essaya de rapprocher les bords de la plaie, mais il était sûrement trop tard et déjà le flot de sang se tarissait de lui-même.

— On n'aurait pas dû laisser cet homme entrer ici, pour commencer, dit Ruddy.

Les mains couvertes de sang, le souffle court, Bisesa s'écarta.

— Nous ne pouvons rien faire pour lui, de toute façon. Emmenez-le. Suivant !…

Durant tout l'après-midi, ils virent arriver un flot continu de corps mutilés qui se tordaient de douleur et ils travaillèrent jusqu'à avoir l'impression de ne plus pouvoir faire un geste, mais ils n'en continuaient pas moins.

Abdikadir était avec l'armée devant les murs de Babylone. Il avait vu se rapprocher les combats quand la défense macédonienne avait failli céder. Mais les Britanniques et lui – et Casey, ailleurs dans la ligne – avaient été gardés en réserve, leurs armes à feu dissimulées sous des capes macédoniennes. Leur moment viendrait, avait promis Alexandre, mais pas encore, pas encore.

Le roi et ses conseillers du futur avaient la mémoire d'une histoire parallèle pour les aider. Ils connaissaient la tactique habituelle des Mongols. Leur premier assaut n'était qu'une feinte pour inciter les Macédoniens à les poursuivre. Ils étaient capables de battre en retraite pendant des jours, si nécessaire, épuisant et divisant les forces de l'ennemi jusqu'à ce qu'ils soient enfin prêts à refermer leur piège. Les modernes avaient raconté à Alexandre comment, en Pologne, les Mongols avaient autrefois écrasé une armée de chevaliers chrétiens en les attirant de cette façon – Alexandre avait d'ailleurs affronté, lui aussi, des cavaliers scythes qui recouraient à une tactique similaire. Il n'était pas question qu'il s'y laisse prendre.

Il avait lui-même bien caché son jeu : il avait gardé sa cavalerie et la moitié de son infanterie dissimulées dans les murs de Babylone et il s'était soigneusement abstenu d'utiliser les armes des XIXe et XXIe siècles. Cela pouvait marcher. On avait bien repéré des éclaireurs mongols dans la campagne aux environs de Babylone, mais il n'était guère possible pour les espions de Gengis Khan de s'introduire clandestinement dans la ville.

Malgré les craintes des défenseurs, ce jour-là les Mongols ne revinrent pas.

À la tombée de la nuit, on avait pu apercevoir à l'horizon un grand alignement de feux de camps qui s'étiraient du nord au sud, comme s'ils assiégeaient la Terre entière. Abdikadir prit conscience de murmures, parmi les soldats, devant la supériorité numérique apparemment écrasante des forces mongoles. Ils auraient sans doute eu bien plus de raisons d'être effrayés s'ils avaient su que, au milieu du long alignement de yourtes, on avait repéré la silhouette en dôme caractéristique d'un vaisseau spatial.

Mais Alexandre était venu en personne visiter le camp, avec Eumène et Héphestion à ses côtés. Il boitait légèrement, mais son casque et sa cuirasse de fer brillaient comme de l'argent. Partout où il passait, il plaisantait avec ses hommes. Les Mongols bluffaient, affirmait-il. Ils avaient probablement allumé deux ou trois feux pour chacun de leurs hommes alignés sur le terrain… eh quoi, ils étaient connus pour aller à la bataille avec des mannequins empaillés chevauchant leurs montures de réserve pour semer la panique dans l'esprit de leurs ennemis. Les Macédoniens étaient trop malins pour se laisser prendre à des ruses si grossières ! Et, de son côté, il n'avait permis d'allumer qu'un petit nombre de feux pour que les Mongols sous-estiment largement la force de ceux auxquels ils s'attaquaient, tout comme ils ne pourraient jamais deviner la valeur et la volonté indomptables des Macédoniens !

Même Abdikadir sentit son moral remonter en flèche après le passage du roi. Ce dernier était un individu remarquable… même si, comme Gengis Khan, il était redoutable.

Sa kalachnikov à son côté, pelotonné sous son poncho et sous une rêche couverture britannique, Abdikadir essaya de dormir.

Il se sentait l'âme étrangement en paix. La confrontation de ce jour semblait avoir renforcé sa détermination. C'était une chose d'avoir entendu parler des Mongols de façon abstraite, comme d'une page d'histoire depuis longtemps tombée en poussière, c'en était une autre de constater de ses propres yeux leur férocité destructrice.

Les Mongols avaient infligé d'énormes dommages à l'Islam. Ils avaient envahi le riche royaume islamisé de Khorezm – une très ancienne nation, stable et centralisée depuis la moitié du VIIe siècle avant notre ère. Au cours de son expédition à travers l'Eurasie, Alexandre le Grand était même entré en contact avec elle. Les Mongols avaient mis à sac les superbes cités d'Afghanistan et du nord de la Perse, de Hérat à Kandahar et Samarcande. Comme Babylone, le Khorezm dépendait d'un système d'irrigation sophistiqué entretenu avec soin depuis l'Antiquité. Les Mongols l'avaient détruit, et le royaume avec lui ; certains historiens arabes disaient que l'économie de la région ne s'en était jamais relevée. Et ce n'était qu'une partie de leurs méfaits. L'âme de l'Islam en avait été à jamais assombrie.

Abdikadir n'avait jamais été un fanatique religieux. Mais il se découvrait maintenant une volonté farouche de remettre l'histoire sur la bonne voie. Cette fois, l'Islam serait sauvé de la catastrophe mongole et renaîtrait. Mais il fallait d'abord gagner cette fichue guerre… à tout prix.

Il était réconfortant d'avoir quelque chose à faire dans la confusion laissée par la Discontinuité : un but d'une incontestable utilité vers lequel tendre. Ou peut-être redécouvrait-il simplement son sang macédonien.

Il se demandait ce qu'aurait dit Casey de tout ça – Casey, le culturiste chrétien, né en 2004 dans l'Iowa, à présent pris entre les armées mongole et macédonienne, en cette époque impossible à dater.

—Un bon soldat chrétien, murmura Abdikadir, n'est jamais à plus d'un kilomètre du ciel.

Il sourit pour lui-même.

Kolya gisait depuis trois jours dans son trou creusé sous la yourte de Gengis Khan – trois jours d'atroces souffrances, sourd et aveugle. Et pourtant il avait survécu. Il pouvait même sentir le passage du temps aux vibrations des pieds sur les planches au-dessus de lui, aux pas qui allaient et venaient comme le mouvement des marées.

Si les Mongols l'avaient fouillé, ils auraient trouvé sous sa veste le sac en plastique rempli d'eau dont les gorgées l'avaient gardé si longtemps en vie… et le seul autre objet qui justifiait une telle prise de risques. Mais ils ne s'en étaient pas donné la peine. Un gros risque, oui, mais cela s'était révélé payant, du moins jusqu'ici.

Il en savait beaucoup plus que Zabel en saurait jamais sur les Mongols, car il avait grandi dans leur souvenir, vieux de huit siècles mais toujours présent. Il connaissait l'habitude qu'avait Gengis Khan d'enterrer vivants les princes ennemis sous le sol de sa yourte. Kolya avait donc transmis toutes les informations qu'il pouvait à Casey, sachant qu'il se ferait prendre ; et, une fois démasqué, il avait laissé la traîtresse Zabel manipuler les Mongols pour que ceux-ci lui réservent ce sort «miséricordieux». Tout ce qu'il voulait, c'était se retrouver ici dans le noir, toujours vivant, avec l'objet qu'il avait fabriqué, à moins de un mètre de Gengis Khan.

Le Soyouz ne transportait pas de grenades, ce qui aurait été l'idéal. Mais il y restait des boulons explosifs inutilisés. Les Mongols n'auraient pas compris la nature de ce qu'il avait sorti de l'astronef, même s'ils l'avaient surveillé de près. Zabel l'aurait pu, bien entendu, mais dans son arrogance elle ne lui avait accordé aucune attention, le considérant comme incapable de faire obstacle à ses ambitions. Tenu pour quantité négligeable, il ne lui avait pas été difficile de bricoler un détonateur rudimentaire et de dissimuler cette arme improvisée.

Il fallait attendre le bon moment pour frapper. C'était pourquoi il guettait dans le noir dans d'atroces souffrances. *Trois jours* – c'était comme survivre trois jours à sa propre mort. Comme il était étrange que ses organes continuent à fonctionner, qu'il ait besoin d'uriner et même de déféquer, comme si son corps pensait que son histoire allait connaître un épilogue. Mais il ne s'agissait que des sursauts d'un cadavre de fraîche date, d'un mannequin, insignifiants en soi.

Trois jours. Mais les Russes étaient patients. Ils avaient un dicton : « Ce sont toujours les cinq cents premières années les plus difficiles. »

Les premières lueurs apparurent. Les Macédoniens commençaient à s'agiter, toussant, se frottant les yeux, urinant. Abdikadir se redressa. Le gris-rose du ciel qui s'éclaircissait était d'une étrange beauté, parsemant de mouchetures de lumière les nuages de cendres volcaniques, telles des fleurs de cerisier éparpillées sur de la pierre ponce.

Mais Abdikadir ne connut ce matin-là que quelques minutes de paix.

La première et la dernière lueurs sont les instants les plus dangereux pour un soldat, quand ses yeux s'efforcent de s'ajuster aux rapides variations de lumière. C'est à ce moment de vulnérabilité maximum que les Mongols frappèrent.

Ils s'étaient approchés en silence des positions macédoniennes. Soudain leurs grands *naccaras* – tambours de guerre portés à dos de chameau – retentirent et ils s'élancèrent en poussant des cris sauvages. La brusque éruption sonore glaça le sang d'Abdikadir, comme si quelque prodigieuse force de la nature – raz-de-marée ou glissement de terrain – se précipitait vers lui.

Mais les trompettes macédoniennes leur répondirent à peine une fraction de seconde plus tard. Les soldats rejoignirent en courant leur poste. Leurs officiers lancèrent des ordres brefs dans leur rude dialecte : « Formez les rangs, maintenez la position ! » L'infanterie, sur huit rangs de profondeur, érigea un rempart de fer et de cuir.

Comme d'habitude, Alexandre s'était préparé. S'attendant à l'attaque, il avait laissé son ennemi approcher aussi près qu'il l'osait. Il était maintenant temps de refermer le piège.

Abdikadir prit sa place, au troisième rang de la phalange. De chaque côté de lui se trouvaient des Tommies. Surprenant leurs regards inquiets, il se força à sourire et leva sa kalachnikov.

Il eut sa première vision claire d'un guerrier mongol dans la mire de son arme.

La cavalerie lourde de Gengis Khan menait la charge, suivie par sa cavalerie légère. Les attaquants portaient une armure faite de bandes de cuir de buffle et un casque en métal avec des protections en cuir sur la nuque et sur les oreilles. Chacun d'eux était bardé d'armes : deux arcs, trois carquois, une lance à la pointe munie d'un crochet à l'air vicieux, une hache, un sabre recourbé. Même les chevaux étaient cuirassés, avec de grandes plaques de cuir leur protégeant les flancs et un casque métallique sur la tête. Caparaçonnés, hérissés d'armes, les cavaliers mongols ressemblaient plus à des insectes qu'à des humains.

Mais il n'était pas question qu'ils parviennent à leurs fins. Sur un appel de trompette, des archers apparurent derrière les parapets des remparts de Babylone et décochèrent une volée de flèches qui sifflèrent par-dessus la tête d'Abdikadir pour faucher les assaillants en plein galop. Chaque fois qu'un cavalier tombait, un bref instant de confusion ralentissait la charge.

Puis vinrent d'autres flèches, à la pointe trempée dans de la poix et enflammée. Elles visaient des bottes de paille immergées dans des fosses remplies de bitume. De grandes colonnes de flammes et de fumée jaillirent devant les Mongols. Les hommes hurlèrent et leurs montures se dérobèrent. Mais, si leurs pertes retardèrent l'avance des Mongols, elles ne l'arrêtèrent pas.

Et une fois encore leur cavalerie lourde s'enfonça dans les lignes macédoniennes.

Tout le long de celles-ci, les hommes reculèrent. L'élan de la charge mongole et la férocité avec laquelle les cavaliers maniaient leurs masses et leurs épées rendaient la chose inévitable.

Abdikadir, qui n'était plus qu'à un mètre du plus gros du combat, voyait les chevaux se cabrer, les visages plats des Mongols dominer, menaçants, la mêlée, les hommes se battre et mourir. Il sentait l'odeur du sang, de la poussière, de la sueur des chevaux terrifiés – et même, maintenant, une puanteur de beurre rance qui ne pouvait être que celle des Mongols en personne. Du seul fait de la densité d'hommes et d'animaux, au milieu du rugissement de dix mille voix, il était difficile de se battre, ou même de brandir une arme. Les lames sifflaient dans les airs, le sang et les membres mutilés volaient en tous sens, multipliant les scènes presque absurdes d'impossible carnage et, peu à peu, les cris de rage se changèrent en hurlements de douleur. La pression s'accrut encore quand la cavalerie légère mongole se joignit au mouvement, s'enfonçant là où la cavalerie lourde avait dégagé la voie, frappant à coups d'épée et de javelot.

Mais Alexandre contre-attaqua. Ses courageux fantassins s'élancèrent des lignes arrière avec de longues piques munies d'un crochet ; si la pique ratait sa cible, le crochet servait à désarçonner les cavaliers. Les Mongols tombaient, mais les fantassins macédoniens se faisaient tailler en pièces comme des épis sous la faux.

Puis, au milieu du vacarme, une trompette macédonienne lança une sonnerie éclatante.

Au centre du champ de bataille, juste devant Abdikadir, les Macédoniens des premiers rangs encore debout reculèrent, se fondant dans les rangs suivants, laissant sur place leurs morts et leurs blessés. Il ne resta soudain plus rien entre Abdikadir et les plus féroces cavaliers qui aient jamais vécu.

Les Mongols, surpris, leurs chevaux s'agitant, hésitèrent une seconde. Un individu énorme, petit mais large comme un ours, regarda Abdikadir dans les yeux et leva une massue courtaude qui dégoulinait déjà de sang.

Le capitaine Grove apparut au côté d'Abdikadir :

— Feu à volonté !

Abdikadir leva sa kalachnikov et pressa la détente. La tête du Mongol explosa dans un nuage d'os et de sang, sa calotte de métal absurdement projetée dans les airs. Son cheval s'emballa et le corps sans tête, glissant de sa selle, tomba dans la mêlée.

Tout autour d'Abdikadir, les Britanniques faisaient feu dans la masse des Mongols, leurs antiques Martini-Henry et leurs Snider ponctuant de détonations sèches le fracas des kalachnikovs. Hommes et chevaux tombaient sous cette grêle de balles. Les grenades volaient. Ce n'étaient pour la plupart que des grenades aveuglantes, mais c'était suffisant pour terrifier les chevaux et au moins une partie des guerriers. L'une d'elles explosa sous un cheval. L'animal eut l'air d'éclater et son cavalier fut projeté au loin, hurlant.

Une autre atterrit trop près d'Abdikadir. Le souffle lui fit l'effet d'un coup à l'estomac. Il tomba à la renverse, l'explosion tintant à ses oreilles, le nez et la bouche emplis du goût métallique du sang et de l'odeur âcre de la poudre. C'était comme s'il avait été disloqué, comme si on l'avait poussé à travers une nouvelle Discontinuité. Mais s'il restait à terre, lui dit une part de son esprit, il laissait une brèche dans les rangs. Il leva son arme, tira au jugé et se remit debout.

L'ordre fut donné d'avancer. La ligne de Britanniques se mit en marche, tirant à feu nourri.

Abdikadir suivit le mouvement, mettant en place un nouveau chargeur dans son arme. Il n'y avait pas un endroit où poser le pied ; il devait escalader des monceaux de cadavres et de membres mutilés, glissant par endroits sur les entrailles. Il lui fallut même passer sur le dos d'un blessé qui hurla de douleur, mais il n'avait pas le choix.

Ça marchait, crut-il d'abord. Sur sa droite et sur sa gauche, aussi loin qu'il pouvait voir, là où ils ne mouraient pas en selle, les Mongols battaient en retraite, leur armement incapable de lutter contre un matériel plus avancé de six siècles ou davantage.

Mais Abdikadir entendit alors une voix aiguë – *une voix de femme* – et une partie des Mongols descendirent de cheval. Ils se mirent à avancer *vers* les armes à feu, se mettant à couvert derrière les cadavres de leurs camarades et de leurs chevaux. Abdikadir reconnut cette tactique – détecter les dangers éventuels, avancer, se mettre à couvert, détecter de nouveau. Ils se servaient de leurs arcs, leur seule arme dont la portée puisse rivaliser avec celle des fusils, et progressaient par bonds. Et, chaque fois qu'ils décochaient leurs flèches, des hurlements en macédonien et un torrent de jurons anglais lui disaient que plusieurs projectiles avaient atteint leur cible.

Ces Mongols avaient été entraînés pour résister au tir des armes à feu. *Zabel...* ce devait être elle, comme il l'avait craint. L'accablement fondit sur lui. Il enclencha un nouveau chargeur et fit feu.

Les Mongols se rapprochaient toujours. Il avait été assigné à Abdikadir et à chaque Britannique un porte-bouclier, mais ceux-ci se faisaient faucher. Un cavalier réussit presque à arriver jusqu'à lui et il dut le frapper d'un coup de crosse. Par chance, il l'atteignit à la tempe et le Mongol recula en vacillant. Avant qu'il ait pu reprendre son équilibre, Abdikadir l'abattit d'une balle et chercha des yeux une nouvelle cible.

De son poste d'observation sur la porte d'Ishtar, Josh voyait l'ensemble du champ de bataille. Droit devant lui, là où la cavalerie lourde mongole s'était heurtée aux Compagnons à pied d'Alexandre, le point focal de l'affrontement était encore une cohue sanglante d'hommes et d'animaux. Les Œils étaient partout, telles des perles flottant au-dessus de la tête des combattants.

La cavalerie lourde était le plus puissant instrument des Mongols, destinée à écraser d'un seul coup les forces les plus formidables de leurs ennemis. On avait espéré qu'une soudaine attaque des armes à feu lui causerait assez de dommages pour limiter son impact. Mais, pour on ne sait quelle raison, les Mongols n'avaient pas battu en retraite comme on s'y était attendu et les troupes s'enlisaient.

C'était une mauvaise nouvelle. Il n'y avait jamais eu que trois cents Britanniques à Jamroud, après tout. Numériquement, ils ne faisaient pas le poids face aux guerriers de Gengis Khan et, même si chaque balle abattait l'un de ces derniers, ceux-ci finiraient sûrement par les submerger, par le simple effet de leur nombre.

Et maintenant les Mongols lançaient d'autres cavaliers qui contournaient les ailes de l'armée macédonienne pour la prendre à revers. Cela avait aussi été prévu – c'était une manœuvre mongole classique appelée « *tulughma* » –, mais la pure férocité avec laquelle les nouveaux venus attaquaient les flancs des Macédoniens était stupéfiante.

Alexandre n'avait toutefois pas dit son dernier mot. Les trompettes lancèrent un nouveau signal depuis les murs de la ville. Dans un grand fracas, les portes s'ouvrirent et la cavalerie macédonienne s'élança enfin sur le champ de bataille. En émergeant, les cavaliers étaient déjà disposés selon leur rigoureuse formation en coin. Du premier coup d'œil, Josh put constater à quel point ces cavaliers de l'Antiquité étaient plus habiles que les Mongols. Et, à la tête des Compagnons qui chevauchaient sur la droite, Josh reconnut l'éclatante cape pourpre et le casque à cimier blanc d'Alexandre en personne, une peau de panthère en travers de son tapis de selle, menant comme toujours ses hommes à la gloire ou à la mort.

Les Macédoniens, rapides, agiles et bien disciplinés, virèrent pour s'enfoncer comme un scalpel dans le flanc mongol. Les cavaliers de Gengis Khan essayèrent de faire volte-face, mais, à présent coincés entre l'imperturbable infanterie macédonienne et les Compagnons, leurs mouvements étaient gênés et les Macédoniens se mirent à planter dans les visages non protégés des Mongols leurs longues piques de bois. C'était une autre tactique classique, « le marteau et l'enclume » – une manœuvre qu'Alexandre le Grand avait héritée de son père et qu'il avait perfectionnée, avec sur la droite la cavalerie qui délivrait le coup fatal et au centre le reste de l'infanterie qui enchaînait en exerçant une pression continue.

Josh n'avait rien d'un fervent militariste. Mais il voyait comme une lueur d'exultation dans les yeux des combattants des deux camps quand ils se jetaient dans la mêlée : comme un soulagement de savoir qu'était enfin venu le moment où l'on pouvait se défaire de toutes ses inhibitions, et une sorte de joie. Josh éprouva un frisson viscéral en voyant se déployer sous ses yeux cette antique et brillante manœuvre – alors même que des hommes se battaient et mouraient en bas dans la boue, chacune de leurs vies mouchée comme une chandelle. *Voici pourquoi les humains se font la guerre*, se dit-il ; *voici pourquoi nous pratiquons cette activité aux enjeux immenses : pas pour le profit, ni pour le pouvoir ou pour la conquête de territoires, mais pour ce plaisir intense. Kipling a raison : la guerre est distrayante. Tel est le sombre secret de notre espèce.*

Peut-être était-ce pour ça que les Œils étaient là – pour jouir du spectacle unique des plus vicieuses créatures de l'univers en train de mourir dans la boue. Josh en éprouva du ressentiment et une certaine fierté morbide.

En dehors de quelques réserves, presque toutes les forces des deux camps étaient maintenant sur le terrain. À part quelques escarmouches périphériques, l'essentiel de l'affrontement était concentré autour de cette sanglante et confuse mêlée, au centre du champ de bataille, au sein de laquelle les hommes se massacraient avec acharnement. Les fosses de bitume brûlaient encore, dégageant des nuages de fumée qui obscurcissaient la scène, et les flèches pleuvaient toujours du haut des remparts.

Josh aurait été bien incapable de dire qui prenait l'avantage. L'heure n'était plus à la tactique et les généraux qui s'affrontaient, peut-être les plus grands de tous les temps, ne pouvaient rien faire de plus – sinon, comme Alexandre, manier eux-mêmes l'épée. L'heure était à se battre ou mourir.

L'infirmerie de Bisesa était littéralement débordée.

Travaillant seule, elle s'efforçait de sauver un Macédonien, étendu devant elle sur une table où il gisait, inconscient, telle une carcasse à l'étal d'un boucher. C'était un adolescent, il ne devait avoir guère plus de dix-sept ou dix-huit ans. Mais il avait été atteint d'un coup de javelot au ventre. Elle avait étanché le sang, nettoyé et recousu de son mieux la plaie, les mains tremblantes d'épuisement. Mais elle savait que l'infection causée par les saletés entrées avec la pointe de la lance aurait raison de lui.

Et, tout autour d'elle, les corps continuaient à affluer. Ceux dont les équipes de tri avaient jugé l'état désespéré n'étaient plus emportés vers la maison de ville qu'elle avait désignée comme morgue, mais sommairement jetés sur le sol où ils s'empilaient, leur sang noir tachant la terre de Babylone. Parmi ceux qui avaient été sélectionnés pour être soignés, une poignée étaient retournés au combat une fois rafistolés, mais plus de la moitié étaient morts sur la table d'opération.

À quoi t'attendais-tu, Bisesa ? se demanda-t-elle. *Tu n'es pas médecin. Ton seul assistant expérimenté est un Grec de l'Antiquité qui débattait encore il y a peu avec Aristote en personne. Tu n'as pas de matériel, tu vas bientôt manquer de tout, depuis les bandages propres jusqu'à l'eau bouillie.*

Elle n'en savait pas moins avoir ce jour-là sauvé quelques vies.

Ce serait peut-être inutile – la grande déferlante mongole pouvait submerger les remparts et tous les exterminer – mais, pour le moment, elle refusait de voir mourir ce garçon qui s'était fait transpercer le ventre. Elle fouilla dans le contenu coupablement mis en réserve de sa trousse médicale du XXI⁰ siècle. Essayant de cacher ses gestes aux autres, elle injecta dans la cuisse de l'adolescent une dose de streptomycine.

Puis elle appela pour qu'on vienne l'emporter comme les autres.

— Suivant !

Kolya pensait que l'expansion mongole était pathologique. C'était une affreuse spirale de rétroaction positive née de l'incontestable génie militaire de Gengis Khan et alimentée par ses conquêtes faciles, une vague de frénésie destructrice qui avait déferlé sur la plus grande partie du monde connu.

Les Russes, en particulier, avaient des raisons de maudire la mémoire de Gengis Khan. Les Mongols les avaient frappés par deux fois. De riches cités commerçantes, Novgorod, Ryazan et Kiev, avaient été transformées en cimetières. En ces terribles circonstances, le pays avait eu le cœur à jamais arraché.

— Plus jamais ça, murmura Kolya, incapable d'entendre ses propres paroles. Plus jamais ça.

Il savait que Casey et les autres résisteraient de toutes leurs forces à la menace. Peut-être les Mongols s'étaient-ils fait trop d'ennemis dans l'ancienne trame temporelle ; peut-être ceux-ci allaient-ils maintenant, par une sorte de justice immanente, prendre leur revanche.

Bien entendu, il lui restait encore à jouer son rôle dans la pièce… Son arme serait-elle assez puissante, fonctionnerait-elle seulement ? Mais il avait confiance dans ses compétences techniques.

Atteindre sa cible était toutefois autre chose. Il avait observé Gengis Khan. Contrairement à Alexandre, c'était un général qui assistait aux batailles bien en sécurité derrière les lignes et qui se retirait dans sa yourte à la fin de la journée ; à près de soixante ans, son comportement était parfaitement prévisible.

Mais Kolya pouvait-il encore être sûr, au bout de trois jours, de l'heure de la journée qu'il était ? Pouvait-il être sûr que la démarche pesante qu'il percevait était bien celle de l'homme qu'il cherchait à détruire ? Son seul regret était qu'il ne le saurait jamais.

Kolya sourit, pensa à son épouse et ferma le circuit. Il n'avait plus d'yeux ni d'oreilles, mais il sentit la terre trembler.

Abdikadir se battait dos à dos avec une poignée de Britanniques et de Macédoniens contre les Mongols qui tournaient autour d'eux, pour la plupart encore à cheval, en essayant de les tailler en pièces. Depuis longtemps à court de munitions, il avait lâché sa kalachnikov devenue inutile et se battait à coups de baïonnette, de sabre, de lance, de javelot, de tout ce qu'il pouvait récupérer sur les cadavres de combattants d'époques séparées par plus de mille ans.

Quand les combats s'étaient refermés autour de lui, il s'était d'abord senti plus vivant… comme si son existence s'était réduite à cet instant de sang, de vacarme, d'effort intense et de douleur, et que tout ce qui avait précédé n'était qu'un prologue. Mais à mesure que s'accumulaient les poisons de la fatigue, cette sensation de vigueur avait été remplacée par une irréalité cuivrée, comme s'il était sur le point de s'évanouir. Il y était préparé… on appelait ça la «zone d'hypoesthésie», un état où le corps ignorait la douleur, devenait insensible au chaud et au froid, et où intervenait une nouvelle forme de conscience, une sorte de pilotage automatique. Mais qui ne rendait pas l'épreuve plus facile à supporter.

Son petit groupe survivait encore là où les autres avaient déjà été massacrés, îlot de résistance dans une mer de sang sur laquelle les Mongols allaient et venaient à volonté. Il avait pris coup sur coup. Il savait qu'il ne pourrait pas en encaisser beaucoup plus. Ils étaient en train de perdre la bataille et il n'y pouvait rien.

Au milieu du vacarme du carnage, il entendit une sonnerie de trompette et un rythme irrégulier battu sur un tambour de guerre. Il en fut momentanément distrait.

Une massue s'abattit du ciel, faisant sauter le sabre de sa main. Un élancement de douleur : il avait un doigt cassé. Désarmé, une main inutilisable, il se retourna pour faire face à un cavalier mongol qui se dressait au-dessus de lui, levant de nouveau sa massue. Abdikadir plongea en avant, sa main valide tendue, dure comme un bout de bois, et frappa le Mongol à la cuisse, visant un centre nerveux. L'homme se raidit et bascula en arrière, entraînant son cheval avec lui. Abdikadir tomba à genoux, trouva un sabre dans la boue ensanglantée et se releva, haletant, cherchant des yeux son prochain assaillant.

Mais il n'en vit aucun.

Les Mongols faisaient volte-face, retournant vers leur lointain campement. Ils repartaient au galop, l'un ou l'autre s'arrêtant parfois pour ramasser un camarade tombé de cheval. Abdikadir, debout, le souffle court, agrippant son sabre, ne comprenait pas. C'était aussi surprenant que si le mouvement de la marée s'était brusquement inversé.

Il entendit un claquement sec, près de son oreille, presque comme un insecte. Il savait ce que c'était, mais son esprit semblait tourner au ralenti, peinant à ramener le souvenir à la surface. Une détonation. *Une balle.* Il se retourna pour regarder.

Devant la porte d'Ishtar, il y avait une exception à la retraite générale. Une cinquantaine de Mongols, en formation serrée sur leurs chevaux, chargeaient en direction de la porte grande ouverte. Et quelqu'un, là, au centre de la charge, tirait sur lui.

Il lâcha son sabre. Le monde se mit à tournoyer et le sol détrempé de sang se précipita à sa rencontre.

Bisesa entendit les cris et les hurlements, juste devant son infirmerie. Elle sortit en courant voir ce qui se passait. Ruddy Kipling, le plastron de sa chemise poisseux de sang, la suivit.

Une bande de guerriers mongols avaient enfoncé les rangs de la défense et s'étaient engouffrés par la porte. Les Macédoniens se pressaient autour d'eux comme des anticorps autour d'un agent infectieux, leurs officiers criant des ordres. Les Mongols frappaient sauvagement ceux qui les cernaient, mais ils se faisaient déjà jeter à terre.

Une silhouette isolée s'échappa alors de la mêlée et s'élança le long de la voie processionnelle de Babylone. C'était une femme. Les Macédoniens ne l'avaient pas remarquée – ou, s'ils l'avaient fait, ils ne s'en étaient pas inquiétés au point de l'arrêter. Elle était vêtue d'une armure de cuir, mais ses cheveux tirés en arrière étaient noués par une bande de tissu orange vif.

— Un ruban fluo, murmura Bisesa.

— Que dites-vous ? demanda Ruddy.

— Ce doit être Zabel. Merde, elle va vers le temple…

— L'Œil de Mardouk…

— C'était le but de toute cette opération. Venez !

Ils se mirent à la poursuite de Zabel. Des soldats macédoniens, l'air inquiet, les croisaient en courant vers la porte d'Ishtar, et des Babyloniens médusés les regardaient passer en tremblant. Des Œils planaient au-dessus d'eux, impassibles, tels des chapelets de caméras de surveillance ; Bisesa fut frappée de voir combien ils étaient nombreux.

Ruddy arriva le premier dans la chambre de Mardouk. Le grand Œil planait toujours au-dessus de sa flaque d'or fondu. Zabel se tenait devant, hors d'haleine, les cheveux en désordre sur sa cuirasse mongole, contemplant son reflet déformé. Elle leva une main pour le toucher.

Ruddy Kipling s'avança :

— Madame, écartez-vous ou bien…

D'un seul mouvement, elle se retourna, pointa un pistolet et tira sur lui. La détonation résonna, assourdissante, dans l'antique salle. Projeté en arrière, Ruddy se retrouva plaqué contre le mur et s'affaissa par terre.

— *Ruddy* ! cria Bisesa.

— Ne tente rien, dit Zabel en la mettant en joue.

Ruddy regardait Bisesa, l'air désespéré, son large front emperlé de sueur, ses grosses lunettes éclaboussées du sang d'inconnus. Il tenait la main plaquée sur sa hanche et le sang ruisselait entre ses doigts.

— Je suis blessé, dit-il avec un sourire niais.

Bisesa mourait d'envie d'aller vers lui. Mais elle ne bougea pas et leva les mains.

—Zabel Jones, dit-elle.

—Ma réputation m'a précédée, dirait-on.

—Où est Kolya?

—Mort..., répondit-elle avec un sourire. Tiens, je pense à une chose. Les Mongols ont sonné la retraite. J'ai cru que c'était une coïncidence. Mais tu sais ce qui a dû se passer? Gengis Khan est mort et ses fils, ses frères et ses généraux se sont empressés de convoquer une *quriltaï* pour savoir qui va décrocher le gros lot. Les Mongols ont la structure sociale d'une bande de chimpanzés. Et, tout comme chez les chimpanzés, quand le mâle dominant crève, c'est la foire d'empoigne. C'est ce dont Kolya s'est servi contre eux. Il faut bien admirer ce sale petit enfoiré, je me demande comment il a fait, conclut-elle en secouant la tête.

Elle n'avait pas détourné un instant son revolver.

Ruddy geignit.

Bisesa essaya de ne pas se laisser distraire.

—Qu'est-ce que vous voulez, Zabel?

—Qu'est-ce que tu crois? répondit-elle avec un signe du pouce par-dessus son épaule. Nous avons entendu le signal de cette chose quand nous étions en orbite. Quoi qu'il se passe ici, ce truc est la clé – du passé, du présent et du futur...

—D'un nouveau monde.

—Ouais.

—Je crois que vous avez raison. Je l'ai étudié.

Zabel plissa les yeux.

—Dans ce cas, tu devrais pouvoir m'aider. Qu'est-ce que tu en dis? Tu es avec moi, ou tu es contre moi?

Bisesa regarda droit vers l'Œil. Elle écarquilla les yeux et se força à sourire :

— Manifestement, il vous attendait.

Zabel tourna la tête. C'était une ruse toute bête, mais elle s'était laissé prendre par sa vanité… et Bisesa avait gagné une fraction de seconde. Il ne lui fallut qu'un coup de pied pour fracasser le poignet de Zabel et faire sauter le revolver de sa main, un autre pour la faire tomber par terre.

Haletante, Bisesa vint toiser la cosmonaute réduite à l'impuissance. Elle avait l'impression de pouvoir sentir son odeur, une puanteur de lait et de graisse, comme les Mongols avec lesquels elle s'était acoquinée.

— Zabel, vous pensiez vraiment que l'Œil s'intéresserait à vous et à vos mesquines ambitions ? Puissiez-vous griller en enfer.

Elle lança un regard furibond à l'Œil.

— Et vous… vous en avez vu assez ? C'est ça que vous vouliez ? *Avons-nous assez souffert pour vous ?…*

— Bisesa.

C'était un gémissement tout juste articulé. Elle courut près de Ruddy.

36

CONTRECOUP

Héphestion était mort.

Alexandre avait remporté une grande bataille dans des conditions quasiment désespérées, dans un monde inconnu, contre un ennemi d'un millier d'années plus avancé. Mais, à cette occasion, il avait perdu son compagnon, son amant – son seul véritable ami.

Alexandre savait quelle réaction on attendait de lui. Il allait se retirer sous sa tente et noyer sa peine dans le vin. Ou il allait refuser de boire et de manger pendant des jours et des jours, jusqu'à ce que sa famille et ses compagnons s'inquiètent pour sa santé. Ou bien il allait ordonner la construction de quelque grandiose monument funéraire : peut-être la statue d'un lion majestueux, envisagea-t-il vaguement.

Il décida de ne rien faire de tout cela. Il pleurerait Héphestion, bien sûr, mais en privé. Il ordonnerait peut-être que l'on coupe la crinière et la queue de tous les chevaux du camp. Homère avait dit comment Achille avait tondu ses chevaux après la mort de son bien-aimé Patrocle ; oui, c'était ainsi qu'Alexandre allait pleurer la mort d'Héphestion.

Mais, pour le moment, il y avait trop à faire.

Il traversa le champ de bataille au sol détrempé de sang et passa entre les tentes et les bâtiments qui abritaient les blessés. Sur ses talons papillonnaient ses conseillers et ses compagnons – et son médecin, car Alexandre avait lui-même reçu plusieurs blessures. La plupart des hommes étaient contents de le voir, bien sûr. Certains se vantaient de leurs exploits durant la bataille et il les écoutait patiemment, puis, l'air grave, louait leur bravoure. Mais d'autres étaient en état de choc. Il avait déjà vu ça. Ils restaient assis, hébétés, ou répétaient sans cesse leur petite histoire. Ils s'en remettraient, comme toujours, comme le ferait ce sol ensanglanté quand reviendrait le printemps et que repousserait l'herbe. Mais rien n'effacerait la colère et le sentiment de culpabilité de ceux qui avaient survécu là où étaient tombés leurs compagnons, de même que leur roi n'oublierait pas Héphestion.

Ruddy gisait adossé au mur, les bras relâchés, paumes vers le haut, les doigts repliés. Ses petites mains couvertes de sang avaient l'air de deux crabes, songea Bisesa. Le sang giclait de sa blessure, juste sous la hanche gauche.

— Nous voyons beaucoup de sang, aujourd'hui, Bisesa.

Il souriait toujours.

— Oui.

Elle sortit de sa poche un tampon hémostatique qu'elle essaya de tasser dans la plaie. Mais le sang continuait à couler. La balle devait avoir touché l'artère fémorale, une des principales voies par laquelle le sang irriguait la moitié inférieure du corps. Elle n'avait aucun moyen de le déplacer… elle ne pouvait pas lui faire de transfusion, il n'y avait pas d'unité d'évacuation sanitaire qu'elle puisse appeler.

Ce n'était pas le moment de faire du sentiment : elle devait traiter Ruddy comme une machine en panne, un tracteur au capot ouvert qu'il faut réparer. Elle réfléchit désespérément. Elle commença par déchirer la jambe de son pantalon.

—N'essayez pas de parler, dit-elle. Tout va bien se passer.

—Comme dirait Casey : *foutaises*.

—Casey a une bien mauvaise influence.

—Dites-moi, chuchota-t-il.

—Quoi ?

—Ce que je vais devenir… Ou ce que je serais devenu.

—Ce n'est pas le moment, Ruddy.

Exposée, la plaie béait, cratère sanglant d'où coulait toujours un liquide écarlate.

—Là, aidez-moi.

Elle lui prit les mains et les pressa sur la blessure, puis, rassemblant son courage, elle enfonça les doigts dans sa plaie.

Il se tordit de douleur, mais n'émit pas un son. Il était terriblement pâle. Sous lui, son sang faisait une flaque sur le sol, tel un reflet de l'or fondu du dieu.

—Au contraire, c'est le moment ou jamais, Bisesa. S'il vous plaît.

—Vous deviendrez un auteur adulé, dit-elle tout en s'efforçant d'agir le plus vite possible. La voix d'une nation, de toute une époque. Vous serez internationalement reconnu. Riche. Vous refuserez les honneurs, mais on ne cessera de les déposer à vos pieds. Vous contribuerez à forger l'esprit de la nation. Vous recevrez le prix Nobel de littérature. On dira de vous que, dès qu'elle laisse tomber un mot, votre voix retentit dans le monde entier…

—Ah.

Il sourit et ferma les yeux. Elle bougea les doigts. Le sang jaillit, aussi fort qu'avant, et il poussa un grognement.

— Tous ces livres que je n'écrirai jamais.

— Mais ils existent, Ruddy. Je les ai dans mon portable. Du premier au dernier mot.

— C'est toujours ça, je suppose – même s'il n'est pas très logique qu'ils existent si leur auteur ne survit pas pour les écrire… Et ma famille ?

Essayer d'étancher le sang de cette façon revenait à arrêter une fuite d'eau en plaquant un oreiller sur le tuyau percé. Son seul espoir était de trouver l'artère fémorale et de la nouer directement.

— Ruddy, ça va vous faire un mal de chien.

Elle enfonça les doigts dans la plaie et l'ouvrit davantage. Il se raidit, les yeux fermés.

— Ma famille. S'il vous plaît.

Il n'avait plus qu'un filet de voix, crissante comme des feuilles mortes.

Elle plongea plus profond dans la cuisse, tâtonnant parmi les couches de graisse, le muscle et les vaisseaux sanguins, mais sans réussir à trouver l'artère. Elle devait s'être rétractée quand la balle l'avait sectionnée.

— Je pourrais vous inciser, dit-elle. Chercher cette fichue artère. Mais la perte de sang…

La quantité de sang qu'il avait déjà répandu était incroyable : il y en avait partout sur ses jambes, sur ses bras, sur le sol.

— Ça fait mal, vous savez. Mais il fait froid.

Son élocution était laborieuse. Il entrait en état de choc.

Elle appuya sur la blessure.

— Vous aurez un long mariage, dit-elle vivement. Heureux, je pense. Des enfants. Un fils.

— Oui ?… Son nom ?

— John. John Kipling. Il va y avoir une grande guerre qui embrasera l'Europe.

— Les Allemands, je suppose. Ça vient toujours des Allemands.

— Oui. John s'engagera pour se battre en France. Il y mourra.

— Ah, dit Ruddy, le visage presque inexpressif, maintenant, bien qu'un tic agite sa lèvre. Au moins, la souffrance lui sera épargnée, contrairement à moi… ou peut-être pas. Encore cette fichue logique ! J'aimerais comprendre.

Il ouvrit les yeux et elle vit s'y refléter la sphère impassible de l'Œil de Mardouk.

— La lumière, dit-il. La lumière du matin…

Elle posa une main sur la poitrine de Ruddy. Après quelques palpitations, le cœur de l'écrivain cessa de battre.

Refusant qu'on l'aide, Alexandre monta d'un pas raide au sommet de la porte d'Ishtar. Il regarda la plaine en direction de l'est, là où brûlaient encore les feux des Mongols. Les sphères en suspension que les soldats appelaient des Œils et qui avaient empli les airs durant la bataille avaient maintenant disparu, toutes sauf la monstruosité du temple de Mardouk. Ces nouveaux dieux indifférents avaient peut-être vu tout ce qu'ils voulaient voir.

Il fallait organiser un procès. On avait découvert que l'étrange Anglais, Cecil De Morgan, avait fourni aux espions mongols des renseignements… au nombre desquels le chemin par lequel Zabel Jones avait pu atteindre si vite l'Œil de Mardouk. Le capitaine Grove, Bisesa et Abdikadir avaient demandé le droit de juger les deux renégats, Zabel et

De Morgan, selon leurs propres coutumes. Mais Alexandre était roi et il savait que ses hommes n'accepteraient qu'une justice. Les traîtres passeraient en jugement devant l'armée réunie, déployée dans la plaine devant la ville ; dans son esprit, leur sort ne faisait pas de doute.

Cette guerre n'était pas terminée, même si la puissante figure de Gengis Khan était morte. Alexandre était convaincu de pouvoir vaincre les Mongols. Mais pourquoi Macédoniens et Mongols devraient-ils se battre comme des chiens jetés dans une fosse pour le bon plaisir du dieu de l'Œil ? C'étaient des hommes, pas des animaux. Il y avait peut-être une autre solution.

Cela l'amusait que Bisesa et ses compagnons s'affublent du nom de « modernes »… comme si lui et son temps étaient de vagues histoires d'un lointain passé racontées par un vieillard égrotant. De son point de vue, ces étranges créatures aux membres grêles et aux vêtements criards venues d'un lointain et inintéressant futur étaient insignifiantes. Elles n'étaient qu'une poignée face aux multitudes de Macédoniens et de Mongols. Oh, leurs babioles avaient été brièvement utiles dans la bataille contre le Khan, mais elles s'étaient vite épuisées et l'on en était revenu aux plus anciennes de toutes les armes, le fer et le sang, la discipline et le courage à l'état brut. Les modernes ne comptaient pas. Il était clair à ses yeux que le cœur battant du nouveau monde se trouvait ici – avec lui et avec ces Mongols.

Il avait toujours su que cet instant d'hésitation sur les rives de l'Hyphase avait été une aberration. Cette hésitation était maintenant derrière lui. Il décida de donner à Eumène l'ordre de retourner voir les Mongols pour chercher un terrain d'entente. S'il les écrasait, il serait puissant ; mais s'il combinait leurs forces aux siennes, il le serait encore plus. Il n'y avait certainement dans ce monde meurtri aucune puissance qui puisse leur tenir tête. Il n'y aurait alors aucune limite aux possibilités qui s'ouvraient à lui, armé des connaissances apportées par Bisesa et ses compagnons.

Tout en réfléchissant et en faisant des plans, Alexandre huma le vent qui soufflait de l'est, du cœur du continent, riche et chargé de l'air du temps.

CINQUIÈME PARTIE

MIR

37

LABORATOIRE

On pouvait difficilement appeler ça une cage.

Cinq ans après la Discontinuité et leur capture, les femmes-singes étaient encore emprisonnées sous un filet de camouflage jeté par-dessus un Œil qui planait opportunément là et lesté par des rochers. Personne n'avait songé à chercher une installation plus confortable… même si par quelque lubie de l'esprit militaire quelqu'un avait ordonné de peindre les rochers en blanc ; il y avait toujours un soldat dont il fallait corriger l'attitude en lui infligeant une corvée absurde.

C'est sous ce filet que Fureteuse passait ses journées, seule avec Tortilleuse, qui grandissait vite. Celle-ci avait maintenant près de six ans. Son jeune esprit encore malléable s'était adapté à la situation. Pour sa part, Fureteuse n'arrivait pas à s'y faire, mais elle était bien obligée de l'accepter.

Les soldats venaient une fois par jour lui donner à boire et à manger, et nettoyer ses déjections. Ils la plaquaient parfois à terre et introduisaient en elle leurs gros pénis. Fureteuse s'en fichait. Ça ne lui faisait pas mal et elle avait appris à laisser ses geôliers faire ce qu'ils voulaient, du moment qu'elle gardait un œil sur Tortilleuse. Elle ignorait pourquoi les soldats agissaient ainsi. Mais qu'elle le sache ou non n'avait pas d'importance, bien sûr, car elle aurait été bien incapable de les en empêcher.

Elle aurait pu s'échapper. Elle l'avait toujours plus ou moins su. Elle était plus forte que n'importe lequel des soldats. Elle aurait pu déchirer ce filet avec ses dents et ses mains, ou même avec ses pieds. Mais elle n'avait pas vu un seul autre membre de son espèce, à part Tortilleuse, depuis le jour de sa capture. Par les trous du filet, elle n'apercevait aucun arbre, aucune accueillante zone d'ombre verdoyante. Si elle s'échappait, elle n'aurait nulle part où aller, rien qui l'attende sauf des coups de bâton, de poing ou de crosse de fusil. Elle avait dû apprendre cette brutale leçon.

Intermédiaire entre l'animal et l'humain, elle n'avait qu'une vague notion du passé et du futur. Sa mémoire était comme une galerie où auraient été accrochées des images vivaces – le visage de sa mère, la chaleur de son nid, l'odeur prégnante du premier mâle qui l'avait prise, la douce souffrance de la grossesse, l'effrayante immobilité de son premier enfant. Et sa perception du futur était dominée par une vague appréhension de sa propre mort, une crainte des ténèbres qui rôdaient dans les yeux jaunes des félins. Mais il n'y avait aucun ordre ni aucune logique narrative dans ses souvenirs : comme la plupart des animaux, elle vivait dans le présent, car si on ne pouvait pas lui survivre, le passé et le futur ne voulaient rien dire. Et son présent, cette désespérante captivité, s'était dilaté jusqu'à englober la totalité de sa conscience.

Elle était prisonnière. Elle n'était que ça. Mais elle avait au moins Tortilleuse.

Puis, un matin, quelque chose avait changé.

C'est Tortilleuse qui s'en était aperçue la première.

Fureteuse se réveillait lentement, s'accrochant comme toujours à ses bribes de rêves forestiers. Elle bâilla puissamment et étira ses longs bras. Le soleil était déjà haut et elle voyait de brillants reflets filtrer à travers les brèches du filet.

Tortilleuse gardait les yeux braqués vers le sommet de la tente. Elle avait de la lumière sur le visage. Fureteuse regarda en l'air.

L'Œil étincelait. Comme un soleil miniature pris dans le filet.

Fureteuse se leva. Côte à côte, les yeux braqués sur l'Œil, la mère et la fille s'avancèrent, dressées de toute leur taille. Fureteuse leva une main vers l'Œil. Il était hors de portée, mais il projetait leurs deux ombres sur le sol de terre battue. Il n'irradiait aucune chaleur, uniquement de la lumière.

Fureteuse, qui venait tout juste de se réveiller, avait terriblement envie d'uriner, de déféquer, de s'épouiller, de boire et de manger. Mais elle était incapable de bouger. Elle ne pouvait que rester là, debout, les yeux grands ouverts, un bras levé. Le froid et la poussière commençaient à lui piquer les yeux, mais elle ne parvenait même pas à cligner des paupières.

Elle entendit un léger geignement. Elle n'arrivait même pas à se tourner pour regarder Tortilleuse. Elle ne savait pas combien de temps avait pu passer.

Sa main se retrouva devant son visage. Elle ne l'avait pas levée consciemment ; c'était comme si elle regardait la main de quelqu'un d'autre. Ses doigts se plièrent, se déplièrent ; son pouce bougea d'arrière en avant.

Elle leva les bras, fit jouer les articulations de ses épaules, de ses coudes et de ses poignets ; elle se pencha et plia les jambes. Elle marcha de long en large aussi loin que le lui permettait le filet, d'abord debout, puis à quatre pattes. Elle sonda avec ses doigts chacun de ses orifices. Elle palpa sa cage thoracique, la forme de son crâne et même son pelvis. C'était comme si quelqu'un d'autre était à l'œuvre, explorant son corps en une cruelle toilette.

Puis, un bref instant, les deux australopithèques se retrouvèrent libres. Haletantes, assoiffées, affamées, elles tendirent les bras l'une vers l'autre. Mais l'emprise invisible se referma aussitôt sur elles.

Cette fois, tandis que la lumière clignotait au-dessus de leurs têtes, Tortilleuse s'accroupit et se mit à examiner le sol, creusant la terre. Elle ramassa des brindilles, un bout de roseau. Elle frotta les brindilles l'une contre l'autre, fendit et plia le roseau, frappa ensemble des galets.

Pendant ce temps, Fureteuse marcha jusqu'au filet. Elle s'y accrocha et commença à monter. Ses proportions étaient proches de celles de ses ancêtres simiens et elle pouvait grimper mieux que n'importe lequel de ses ravisseurs humains. Mais, à mesure qu'elle montait, sa peur grandissait, car elle savait qu'elle n'était pas censée faire ça.

Bien évidemment, un des soldats arriva en courant.

—Hé là, toi! Descends de là!

La crosse d'un fusil s'écrasa sur son visage. Elle ne put même pas crier. Malgré l'emprise de l'Œil, elle tomba du filet et s'étala par terre sur le dos. La bouche pleine de sang au goût cuivré, elle essaya de redresser la tête.

Elle vit Tortilleuse, assise sur les graviers du sol. Celle-ci levait vers l'Œil un roseau auquel elle avait fait un nœud. Fureteuse n'avait jamais rien vu de tel.

Elle fut forcée de se relever, malgré le sang qui dégoulinait de sa bouche, et de regarder l'Œil.

Il y avait encore quelque chose de nouveau, comprit-elle vaguement. Le rayonnement de l'Œil n'était plus uniforme : une série de bandes horizontales plus brillantes se détachaient sur un fond gris, dessinant un motif qui, pour un humain, aurait pu évoquer les parallèles de latitude d'un globe terrestre. Ces lignes étaient animées d'un mouvement ascendant, s'effaçant peu à peu à partir de l'«équateur» de l'Œil jusqu'à disparaître au «pôle Nord». D'autres lignes, verticales cette fois, apparurent ensuite de la même façon, surgissant d'un côté pour disparaître de l'autre. Puis ce fut le tour d'une troisième série de bandes lumineuses, fuyant à angle droit des deux premières. La vision de ces rectangles gris en mouvement silencieux était d'une beauté hypnotique.

C'est alors qu'une *quatrième* série de lignes apparut… Fureteuse essaya de suivre où elles allaient… mais soudain quelque chose dans sa tête lui fit atrocement mal. Elle poussa un cri.

Les mains invisibles la relâchèrent et elle s'affaissa sur le sol. Elle frotta ses yeux larmoyants de la paume de ses mains. Pour la première fois, elle prit conscience d'une sensation de chaleur sur la face intérieure de ses cuisses. Elle avait uriné sur place sans s'en rendre compte.

Tortilleuse était toujours debout – tremblante, mais debout – et regardait les lumières mouvantes, qui projetaient des jeux d'ombres complexes sur son petit visage. Une cinquième série de lignes… une *sixième*, disparaissant dans des directions impossibles…

Tortilleuse se figea, la tête basculée en arrière, les doigts crispés dans le vide, puis elle tomba, raide comme un bout de bois. Fureteuse rattrapa son enfant et la prit sur ses genoux trempés d'urine. Tortilleuse se détendit et devint un tas de fourrure aux muscles relâchés. Fureteuse la caressa et la laissa téter sa poitrine flasque, tarie depuis des années.

L'Œil continuait à les observer, enregistrant le lien entre mère et enfant, drainant les australopithèques de toute sensation. Cela faisait encore partie du test.

Le répit ne dura guère. L'Œil retrouva vite son éclat perlé uniforme et ce fut comme si des mains invisibles se mettaient à palper les membres de Fureteuse. Celle-ci posa son enfant et se remit debout, le visage levé vers la lumière fantasmagorique.

38

L'ŒIL DE MARDOUK

Bisesa s'était installée dans le temple de Mardouk. Elle avait étalé une paillasse et des couvertures et s'y faisait apporter à manger ; elle avait même mis en place des toilettes chimiques récupérées dans le *Little Bird*. Elle y passait désormais la plus grande partie de son temps, avec pour seule compagnie son portable – et la masse menaçante de l'Œil.

Elle sentait qu'il y avait là quelque chose, une présence derrière cette surface impénétrable. C'était une impression qui échappait aux sens ordinaires, comme ce qu'elle aurait ressenti si on lui avait fait franchir une porte les yeux bandés : elle aurait su si elle débouchait dans un espace clos ou dégagé.

Mais ce n'était pas comme d'être avec quelqu'un. Parfois, tout ce qu'elle percevait, c'était une vigilance, comme si l'Œil n'était rien d'autre qu'une énorme caméra. D'autres fois, elle croyait entrevoir quelque chose *derrière* l'Œil. Y avait-il un observateur qui se tenait, métaphoriquement, derrière chaque Œil du monde ? Par moments, elle avait l'impression qu'il y avait toute une hiérarchie d'intelligences, en fait, depuis les entités simples qu'elle pouvait imaginer, observateurs ou Œils, et qui s'étageaient dans d'impossibles directions, filtrant et classant le relevé de ses actes, de ses réactions, de sa personne même.

Elle passait de plus en plus de temps à explorer ces sensations. Elle évitait tout le monde, ses compagnons du XXIᵉ siècle… même ce pauvre Josh. Elle allait malgré tout trouver un réconfort auprès de lui quand elle se sentait trop désespérément seule. Mais après, bien qu'éprouvant une authentique affection pour lui, elle se sentait coupable, comme si elle l'avait exploité.

Elle n'essayait pas d'analyser ses sentiments, ne cherchait même pas à savoir si elle l'aimait ou non. Elle avait l'Œil et c'était le centre de son univers. Il le fallait. Et elle refusait de consacrer du temps à quoi que ce soit d'autre, y compris Josh.

Elle avait essayé d'appliquer à l'Œil les lois de la physique.

Elle avait commencé par des mesures géométriques simples, comme celles relevées par Abdikadir sur les petits Œils des environs de Jamroud. Elle avait utilisé des instruments à visée laser afin de prouver que le rapport de l'Œil à son diamètre n'était pas de 3,1416, comme le voulaient Euclide, les livres de géométrie et le reste du monde, mais simplement 3. Comme tous les Œils, c'était un visiteur venu d'ailleurs.

Elle était allée au-delà de la géométrie. Avec une équipe de Macédoniens et de Britanniques, elle était retournée sur les lieux du crash. Des mois de pluies acides n'avaient pas arrangé ce qui restait du *Little Bird*. Elle avait néanmoins trouvé des capteurs électromagnétiques encore fonctionnels opérant en lumière visible, dans l'infrarouge et dans l'ultraviolet – les yeux électroniques d'espionnage aérien du XXIᵉ siècle – et divers détecteurs chimiques, des « nez » conçus pour repérer toutes sortes d'explosifs. Elle avait déterré des instruments, des composants, des câbles, tout ce qu'il y avait d'utilisable – dont ses petites toilettes chimiques.

Elle avait installé ce matériel dans la chambre de Mardouk et improvisé autour de l'Œil un échafaudage sur lequel disposer ses détecteurs de récupération pour surveiller l'intrus sous tous les angles vingt-quatre heures sur vingt-quatre. Pour finir, elle avait rempli cette pièce de l'antique temple babylonien d'un fouillis de câbles et de rayons infrarouges, tous connectés à un boîtier sur lequel trônait son portable. Mais comme elle avait pour seules sources d'énergie les batteries du *Little Bird* et les piles de l'instrument lui-même, ses capteurs du XXIe siècle scrutaient cet objet extraterrestre incroyablement avancé à la lueur fuligineuse de lampes à huile animale.

Elle avait obtenu quelques réponses.

Les capteurs de radiations du *Little Bird* – des compteurs Geiger «gonflés» conçus pour repérer les armes nucléaires illégales – avaient détecté des traces de rayons X à haute fréquence et des particules à très haute énergie émanant de l'Œil. Les résultats étaient fugaces et intrigants et elle supposait que ce n'étaient que des fuites, que l'Œil produisait une gamme complète de radiations ionisantes qui dépassaient les capacités de détection des compteurs Geiger rudimentaires du *Little Bird*. Ces radiations devaient être le résidu d'une énorme dépense d'énergie… conséquence des efforts gigantesques nécessaires pour maintenir cet Œil en fonctionnement dans une réalité hostile, peut-être.

Et puis il y avait la question du temps.

Elle s'était servie de l'altimètre du *Little Bird* pour mesurer la façon dont l'enveloppe de l'Œil déviait les rayons laser : elle les réfléchissait avec une efficacité absolue, se comportant comme un miroir parfait. Mais les rayons revenaient avec un effet Doppler mesurable. C'était comme si la surface de l'Œil s'éloignait rapidement, à une vitesse de plus de cent kilomètres à l'heure. Tous les points de l'enveloppe qu'elle avait testés renvoyaient le même résultat. Selon ces mesures, l'Œil était en train d'imploser.

À l'œil nu, bien sûr, il restait immuable, planant comme toujours tranquillement dans les airs. Néanmoins, dans une direction indéterminée, cette surface lisse était en mouvement. Bisesa soupçonnait que l'existence de l'Œil s'étendait, en quelque sorte, dans des directions qu'elle était incapable de voir et ses instruments de mesurer.

Enfin, si c'était possible, il y avait peut-être *un seul* Œil, projeté dans le monde depuis une dimension supérieure, comme les doigts d'une main passant à travers la surface d'un étang.

Mais elle se disait parfois que toutes ces expériences ne servaient qu'à la détourner du principal problème, qui était son intuition concernant cet objet lui-même.

— Je verse peut-être dans l'anthropomorphisme, dit-elle à son portable. Pourquoi y aurait-il un esprit, ou quelque chose y ressemblant un tant soit peu, derrière tout ça ?

— David Hume s'est posé la question dans ses *Dialogues sur la religion naturelle*…, murmura l'appareil. Il s'y demandait pourquoi il faudrait aller chercher un « esprit » comme principe organisateur de l'univers. Il parlait du concept traditionnel de Dieu, bien sûr. Peut-être l'ordre que nous percevons se contente-t-il d'*émerger*. « Pour ce que nous en savons *a priori*, la matière peut, tout comme l'esprit, renfermer en soi la source de son ordre intrinsèque. » Il a écrit ça un bon siècle avant que Darwin prouve la possibilité qu'une organisation naisse de la matière inanimée.

— Tu penses donc que je fais preuve d'anthropomorphisme ?

— Non. Nous ne connaissons aucune cause rationnelle pour qu'un tel objet se soit formé, sinon sous l'effet d'une action intelligente. Supposer qu'un esprit en est responsable est probablement l'hypothèse la plus simple. Et, en tout état de cause, les sensations que tu éprouves sont peut-être fondées sur une réalité matérielle, même si elles ne sont pas transmises par tes sens. Ton corps, ton cerveau, sont eux-mêmes des instruments compliqués. La subtile électrochimie qui étaie ton cerveau est peut-être plus ou moins influencée par *ça*. Ce n'est pas de la télépathie… mais c'est peut-être réel.

— Et toi, sens-tu s'il y a quelque chose ici ?

— Non. Mais je ne suis pas humain, non plus, dit le portable avec un soupir.

Par moments, elle soupçonnait l'Œil de lui souffler délibérément ces intuitions.

— C'est comme s'il téléchargeait des informations dans mon esprit, bit par bit. Mais mon cerveau est tout simplement incapable de tout engranger. Comme si on essayait de télécharger un logiciel de réalité virtuelle dans une «machine à différences» de Babbage…

— Voilà une analogie que je peux comprendre, dit sèchement son portable.

— Je ne voulais pas te vexer.

Parfois, elle restait simplement assise en l'oppressante compagnie de l'Œil et laissait vagabonder son esprit.

Elle ne cessait de penser à Myra. Plus le temps passait, les mois laissant place aux années, plus la Discontinuité, cet événement unique, s'éloignait dans le passé et plus Bisesa se sentait profondément intégrée à ce nouveau monde. Parfois, dans l'austérité de ce lieu antique, ses souvenirs du XXIe siècle semblaient absurdes, des images bariolées parfaitement illusoires et déplacées. Mais l'absence de Myra lui pesait toujours autant.

Ce n'était même pas comme si sa fille lui avait été arrachée pour poursuivre sa vie quelque part ailleurs dans le monde. Cela ne lui était d'aucun réconfort d'imaginer quel âge elle aurait maintenant, quelle pouvait être son apparence, où elle devait en être de sa scolarité, ce qu'elles auraient fait ensemble si elles avaient été réunies. Aucune de ces situations humaines compréhensibles ne s'appliquait, parce qu'il lui était impossible de savoir si elles avaient le moindre repère chronologique en commun. L'existence de nombreuses copies de Myra sur une multiplicité de mondes fragmentés – dont certains allant jusqu'à comporter des copies d'*elle-même* – n'était même pas exclue, et comment était-elle censée y réagir ? La Discontinuité avait été un événement inhumain, la perte que Bisesa avait subie était elle aussi inhumaine et un être humain n'avait aucun moyen de supporter cette perte.

Étendue sur son lit, ressassant ses pensées dans la nuit, elle sentait l'Œil qui l'observait, buvant sa tristesse éperdue. Elle percevait cet esprit, mais il n'y avait en lui aucune compassion, aucune pitié, rien d'autre qu'une imperturbable vigilance.

Elle se levait et frappait du poing la surface impassible de l'Œil, ou bien jetait sur lui des bouts de maçonnerie babylonienne.

— C'est ça que tu voulais ? C'est pour ça que tu es venu ici, pour ça que tu as mis en pièces notre monde et nos existences ? C'est pour me briser le cœur que tu es venu ici ? *Pourquoi ne me renvoies-tu pas chez moi, tout simplement ?...*

Elle sentait une certaine réceptivité. La plupart du temps, c'était comme la réverbération de la coupole d'une vaste cathédrale dans laquelle se perdaient, insignifiants, ses cris ténus.

Mais, parfois, elle pensait que quelqu'un l'écoutait.

Et, en de rares occasions, elle sentait que ce quelqu'un pourrait répondre à ses suppliques.

Un jour, son portable lui chuchota :

— L'heure est arrivée.

— Quelle heure ?

— Celle de passer en suspension d'activité.

Elle l'avait redouté. La mémoire de l'appareil renfermait quantité de précieuses et irremplaçables données – pas uniquement ses observations de l'Œil et la récapitulation de ce qui s'était passé pendant et après la Discontinuité, mais les derniers trésors du vieux monde disparu, dont les moindres n'étaient pas les œuvres du pauvre Ruddy Kipling. Mais il n'y avait nulle part où les sauvegarder, aucun moyen de les imprimer, même. Pendant ses périodes de sommeil, elle avait confié l'appareil à une équipe de gratte-papier britanniques placés sous la supervision d'Abdikadir qui avaient recopié à la main divers documents, cartes et diagrammes. C'était mieux que rien, mais cela ne représentait qu'une infime partie de ce que le téléphone gardait en mémoire.

En tout état de cause, elle avait décidé d'un commun accord avec lui que, quand sa batterie serait tombée sous un niveau critique, il se mettrait en sommeil. Il lui suffisait d'un filet d'énergie pour préserver presque indéfiniment ses données en attendant que la nouvelle civilisation de Mir soit suffisamment avancée pour accéder à ses précieux souvenirs.

— Et pour te ramener à la vie, lui avait-elle promis.

C'était parfaitement logique. Mais maintenant que ce moment était arrivé, Bisesa se sentait abandonnée. Après tout, ce portable était son compagnon depuis qu'elle avait douze ans.

— Tu dois composer le code pour m'éteindre, lui dit-il.

— Je sais.

Elle tint le petit appareil devant elle et trouva la bonne combinaison de touches malgré ses yeux embués de larmes. Elle marqua un temps avant d'enfoncer la dernière.

— Désolé, dit le portable.

— Ce n'est pas ta faute.

— Bisesa, j'ai peur.

— Il ne faut pas. Au besoin, je t'emmurerai pour te laisser aux archéologues.

— Je ne parlais pas de ça. Je n'ai encore jamais été éteint. Tu crois que je vais rêver ?

— Je ne sais pas, murmura-t-elle, puis elle appuya sur la dernière touche et la surface du portable, qui brillait jusque-là d'une lueur verte dans la pénombre, s'obscurcit.

39

EXPLORATIONS

Après six mois d'exploration dans le sud de l'Inde, Abdikadir était de retour à Babylone.

Eumène lui faisait visiter la ville en reconstruction. La journée était fraîche. Bien que ce soit le début de l'été – d'après les astrologues babyloniens, qui suivaient patiemment le mouvement du soleil et des étoiles dans leur nouveau firmament –, le vent était froid et Abdikadir se frictionnait les bras.

Après des mois d'absence, il était impressionné par les nouvelles réalisations ; les habitants de la ville avaient travaillé dur. Alexandre avait repeuplé la cité délaissée en y installant certains de ses vieux soldats ou officiers et nommé à sa tête un de ses généraux, conjointement avec un des administrateurs babyloniens d'avant la Discontinuité. L'expérience paraissait concluante : la nouvelle population, mélange de guerriers macédoniens et de dignitaires babyloniens, avait l'air de s'entendre raisonnablement bien.

Il y avait eu des débats pour savoir ce qu'il fallait faire de la partie de la rive ouest arasée par le temps. Pour les Macédoniens, c'était une friche ; pour les modernes c'était un site archéologique qui offrirait peut-être un jour des indices sur la grande fracture temporelle qui avait coupé la ville en deux. La laisser telle quelle était pour le moment le meilleur compromis.

Mais en aval des murailles de la ville, l'armée d'Alexandre avait dégagé un immense port naturel, assez profond pour accueillir des navires hauturiers construits avec les ressources locales dans des cales sèches hâtivement ménagées. Il y avait même un petit phare, éclairé par des lampes à huile placées devant des boucliers polis comme des miroirs.

—C'est superbe, dit Abdikadir.

Ils se tenaient sur les remparts du nouveau port, regardant à leurs pieds les vaisseaux nouvellement construits qui commençaient à s'aventurer sur l'eau.

Alexandre, expliqua Eumène, savait que des moyens de communication rapides et efficaces étaient la clé de la cohésion d'un empire.

—Il l'a appris à ses dépens, ajouta-t-il tranquillement.

Au bout de cinq ans, il parlait un anglais hésitant, Abdikadir un grec mal assuré ; avec un peu de bonne volonté de part et d'autre, ils parvenaient maintenant à communiquer sans interprète.

—Sa progression en Perse a été grandement facilitée par la qualité des routes impériales. Quand nous avons atteint le bout de celles-ci, dans l'est lointain, ses fantassins ont su qu'il ne pourrait pas aller plus loin, malgré toute son ambition. Et nous avons dû nous arrêter. Mais l'océan est la route des dieux et ne nécessite pas de travaux de construction.

—Je n'arrive pas à croire que vous en ayez tant fait aussi vite…

Abdikadir, au vu de toute cette activité, se sentait légèrement coupable d'être resté au loin si longtemps.

Il avait apprécié ses explorations. En Inde, avec son détachement, il s'était frayé un chemin à travers une jungle inextricable, rencontrant toutes sortes de plantes et d'animaux exotiques... mais peu de gens. Des expéditions semblables avaient été envoyées aux quatre points cardinaux, vers l'Europe, l'Asie, l'Afrique. Dresser la carte de ce nouveau monde luxuriant semblait combler dans le cœur d'Abdikadir un vide laissé par la perte de l'ancien... et par le traumatisme des massacres lors de l'attaque mongole. Peut-être explorait-il le monde extérieur pour oublier le bouleversement de son monde intérieur... et peut-être s'était-il trop longtemps soustrait à ses vraies responsabilités.

Il tourna le dos à la ville pour regarder vers le sud, là où les rubans miroitants des canaux d'irrigation quadrillaient des champs verdoyants. Voilà la tâche à laquelle il convenait de se consacrer : l'approvisionnement en nourriture. C'était le Croissant fertile, après tout, le lieu de naissance de l'agriculture, dont les champs artificiellement irrigués avaient autrefois fourni un tiers de la production vivrière de l'Empire perse. Il n'y avait sûrement pas de meilleur endroit où se remettre à cultiver. Mais Abdikadir était déjà allé inspecter les champs et il savait que la situation n'était pas bonne.

— C'est ce maudit froid, se plaignit Eumène. Les astronomes ont beau prétendre que nous sommes au cœur de l'été, je n'ai jamais rien connu de tel... Et puis il y a les invasions de sauterelles et d'autres insectes.

Le programme de reconstruction avait été long à démarrer, mais ses résultats étaient déjà impressionnants. La campagne contre les Mongols était depuis longtemps terminée et il ne paraissait pas y avoir de réelle perspective de retour de la menace dans un proche avenir. Les ambassadeurs d'Alexandre rapportaient que les Mongols semblaient pris au dépourvu par la brusque disparition de la population de la Chine, au sud de leur territoire – cinquante millions de personnes, évanouies d'un seul coup. La guerre contre Gengis Khan avait été une grande aventure… mais il ne s'était agi que d'une diversion. La victoire une fois acquise, il y avait eu une brutale chute de tension chez les Britanniques et les Macédoniens, aussi bien que chez l'équipage du *Little Bird*, et tout le monde à Babylone s'était soudain retrouvé face à la désagréable vérité : à l'issue de cette campagne, personne ne rentrerait plus jamais chez lui.

Il leur avait fallu un certain temps pour se retrouver un but : bâtir un nouveau monde. Alexandre, avec son énergie et son indomptable volonté, avait joué un rôle capital pour les motiver.

— Et le roi lui-même, à quoi se consacre-t-il ?

— À ça ! répondit Eumène en montrant d'un geste théâtral le cœur du quartier cérémoniel.

Abdikadir vit qu'une vaste zone avait été dégagée et que les premiers étages de ce qui ressemblait à une nouvelle ziggourat avaient été édifiés.

— On dirait qu'elle promet de rivaliser avec la tour de Babel elle-même, s'exclama-t-il.

— C'est possible. En principe, c'est un monument dédié à Héphestion ; il est surtout destiné à commémorer le monde que nous avons perdu. Les Macédoniens ont toujours attaché beaucoup d'importance à leur art funéraire ! Et je crois qu'Alexandre a pour ambition de rivaliser avec les gigantesques mausolées qu'il a vus autrefois en Égypte. Mais, avec la situation dans les champs, il nous est difficile de trouver assez de main-d'œuvre pour une telle entreprise, aussi magnifique soit-elle.

Abdikadir scruta le visage finement ciselé du Grec.

— J'ai le sentiment que vous attendez quelque chose de moi.

Eumène sourit.

— Et moi, j'ai le sentiment qu'il y a du Grec en vous, Abdikadir. Bien que le roi ait maintenant un héritier – un fils que lui a donné il y a déjà quatre ans son épouse Roxane –, son bien-être dans les années à venir est essentiel pour tout le monde.

— Bien sûr.

— Mais ceci, dit Eumène en montrant le port et les champs, ne peut pas lui suffire. Le roi est un être complexe, Abdikadir. J'en sais quelque chose. C'est un Macédonien, bien sûr – et il boit comme un digne fils de la Macédoine –, mais il est capable de calculer froidement, à la façon d'un Perse ; et il peut se montrer un homme d'État d'une surprenante pénétration – on croirait un citoyen grec.

» Pourtant, malgré toute sa sagesse, il a l'âme d'un soldat et ses instincts guerriers entrent en conflit avec sa volonté de bâtir un empire. Je ne crois pas qu'il en soit lui-même toujours bien conscient. Il est né pour combattre des hommes, pas des sauterelles dans un champ ou de la vase dans un canal. Disons-le sans détour, on ne trouve pas beaucoup d'hommes contre qui se battre dans ce monde !

Le Grec se pencha vers Abdikadir :

— Pour ne rien vous cacher, l'administration de la Babylonie a été confiée à une poignée de ses proches : moi, Perdiccas et le capitaine Grove.

Perdiccas était un des plus anciens officiers d'Alexandre et un de ses intimes ; commandant d'une unité de Compagnons à pied, il avait officiellement reçu le titre de chiliarque, équivalent du vizir perse, que portait Héphestion avant sa mort.

— Ils ont besoin de mon ingéniosité grecque, voyez-vous, reprit Eumène avec un clin d'œil, mais, de mon côté, il me faut des Macédoniens comme intermédiaires. Bien sûr, nous avons chacun nos propres partisans – surtout Perdiccas ! Il y a des intrigues et des coteries, comme toujours, mais tant que nous sommes sous la supervision d'Alexandre, nous travaillons assez bien ensemble. Nous avons tous besoin de lui ; la Nouvelle Babylone a besoin de son roi. Mais…

— Mais elle n'a pas besoin qu'il traîne sans rien d'autre à faire que d'accaparer la main-d'œuvre pour la construction de monuments quand il y aurait des champs à labourer, dit Abdikadir avec un grand sourire. Vous voulez que j'aille l'en détourner ?

— Je ne l'aurais pas présenté de cette façon, dit doucement Eumène. Mais Alexandre a exprimé sa curiosité de savoir si le vaste monde dont vous nous avez parlé attend toujours d'être conquis. Et je pense qu'il veut aller rendre visite à son père.

— Son père ?

— Son divin père, Ammon qui est aussi Zeus, dans son temple du désert.

Abdikadir poussa un sifflement :

— Ça fait un sacré voyage.

— Tant mieux, dit en souriant Eumène. Il y a aussi la question de Bisesa.

— Je sais. Elle est toujours enfermée avec ce maudit Œil.

— Je suis sûr que c'est un travail très important. Mais nous ne voudrions pas la perdre pour autant ; vous autres, *modernes*, êtes trop peu nombreux pour qu'on se passe d'un seul d'entre vous. Emmenez-la avec vous. J'ai appris que Josh était rentré de Judée, ajouta-t-il avec un sourire. Il arrivera peut-être à lui changer les idées…

— Vous êtes un vieux renard, chancelier Eumène.

— Par la force des choses… Venez, je vais vous faire visiter les chantiers navals.

Le saint des saints du temple était un enchevêtrement de câbles, de fils et de matériel prélevé sur l'hélicoptère abattu, parfois grossièrement découpé sur l'épave, et souvent roussi par le feu consécutif au crash. Ce fouillis enserrait l'Œil, comme si Bisesa avait cherché à l'emprisonner et non à l'étudier. Mais elle savait qu'Abdikadir pensait que c'était elle la prisonnière.

— La Discontinuité était un phénomène matériel, dit-elle d'un ton assuré. Quelle que soit la puissance de ce qui l'a engendrée. Un phénomène matériel, pas magique ou surnaturel. Il est donc explicable par les lois de la physique.

— Mais pas nécessairement celles de *notre* physique, dit Abdikadir.

Elle parcourut la salle d'un regard distrait, regrettant de ne plus avoir son portable pour l'aider dans ses explications.

Abdikadir était assis dans un coin de la pièce, en compagnie d'un Josh aux yeux écarquillés et à l'air inquiet. Elle savait que ce dernier détestait cet endroit – pas simplement à cause de l'intimidante présence de l'Œil, mais parce qu'il la retenait loin de lui. Josh ouvrit une flasque de thé au lait, à l'anglaise, tandis qu'elle essayait d'expliquer ses théories sur l'Œil et sur la Discontinuité.

— Au moment de la Discontinuité, l'espace et le temps ont été fractionnés… fractionnés et reconstitués. Nous savons au moins ça et nous pouvons à peu près le comprendre. On peut dire que l'espace et le temps ont une existence palpable. Si l'on dispose d'un champ gravitationnel assez puissant, par exemple, on peut courber l'espace-temps.

Celui-ci est aussi résistant que de l'acier, mais on peut y arriver… Or, si l'espace-temps est une *chose*, de quoi est-il fait ? Si on le regarde de tout près – ou si on le soumet à assez de courbures et de pliures –, eh bien, on peut en distinguer la texture. La meilleure représentation que nous en ayons est que l'espace et le temps constituent une sorte de tapisserie. Les éléments fondamentaux en sont des cordes, des cordes minuscules. Celles-ci vibrent… et leur façon de vibrer, les sons qu'elles engendrent, constituent les particules et les champs d'énergie que nous pouvons observer, ainsi que leurs propriétés, telles que leur masse. Il y a pour ces cordes beaucoup de modes de vibrations – elles peuvent jouer de nombreuses notes –, mais certains, les plus énergétiques, n'ont pas été vus depuis la naissance de l'univers.

» Bon. D'autre part, ces cordes ont besoin d'un espace au sein duquel vibrer… pas notre espace-temps, qui est la musique des cordes, mais une sorte d'abstraction, une strate. Pluridimensionnelle.

Josh, le front plissé, s'efforçait manifestement de suivre :

— Continue.

— La façon dont cette strate est disposée, sa topologie, gouverne la façon dont se comportent les cordes. C'est comme la table d'harmonie d'un violon. L'image est très belle, quand on y réfléchit. Cette topologie est une propriété de l'univers à l'échelle macroscopique, mais elle détermine le comportement de la matière à l'échelle infinitésimale. Maintenant, imagine que tu pratiques un trou dans la table d'harmonie – que tu apportes une modification dans la structure de la strate sous-jacente. Tu introduirais alors une transition dans la façon dont les cordes vibrent.

— Et les effets d'une telle transition sur le monde que nous observons…, dit Abdikadir.

— Les vibrations des cordes gouvernent l'existence des particules et des champs qui constituent notre monde, ainsi que leurs propriétés. Donc, si tu franchis une transition, ces propriétés changent. Par exemple, la vitesse de la lumière peut changer.

Elle parla de ses mesures de l'effet Doppler dans les reflets de l'Œil de Mardouk ; peut-être cela avait-il quelque chose à voir avec les transitions au niveau des strates. Josh se pencha en avant, l'air concentré :

— Mais, Bisesa… et la relation de cause à effet ? Prends ce moine bouddhiste que Kolya nous a décrit et qui vivait en compagnie de son moi plus jeune ! Suppose qu'il lui prenne la fantaisie d'étrangler le garçon… cesserait-il lui-même aussitôt d'exister ? Et il y a ce pauvre Ruddy… désormais mort et incapable d'écrire les romans et les poèmes mémorisés dans ton portable ! Qu'en dit ta physique des cordes et des tables d'harmonie ?

Elle soupira et se frotta les tempes.

— Nous parlons d'un espace-temps fragmenté. Les règles sont différentes, Josh. Sais-tu ce qu'est un trou noir ?… Imagine une étoile qui s'effondre sur elle-même, devenant si dense que son champ gravitationnel atteint des valeurs colossales – à la fin, *même la lumière* ne peut plus s'échapper. Josh, un trou noir est une déchirure dans la tapisserie bien ordonnée de l'espace-temps. Et il dévore les informations. Si je jette quelque chose dans un trou noir – un caillou ou le dernier exemplaire existant des œuvres complètes de Shakespeare, peu importe –, presque toutes les informations le concernant sont perdues, sans espoir de retour, tout sauf sa masse, sa charge et son spin.

» Bien sûr, les zones de contact des morceaux de Mir provenant de différentes époques n'ont certainement rien à voir avec l'horizon d'un trou noir. Mais ce sont bien des déchirures de l'espace-temps. Et peut-être les informations s'y perdent-elles de la même façon. Et voilà pourquoi la relation de cause à effet a volé en éclats. Je pense que notre nouvelle réalité, ici sur Mir, est en train de… cicatriser. De nouvelles relations de cause à effet se mettent en place. Mais elles font partie de *ce monde-ci*, de cette réalité, et n'ont rien à voir avec l'ancien… (Fatiguée, elle se frotta les yeux.) C'est le mieux que je puisse faire. Déprimant, n'est-ce pas? Notre physique la plus avancée ne nous offre rien d'autre que des métaphores.

— Tu devrais noter tout ça, dit doucement Abdikadir. Demander à Eumène de t'affecter un secrétaire pour le consigner.

— En grec? demanda Bisesa avec un rire forcé.

— Tu as expliqué *comment* la Discontinuité est survenue. Je ne suis pas plus près de comprendre *pourquoi*, dit Josh.

— Oh, il y avait une intention à la base, dit Bisesa en lançant un regard vindicatif à l'Œil. Simplement, nous ne l'avons pas encore découverte. Mais ils sont là-haut, quelque part – derrière l'Œil, derrière tous les Œils – à nous observer. À jouer avec nous, peut-être.

— Jouer? — As-tu vu la façon dont l'Œil de la cage fait des expériences sur les australopithèques? Elles courent à l'intérieur de ce foutu filet comme des rats avec des électrodes dans la tête.

— Il essaie peut-être simplement de les stimuler. De les élever à un niveau d'intelligence supérieur.

— Regarde-les dans les yeux, dit Bisesa d'un ton glacial. Ça n'a rien à voir avec une stimulation. Il est en train de vider ces pauvres créatures. Les Œils ne sont pas ici pour donner, ils y sont pour prendre.

— Nous ne sommes pas des australopithèques, dit Abdikadir.

— Non. Les tests auxquels ils nous soumettent sont sans doute juste plus subtils. Les caractéristiques singulières de l'Œil, comme sa géométrie non euclidienne, ne sont peut-être là que pour nous faire résoudre des casse-tête. Et tu crois que c'est une *coïncidence* si Alexandre et Gengis Khan se sont retrouvés ici tous les deux ? Le choc frontal des deux plus puissants chefs de guerre de l'histoire d'Europe et d'Asie, un simple *hasard* ? Ils se moquent de nous. Il n'y a peut-être pas d'autre explication à tout ça.

— Bisesa, dit Josh en lui prenant les mains. Tu crois que l'Œil est la clé de tout ce qui est arrivé. Moi aussi. Mais tu te tues au travail. Que peut-il en sortir de bon ?

Elle les regarda, Abdikadir et lui, l'air méfiant.

— Qu'est-ce que vous mijotez, tous les deux ?

Abdikadir lui parla de l'expédition en Europe que préparait Alexandre.

— Viens avec nous, Bisesa. Quelle aventure !

— Mais l'Œil…

— Il sera toujours là à ton retour, dit Josh. Nous pouvons demander à quelqu'un d'autre de continuer la surveillance.

— Les australopithèques ne peuvent pas quitter leur cage, dit Abdikadir. Tu es humaine. Montre à cette chose qu'elle ne peut pas te contrôler, Bisesa. Sors d'ici.

— Foutaises, dit-elle d'un ton las, avant d'ajouter : Casey.

— Hein ?

— C'est Casey qui doit tenir la boutique. Pas un quelconque Macédonien. Ni un Britannique… ce serait encore pire, parce qu'il s'imaginerait avoir compris.

Josh et Abdikadir échangèrent un coup d'œil.

— Du moment que ce n'est pas à moi de le lui demander, dit vivement Josh.

Bisesa lança un regard noir à l'Œil.

— Je reviendrai, bande d'enfoirés. Et soyez gentils avec Casey. N'oubliez pas que j'en sais plus sur vous que j'en ai dit…

— Bisesa ? Que veux-tu dire par là ? demanda Abdikadir en fronçant les sourcils.

Que je pourrais connaître un moyen de rentrer. Mais elle ne pouvait pas le leur dire. Pas encore. Elle se leva.

— Quand partons-nous ?

40

LE LAC DE PLAISANCE

L'expédition partirait d'Alexandrie. Ils devaient suivre les côtes méditerranéennes dans le sens inverse des aiguilles d'une montre : d'Égypte, ils navigueraient vers le nord, puis vers l'ouest jusqu'au détroit de Gibraltar, pour revenir en longeant les côtes d'Afrique du Nord.

Rien de ce que faisait ce roi n'était marqué du sceau de la modestie. C'était Alexandre le Grand, après tout. Et sa virée autour de la Méditerranée, que ses conseillers avaient affublée du sobriquet de « lac de plaisance d'Alexandre », n'y faisait pas exception.

Il avait été terriblement déçu de découvrir que la ville qu'il avait fondée à l'embouchure du Nil, son Alexandrie d'Égypte, avait été anéantie par la Discontinuité. Mais, sans se laisser décourager, il avait donné l'ordre à une partie de son armée d'entreprendre au même endroit la construction d'une nouvelle cité sur le plan de celle qui avait disparu. Et il avait confié à ses ingénieurs la tâche de creuser un canal entre le Nil et le golfe de Suez. En attendant, il avait ordonné la construction d'un port temporaire à Alexandrie et fait remonter le golfe de Suez à un grand nombre des navires construits en Inde qui avaient ensuite été démontés et transportés par voie de terre.

À la grande surprise de Bisesa, il n'avait fallu que deux mois pour que la flotte soit réassemblée sur le site d'Alexandrie, prête à hisser les voiles. Après deux jours de sacrifices religieux et de réjouissances dans le village de tentes qui abritait les bâtisseurs, la flotte avait pris la mer.

Au début, Bisesa, éloignée de l'Œil pour la première fois depuis cinq ans, trouva le voyage étrangement reposant. Elle passait beaucoup de temps sur le pont à regarder défiler le rivage ou à suivre de laborieuses conversations interculturelles. Même la mer lui était un émerveillement. À son époque, pour la régénérer après des dizaines d'années de pollution, la Méditerranée avait été transformée en un hybride de parc naturel et de réserve de pêche interdite d'accès par de grandes barrières invisibles, électriques et soniques. Là, elle était revenue à l'état sauvage et on apercevait des baleines et des dauphins. Une fois, même, Bisesa crut entrevoir la forme fuselée d'un énorme requin, plus gros que tous ceux de son temps.

Mais il ne faisait jamais chaud. Le matin, l'air était souvent glacial. Il semblait faire un peu plus froid chaque année, mais il était difficile de s'en assurer ; elle regrettait qu'ils n'aient pas pensé à noter dès le début leurs observations du climat. Malgré le froid, elle constata qu'il valait mieux éviter de s'exposer au soleil. Les Britanniques avaient pris l'habitude de porter sur la tête des mouchoirs noués aux quatre coins et même les Macédoniens basanés souffraient de coups de soleil. Sur les navires royaux, des tauds en toile épaisse avaient été installés et les médecins d'Alexandre expérimentaient des onguents à base de beurre d'ânesse et de sève de palmier pour arrêter les rayons solaires soudain devenus intenses. Les tempêtes des premiers jours suivant la Discontinuité s'étaient depuis longtemps calmées, mais de toute évidence le climat demeurait perturbé.

Le soir apportait aussi son lot de bizarreries. Sous les tauds, Alexandre et ses compagnons buvaient à longueur de nuits. Bisesa, elle, restait assise sur le pont dans l'obscurité silencieuse à regarder défiler le rivage où l'on n'apercevait généralement pas la moindre lumière. Si le ciel était dégagé, elle scrutait les constellations subtilement altérées. Et elle voyait aussi souvent des aurores boréales, grands voiles de lumière à la structure visiblement tridimensionnelle ondulant au-dessus du monde enténébré. Elle n'avait jamais entendu parler d'aurores boréales visibles à d'aussi basses latitudes et ce que cela pouvait signifier lui procurait une sensation désagréable ; la Discontinuité n'était pas superficielle et devait avoir entamé en profondeur la structure de la planète.

Josh venait parfois s'asseoir avec elle. Et, si les Macédoniens restaient tranquilles, il leur arrivait de trouver un coin sombre pour faire l'amour, ou même simplement rester nichés l'un contre l'autre.

Mais elle demeurait la plupart du temps seule. Ses amis avaient sans doute raison, elle avait été en danger de se perdre dans l'Œil. Elle avait besoin de retrouver un ancrage dans le monde, et même Josh l'en détournait. Mais elle savait qu'en l'évitant elle le faisait souffrir, une fois de plus.

Le but affiché de ce voyage était d'explorer le nouveau monde et Alexandre envoyait régulièrement des détachements à terre. Il avait choisi pour remplir ces missions une petite équipe – très mobile, flexible, débordant d'audace et d'initiative – de Perses, de Grecs des colonies et d'Agrianiens. Quelques Britanniques se joignaient à eux et chaque expédition était accompagnée de géomètres et de cartographes.

Leurs premiers rapports avaient néanmoins été décevants. Dès le début, les explorateurs avaient à leur retour décrit des prodiges – étranges formations rocheuses, îlots de végétation extraordinaire et même animaux fantastiques. Mais ces merveilles étaient toutes d'origine naturelle : des ouvrages de l'humanité, presque aucun n'avait survécu. L'antique civilisation égyptienne, par exemple, avait complètement disparu. Les grands blocs destinés à ses constructions monumentales n'avaient jamais été extraits de leurs carrières et, dans la vallée des Rois, il n'y avait rien pour évoquer l'humanité, sinon quelques timides créatures simiesques que les Britanniques appelaient des hommes-singes et qui s'accrochaient à leurs lambeaux de forêts.

Hisser les voiles pour les côtes de Judée avait été un soulagement. Les explorateurs n'avaient pas trouvé trace de Nazareth ni de Bethléem – et nul signe du Christ et de sa Passion. Mais près du site de Jérusalem, sous la direction des ingénieurs britanniques, une petite révolution industrielle avait été lancée. Josh et Bisesa avaient visité des fonderies et des chantiers où des ingénieurs britanniques joviaux et des ouvriers macédoniens en sueur, ainsi que quelques brillants apprentis grecs, construisaient des chaudières évoquant des bouilloires géantes et essayaient des prototypes de voies ferrées et d'hélices de bateaux. Les ingénieurs apprenaient à communiquer dans un grec ancien émaillé de termes techniques tels que « vilebrequin » et « pression de vapeur ».

Partout, chacun se hâtait de construire avant que soient perdus les souvenirs et les capacités de la première génération, transmis par-delà la Discontinuité. Mais Alexandre lui-même, jusque-là roi-guerrier d'avant-garde, se montrait désormais sceptique quand on lui parlait de technologie. Il avait fallu la construction d'un prototype pour l'impressionner. C'était un engin proche du célèbre *éolipile* d'Héron – dans l'ancienne trame temporelle, un inventeur d'applications mécaniques d'Alexandrie –, une simple sphère munie de deux tubes coudés crachant de la vapeur sous pression qui la faisait tourner comme un arroseur rotatif pour pelouse. En ce qui le concernait, Eumène avait vu immédiatement le potentiel de cette nouvelle source d'énergie.

La tâche était néanmoins difficile. Les Britanniques manquaient de presque tous les outils nécessaires et il allait falloir édifier littéralement à partir de zéro toute une infrastructure industrielle, à commencer par les mines de fer et de charbon. Bisesa estimait qu'il pourrait se passer vingt ans avant qu'il soit possible de fabriquer des machines aussi puissantes et efficaces que celle de James Watt, par exemple.

— Mais le processus est relancé, lui dit Abdikadir. Bientôt, dans tout l'empire d'Alexandre, des pompes fonctionneront dans des mines de plus en plus profondes, des navires à vapeur sillonneront la Méditerranée et de vastes réseaux ferrés s'étendront à travers l'Asie jusqu'à la capitale de la Mongolie. Cette Nouvelle Jérusalem sera l'atelier du monde.

— Ruddy aurait adoré ça, dit Josh. Il a toujours été impressionné par les machines. C'est comme une nouvelle race d'êtres qui serait venue au monde, disait-il. Et il affirmait que les moyens de transports *sont* la civilisation. Si les navires à vapeur et les chemins de fer peuvent unifier les continents, ce nouveau monde ne verra peut-être plus de guerres, ni même de nations, sinon la seule merveilleuse nation de l'humanité !

— Je croyais que la base de la civilisation, c'étaient les égouts, dit Abdikadir.

— Oui, ça aussi !

Bisesa prit affectueusement la main de Josh :

— Ton optimisme est comme une dose de caféine, Josh.

Il plissa le front :

— Je vais considérer ça comme un compliment.

— Mais ce nouveau monde ne sera en rien le nôtre, dit Abdikadir. *Eux*, les Macédoniens, sont infiniment plus nombreux que *nous*. Si un nouvel État mondial doit émerger, il parlera grec… si ce n'est mongol. Et il sera probablement bouddhiste…

Dans un monde privé de ses messies, les étranges jumeaux temporels dans leur temple d'Asie centrale avaient fasciné les Macédoniens aussi bien que les Mongols. La vie circulaire du lama semblait fournir une métaphore parfaite tout autant de la religion qu'il pratiquait que de la Discontinuité et de l'état bizarre du monde que celle-ci avait laissé derrière elle.

— Oh, dit Josh, mélancolique, j'aimerais me projeter dans deux ou trois siècles d'ici pour voir ce qui aura poussé des graines que nous sommes en train de planter !…

Mais, le voyage se poursuivant, l'inanité de tels rêves de bâtir des empires et de juguler des mondes finit par leur apparaître.

La Grèce était déserte. Les envoyés d'Alexandre eurent beau explorer les forêts touffues recouvrant presque tout le pays, ils ne trouvèrent pas la moindre trace de ses grandes cités, Athènes, Sparte ou Thèbes. Ils n'y rencontrèrent pas beaucoup plus d'habitants : quelques tribus à la mine patibulaire, rapportèrent les explorateurs, et ce qu'ils décrivirent comme des « sous-hommes ». Sans grande conviction, Alexandre envoya des éclaireurs au nord, vers la Macédoine, pour voir ce qui pouvait avoir survécu du pays de ses ancêtres. Il s'écoula des semaines avant que les éclaireurs reviennent avec des nouvelles négatives.

— Il semblerait qu'il y ait désormais en Grèce plus de lions que de philosophes, dit Alexandre d'un ton désabusé.

Mais même les lions ne se portaient pas très bien, constata tristement Bisesa.

Partout où ils allaient, ils voyaient des signes de délabrement et de désastre écologique. Les forêts grecques étaient flétries et cernées par des prairies pelées. En Turquie, l'intérieur des terres avait été calciné, drainé de toute vie, laissant à nu un sol brun roux – « rouge comme Mars », avait dit Abdikadir après avoir pris part à une expédition. Et, quand ils avaient exploré la Crète, Josh avait demandé :

— Avez-vous remarqué comme il y a peu d'oiseaux ?

Il était difficile de connaître avec certitude l'étendue de ce qui avait été perdu, car il n'y avait pas moyen de savoir ce qui avait survécu juste après la Discontinuité. Mais Bisesa pressentait qu'une extinction majeure était en cours. Ils ne pouvaient qu'essayer d'en deviner les causes.

— Le simple fait de tout mélanger doit avoir causé d'énormes dégâts, dit Bisesa.

— Mais… des mammouths à Paris ! protesta Josh. Des tigres à dents de sabre dans le Colisée de Rome ! Mir est une juxtaposition de fragments, mais c'est aussi le cas d'un kaléidoscope et le résultat est magnifique.

— Certes, mais quand on mélange les populations animales, il en résulte des extinctions : quand un isthme s'est formé entre le nord et le sud de l'Amérique, quand les hommes ont introduit un peu partout des rats et des chèvres qui ont supplanté les formes de vie indigènes… Le même phénomène doit être ici à l'œuvre. On trouve des créatures du fin fond de l'ère glaciaire à côté de rongeurs de nos villes modernes, sous un climat qui ne convient ni aux uns ni aux autres. Ceux qui ont survécu à la Discontinuité éliminent leur voisin ou se font éliminer par lui.

— C'est comme nous, dit Abdikadir, l'air sinistre. Nous ne pouvons pas non plus supporter d'être mélangés, n'est-ce pas ?

— Il doit y avoir des explosions d'espèces et des disparitions, dit Bisesa. Cela explique peut-être nos invasions d'insectes, symptômes d'un écosystème déstabilisé. Des maladies doivent aussi avoir franchi la barrière des espèces. Je suis un peu surprise que nous n'ayons pas encore eu de véritables épidémies.

— Les humains sont trop dispersés, dit Abdikadir. Même comme ça, nous avons peut-être eu de la chance…

— Mais pas de chants d'oiseaux dans les arbres ! se désola Josh.

— Les oiseaux sont des précurseurs, Josh, dit Bisesa. Ils sont vulnérables… Leurs habitats, telles les zones humides et les plages, sont facilement endommagés par les changements climatiques. La disparition des oiseaux est mauvais signe.

— Alors, si les choses sont si difficiles pour les animaux…, dit Josh en frappant la rambarde du poing, nous devrions faire quelque chose pour eux.

Abdikadir éclata de rire, avant de s'arrêter :

— Quoi, exactement ?

— Vous vous moquez de moi, dit Josh, rougissant.

Il agita les mains, cherchant ses idées.

— Nous devrions les rassembler dans des zoos ou des réserves. Pareil pour la végétation, arbres et autres plantes. Les oiseaux et les insectes aussi… surtout les oiseaux ! Et puis, quand les choses se seront tassées, nous pourrons relâcher les bêtes dans la nature…

— Et attendre qu'un nouvel Éden se mette en place de lui-même ? demanda Bisesa. Mon cher Josh, nous ne nous moquons pas de toi. Et nous devrions soumettre à Alexandre ton idée de rassembler des spécimens dans des zoos : si le mammouth et l'ours des cavernes ont été ramenés à la vie, préservons-en quelques-uns. Seulement nous avons appris à nos dépens que c'est plus compliqué que ça… Préserver les écosystèmes, sans parler de les restaurer, n'est pas si facile, d'autant plus que nous n'avons jamais vraiment compris comment ils fonctionnent. Ils ne sont pas statiques : ils sont dynamiques, soumis à de longues phases cycliques… Les extinctions sont inévitables ; elles surviennent au moment opportun. Peu importe ce que nous tenterons, *nous ne pourrons pas tout préserver.*

— Alors, qu'allons-nous faire ? dit Josh. Baisser les bras et accepter les décisions du destin ?

— Non, mais il faut accepter nos limites. Nous ne sommes qu'une poignée. Nous ne pouvons pas sauver le monde, Josh. Nous ne savons même pas comment faire. Faisons simplement de notre mieux pour nous sauver nous-mêmes. Il faut avoir de la patience.

— De la patience, oui, dit sombrement Abdikadir. Mais il a suffi d'une fraction de seconde à la Discontinuité pour infliger de profondes blessures qui mettront des millions d'années à guérir…

— Et ça n'a rien à voir avec le destin, dit Josh. Si les dieux de l'Œil ont été assez intelligents pour disloquer l'espace et le temps, n'auraient-ils pas pu prévoir ce qu'il adviendrait de nos écosystèmes ?

Ils se turent tandis que les jungles de la Grèce, denses, flétries, menaçantes, défilaient au loin.

41

ZEUS-AMMON

L'Italie semblait aussi dépeuplée que la Grèce. Les voyageurs n'y trouvèrent aucune trace des cités-États dont les Macédoniens gardaient le souvenir, ni des villes modernes du temps de Bisesa. Même à l'embouchure du Tibre, ils ne virent pas le moindre signe des grands chantiers navals que la Rome impériale avait construits pour l'entretien des vastes flottes céréalières dont dépendait sa survie.

Alexandre fut intrigué d'apprendre que cette ville, de son temps simple cité ambitieuse, bâtirait un jour un empire rivalisant avec le sien. Il fit donc construire une poignée d'embarcations fluviales et, couché sous un dais d'un pourpre éclatant, prit la tête d'une expédition vers l'amont.

Les sept collines de Rome étaient reconnaissables d'emblée. Mais le site était inhabité, à part quelques méchants villages fortifiés sur le mont Palatin, à l'endroit où auraient dû se dresser les palais des César. Alexandre trouva la plaisanterie excellente et, magnanime, décida d'épargner la vie de ses rivaux aux yeux de l'histoire.

Ils bivouaquèrent dans la plaine marécageuse qui aurait dû devenir le Forum. Il y eut cette nuit-là une nouvelle aurore boréale qui arracha des cris stupéfaits aux Macédoniens.

Sans être géologue, Bisesa se demandait ce qui avait pu se passer au cœur de la planète quand le nouveau monde avait été assemblé à partir de fragments disparates. Le noyau terrestre était un planétoïde de fer en rotation gros comme la Lune. Si les sutures de Mir allaient jusqu'au centre même du monde, cette grande infraplanète, grossièrement reconstituée, devait gigoter en tous sens. Les courants des couches supérieures du manteau devaient aussi être perturbés par des jets de roche en fusion de plusieurs centaines de kilomètres qui s'entrechoquaient. Les effets de ces tempêtes dans les profondeurs telluriques se faisaient peut-être maintenant sentir en surface.

Le champ magnétique de la planète, engendré par la grande dynamo de son noyau de fer tournoyant, devait s'être effondré. C'était peut-être là l'explication des aurores boréales et du fonctionnement erratique des boussoles. En temps normal, ce bouclier magnétique protégeait les fragiles formes de vie du bombardement perpétuel des particules lourdes en provenance du soleil et des restes dégradés d'explosions de supernovae. Avant que le champ magnétique se rétablisse, les radiations auraient fait des dégâts : cancers, avalanches de mutations presque toutes nocives. Et si la couche d'ozone, malmenée, s'était elle aussi effondrée, le flot d'ultraviolets expliquait l'intensification du rayonnement solaire et les créatures vivant à la surface de la Terre devaient s'attendre à subir des dommages supplémentaires.

Mais d'autres milieux abritaient aussi la vie. Bisesa pensait à la biosphère des profondeurs brûlantes, aux créatures thermophiles qui, depuis les premiers jours de la Terre, survivaient autour des sources chaudes des fonds océaniques et au sein des volcans. Ce ne serait pas un peu d'ultraviolets en surface qui les dérangeraient… mais si la planète avait été découpée jusqu'à son centre, leur antique domaine devait, tout comme la surface, avoir été morcelé. Une lente extinction était-elle également en cours dans les profondeurs rocheuses ? Et y avait-il aussi des Œils enfouis dans les entrailles de la Terre pour observer ce qui s'y passait ?

La flotte repartit, suivant les côtes françaises, puis espagnoles, en direction de Gibraltar.

On voyait peu de signes d'occupation humaine, mais dans les paysages rocailleux du sud de la péninsule Ibérique, les éclaireurs découvrirent une population d'êtres robustes et trapus aux arcades sourcilières proéminentes qui s'enfuyaient dès qu'ils les apercevaient. Bisesa se souvint que cette région avait été un des ultimes refuges européens des néandertaliens devant la progression vers l'ouest d'*Homo sapiens*. S'il s'agissait bien des derniers représentants de l'espèce, ils étaient fort avisés de se méfier des hommes modernes.

Alexandre était beaucoup plus intéressé par le détroit lui-même, qu'il appelait les Colonnes d'Hercule. L'océan qui s'étendait au-delà n'était pas entièrement inconnu des hommes de sa génération. Deux siècles avant lui, le Carthaginois Hannon s'était élancé hardiment vers le sud le long des côtes africaines. Il y avait aussi des récits moins connus d'explorateurs qui, partis vers le nord, avaient découvert d'étranges contrées où la glace se formait en plein été et où le soleil ne se couchait pas de la nuit. Alexandre, fort de sa nouvelle représentation de la forme du monde, fit valoir que de telles bizarreries étaient faciles à expliquer si on se disait que l'on vivait à la surface d'une sphère.

Il rêvait de braver le vaste océan qui s'étendait après le détroit. Josh était tout à fait d'accord, impatient d'entrer en contact avec la population de Chicago qui ne devait pas être très éloignée de sa propre époque. Mais Alexandre était plus intéressé par la nouvelle île que le Soyouz avait repérée au milieu de l'Atlantique : il avait été fasciné par les récits de voyages sur la Lune que lui avait faits Bisesa et avait déclaré que, si conquérir un pays était une chose, être le premier à y poser le pied était encore plus exaltant.

Mais même un roi a ses contraintes. En premier lieu, ses petits navires étaient incapables de rester plus de quelques jours en mer sans devoir relâcher à terre. Les tranquilles assurances de ses conseillers l'avaient persuadé que ce nouveau monde de l'ouest pouvait attendre. Si bien qu'il avait accepté à contrecœur de faire demi-tour.

La flotte était repartie en longeant la rive sud de la Méditerranée. Le voyage se déroulait sans incident, la côte de l'Afrique était apparemment inhabitée.

Bisesa s'était une fois de plus renfermée dans sa coquille. Les semaines passées avec l'expédition d'Alexandre, qui l'avaient soustraite à l'extrême tension de son huis clos avec l'Œil, lui avaient laissé du temps pour réfléchir à ce qu'elle avait appris. Maintenant, quelque chose dans la vacuité de la mer et de la côte ravivait les mystères de l'Œil dans son esprit.

Abdikadir et Josh, surtout, essayaient de l'arracher à cet état. Un soir, alors qu'ils étaient assis sur le pont, Josh murmura :

— Je ne comprends toujours pas comment tu sais. En regardant l'Œil, je n'ai jamais rien senti. Je suis prêt à croire que chacun de nous a une perception intérieure des autres… que nos esprits, gouttelettes d'écume solitaires dans le vaste océan ténébreux du temps, ont une façon de se chercher l'un l'autre. Pour moi, l'Œil est un grand et pesant mystère, et manifestement le siège d'une terrible puissance… mais c'est celle d'une machine, pas d'un esprit.

— Ce n'est pas un esprit, dit Bisesa, mais c'est un passage vers des esprits. Ils sont comme des ombres au bout d'un tunnel obscur. Mais ils sont là.

Il n'y avait de mots dans aucune langue humaine pour décrire ces sensations, car elle soupçonnait que nul être humain n'en avait jamais éprouvé de telles.

— Il faut me faire confiance, Josh.

Il la serra plus fort contre lui :

— Je te fais confiance et je te crois. Sinon je ne serais pas ici…

— Tu sais, je me dis parfois que toutes ces tranches de temps que nous visitons ne sont que… des fantasmes. Des fragments d'un rêve.

— Que veux-tu dire par là ? demanda Abdikadir en fronçant les sourcils, ses yeux bleus brillant à la lueur des lampes.

Elle s'efforça d'expliciter ses impressions :

— Je pense que nous sommes, en un sens, *contenus* dans l'Œil.

Elle se réfugia dans la sécurité de la physique :

— Voyons les choses de cette façon : les unités fondamentales de notre réalité…

— Les petites cordes, dit Josh.

— C'est ça. Elles ne sont pas vraiment comme les cordes d'un violon. Elles peuvent être nouées de différentes façons autour de leur strate sous-jacente, de leur table d'harmonie. Imagine des boucles flottant librement à la surface de cette dernière et d'autres serrées autour. Si on modifie les dimensions de cette strate – si on l'épaissit – la tension des cordes enroulées autour augmente, mais l'énergie vibratoire des boucles diminue. Et ç'a un effet dans l'univers observable. Si on continue comme ça assez longtemps, les deux dimensions, la plus grande et la plus petite, s'intervertissent... Leur relation est inverse...

— Je suis perdu, dit Josh en secouant la tête.

— Je crois qu'elle nous explique, dit Abdikadir, que dans ce modèle physique, les très grandes distances et les très courtes sont en quelque sorte *équivalentes*.

— Oui, dit-elle. C'est ça. Le cosmos et le niveau subatomique... l'un est simplement l'inverse de l'autre, si on les regarde sous le bon angle.

— Et l'Œil...

— L'Œil renferme une image de moi, tout comme il y a sur ma rétine la projection de ton image, Josh. Mais je pense que, dans le cas de l'Œil, la réalité de mon image, et celle du monde, sont davantage qu'une simple projection.

Abdikadir fronça les sourcils :

— Si bien que les images déformées à l'intérieur de l'Œil ne sont pas simplement une ombre de notre réalité. Et, en manipulant ces images, l'Œil est en quelque sorte capable de contrôler ce qui se passe dans le monde extérieur. C'est peut-être comme ça qu'il a pu déclencher la Discontinuité. C'est là ce que tu penses ?

— C'est comme les poupées vaudou, dit Josh, ravi de cette idée. L'Œil renferme un monde vaudou... Mais Abdikadir n'a pas entièrement raison – n'est-ce pas, Bisesa ? L'Œil ne *fait* rien. Tu as dit qu'il n'était qu'un outil, aussi prodigieux soit-il. Et que tu as senti… des présences… de l'autre côté de l'Œil, qui le contrôlent. Ce n'est donc pas une créature manipulatrice démoniaque. C'est simplement un… un…

—Un tableau de commande, murmura-t-elle. J'ai toujours su que tu avais l'esprit vif, Josh.

—Euh, dit lentement Abdikadir. Je commence à saisir. Tu penses avoir un moyen d'accéder à ce tableau de commande. *Pouvoir influencer l'Œil.* Et c'est ce qui te fait peur.

Elle ne put soutenir le regard de ses yeux brillants.

—Mais, si tu peux influencer l'Œil… que lui as-tu demandé? dit Josh, médusé.

Elle se cacha le visage.

—De me laisser rentrer chez moi, chuchota-t-elle. Et je crois…

—Oui?

—Je crois qu'il le pourrait.

Les deux autres gardèrent le silence, abasourdis. Mais elle l'avait enfin dit et elle savait maintenant que, sitôt cette expédition terminée, elle devrait faire une fois de plus face à l'Œil, le défier de nouveau… quitte à mourir en essayant.

Quelques jours avant d'arriver à Alexandrie, la flotte fit escale à terre. Les arpenteurs d'Alexandre lui assurèrent que c'était le site de Parétonium, une ville qu'il avait autrefois visitée, mais dont il ne restait plus trace. Eumène les y rejoignit et annonça qu'il voulait accompagner son roi dans la réédition du plus important pèlerinage de sa vie.

Alexandre envoya des éclaireurs capturer des chameaux qu'ils chargèrent d'eau pour un voyage de cinq jours. Un petit groupe d'une dizaine de personnes, dont Alexandre, Eumène, Josh et Bisesa, plus quelques gardes du corps, fut rapidement formé. Les Macédoniens se drapèrent dans de longs vêtements enveloppants, à la mode bédouine : ils étaient déjà venus et savaient à quoi s'attendre. Les modernes suivirent leur exemple.

Ils se mirent en route vers le sud, s'éloignant de la mer. Le voyage devait durer plusieurs jours. Ils suivirent d'abord une chaîne de collines érodées le long de la frontière égypto-libyenne. À mesure que la raideur quittait ses muscles et que ses poumons s'habituaient à l'exercice physique, Bisesa s'aperçut que mettre mécaniquement un pied devant l'autre l'aidait à se changer les idées. Le soir, ils dormirent sous des tentes, enroulés dans leurs burnous. Le deuxième jour, ils durent affronter une tempête de sable, blizzard brûlant et corrosif comme du papier de verre. Ensuite, ils s'engagèrent dans un ravin au sol étrangement tapissé de coquillages, traversèrent des paysages de rochers sculptés par le vent, puis un plateau de graviers qui rendaient la marche exténuante.

Ils atteignirent enfin une petite oasis. Il y avait là des palmiers et même quelques oiseaux – des cailles et des faucons –, épargnés au milieu d'un paysage désolé de lacs salés évaporés. Les lieux, dominés par les vestiges d'une austère citadelle, abritaient parmi leurs sources de petits temples à demi cachés sous la végétation. On n'y voyait personne, pas la moindre trace d'habitation, rien d'autre que ces ruines pittoresques.

Alexandre s'avança, suivi comme une ombre par ses gardes. Il dépassa les fondations érodées de bâtiments disparus et atteignit un large escalier menant à ce qui avait été un temple. Il tremblait visiblement en gravissant cette volée de marches usées. Parvenu sur une esplanade poussiéreuse et dénudée, il s'agenouilla, courbant la tête.

—À notre première visite, cet endroit était antique, mais pas en ruine, murmura Eumène. Le dieu Ammon est arrivé dans sa barque sacrée sur les épaules de hiérophantes tandis que des vierges chantaient des hymnes à sa gloire. Le roi s'est rendu dans le saint des saints, une petite pièce au toit en troncs de palmiers, où il a consulté l'oracle. Il n'a jamais révélé les questions qu'il avait posées, pas même à moi ni à Héphestion. Et c'est ici qu'il a eu la révélation de sa divinité.

Bisesa connaissait l'histoire. Au cours du premier pèlerinage d'Alexandre, les Macédoniens avaient assimilé Ammon, le dieu libyen à tête de bélier, au Zeus grec et Alexandre avait appris que son vrai père n'était pas le roi Philippe de Macédoine, mais Zeus-Ammon, qu'il allait ensuite porter toute sa vie dans son cœur.

Le roi semblait accablé. Il avait sans doute espéré découvrir que le sanctuaire avait survécu à la Discontinuité, que cet endroit, le plus sacré de tous à ses yeux, avait été épargné. Mais il n'en était rien et il n'y avait trouvé que le poids écrasant du temps.

—Dites-lui qu'il n'en a pas toujours été ainsi, murmura Bisesa à Eumène. Dites-lui que neuf siècles plus tard, alors que cet endroit faisait partie de l'Empire romain et que le christianisme était devenu religion officielle, il y avait encore dans cette oasis un groupe de fidèles qui adoraient Zeus-Ammon, et Alexandre lui-même.

Eumène acquiesça d'un air grave et, d'un ton mesuré, transmit ces nouvelles du futur. Le roi lui répondit et Eumène retourna auprès de Bisesa.

—Il dit que même un dieu ne peut vaincre le temps, mais que n'importe qui devrait pouvoir se satisfaire de neuf cents ans.

L'expédition resta une journée dans l'oasis pour se reposer et abreuver les chameaux, puis regagna la côte.

42

Dernière soirée

Une semaine après leur retour à Babylone, Bisesa annonça qu'elle pensait que l'Œil de Mardouk allait la renvoyer chez elle.

Cette déclaration rencontra l'incrédulité générale, même de la part de ses plus proches compagnons. Visiblement, pour Abdikadir, elle prenait ses désirs pour des réalités, ses idées sur l'Œil et les entités qu'elle percevait derrière étaient de purs fantasmes… Elle cherchait simplement à s'en persuader elle-même.

Mais Alexandre lui répondit par une simple question :

— Pourquoi vous ?

— Parce que je le lui ai demandé, dit-elle.

Sceptiques ou non, tous, reconnaissant sa sincérité, l'aidèrent sans discuter à faire ses préparatifs de départ. Ils acceptèrent même la date qu'elle leur avait annoncée. Elle n'avait toujours aucune preuve de la chose et ne pouvait même pas être sûre d'interpréter correctement ses impressions. Mais ils la prenaient au sérieux et elle en était flattée, même si certains attendaient avec un petit sourire de voir sa tête quand l'Œil lui aurait fait faux bond.

À l'approche du dernier jour, Bisesa alla s'asseoir avec Josh dans la chambre de Mardouk tandis que l'Œil, menaçant et silencieux, planait au-dessus d'eux, étroitement enlacés. Ils étaient apaisés : ils avaient fait l'amour, bravant le regard glacé de l'Œil, mais même ainsi, ils n'avaient pu le chasser de leur esprit. Tout ce qu'ils voulaient, désormais, tout ce qu'ils pouvaient s'offrir l'un à l'autre était du réconfort.

— Penses-tu qu'ils se soucient un tant soit peu de ce qu'ils ont fait ? chuchota Josh. Du monde qu'ils ont dévasté, de ceux qui sont morts ?

— Non. Oh, ils ressentent peut-être une vague curiosité pour nos émotions. Rien de plus.

— Alors ils ne me valent même pas. Si je vois un animal se faire tuer, je suis capable d'éprouver de la compassion pour lui, de comprendre sa souffrance.

— Oui, Josh, dit-elle patiemment, mais tu n'éprouves aucune compassion pour les millions de bactéries qui meurent à chaque seconde dans ton intestin. Nous ne sommes pas des bactéries ; nous sommes des créatures complexes, indépendantes, conscientes. Mais ils nous sont si supérieurs que nous ne sommes rien à côté d'eux.

— Dans ce cas, pourquoi te renverraient-ils chez toi ?

— Je ne sais pas. Parce que ça les amuse, je suppose.

Il lui lança un regard noir.

— Ce qu'ils veulent, eux, n'a pas d'importance. Es-tu sûre que c'est ce que *toi* tu veux, Bisesa ? Même si tu retournes chez toi… *que feras-tu si Myra ne veut pas de toi ?*

Elle se tourna pour le regarder. Dans le clair-obscur de la pièce, les yeux de Josh étaient immenses et sa peau très lisse – il avait l'air si jeune.

— C'est ridicule.

— Vraiment ? Bisesa, qui es-tu ? Et *elle*, qui est-elle ? Depuis la Discontinuité, nous sommes tous des personnalités éclatées à cheval sur deux mondes. Peut-être pourras-tu rendre une esquille de toi-même à une esquille de Myra…

Elle explosa de colère tandis que remontaient en bouillonnant ses sentiments complexes, aussi bien pour lui que pour Myra.

— Tu ne sais pas de quoi tu parles !

Il soupira.

— *Tu ne peux pas revenir en arrière*, Bisesa. Ça ne voudrait rien dire. Reste ici, dit-il en lui prenant les mains. Nous avons des maisons à bâtir, des récoltes à semer… des enfants à élever. Reste avec moi, Bisesa, et porte *mes* enfants. Ce monde n'est plus une construction artificielle, c'est le nôtre.

Elle se radoucit soudain.

— Oh, Josh, dit-elle en le serrant contre elle. Josh chéri. Je voudrais rester, je te l'assure. Mais je ne peux pas. Ce n'est pas uniquement à cause de Myra. C'est une chance, Josh. Une chance qu'ils n'ont offerte à personne d'autre. Quels que soient leurs mobiles, je dois la saisir.

— Pourquoi ?

— À cause de ce que je pourrais apprendre. Sur la raison pour laquelle c'est arrivé. Sur *eux*. Sur les mesures que nous pourrions prendre dans l'avenir.

— Ah, dit-il avec un sourire mélancolique. J'aurais dû m'en douter. Je peux mettre en question l'amour d'une mère pour son enfant, mais je ne peux pas me dresser entre un soldat et son devoir.

— Oh, Josh…

— Emmène-moi avec toi.

Elle s'affaissa contre le mur, abasourdie.

— Je ne m'attendais pas à *ça*.

— Bisesa, tu es tout pour moi. Je ne veux pas rester ici sans toi. Je veux te suivre, où que tu ailles.

—Mais je pourrais me faire tuer, dit-elle doucement.

—Si je meurs à ton côté, je mourrai heureux. Quel intérêt pourrais-je encore trouver à la vie ?

—Josh… je ne sais pas quoi dire. Je ne suis capable que de te faire souffrir.

—Non, dit-il doucement. Myra est toujours là… si elle n'est pas entre nous, elle est à ton côté. Je comprends ça.

—Et pourtant personne ne m'a jamais aimée comme ça.

Ils s'embrassèrent et gardèrent un moment le silence. Puis il dit :

—Tu sais, ils n'ont pas de nom.

—Qui ?

—Les esprits maléfiques qui ont concocté ça. Ce ne sont pas des sortes de dieux…

—Non, dit-elle.

Elle ferma les yeux. Elle les sentait en ce moment même, telle une brise soufflant du cœur d'un vieux bois mourant, sec et bruissant, chargé de pourriture.

—Non, ce ne sont pas des dieux. Ils appartiennent à cet univers… ils sont nés en son sein, comme nous. Mais ils sont vieux… terriblement vieux, d'un âge qui défie l'imagination.

—Ils ont vécu trop longtemps.

—Peut-être.

—Alors, c'est comme ça qu'on va les appeler, dit-il en regardant l'Œil d'un air de défi, le menton en avant. Les Premiers-Nés. Puissent-ils brûler en enfer.

Pour célébrer le singulier départ de Bisesa, Alexandre organisa une grande fête qui dura trois jours et trois nuits, avec des compétitions sportives, des courses de chevaux, des danses, de la musique... et même une gigantesque battue à la mode mongole, dont la description l'avait impressionné.

Le dernier soir, Josh et Bisesa furent les invités d'honneur d'un somptueux banquet dans le palais où s'était installé Alexandre. Le roi en personne leur fit l'honneur d'y assister, vêtu comme Ammon, son divin père, avec babouches, cornes de bélier et cape de pourpre. Ce fut une soirée bruyante et arrosée, agitée à la façon d'une troisième mi-temps de rugby. Vers 3 heures du matin, le vin avait eu raison du pauvre Josh, que les chambellans d'Alexandre durent porter dans une chambre.

Éclairés par une lampe à huile, Bisesa, Abdikadir et Casey étaient installés sur de luxueuses couchettes autour d'un petit feu qui brûlait dans un âtre.

Casey buvait à une grande coupe de verre. Il la tendit à Bisesa.

— Du vin babylonien. Bien meilleur que le tord-boyaux macédonien. Tu en veux ?

Elle refusa en souriant :

— Je pense qu'il vaut mieux que je reste sobre pour demain.

Il acquiesça d'un grognement.

— Si j'en crois ce qu'on m'a dit sur Josh, il vaut effectivement mieux que l'un de vous le soit.

— Nous voici donc réunis, nous, les derniers survivants du XXIe siècle, dit Abdikadir. Je ne me rappelle plus quand nous avons été seuls tous les trois pour la dernière fois.

— Pas depuis le crash de l'hélico, dit Casey.

— C'est de cette façon que tu y penses ? demanda Bisesa. Pas comme le jour où le monde a craqué aux entournures, mais comme celui où nous avons perdu le *Little Bird* !

Il haussa les épaules :

—Je suis un pro. J'ai perdu mon appareil.

Elle haussa les épaules.

—Tu es un type bien, Casey. Passe-moi ça.

Elle prit la coupe et but une longue gorgée. C'était un vin riche, qui semblait très vieux, presque madérisé, provenant manifestement d'une vigne en pleine maturité.

Abdikadir l'observait de ses yeux bleus scintillants.

—Josh m'a parlé, ce soir, avant d'être trop saoul pour articuler un mot. Il pense que tu lui caches encore quelque chose concernant l'Œil.

—Je ne sais pas toujours quoi lui dire, répondit-elle. C'est un homme du XIXᵉ siècle. Seigneur, il est si *jeune*.

—Ce n'est pas un enfant, Bisesa, dit Casey. Des types pas plus vieux que lui sont morts pour nous face aux Mongols. Et tu sais qu'il est prêt à donner sa vie pour toi.

—Je sais.

—Alors, demanda Abdikadir, qu'est-ce que tu ne veux pas lui dire ?

—Mes pires soupçons.

—À quel propos ?

—À propos d'un fait qui aurait dû nous sauter aux yeux dès le premier jour. Réfléchissez : notre petit bout d'Afghanistan – et le morceau de ciel qui a préservé le Soyouz, juste au-dessus – est tout ce qui, de notre époque, a survécu à la Discontinuité. Et nous avons eu beau chercher, nous n'avons rien trouvé qui vienne d'un siècle postérieur au nôtre. Nous sommes les derniers échantillons à avoir été prélevés. Ça ne te paraît pas bizarre ? Pourquoi un projet couvrant deux millions d'années d'histoire devrait-il finir avec nous ?

Abdikadir hocha la tête.

— Euh, *parce que nous sommes les derniers.* Après nous, il n'y a plus d'échantillons à prélever. Nous venons de la dernière année, du dernier mois… du dernier jour, même.

— Je pense, dit lentement Bisesa, qu'il va se passer quelque chose de terrible ce jour-là… pour l'humanité ou pour le monde. C'est peut-être pour ça qu'il n'y a pas à se préoccuper de paradoxes temporels ou à craindre de changer l'histoire en retournant dans le passé. Parce que, après nous, la Terre n'a plus d'histoire qu'il soit possible de changer…

— Et ça répond peut-être à une question qui m'est venue quand tu exposais tes théories sur les déchirures de l'espace-temps. Il faudrait certainement une prodigieuse quantité d'énergie pour démanteler ainsi l'espace-temps. Est-ce à ça qu'est confrontée la Terre ? Une catastrophe gigantesque : un vaste déferlement d'énergie face auquel elle ne serait qu'un flocon de neige dans un haut-fourneau… une tempête énergétique qui disjoindrait l'espace et le temps eux-mêmes…

Casey ferma les yeux et but une nouvelle gorgée de vin.

— Bon sang, Bisesa. Je savais que tu plomberais l'ambiance.

— Et c'est peut-être la raison première du prélèvement d'échantillons, dit Abdikadir.

Elle n'avait pas réfléchi à ça.

— Que veux-tu dire ?

— La bibliothèque est sur le point de brûler. Qu'est-ce que tu fais ? Tu cours dans les travées pour attraper tout ce que tu peux. La construction de Mir est peut-être une entreprise de sauvetage.

— Ou de pillage, dit Casey, les yeux toujours clos.

— Hein ?

447

— Ces Premiers-Nés ne sont peut-être pas là que pour enregistrer la fin. *Ils l'ont peut-être provoquée.* Je parie que tu n'avais pas non plus pensé à ça, Bisesa.

— Pourquoi ne pouvais-tu pas le dire à Josh ? demanda Abdikadir.

— Parce qu'il est plein d'espoirs. Je ne voulais pas les lui briser.

Ils restèrent assis un moment dans un silence morose. Puis ils parlèrent de leurs projets d'avenir.

— Je crois qu'Eumène pense que je peux lui être utile dans ses efforts pour distraire le roi. Je lui ai proposé une expédition aux sources du Nil. Les Premiers-Nés ont l'air d'avoir prélevé des représentants de l'humanité depuis la première divergence entre les humanoïdes et les chimpanzés… mais *qui étaient les tout premiers* ? Quelle qualité les Premiers-Nés ont-ils reconnue pour humaine chez ces lointains ancêtres couverts de poils ? C'est l'appât que je veux agiter sous le nez d'Alexandre…

— Noble ambition, dit Bisesa.

Mais, en son for intérieur, elle doutait que cette idée emballe Alexandre. C'était sa vision du monde qui allait façonner le proche avenir… et celle-ci était un rêve de héros, de dieux et de mythes, pas une quête en vue de résoudre des problèmes scientifiques.

— J'ai dans l'idée que tu trouveras ta place partout où tu iras, Abdi.

— J'ai toujours été attiré par la tradition soufie, dit-il en souriant. L'exploration intérieure de la foi : que je sois ici ou ailleurs n'a aucune importance.

— J'aimerais pouvoir en dire autant, répondit-elle en toute sincérité.

— Pour ma part, dit Casey, je ne veux pas passer ma vie dans un parc à thème de l'ère de la machine à vapeur. Je vais essayer de lancer d'autres industries – l'électricité et même, à terme, l'électronique…

— En fait, commenta Abdikadir d'un ton pince-sans-rire, tu veux devenir maître d'école.

Casey se tortilla un peu, mais il se tapota le crâne.

— Je veux juste m'assurer que ce qu'il y a là-dedans ne mourra pas avec moi, histoire que des générations de pauvres bougres n'aient pas à tout redécouvrir.

Bisesa lui étreignit le bras.

— C'est très bien, Casey. Je pense que tu feras un bon professeur. J'ai toujours vu en toi un père de substitution.

La collection de jurons de Casey – anglais, grecs et même macédoniens – était impressionnante. Bisesa se leva.

— Les amis… vous m'excuserez, mais je pense que je vais aller dormir.

D'un même mouvement, ils se regroupèrent et s'enlacèrent, tête contre tête, serrés comme une équipe de football américain qui met au point sa stratégie.

— Tu as besoin d'un *assommoir* bleu ? demanda Casey.

— Il m'en reste… Encore une chose, chuchota-t-elle. Laissez partir les australopithèques. Si je peux m'échapper de ma cage, qu'elles en fassent autant.

— C'est promis…, dit Casey. Pas d'adieux, Bisesa.

— Non, pas d'adieux.

— « Pourquoi la vie nous est-elle donnée ? Si c'est pour ainsi nous l'arracher ? » dit Abdikadir.

Casey poussa un grognement.

— Milton. *Le Paradis perdu*, c'est ça ? Le défi de Satan à Dieu.

— Tu ne cesseras jamais de m'étonner, Casey. Les Premiers-Nés ne sont pas des dieux. Mais j'ai toujours admiré Satan, dit Bisesa avec un sourire désenchanté.

— Et merde, dit Casey. Il faut stopper les Premiers-Nés.

Après un dernier et long moment, elle se dégagea et partit, les laissant à leur vin.

Bisesa alla trouver Eumène pour lui demander la permission de quitter le banquet.

Il était debout, maître de lui et apparemment sobre. Il lui dit, dans son anglais guindé au fort accent :

— D'accord. Mais à la seule condition d'être autorisé à vous faire un brin de conduite.

Accompagnés de quelques gardes, ils descendirent la voie cérémonielle de Babylone. Ils firent halte dans la maison réquisitionnée par le capitaine Grove. Celui-ci embrassa Bisesa et lui souhaita bonne chance de son ton protocolaire. Bisesa et Eumène repartirent et sortirent de la ville par la porte d'Ishtar pour gagner le village de tentes de l'armée.

La nuit était claire et froide, les étoiles et un mince croissant de Lune perçaient à travers des nuages d'altitude jaunâtres. Quand on la reconnut, Bisesa fut accueillie par des cris de bienvenue et des signes amicaux. Le roi avait offert en son honneur aux soldats et à leur entourage de la viande et du vin. Le camp entier avait l'air éveillé : des lampes éclairaient l'intérieur des tentes, de la musique et des rires s'élevaient parmi la fumée des feux de camp.

— Ils regrettent tous de vous voir partir, murmura Eumène.

— Je leur ai juste donné un prétexte pour faire la fête.

— Vous ne devriez pas… euh, sous-estimer votre contribution. Nous sommes tous coincés ici ensemble dans ce nouveau monde éclaté. Il y a eu beaucoup de soupçons, et même d'incompréhension, entre nos différents groupes… et, avec Abdikadir et Casey, vous étiez les moins nombreux et les plus isolés de tous. Mais si vous n'aviez pas été là pour nous aider, malgré toute sa ruse, Alexandre n'aurait pu vaincre les Mongols. Contre toute attente, nous avons fini par former une famille.

— Oui, n'est-ce pas ? Je suppose que c'en dit long sur la nature profonde de l'esprit humain.

— Oui.

Il fit halte et se tourna vers elle avec une expression de sombre colère qu'elle ne lui avait jamais vue.

— Et là où vous allez, quand vous affronterez un ennemi que même Alexandre n'a pu défier, vous devrez faire appel à ces mêmes qualités. En notre nom à tous.

Assise sur un tabouret devant une des tentes, une femme de soldat donnait le sein à son enfant dont le visage évoquait le disque pâle de la Lune. Voyant Bisesa qui les regardait, la mère sourit.

— Les astronomes babyloniens, dit Eumène, ont décidé que la Discontinuité devait être prise comme point de départ d'un nouveau calendrier, d'une nouvelle année… en fait, comme point de départ d'un de leurs cycles majeurs, les Grandes Années. Ce jour-là, tout est reparti du début. Et les premiers enfants conçus sur Mir sont déjà nés. Ils n'existaient dans aucun monde d'où nous venons – *ils ne l'auraient pas pu*, car, pour certains, leurs parents sont originaires d'époques différentes – mais leur passé n'est pas fragmenté comme le nôtre ; ils n'existent qu'ici. Je me demande ce qu'ils feront quand ils seront grands…

Elle étudia le visage aux méplats hâlés d'Eumène dans l'ombre de la lumière incertaine.

— Vous comprenez tant de choses, dit-elle.

Il sourit d'un air désarmant.

— Pour paraphraser Casey : comme tous les Grecs antiques, je suis plutôt mariole et fier de l'être. À quoi vous attendiez-vous ?…

Ils s'embrassèrent avec raideur. Puis ils regagnèrent la ville.

43

L'ŒIL DE MARDOUK

Q uand Bisesa arriva dans le temple de Mardouk, le lendemain matin, Abdikadir l'attendait et Casey était déjà en train de vérifier son matériel de détection. Ils étaient venus pour elle ; elle fut touchée de la confiance qu'ils lui témoignaient et rassurée par leur compétence.

L'Œil flottait, toujours aussi impassible.

Josh était là, lui aussi. Bisesa portait sa combinaison de vol abondamment rapiécée, quant à lui, il avait revêtu un costume de flanelle froissé, une chemise et, de façon assez absurde, une cravate. Après tout, ils ne savaient pas ce qu'ils allaient rencontrer, pourquoi donc ne pas soigner son apparence ?

Mais il avait le teint blême et de grands cernes sous les yeux.

— En route vers l'infini avec la gueule de bois !… Au moins, quoi qu'il arrive, je ne risque pas de me sentir plus mal.

Bisesa se sentait bizarrement impatiente, irritable.

— Finissons-en. Tiens, dit-elle en lui tendant un petit sac à dos.

Il le regarda d'un air dubitatif.

— Qu'est-ce qu'il y a, là-dedans ?

— De l'eau. Des rations déshydratées. Des médicaments.

— Tu penses que nous aurons besoin de ça? Bisesa, nous entrons dans l'Œil de Mardouk, nous ne partons pas en randonnée dans le désert.

— Elle n'en a pas moins raison, intervint Abdikadir. Autant être prévoyants.

Il prit le sac qu'il lança à Josh.

— Prenez-le.

— Et si tu comptes passer ton temps à râler, je te plante là, dit Bisesa.

Josh grimaça un sourire:

— Je serai bien sage.

Bisesa regarda à la ronde.

— J'ai demandé à Grove et à Eumène de tenir tout le monde à distance. J'aurais préféré qu'ils fassent évacuer cette fichue ville, mais je suppose que ce n'était pas possible… Avons-nous oublié quelque chose?

Elle était allée aux toilettes, s'était brossé les dents: de simples activités de tous les jours, mais elle se demandait où et quand elle aurait pour la prochaine fois le temps de s'occuper d'elle.

— Abdi, prends soin de mon portable.

— C'est promis, répondit-il doucement. Et… encore une chose.

Il lui tendit deux morceaux de papier – du parchemin babylonien – nettement pliés et scellés.

— Si tu veux bien…

— De ta part?

— De la mienne et de celle de Casey. Si c'est possible… Si tu pouvais retrouver nos familles…

Bisesa prit les papiers et les mit dans sa poche.

— Je vais tout faire pour ça.

Casey hocha la tête. Puis il s'écria :

—Il se passe quelque chose.

Il ajusta ses écouteurs et tapota un détecteur électromagnétique arraché aux entrailles de la radio hors d'usage de l'hélicoptère. Il tourna la tête vers l'Œil.

—Ce truc n'a pas l'air d'avoir changé d'un poil, mais le signal s'amplifie. On dirait que tu es attendue, Bisesa.

Elle prit Josh par la main.

—Nous ferions mieux de nous mettre en position.

—Où ça ?

Un courant d'air ébouriffa une boucle de cheveux sur le front de Josh.

—Du diable si je le sais, dit-elle.

Tendrement, elle lui remit les cheveux en place. Mais le courant d'air revint, lui balayant le visage, un courant d'air sans aucune source apparente, qui soufflait vers le centre de la pièce.

—C'est l'Œil, dit Abdikadir.

Des feuilles de papier et des câbles débranchés s'agitaient autour de lui.

—Il respire. Bisesa, prépare-toi.

Le courant d'air était devenu un souffle continu en direction du milieu de la pièce, assez fort pour pousser Bisesa dans le dos. Elle tira Josh par la main et s'avança vers l'Œil. Ce dernier planait là, toujours aussi immobile, lui renvoyant son reflet déformé de poupée vaudou, mais des bouts de paille et de papier volaient vers lui, se collant à sa surface.

Casey rejeta ses écouteurs.

—Merde ! Il y a eu un sifflement – une stridence électromagnétique –, ç'a grillé les circuits. Je ne sais pas à qui ce truc envoie un signal, mais ce n'est pas à *moi*…

— C'est le moment, dit Josh.

Nous y sommes, se dit-elle. Dans les tréfonds de sa conscience, elle n'y avait pas cru elle-même. Mais c'était en train d'arriver. Elle avait l'estomac noué et son cœur battait à tout rompre ; elle était profondément reconnaissante à Josh pour la sensation de sa main ferme.

— Regardez, dit Abdikadir.

Pour la première fois depuis qu'ils l'avaient trouvé, l'aspect de l'Œil était en train de changer.

L'Œil était toujours poli comme un miroir. Mais il oscillait maintenant comme une flaque de mercure parcourue d'ondes concentriques.

Puis sa surface se creusa, comme l'enveloppe d'un ballon qui se dégonfle brusquement.

Bisesa levait maintenant les yeux vers un entonnoir aux parois d'argent doré. Elle voyait toujours des reflets d'elle-même, avec Josh à son côté, mais leurs images étaient morcelées, comme diffractées par les éclats d'un miroir brisé. L'entonnoir donnait l'impression de se trouver juste au-dessus de sa tête… mais elle devinait que si elle s'était déplacée dans la pièce, si elle était passée au-dessus ou en dessous de l'Œil, elle aurait vu la même forme d'entonnoir aux parois de lumière s'infléchissant vers son centre.

Ce n'était pas un entonnoir, pas un simple objet tridimensionnel, mais une faille dans sa réalité.

Elle jeta un coup d'œil par-dessus son épaule. L'atmosphère était maintenant chargée d'étincelles qui se précipitaient vers le cœur de l'Œil implosé. Abdikadir était encore là, mais il avait l'air de s'éloigner et il était bizarrement flou : il s'accrochait aux montants de la porte, et il était par terre, et il s'en allait et il revenait – pas à tour de rôle, mais tout à la fois, comme les images d'un film qu'on aurait coupées et remontées au petit bonheur.

—Allez dans la paix d'Allah, cria-t-il. Allez, allez…

Mais sa voix se perdit dans le vent. Puis l'averse de lumière se transforma en blizzard et elle cessa de le voir.

Le vent la gifla, manquant de la faire tomber. Elle s'efforçait de garder l'esprit analytique. Elle essayait de compter ses respirations. Mais ses pensées semblaient se fragmenter, les phrases qu'elle formait dans sa tête se désagrégeaient en mots, puis en syllabes et en lettres, s'entremêlant à en devenir incompréhensibles. C'était à cause de la Discontinuité, comprit-elle. Agissant à l'échelle d'une planète, elle avait détaché de grands morceaux de terrain. Lorsqu'elle avait fait irruption dans cette pièce, elle avait découpé en tranches la vie d'Abdikadir, et maintenant, pour finir, elle s'immisçait dans la propre tête de Bisesa, car, après tout, même sa conscience était insérée dans l'espace-temps…

Bisesa regarda dans l'Œil, vers le cœur duquel la lumière ruisselait. Au tout dernier instant, il changea encore. L'entonnoir se transforma en un puits aux parois lisses qui s'éloignaient à l'infini – mais c'était un puits qui défiait la perspective, car ses parois ne s'amenuisaient pas avec la distance, conservant toujours la même taille apparente.

Ce fut sa dernière pensée consciente avant que la lumière déferle sur elle, l'investisse, cautérisant jusqu'à la sensation qu'elle avait de son corps. L'espace n'existait plus, le temps était suspendu, et elle était devenue une particule, rien de plus qu'une âme animale incandescente, brute, opiniâtre. Mais sans cesser un instant de sentir la chaleur de la main de Josh dans la sienne.

Il n'y avait qu'un Œil, même s'il avait de nombreuses projections dans l'espace-temps. Et ses fonctions étaient multiples.

L'une d'elles était celle d'un portail.

Le portail s'ouvrit. Le portail se referma. Durant un instant trop bref pour être mesuré, l'espace s'ouvrit et se retourna sur lui-même.

Puis l'Œil disparut, laissant la chambre du temple vide, à part un fouillis de matériel électronique hors d'usage et deux hommes gardant le souvenir de ce qu'ils avaient vu et entendu… et qu'ils n'arrivaient pas plus à croire qu'à comprendre.

Sixième partie

L'Œil du Temps

44

LES PREMIERS-NÉS

La longue attente tirait à sa fin. Encore une fois, sur un monde de plus, l'intelligence était née et s'échappait de son berceau planétaire.

Ceux qui surveillaient la Terre depuis si longtemps n'avaient jamais été de près ou de loin humains. Mais ils avaient autrefois été faits de chair et de sang.

Ils étaient nés sur une planète en orbite autour d'un des tout premiers soleils, un monstre rugissant gorgé d'hydrogène, véritable phare au sein d'un univers encore obscur. Ces Premiers-Nés étaient vigoureux, dans un cosmos jeune et débordant d'énergie. Mais les planètes, ces creusets de la vie, étaient rares, car les éléments lourds dont elles sont constituées attendaient encore d'être élaborés au cœur des étoiles. Quand ils scrutaient les profondeurs de l'espace, ils ne voyaient rien qui leur ressemble, aucun esprit à l'image du leur.

Ces premiers soleils brillaient d'un vif éclat, mais mouraient vite. Leurs débris ténus enrichissaient les nuages de gaz de la Galaxie et bientôt émergea une nouvelle génération d'astres d'une longévité supérieure. Mais, pour ceux qui restaient échoués entre les protoétoiles mourantes, c'était une terrible défection.

Et, quand ils envisageaient l'avenir, ils ne voyaient qu'une lente descente dans les ténèbres, car chaque génération d'étoiles naissait avec une difficulté croissante des débris de la précédente. Viendrait un jour où il n'y aurait plus dans toute la Galaxie de quoi créer un seul nouveau soleil et la dernière lueur finirait par s'éteindre. Et, même après, le phénomène se poursuivrait, le terrible étau de l'entropie étranglant le cosmos et tous ses mécanismes.

Malgré tous leurs pouvoirs, ils n'étaient pas à l'abri des atteintes du temps.

Cette désolante constatation avait engendré une ère de folie. D'étranges et fabuleux empires étaient nés avant de s'écrouler et de terribles guerres avaient opposé créatures de chair et de métal, toutes enfants du même monde oublié. Ces guerres avaient englouti une irrémissible proportion des réserves d'énergie de la Galaxie, sans autre résultat que leur raréfaction.

Attristés, mais assagis, les survivants avaient commencé à se préparer à un futur inévitable, un avenir glacé d'obscurité sans fin.

Ils étaient retournés vers leurs machines de guerre abandonnées et avaient reconverti ces antiques mécaniques pour leur assigner une nouvelle mission : l'élimination des déchets… leur désintégration, si nécessaire. Ils voyaient désormais que, s'ils voulaient transmettre le moindre filet de conscience au lointain avenir, il ne devait y avoir aucune perturbation superflue, aucun gaspillage d'énergie, pas le moindre clapotement dans l'écoulement du temps.

Leurs machines, affûtées par un million d'années de guerre, remplissaient parfaitement leur tâche et le feraient à jamais. Elles avaient attendu, inchangées, tendues vers un seul but, tandis que de nouveaux mondes et une nouvelle vie prenaient forme sur les décombres des précédents.

Tout cela procédait de la meilleure des intentions. Les Premiers-Nés, venus au monde dans un univers vide, chérissaient par-dessus tout la vie. Mais, pour préserver la vie, il est parfois nécessaire de détruire des existences.

45

À TRAVERS L'ŒIL

Cela n'eut rien d'un réveil. Ce fut une brutale émergence, un coup de cymbale. Les yeux de Bisesa, brusquement grands ouverts, furent agressés par une lumière éblouissante. Elle aspira de profondes goulées d'air et griffa le sol, hoquetant de surprise.

Elle était sur le dos. Il y avait quelque chose d'immensément brillant au-dessus d'elle – le soleil, oui, le soleil… Elle était en plein air. Elle avait les bras largement écartés, loin du corps, les doigts plantés dans le sol.

Elle se retourna sur le ventre. Ses jambes, ses bras, sa poitrine retrouvaient leur sensibilité. Encore éblouie, elle avait du mal à y voir.

Une plaine. Du sable rouge. Au loin, des collines érodées. Même le ciel paraissait rouge, bien que le soleil soit haut.

Josh était à côté d'elle. Il était allongé sur le dos, haletant comme un poisson disgracieux échoué sur cette étrange plage. Elle se traîna vers lui, rampant dans le sable mou.

—Où sommes-nous? hoqueta-t-il. C'est le XXIᵉ siècle?

—J'espère que non.

Ces quelques mots lui firent prendre conscience qu'elle avait la gorge sèche, râpeuse. Elle défit son sac à dos et en sortit une gourde d'eau.

— Bois.

Il avala goulûment le liquide. La sueur couvrait déjà son front et trempait son col.

Elle enfonça ses doigts dans la terre. Celle-ci était friable, pâle, sèche et sans vie. Mais quelque chose brillait dedans, des fragments qui scintillaient, une fois exposés au soleil. Bisesa les déterra pour les poser sur sa paume. C'étaient des morceaux de verre, opaques, de la taille d'une pièce de monnaie aux bords irréguliers. Elle les laissa retomber à terre. En continuant à creuser, elle en trouva partout d'autres, il y en avait toute une couche dans le sol.

Précautionneusement, elle se mit à genoux, se redressa – le vertige fit tinter ses oreilles, mais elle lutta pour ne pas s'évanouir –, puis, une jambe après l'autre, se mit debout. Elle voyait maintenant mieux le paysage. Ce n'était qu'une vaste plaine, une plaine de ce sable infesté de verre, qui s'étendait jusqu'à l'horizon, où des collines arasées attendaient l'éternité. Josh et elle étaient au fond d'une légère dépression ; le terrain s'élevait doucement tout autour d'eux vers une sorte de rebord, haut de quelques mètres au maximum, à environ un kilomètre de distance.

Ils se trouvaient au fond d'un cratère.

Une bombe atomique aurait pu faire ça. Les fragments de verre avaient pu être formés par l'explosion d'une petite arme nucléaire qui aurait vitrifié des morceaux de terre et de béton. Si c'était le cas, il ne restait rien d'autre… S'il y avait eu ici une ville, il ne subsistait pas de fondations de béton, pas d'ossements, ni même de cendres des incendies qui avaient achevé de la détruire, juste le résidu de sa vitrification. Ce cratère semblait ancien, usé, les morceaux de verre étaient profondément enfouis. S'il y avait eu une guerre, ce devait avoir été il y a longtemps.

Elle se demanda s'il persistait de la radioactivité. Mais, si les Premiers-Nés lui avaient voulu du mal, ils auraient tout simplement pu la tuer… et dans le cas contraire ils l'auraient sûrement protégée d'un risque aussi élémentaire.

À chaque respiration, elle sentait une douleur dans sa poitrine. L'air était-il raréfié ? Y avait-il trop peu – ou trop – d'oxygène ?

Il fit soudain un peu plus sombre, bien qu'il n'y ait pas de nuage dans le ciel rougeâtre. Elle regarda en l'air. Le soleil avait quelque chose de bizarre. Son disque était déformé. On aurait dit une feuille à laquelle quelqu'un aurait arraché un morceau avec les dents.

Josh était maintenant debout près d'elle.

— Mon Dieu, dit-il.

L'éclipse progressait rapidement. Il commença à faire plus froid et, dans les derniers instants, Bisesa vit des bandes d'ombre qui couraient sur le sol érodé. Elle sentit sa respiration s'apaiser, son cœur battre plus doucement. Son corps, continuant à répondre à des instincts primordiaux, réagissait à la baisse de luminosité et se préparait pour la nuit.

L'obscurité atteignit son maximum. Il y eut un instant de profond silence.

Le soleil n'était plus qu'un anneau lumineux. Le bord du disque d'ombre central était dentelé et la lumière solaire scintillait dans les échancrures. Ce disque était certainement la Lune qui s'interposait entre la Terre et le soleil. L'éclat de ce dernier était assez réduit pour permettre à Bisesa d'en distinguer la couronne, bien visible sous l'aspect d'une sculpture arachnéenne autour de ce double disque complexe.

Mais l'éclipse n'était pas totale. La Lune n'était pas assez grosse pour masquer le globe incandescent. Ce grand anneau de lumière dans le ciel était une vision déroutante, terrifiante.

— Quelque chose ne va pas, murmura Josh.

— C'est une question de géométrie, dit-elle. Le système Terre-Lune… il évolue avec le temps.

Tout comme la Lune était à l'origine des marées dans les océans terrestres, la Terre exerçait son influence sur le substrat rocheux de son satellite. Depuis leur formation, les deux mondes s'écartaient petit à petit – d'à peine quelques centimètres par an, mais avec le temps la Lune s'éloignait de plus en plus de la Terre.

Josh avait compris l'essence de ce qui s'était passé :

— C'est le futur. Pas le xxie siècle – le très lointain avenir… Des millions d'années après nous, peut-être.

Elle marcha en rond dans la plaine, scrutant le ciel complexe.

— Vous essayez de nous dire quelque chose, c'est ça ? Ce paysage désolé, ravagé par la guerre – où suis-je, à Londres ? À New York, Moscou, Pékin ? Lahore ? Et pourquoi nous amener en ce lieu et en ce moment précis pour nous montrer une éclipse ?… Tout cela a-t-il quelque chose à voir avec le soleil ?

Accablée de chaleur, couverte de poussière, assoiffée, désorientée, elle explosa soudain de colère.

— Épargnez-moi vos énigmes à effets spéciaux. Parlez-moi, bon sang. *Que va-t-il arriver ?*

Comme pour lui répondre, un Œil, au moins aussi gros que celui de Mardouk, apparut au-dessus de sa tête. Elle sentit le vent de l'air qu'il avait déplacé en forçant son chemin dans sa réalité. Elle prit la main de Josh.

— Et c'est reparti… Évite de te pencher par la fenêtre.

Mais il la regarda en écarquillant les yeux ; le sable collait à son visage en sueur.

—Bisesa ?

Elle comprit aussitôt. *Il ne voyait pas l'Œil.* Cette fois, celui-ci était venu pour elle… pour elle seule, pas pour Josh.

—Non ! s'écria-t-elle en agrippant le bras de Josh. Vous ne pouvez pas faire ça, bande d'immondes salopards !

Josh comprit.

—Tout va bien, Bisesa.

Il lui prit le menton, tourna son visage vers lui et lui baisa les lèvres.

—Nous sommes déjà allés plus loin que je l'aurais cru possible. Notre amour survivra peut-être, dans un autre monde… et peut-être que, à la fin des temps, quand toutes les conditions seront réunies, nous nous retrouverons… Ça me suffit, conclut-il en souriant.

Dans le ciel, l'Œil se creusa en entonnoir, puis se transforma en couloir vertical. Déjà, des particules lumineuses accouraient de toute la plaine et se rassemblaient autour d'elle avant de se ruer vers le haut.

Elle s'accrocha à Josh et ferma les yeux. Écoutez-moi. *J'ai fait tout ce que vous avez voulu. Accordez-moi cette unique faveur. Ne le laissez pas mourir ici tout seul. Renvoyez-le chez lui… Renvoyez-le auprès d'Abdi. Je vous en supplie, c'est tout ce que je demande…*

Un vent brûlant se leva, né du sol pour s'engouffrer dans la bouche du puits lumineux, au-dessus d'elle. Quelque chose l'aspira, l'arrachant aux bras de Josh. Elle résista, mais Josh lâcha prise.

Elle fut soulevée de terre. Elle le voyait maintenant à ses pieds.

Il souriait toujours.

—Tu es un ange qui monte au ciel. Adieu, adieu…

La lumière, brûlante et superbe, se rassembla autour d'elle. Au dernier instant, elle le vit basculer en arrière dans une pièce encombrée de câbles et de matériel électronique où un homme au teint sombre se précipitait pour le rattraper.

Merci.

Claquement de cymbales.

46

TORTILLEUSE

Au petit matin, Fureteuse se réveilla en sursaut et ouvrit brusquement les yeux.

Pour la première fois depuis des années, il n'y avait pas de filet qui les protégeait du ciel. Refermant les yeux, elle poussa un cri et se pelotonna au-dessus de sa fille.

Elle se força à rouvrir un œil. Il n'y avait toujours pas de filet, rien d'autre que le sol nu autour d'elle, quelques éraflures et des traces de pas. Les soldats étaient partis. Ils avaient emporté la cage.

Elle était libre.

Elle se redressa. Tortilleuse se réveilla en grognant et se frotta les yeux. Fureteuse regarda autour d'elle. La plaine rocailleuse s'étendait à perte de vue, vide de toute vie, à part quelques touffes d'herbe. Au loin, des montagnes couronnées de neige se dressaient au-dessus de l'horizon, bleutées dans la brume matinale. À leur pied, elle distingua une bande de verdure. Son instinct aventureux se raviva. *La forêt* : si elles pouvaient arriver jusque-là, elles rencontreraient peut-être des êtres de leur espèce.

Mais le vent tourna, soufflant du nord, et elle sentit la glace. Son courage fléchit. Elle regrettait soudain les odeurs de cuisine, le fracas des machines, les voix criardes

des soldats. Elle avait trop longtemps vécu dans sa cage ; celle-ci lui manquait.

Mais Tortilleuse ne partageait pas l'hésitation de sa mère. Elle s'éloigna à quatre pattes, marchant sur les phalanges de ses membres antérieurs, à la façon d'un chimpanzé, pour explorer le terrain rocailleux. La texture en semblait riche, à côté du sol de terre battue, bien dégagé, de la cage. Elle trouva une pierre qui venait se loger naturellement dans sa main, puis un roseau qui se tordait et se pliait facilement.

La pierre serrée dans sa main, Tortilleuse déplia les jambes et se mit debout. Elle regarda plus loin, en direction des montagnes et de la glace.

Dans le nord, le froid se renforçait. La nouvelle île volcanique du milieu de l'Atlantique avait détourné le Gulf Stream qui, pendant des millénaires, avait maintenu des températures anormalement élevées en Europe du Nord. Sa disparition avait déjà des répercussions sur l'agriculture jusqu'à Babylone. Et cela ne ferait qu'empirer. Cette année, l'automne serait précoce et, au début de l'hiver, de gigantesques tempêtes arctiques déferleraient sur les continents, les recouvrant en quelques jours de plus de neige qu'ils en auraient vu autrefois en cinq ou dix ans.

Avant la Discontinuité, pendant deux millions d'années, la glace avait avancé et reculé depuis ses places fortes des pôles selon des cycles complexes gouvernés par les subtilités de la rotation de la Terre autour du soleil. Le nouveau monde, Mir, grossièrement assemblé à partir des fragments de l'ancien, avait d'abord oscillé en équilibre instable et maintenant que ce premier mouvement s'amortissait, Mir s'installait dans un nouveau modèle cyclique qui, à court terme, privilégiait l'extension de la glace. Il ne faudrait pas plus d'une dizaine d'années pour que se forment des calottes glaciaires, une dizaine de plus pour qu'elles descendent vers le sud jusqu'à Londres, Manhattan ou Berlin.

Par la suite interviendraient des changements encore plus radicaux. Depuis sa formation, la planète se refroidissait régulièrement et les flux de chaleur remontés des profondeurs engendraient dans son manteau des courants de convection sur lesquels dérivaient les continents. La Discontinuité avait provoqué des perturbations dans l'étrange climat interne des entrailles liquides de Mir. Un nouvel équilibre finirait par se mettre en place – mais, pour le moment, c'était comme si un vaste couvercle avait été vissé sur une casserole en ébullition.

Au cœur des continents, le matériau du manteau commençait à gonfler et à se soulever. La Terre n'avait jamais été une sphère parfaite. Mais maintenant Mir se couvrait d'excroissances, telles des mottes de boue collées sur les flancs d'une toupie. Avec le temps, la croûte et la partie supérieure du manteau se détacheraient du noyau et la planète déformée chercherait une nouvelle stabilité en éloignant les excroissances de son axe de rotation. Tandis que les principaux continents glisseraient vers l'équateur, les courants marins se modifieraient encore, le niveau des océans monterait ou descendrait de plusieurs centaines de mètres et de spectaculaires bouleversements climatiques surviendraient.

Dans la lente reconstruction chtonienne de Mir, ceux qui y vivaient connaîtraient des temps difficiles. Mais les populations sont mobiles. Les citoyens de Chicago se préparaient déjà à une vaste migration vers le sud. Beaucoup d'humains survivraient.

Ainsi que des hommes-singes.

Tortilleuse n'était plus la même qu'avant son examen par l'Œil. En sondant son corps et son esprit, celui-ci ne cherchait qu'à prendre note de ses capacités, à déterminer sa place dans le large éventail biologique de cette planète bleue. Mais Tortilleuse était très jeune et la machine qui l'avait étudiée très vieille, et plus aussi parfaite qu'autrefois. Son exploration avait été maladroite. L'esprit encore incomplètement formé de Tortilleuse s'en était trouvé stimulé.

Il ne faisait aucun doute que ce monde rapiécé serait pendant longtemps encore dominé par les humains. Mais même eux ne pouvaient pas défier la glace. Sur cette planète instable, dangereuse, il y avait énormément d'espace libre à explorer. Tout l'espace voulu pour une créature dotée d'un fort potentiel. Et il n'y avait pas de raison précise pour que ce dernier se réalise exactement comme la fois précédente. Il y avait de la place sur Mir pour quelque chose de différent. De meilleur, peut-être.

Tortilleuse soupesa la lourde pierre et se demanda confusément quel usage elle pourrait lui trouver. Elle ne nourrissait absolument aucune crainte. En cet instant, elle était maître du monde et ne savait pas trop quoi faire ensuite.

Mais elle trouverait bien quelque chose.

47

RETOUR

Bisesa chancela, le souffle coupé. Elle était debout. De la musique jouait.

Elle contemplait un mur qui lui montrait l'image agrandie d'un jeune homme incroyablement beau susurrant dans un antique microphone. Incroyablement, oui : c'était une synthéstar, l'incarnation des rêveries confuses de jeunes préadolescentes.

— Mon Dieu, il ressemble à Alexandre le Grand.

Bisesa n'arrivait pas à détacher son regard des couleurs vives et mouvantes du mur. Elle ne s'était jamais rendu compte à quel point Mir était terne. L'écran mural dit :

— Bonjour, Bisesa. C'est l'heure programmée de ton réveil. Le petit déjeuner t'attend en bas. Les gros titres de ce matin sont…

— La ferme.

Sa voix n'était qu'un croassement éraillé par la poussière du désert.

— Comme tu voudras.

Le garçon synthétique continuait à chanter doucement.

Elle regarda autour d'elle. C'était sa chambre, dans son appartement londonien. Elle paraissait petite, encombrée. Le lit était grand et moelleux, on n'y avait pas dormi.

Elle alla à la fenêtre. Ses bottes militaires écrasaient lourdement le tapis, laissant des empreintes de poussière cramoisie. Le ciel était gris, c'était l'heure précédant juste le lever du soleil et le paysage londonien émergeait de l'ombre.

—Ari…
—Oui ?
—Quel jour sommes-nous ?
—Mardi.
—Quelle *date* ?
—Ah. Le 9 juin 2037.
Le lendemain du crash de l'hélico.
—Je devrais être en Afghanistan.
L'écran mural toussota.
—Je suis habitué à tes brusques changements de programme, Bisesa. Je me rappelle une fois…
—Maman ? fit une petite voix ensommeillée.
Bisesa se retourna.
Pieds nus, son petit ventre à l'air, c'était une fillette de huit ans aux cheveux ébouriffés, tout juste réveillée, qui se frottait l'œil avec le poing. Elle portait son pyjama préféré, celui sur lequel gambadaient des personnages de dessin animé, bien qu'il soit maintenant de deux tailles trop petit pour elle.
—Tu n'avais pas dit que tu rentrais.
Quelque chose se brisa dans le cœur de Bisesa. Elle tendit les bras.
—Oh, Myra…
La fillette eut un mouvement de recul.
—Tu sens drôle.
Consternée, Bisesa se regarda. Avec sa combinaison orange élimée, déchirée, raide de sable encollé par la

transpiration, elle était aussi déplacée dans cet appartement du XXIe siècle que si elle avait porté un scaphandre spatial. Elle eut un sourire gêné.

— Oui, j'ai besoin d'une bonne douche. Puis nous prendrons le petit déjeuner et je te raconterai tout…

La lumière changea subtilement. Bisesa se tourna vers la fenêtre. Il y avait un Œil au-dessus de la ville, planant tel un ballon d'observation. Elle n'aurait su dire sa taille ni à quelle distance il se trouvait.

Et par-dessus les toits de Londres se levait un soleil menaçant.

 **C'EST AUSSI...**

... LES RÉSEAUX SOCIAUX

Toute notre actualité en temps réel :
annonces exclusives, dédicaces des auteurs, bons plans…

f facebook.com/MiladyFR

Pour suivre le quotidien de la maison d'édition
et trouver des réponses à vos questions !

▼ twitter.com/MiladyFR

Les bandes-annonces et interviews vidéo sont ici !

▶ youtube.com/MiladyFR

... LA NEWSLETTER

Pour être averti tous les mois par e-mail de la sortie de nos romans.

... ET LE MAGAZINE NEVERLAND

Chaque trimestre, une revue de 48 pages sur nos livres
et nos auteurs vous est envoyée gratuitement !

Pour vous inscrire à la newsletter ou au magazine Neverland,
rendez-vous sur :

www.bragelonne.fr/abonnements

Milady est un label des éditions Bragelonne.

Achevé d'imprimer en avril 2015
Par CPI Brodard & Taupin - La Flèche (France)
N° d'impression : 3010512
Dépôt légal : avril 2015
Imprimé en France
81121441-1